하야시 후미코 2

林芙美子

하야시 후미코 2

林芙美子

하야시 후미코 지음
김효순 오성숙 번역

어문학사

하야시 후미코(林芙美子)

본 간행 사업은, 고려대학교 글로벌 일본연구원 〈일본 근현대 여성문학연구회〉가 2018년 일본만국박람회기념기금사업(日本万国博覧会記念基金事業)의 지원을 받아 기획한 것이다.

차례

북안부대

9월 9일 이슬비

구름 한 점 없는 가을 눈 내린 산
일곱색 청춘에 달아오르는 한 순간
신들도 하품을 하신다.

대지를 묻어 버리는 조용한 나뭇가지의 낙엽
눈을 감고 아무 생각 없이
내 이마에 슬픔을 걷어낸다
유유히 다가왔다
무한한 저편으로
저편으로 떠나는 가을의 애수여

베어낸 풀은 누렇고 아직
붉은, 밭의 꽃들
피로와 성숙과
무엇인가 있는……

나는 지금 살아 있다.

어두운 새벽이다. 비가 내리고 있다. 몸을 접어 동그랗게 말고 현관 소파에 누워 있는 내 어깨 뼈가 삐걱거린다. 춥고 그리고 너무나 잠을 자기 힘들다. 수많은 모기떼들이 웽웽거리며 내 얼굴 주변으로 모여든다. 문득 도쿄를 떠날 때 지은 이런 시가 생각났다. '뭔가 있다, 나는 살아 있다.' 귀찮게 웽웽거리는 모기를 쫓으며 곰팡내 나는 모포에 얼굴을 묻고 나는 살아 있다는 강한 말에 뭔가 이상한 슬픔에 잠긴다.

비 내리는 조용한 아침이다.

희끗희끗 날이 밝아오자, 나는 소리가 나지 않게 조용히 바닥으로 내려와 배낭을 정리하기 시작했다. 흰 즈쿠 배낭은 지저분하고 축축했다. 약주머니와 화장주머니, 속옷, 회중전등, 통조림 몇 개, 그런 것을 마룻바닥에 하나하나 늘어놓고 나는 호신용 부적주머니를 찾았다. 전에도 그랬지만, 이번에도 아무한테도 호신용 부적은 받지 못했다. 나는 도쿄를 출발할 때, 가마쿠라鎌倉에 가서 하치만八幡신을 참배하고 부적을 사 왔다. 그 부적에는 니켈로 된 작은 칼이 들어 있었다. 나는 그것을 빨간 비단 주머니에 담아 배낭에 넣어 왔다.

운명이라는 것에 별 신경을 쓰지 않는 나도 이상하게 이런 부적에 뭔가를 기대하는 마음도 있다. 삶은 팥이 들어 있는 작은 통조림이 두 개. 버터 한 통, 염교 절임 병, 각설탕, 소금, 사탕, 장조림 통조림, 김조림. 약의 종류는 해열제 키니네, 정로환, 멘소레담, 마취·진통·살균용 크레오소트[1] 등. 그런 것을 하나하나 정리한 후, 배낭바닥에는 갈아입을 속옷을 집어 넣고, 그 위에 통조림이나 병을 채워 넣었다. 나는 이런 식료품들을 대체 어디에서 먹게 될까? 하지만 이 수많은 약을 쓰게 될 일은 절대 없기를... 라고 혼잣말을 하며 언제라도 출발을 할 수 있게 준비를 해 두었다.

17일에 상해 용화龍華 비행장에서 나는 해군기로 이 남경南京에 한 시간 남짓 걸려 날아 온 것이다. 겨우 한 시간이었지만, 비행기에서 바라본 풍경은 지루해서 토할 것 같았다. 혼탁한 호수와 늪지대가 육지보다 아득하게 넓은 지면을 차지하고 있었고 마치 과일의 썩은 부분처럼 음침하고 질척대는 하계下界였다.

작년 말, 남경 종군으로 왔을 때는 이런 호수와 늪지대는 꿈에도 생각하지 못했다. 주머니에 들어 있는 작은 수첩에는 그 무렵의 감상이 적혀 있다. —12월 30일 아침 10시 경. 트럭으로 상해 출발. 저녁에 강인江陰 포대에 도착하여 숙영하다.—나는 옆자리 기상 연구가에게 강인은 어디쯤인가요 라고 물어 보았다. 그 사람은 강인은 벌써 지났고 이제 4, 5분이면 남경 비행장입니다 라고 가르쳐 주었다. 하얀 구름이 아름다웠다. 비행기는 조금도 흔들리지 않고 미끄러지듯이 흰 구름 위를 비상하고 있었다.

아아, 그리고 이미 사흘째 남경에서 이렇게 지내고 있는 것이다. 상해에 체재하며 항주杭州나 소주蘇州의 고찰古刹을 보는 것도

1 마취, 진통, 살균제.

좋지만, 남경에서 사흘간은 어찌 지내면 좋을지 나도 모르겠다.

17일 아침, 나는 남경에 도착하여 하관下關 해군 장교를 전송하고 그 자동차를 받았다. 깊은 가을날 쌀쌀한 아침 날씨였다.

남경에는 이미 인력거가 나와 있다. 야채시장도 섰다. 나는 『아사히신문朝日新聞』 지국을 찾아가서 다나카田中 씨라는 지국장의 자택에 스기야마 헤이스케杉山平助 씨가 와 있다는 것을 알게 되었다.

그리고 나는 시멘스의 별장이었다고 하는 작은 별장풍의, 다나카 씨 자택으로 안내를 받았다. 스기야마 씨는 활기찼다. 철문을 지나 들어간 마당 왼편에는 빨간 사루비아에 보라색과 흰색 과꽃, 맨드라미가 한창 피어 있었다. 입구에는 백일홍이 죽 늘어서 있고 내 키 만큼이나 큰 장미가지에 붉은 장미가 딱 한 송이 피어 있었다.

현관, 살롱, 침실, 그 외에 식모 방을 포함하여 방이 두 개 있다. 나는 첫날 밤, 부엌에 가까운 방에서 시트가 없는 침대에 모포를 둘둘말고 누웠지만, 눕자마자 정말이지 견딜 수 없을 만큼 많은 벼룩들에게 시달려 이리 뒤척 저리 뒤척 하느라 제대로 잠을 자지 못했다.

다음날부터는 현관 쪽 좁은 소파에서 몸을 웅크리고 잤다. 그 쪽이 좁기는 했지만 차라리 더 따뜻하고 편안하게 잘 수 있었다.

나는 곧 이 집에서 자취를 시작했다. 식모에게 접시를 보여 주자 '판즈'라고 가르쳐 주었다. 냄비를 들고 가니 '고즈'라고 가르쳐 주었다. 젓가락을 가져가니 '쿠하즈'라고 가르쳐 주었다. 나는 야채와 들오리를 사다가 기름에 볶아 먹고 싶어서 이곳에 온 첫날 혼자 야채시장에 장을 보러 갔다. 통째로 기름에 튀긴 들오리 튀김이 포장마차에 아주 맛있게 주렁주렁 잔뜩 매달려 있다. 들오리는 '야즈'라고 한다고 한다. 나는 야즈 다리조각을 가리켰고, 20전이라고 해서 샀다. 일본 군표로 20전을 내자 닭가게 주인아저씨는 좋아요, 좋아 라고 하며 싱글벙글 웃으며 받아 주었다.

배추도 샀다. 들오리보다 비쌌다.

이 뒷골목은 군인들은 잘 지나다니지 않는다. 복닥복닥 시끄러운 사거리 골목 안에는 여기저기 모두 중국인들뿐이다. 아이들이 들오리를 사고 있는 나를 신기한 듯이 바라보고 있다. 개중에는 작은 목소리로, 일본인이야 일본인, 라고 속삭이는 아이도 있었다.

계란도 샀다.

추석이 다가 와서, 과자가게나 담배가게에서는 월병을 팔기 시작했다. 앙금이 들어간 월병은 한 개에 10전이었다.

작년 말부터 피난을 갔던 난민들도 슬금슬금 시골에서 돌아와서 장사를 시작한 것 같다. 잘게 부순 자갈을 깐 좁은 길거리를 짐을 잔뜩 실은 화물자동차가 한집 한집 큰 소리로 이름을 부르며 가재도구 같은 것을 배달하고 있다. 운전수도 배달부도 모두 중국인이다.

짐이 온 집에서는 딸을 부르고 마누라를 부르고 아들을 부르고 난리 법석을 떨며 짐을 반갑게 받는다.

커다란 이불보따리도 있다. 고풍스런 지나가방 같은 상자도 있었다. 나는 두 손으로 장을 본 것을 껴안고 우두커니 그 소동을 보고 있다. 들오리는 커다란 연잎에 싸 주었기 때문에, 잎이 찢어지자 손에 미끌미끌한 기름이 묻어서 냄새가 났다. 나는 파란 면 원피스를 입고 운동화를 신고 있었다.

나는 이렇게 사흘간 남경에 있으면서 어쩐지 유쾌해지기 시작했는데, 여기에서 이렇게 꾸물거리며 편안히 앉아 있어서는 안 되겠다는 기분이 들었다.

날이 밝자 나는 식모를 깨워 입구 철격자를 열어 달라고 해서 만평이나 된다는, 언덕으로 된 마당을 산책해 보았다. 비가 장마처럼 내리고 있다. 나는 식물의 이름을 잘 모르지만, 나무껍질이 맨질맨질한 배롱나무 가로수는 부러운 생각이 들었다. 오른편 숲 속에는 하얀 얼룩이 있는 까치가 날아와 쨍그렁쨍그렁 돈상자를 흔드는 소리를 내며 울어대고 있다.

독일기를 문에 붙인 집 사람들도 일어났는지 밥을 짓는 연기가 무겁게 지면을 기고 있다. 백 미터 정도 돌계단을 올라 넓은 언덕 위로 나오니 이렇게 비가 오는 가운데 육군기 몇 대가 저공비행을 하고 있었다. 언덕 위에 정자와 돌 벤치가 있고 잡초는 제멋대로 우거져 있었으나, 일본정원과 조금도 다름없는 경치이다. 비를 맞으며 걷는 것은 참 기분 좋은 일이다.

"나는 살아 있다."

앞으로 어떻게든 방법을 강구해야 한다. 물론 나는 포연 탄우도 무섭기는 무섭지만,…… 최전선은 남성작가들이 모두 갈 것이다. 나는 후방에서 부상병들을 살펴보고 싶다. 그곳에는 간호부들도 있을 것이다. 눈을 감으면 반짝이는 총검들이 화살처럼 내 눈꺼풀 속에서 무수히 빛나며 흩어진다. 나는 여기까지 와서 어떻게 하는 것이 좋을지 도통 모르겠다. 나는 견딜 수 없이 구역질이 나는 고통으로 갑자기 들판으로 달려 나갔다. 두세 번 들판을 달리고 나자 이마와 겨드랑이에서 식은땀이 났다.

피곤해서 뭔가 갑자기 축 늘어지는 기분이었다. 언덕을 내려오자 이제 다나카 씨도 스기야마 씨도 모두 일어나서 살롱 등불 아래에서 테이블을 둘러싸고 멍하니 앉아 있었다.

창문에는 철격자가 쳐져 있어서 아침인데도 방안은 어둡다.

셋이서 홍차를 마시며 빵을 먹었다. 이제 남경에서도 빵을 먹게 되었다. 식모가 둔한 동작으로 다나카 씨 담배에 불을 붙여 주었다.

낮에는 스기야마 씨와 가까운 군보도부에 가서 응접실에서 후카다 규야深田久弥 씨를 만났다. 건강해 보였다. 옛날에 쓰키하라 도이치로月原橙一郎라고 했던 시인도 와 있었다. 후카다 씨가 데리고 온 것 같은데, 오늘밤 구강九江 행 배를 탄다고 해서 티켓을 받았다는 이야기를 했다.

나는 혼자 덜렁 버려진 쓸쓸한 기분으로, 스기야마 씨와 중앙병원에 병사들을 살펴보러 갔다. 도중에 스기야마 씨와 둘이서 루비퀸 담배를 20전 정도에 사서 그것을 들고 중앙병원 이마노今野 부대에 갔다. 원래 이곳은 장개석 정부 때부터 육군병원이었다고 한다. 스기야마 씨는 딱하게도 병실 안에는 들어갈 수 없다고 해서 복도에 우두커니 서 있을 수밖에 없었다. 40명 정도 되는 간호부들도 만났다. 모두 소박했고, 피부가 고운 젊은 간호부들도 있었다. 이마노 부대장은 참으로 온후한 분이다. 아래층 병실에는 교바시京橋 오다와라초小田原 217번지에 살았다는 아라이新井라는 부상병이 있었다. 나는 나도 모르게 이 사람에게 주소를 물어 보았다. 방 하나에 네다섯 명씩이 침대에 누워 있었고, 모기장을 친 병실도 있었다. 나는 이 병실을 도는 것이 어쩐지 고통스러웠다. 스기야마 씨도 그랬을 것이다.

그 때 만난 간호부의 이름을 여기에 써 두겠다. 수간호원이 느마모토 쓰네沼本津根 씨. 고토後藤 무네 씨, 그 외에 가이하라 쓰루코貝原鶴子 씨와 고바시小橋 미쓰에 씨, 우메노 하루에梅野春枝 씨와 같은 사람들이 있었다. 옛날에 시내의 작은 병원에서 우연히 품행이 좋지 못한 간호부를 만난 적이 있는데, 이곳에 와 있는 사람들은 정말로 소박하고 부상병의 어머니라도 될 수 있을 것 같은 거룩한 사람들뿐이다.

병원을 나오자 비가 내리고 있었다. 인력거로 먼 길을 돌아 태평로 군보도부로 돌아왔다. 그리고 또 나는 스기야마 씨와 둘이서 포로수용소로 안내를 받았다. 이곳은 전부터 형무소였다고 하는데, 시골구석에 있는 공장 같았다. 총체부總體部에 들어가자 유리컵에 차를 타 주거나 담배를 가져다주는 포로가 있었다. 네다섯 명의 병사들과 함께 포로들의 숙소를 구경시켜 주었는데, 포로들은 우리를 보자 일본어로, '차렷' 하며 그 장소에서 직립부동 자세를 취했다. 마침 저녁식사 시간으로, 통 속에는 갓 지은 밥이 잔뜩 담겨 있었다. 우리들이 지나가자 포로들은 곧 웅성웅성 소란스러워졌다. 아마, 저 작은 일본 여자는 뭐야 라고 하며 수군거렸을 것이다. 덩치가 큰 스기야마 씨는 당당해 보이니 어쩌면 일본의 어른이라고 생각할 지도 모른다. 우리들을 보고 뭔가 수군거렸을 것이다.

독방에 가 보았다. 나는 어둠 속에서 희미한 저녁 햇빛으로 독서를 하는 포로가 있는 방에 들어갔다.

젊은 남자로 비행장교라 한다. 왼쪽 다리에 나무를 대고 붕대를 감고 있었다. ㅡ군관학교를 나왔다는, 덩치가 작은 남자가 우리들을 안내해 주었는데, 이 남자는 대위였다고 한다. 이발소 직원 같은 느낌으로, 이 남자가 대위라고 하면 지나군도 별 것 아닌 것 같다. 문득 그렇게 경멸하는 마음이 내 머리를 스쳤다. 젊은 비행장교는 누워서 책을 읽고 있다. 지나인 치고는 보기 드물게 아름답고 맑은 눈과 표정을 하고 있었다.

포로수용소를 나와서 보도부로 돌아가니 어젯밤에 만난 나토리 요로스케名取洋之助 씨가 구강 행 배 티켓을 교섭해 주었다고 해서 나는 갑자기 가슴이 두근거렸다.

밖에는 어느새 이슬비가 내리고 납덩이 같이 무거운 저녁 하늘이다. 스기야마 씨는 나를 재촉하여 자동차로 아사히 지국으로 가서 통조림이 들어 있는 상자를 받아 주고, 다나카 씨 집에 내 배낭을 같이 가지러 가주기도 했다. 나는 어두운 방으로 돌아와서 내 배낭과 사진기, 물통, 지도통 등을 들고 달려 나왔다. 서둘러서 자동차를 탔지만, 이제 시간이 얼마 남지 않았다. 6시까지 나는 그 배를 타야만 했다. 자동차 안에서 스기야마 씨는 자기 타올을 몇 장이나 찢어서 통조림을 싸 주었다. 나는 남의 집에 입양을 가는 아이처럼 타올을 찢는 스기야마 씨의 손을 멍하니 바라보고 있었다. 하관下関 부두에서는 마지막 거룻배가 막 뜨려는 참이었다. 내 티켓을 가지고 있는 군보도부 사람도 종군복從軍服을 입고 탔다.

아사히 마크가 붙은 짐이 배에 잔뜩 실려 있다. 아사히의 고다하라古田原 씨라는 무전사와 연락원이 한 명, 나는 좋은 길동무가 생겨서 기뻤다. 비에 젖어 거룻배 한 복판에 배낭을 메고 서 있자니, 스기야마 씨는, 그럼 안녕히 가세요 라고 하고는, 비를 맞으며 서 있는 것도 너무 바보 같으니 돌아가겠다고 하고 서둘러 자동차로 돌아갔다. 나는 묘하게 쓸쓸한 기분이 들었지만, 이제 어쩔 수 없다고 생각했다. 이슬비는 몸에 스며들 정도로 추적추적 내리고 있다. 나는 우비와 빨래를 해서 의자 등에 널어 둔 판탈롱을 잊고 온 것이 생각났다. 비가 오는데도 우비를 잊은 것이다. 어지간히 제정신이 아닌 것 같다.

거룻배가 본선에 도착하자, 이제 주위는 깜깜해졌다. 나는 곧 트랩을 올라갔다. 불이 꺼져 있어서 뭐가 뭔지 전혀 알 수가 없다. 때때로 갑판 위를 파란 회중전등 불빛이 비쳤다 꺼졌다 한다. 선원에게 안내를 받아서 배 바닥으로 내려가니 선창에는 볏짚이 깔려 있고, 한 가운데 이시카와 다쓰조石川達三 씨가 앉아 있었다. 우리들은 반가워 서로 소리를 질렀다. ㄷ자 형 선실에는 왼쪽 오른쪽 모두 병사들뿐이고, 내가 내려가니 병사들이 모두 깜짝 놀란 표정으로 나를 보았다. 어슴프레하지만, 독서도 할 수 있을 정도로 전깃불이 켜져 있다. 나는 방 가운데에서 자기로 했다. 모포를 깔고 배낭을 베고 누워, 멍하니 전등을 바라보고 있다. 오늘은 길고, 그리고 짧은 변화무쌍한 하루였다. 앞으로 어떻게 될 것인지. 나는 내 운명이 앞으로 어떻게 될지 모른다. 주위는 온통 마구간 같다.

이 배는 6500톤 정도 되며 ○○○호라고 한다. 인도항로 화물선이었다고 한다. 현역 병사나 예비 병사들이 내 주위에 잔뜩 모여 있다. 나는 여기에서 아지오카味岡 소장이라는 분을 만났다. 문학이나 조경 이야기를 할 수 있는 사람이다. 아지오카 씨는 나를 구사쓰草津 스키대회에서 한 번 본 적이 있다고 이야기해 주었다. 자동차로 구강에 도착하면 편의를 봐 주겠다고 했다.

그런데 나는 배를 타고 나서도 화장실 걱정을 해야 했다. 다행히 기관사가 친절하게도 선원들이 다니는 화장실을 알려 주었다. 회중전등을 들고 갑판으로 나가니, 어두운 양자강 강바람이 찼다. 배는 내일 아침 일찍 뜬다고 한다.

9월 20일 이슬비

아침에 먼지 냄새가 나는 모포 안에서 나는 또 '살아 있다'라는 시 한 구절이 생각났다. 공간에 막막하게 무지개처럼 펼쳐져 가는 정체 모를 픽션擬說을 느낀다. 만질 수도 없고 볼 수도 없이 사라져 버리는 한 순간의 꿈이기는 하지만, 그것은 나의 파란만장한 과거가 까슬까슬한 보리처럼 작은 알갱이로 일제히 내 상념 속으로 내려앉는 꿈이었다.

진군 나팔도 용감하게…… 모포 침상 속에서 잠을 깨고 군가를 부르는 병사들이 있다. 나는 어둠 속에서 벌떡 일어나 머리를 벗고 세수를 하고 갑판 화장실에 갔다. 세수를 하고 돌아오니, 내 주위 사람들은 모두 고개를 들고 담배를 피우거나 세상 이야기를 하고 있다. 이윽고 모두 일어나서 모포를 개기 시작했다.

이 배에는 300두 정도 되는 말이 타고 있고, 내 주위 병사들은 모두 내지에서 이 말을 수송하는 사람들이었다.

나라시노習志野의 젊은 오장伍長[2]이 아침식사를 하고 나서 말을 봐 달라고 했다.ㅡ내 자리의 모포를 개고 아침식사 준비를 시작했다. 아침식사라고 해도 두 개의 양동이에 된장국과 밥을 받는 것이다. 우리 그룹은 여섯 명. 아사히의 무전 담당인 고다하라 씨, 연락원, 이시카와 다쓰조 씨, 나, 군보도부 사무 담당자와 구강 병참에 가는 사람이라는 군속 복장을 한 상인 같은 젊은이, 이렇게 여섯 명이 우리 식탁 그룹이다.

양동이에 담긴 밥도 정말이지 맛있어서 나는 즐겁게 먹었다. 된장국도 맛있고 커다란 매실장아찌도 맛있었다. 누군가 통조림을 따서 우리들에게 돌려주었다. 병사들과 하는 식사도 초등학생들처럼 시끌시끌하다.

배는 이미 출발했다.

아침식사 후에 갑판으로 나왔다. 가랑비가 내리고 있다. 노랗고 탁한 물은 마치 홍수가 난 후처럼 배를 물어뜯고 있었다. 갑판에 함석으로 지은 화장실에서는 병사들의 머리만 죽 일렬로 늘어서 있어서 예전에 읽은 「서부전선 이상없다」의 한 장면이

2 구(舊) 일본 육군 계급의 하나. 하사(下士)에 해당.

떠올랐다.

갑판 위에 올라가니, 선수 배 바닥에 말이 잔뜩 실려 있는 것이 보였다. 극장의 네모난 자리처럼 말이 들어갈 정도의 마구간이 있고, 그 안에서 많은 병사들이 셔츠 한 장만 걸치고 말을 돌보고 있다. 두세 명의 병사가 양동이를 매단 긴 줄을 토굴 같은 선창에 늘어뜨리고 있다. 그러자 양동이는 곧 마분으로 가득차서 갑판의 병사들에게 줄줄 끌려올라왔다. 말의 소변도 이 양동이로 갑판위로 퍼올려지고 있었다. 나는 곧 방금 전의 오장을 찾아, 마구간으로 연결된 경사가 급한 계단을 내려갔다.

선창에는 여물이 산더미처럼 실려 있다. 짚 냄새와 말 체취, 오줌과 똥 냄새로 선창은 숨을 쉬기가 어려웠다. 크레인이 우뚝 서 있는 갑판 천정의 넓은 사각형 창문으로 즈쿠로 된 환기통 두 개가 선창에 매달려 있다.

300두 가까운 이 말들은 홋카이도北海道에서 운반되어 와서 중국 ○○항을 출발하여 오늘로 열흘 남짓 수상생활을 하고 있다고 한다. 북청호北清號라는 검은 말은 목에 커다란 나무조각 부적을 매달고 있고, 그 부적 뒤에는 홋카이도 시게미쓰 도모이치重光友市라는 주인 이름이 적혀 있다. 붉은 털을 한 천룡호天龍號는 길이 아주 잘 들어서 병사가 여물을 입가로 가지고 가면 아주 익숙하게 병사의 손에 있는 여물을 핥아먹고 있다. 나도 천룡호 입가로 여물을 가지고 갔다. 우물우물 여물을 먹던 입을 벌려서 아주 능숙하게 내 손에서 여물을 핥아먹었다. 귀여워서 눈물이 날 지경이었다. 어느 말이나 모두 센닌바리千人針[3] 나 부적을 지니고 있었다.

나는 이곳에 말 돌보기 일지를 적어 두고 싶다.

—아침 돌보기. 오전 7시 20분—

이 시간에는 선내 청결, 즉 말 분뇨를 정리하는 시간이다. 그리고 말 먹이로는 물, 소금, 여물, 쌀겨, 당근, 대맥, 연맥, 건초류를 준다. 젊은 오장은 어두운 표정으로, 이미 2, 3일 전부터 당근이 다 떨어졌다고 이야기했다.

— 마구간 내 정리. 오전 9시부터 10시 무렵까지. —

이 시간에는 마구간에 매어 놓은 말을 한 마리씩 좁은 마구간 안에서 운동을 시키는 시간이다.

—낮 돌보기. 정오 12시—

식사는 아침과 큰 차이 없음. 낮 돌보기가 끝나면 곧 다시 두세 시간 후 오후 마구간 정리가 시작된다.

—마구간 내 정리. 오후 3시부터 4시까지. —

이 시간도 아침과 마찬가지로 한 시간 씩 말에게 운동을 시키는 시간. 저녁 말 돌보기는 5시. 이것도 식사는 아침과 차이가 없다. 저녁 돌보기가 끝나면 점호 돌보기라는 것이 밤 8시에는 시작된다. 아픈 말은 없는지, 쓰러진 말은 없는지, 병사는 자신이 담당하는 말을 살피며 돌아본다. 말 점호가 끝나면 말에게 물과 건초를 준다. 그것으로 말의 하루 일과는 끝나지만, 오랜 선창생활로 인해

3 출정 병사의 무운을 빌어 천 명의 여자가 한 땀씩, 붉은 실로 천에 매듭을 놓아서 보낸 배두렁이 따위.

어느 말이나 모두 생기가 없다. 침이 튈 정도로 거칠게 내쉬는 말의 한숨에 나는 어쩐지 초조해진다. 하루라도 빨리 육지로 올려 주고 싶은 기분이 든다.

낮 3시에 배는 무호蕪湖에 도착했다.

언제였던가? 신주쿠新宿 행 버스 안에서 네다섯 명의 대학생이, 내 친구가 출정을 해서 지금 무호에 가 있는데 무호는 대체 어디쯤이지 라고 물은 적이 있었다. 두세 명의 대학생은 상해 옆이겠지라고 했고, 아마 소주 옆일 거라고 하는 학생도 있었는데, 나는 그게 너무 믿을 수 없어 놀란 적이 있다. 아마 지나 지도를 보고 지명을 알고 있는 사람은 내지에는 별로 없는 것 같다.

갑판에 나와 많은 병사들과 함께 연안을 바라보았다. 구름인지 연무인지 무호는 수채화처럼 아름다운 도시다. 망원경으로 바라보니 항구도 집도 전쟁의 흔적이 역력했고, 현지 여자 두세 명이 뭔가를 줍고 있다. 옆으로 긴 건물에 라이징 선 오일 집이 있었다.

장강長江 삼천리란 참 기가 막힌 표현이라 생각한다. 물결을 거스르는 뱃살은 물의 저항을 받아 느릿느릿하지만, 소용돌이를 치는 탁한 물의 격한 흐름은 뭔가 적의를 품고 있는 것 같았다. — 대해大海에 물이 있다면 지구도 태양도 변동이 없음을 알라. 만일 대해의 물이 다한다면 세상은 그것으로 끝이라, 지구도 태양도 어지러이 흩어질 것이다. 그 때까지는 절대로 틀림없는 우리의 대도大道일 것이다. 우리의 그 도道는 천지로써 경문經文을 삼으니 태양에 광명이 있는 동안은 행해지지 않는 일이 없으며 틀림없는 대도

이라. 니노미야 손토쿠二宮尊德[4] 도 이런 말을 한 적이 있다. 이 양자강의 물이 가득하게 철철 흘러넘칠 동안은 여러 가지 역사가 태양과 함께 유유히 따라 돌 것이다. 이 강 바닥에 대체 어떤 역사의 흔적이 쌓여 있는지 나는 모른다. 하지만 어쩌면 연안에 남아 있는 적으로부터 공격을 당할 경우, 이 배도 이대로 가라앉아 역사의 한 장으로 남게 되지 말라는 법도 없다.

무호를 나와 배는 엔진을 돌리며 강 위쪽으로 전진하고 있다.

오른편 강변에 침수지대와 같이 물에 잠긴 촌락도 보인다. 가끔 전쟁의 한 복판에 있는 이 강에 많은 오리를 내려보내는 원주민들의 작은 배들도 있다. 많은 오리떼들이 흩어지지 않도록 긴 노로 익숙하게 배를 젓고 있다. 저 오리들을 데리고 가는 배는 대체 어디로 가는 것일까? 병사들은 이 오리배가 정겨운 듯 손을 흔들고 있다.

오리배들이 가장 가까이 내 배를 스쳐 지나갈 때, 망원경으로 본 그 원주민의 얼굴은 햇빛에 검게 그을려 뭔가 진지하게 야단을 치는 듯한 표정으로 오리떼를 모으고 있었다.

배가 스쳐 지나가자 유속이 빨라져서 오리배는 이미 나뭇잎처럼 작아지며 하류로 떠내려가고 있었다.

밤에는 등화관제로 갑판은 여전히 어둡다.

선창에서는 누군가 선원에게서 축음기를 빌려 왔는지, 구슬픈

---

4 니노미야 손토쿠(二宮尊德, 1787~1856). 에도(江戸) 시대 후기의 농정가, 사상가. 철저한 실천주의자로 그 사상과 행동은 보덕사운동(報德社運動)으로 계승됨.

유행가가 흘러나왔다. 나는 어젯밤처럼 모포를 깔고 일찍부터 모포로 얼굴을 덮고 음악을 듣고 있었다. 내 옆에 있는 이시카와 씨는 아지오카 소장과 신나게 이야기를 하고 있다.

8시 점호 말 돌보기가 시작되었는지, 머리말에 있는 계단을 통해 많은 병사들이 갑판으로 올라갔다. 오랜만에 듣는 음악은 마른 이끼가 물을 빨아들이는 것 같았다. 나는 모포 안에서 멍하니 마음 속을 오가는 향수의 음영을 잡으려 애를 썼다. 배낭을 베니 머리가 아파서 나는 갈아입은 수트를 꺼내 그것을 둘둘 말아 베었다. 그러자 누군가 배의 구명도구를 베라고 빌려주었다.

8시 말 돌보기가 끝나니 선창 안은 다시 활기를 찾고 가위바위보를 해서 머리를 때리며 놀고 있는 병사들과 총검 청소, 구두 닦기, 여러 가지 잡담이 뒤섞이고 있었다.

누워서 일기를 쓰는 사람, 편지를 쓰는 사람. 병사들은 틈만 나면 일기나 편지를 쓴다.

아지오카 소장은 장교이므로 윗층 캐빈에 있을 수 있는데도, 틈이 나면 우리들이 있는 선창으로 내려와서 여러 가지 이야기를 한다. 결혼을 한지 일 년 되던 해에 출정을 했다고 한다. 가을에는 아이가 태어난다는데 태어난 아기는 좀 보고 싶습니다 라고 말씀하신다. —배 안의 밤은 정말 지루하고 길게 느껴진다. 나는 글을 한 글자도 쓰고 싶은 생각이 나지 않았고 편지를 쓰고 싶은 생각도 들지 않았다. 피곤한 것은 아닌데, 이상하게 머리 속이 썩어 가는 느낌이었다.

머리말에서 젊은 당번 병사가 하사관 옆으로 가서 작은 목소리로 말이 쓰러졌다고 보고를 하고 있다. 누워 있던 하사관은 벌떡 일어나더니, 셔츠를 입은 채로 당번과 둘이서 서둘러 갑판으로 올라갔다. —밤이 깊어지자 내 오른쪽에 누워 있던 병사 중에 누군가 병이 났는지, 어이 한번 일어서 봐. 일어설 수 없다는 것은 아니겠지. 아니 내 다리에 감촉이 전혀 없어. 열은 얼마지? 41도.…… 이런 대화가 들려왔다. 모포를 젖히고 그 쪽을 보니, 열로 얼굴이 새빨개진 병사 한 명을 전후 서너 명이 들러붙어 끌어안고 있다. 이윽고 이 배의 의사가 와서 그 병사에게 주사를 놓았다. 감기라는데 다리가 저린다니 이상하네. 병사를 빙 둘러싼 병사들이 그런 이야기를 주고받았다. 현역들이기 때문에 머리를 박박 깎은지 얼마 안 되어서 파랗고, 동작은 아주 활기차다.

검은 천으로 둘러싼 등불의 빛은 주형처럼 병사 모포 위로만 뚝 떨어지고 있었다. 코를 고는 소리, 잠꼬대, 이 가는 소리가 끊임없이 들려오고 있다. 닻을 내렸는지 배는 조용하다. 밤이 깊어서 갑판 화장실에 가니 강 위는 시커멓고, 이슬비가 내리고 있었다. 바람이 차고 그 바람에 섞여 배 안의 여러 가지 잡다한 냄새가 코를 찔렀다. 나는 회중전등으로 발밑을 비추며 좁은 캐빈의 복도로 기어들어갔다. 선창 쪽에서 멀리 말 울음소리가 들려온다. 화장실에서 돌아오는 길에 선수 쪽으로 가서 선창에 있는 말을 들여다보았다. 옅은 불빛 아래에서 마구간에 묶여 있는 말들은 괴롭고 슬픈 듯이 발을 구르고 있다. 당번 병사가 등불 아래 산처럼 쌓여 있는 어물에 엎드려 뭔가 열심히 공책에 적어대고 있었다.

9월 21일 이슬비

또 비가 내리는 것 같다.

시계를 보니 5시 반. 나는 일어나서 모포를 개고 모포에 기대 머리를 빗은 후 빨간 천으로 머리를 묶고 배낭을 정리하기 시작했다. 문득 비를 맞으며 돌아간 스기야마 씨 생각이 났다. 그리고 이제 평생 이 배에서 내릴 수 없을 것 같은 기분도 들었다. 내 베개를 베고 이시카와 씨가 잠을 잘 자고 있다. 직립부동으로 길게 누워 자고 있다. 오른쪽 침상에서는 고하라타 씨가 또렷한 목소리로 잠꼬대를 하고 있다.

왼편에는 예비 병사 두세 명이 일어나서 말을 보러 갔다. 계단을 오르면서 오늘은 하루 종일 위험하군 하는 이야기 소리가 났다. 나는 배낭 정리를 다 하고, 어머니에게 간단한 편지를 썼다.

집에는 별일 없는지요. 저는 잘 지냅니다. 편지를 보내지 않아도 걱정 마세요. 어머니가 신에게 빌어주시는 것도 좋지만, 그것은 오히려 곤란해요. 어머니는 신께 빌고 나서는 점을 보거나 해몽을 하며 매일 귀찮게 제 생각을 하시겠지요. 그게 싫어서 그러니 그냥 안심하고 조용히 계세요. 전장에 왔어도 저는 다른 소설가들처럼 탄환 속을 돌아다니는 것이 아니니 안심하고 기다려 주세요.

제가 없는 동안 잘 계실 수 있도록 문단속 잘하고 불조심하고 개밥 주는 것 잊지 마세요. 돈이 필요하면 윗층에 있는 하야시林 씨에게 빌리세요. 제가 돌아가서 갚을 게요. 음식 조심하시고. 한구

함락 때까지는 돌아가지 않을 거예요. 이제 곧 함락될 거라 생각되는데 언제가 될지는 저도 몰라요. 지금은 아주 잘 지내고 있으니, 편지가 없어도 걱정하지 마세요.

나는 편지를 쓰면서 뭔지 모를 공허함을 느꼈다. 딱히 어머니를 보고 싶은 생각이 드는 것도 아니면서도 눈가에 눈물이 맺혔다.

6시 반에는 모두 일어났다. 목찰을 들고 이시카와 씨들이 아침 식사를 받으러 갔다.

"아아, 어젯밤에는 고향에 돌아간 꿈을 꾸었어."

병사 한 명이 하품을 하며 그런 이야기를 하자, 병사들도 나도 모두 와 하고 웃었다. 모처럼 자는데 깨워서 미안합니다 라고 누군가 농담을 했다.

선상의 비는 정말 불쾌하고 싫다. 갑판은 늘 추적추적 젖어서 마를 날이 없고 선창 공기는 축축하다.

갑판에는 오두막 같은 커다란 물박스가 생겼고, 병사들은 그곳에서 모두 세수를 하거나 빨래를 한다. 낯이 익어서 내게 인사를 하는 병사들도 있다.

여기까지 왔어도 양자강 물은 싯누렇고 탁하다. 우리가 탄 배는 이곳에 오는 도중에 정오 무렵 동륭東隆이라는 곳에서 적의 탄환을 맞았다. 저녁 5시, 우리 배는 안경安慶이라는 곳에 닿았다.

비는 걷혔지만, 어쩐지 울적하다. 회색 하늘에 6층짜리 고탑이 배에서 가까이 보였다. 연보라색 탑으로, 풀이 돋은 탑 정상에는 감시병 한 명이 서 있는 것이 보인다. 항구의 어느 집 흰 벽에는

'부선개악扶善改惡'이라는 글자가 가로로 크게 적혀 있었다. 안경이라는 마을은 살아보고 싶을 정도로 아름다운 곳이다. 수목이 잔뜩 우거져 있고 고풍스런 집들의 지붕도 부드럽게 모습을 드러내고 있으며, 언덕 쪽으로 건물들이 겹겹이 늘어서 있다.

많은 병사들이 우현으로 나와 안경 마을을 바라본다. 누군가, 좋은 곳이구먼 라고 중얼거렸다. 지나의 마을은 멀리서 보면 좋은 것 같은데, 가까이 가면 지저분한 곳이라고 또 누군가 말했다.

저녁밥은 양파와 연어 통조림을 찐 반찬이 나왔다. 나는 쇠고기 통조림을 따서 식탁에 있는 모두에게 돌렸다. 염교 병을 돌리는 사람도 있었다. 이시카와 씨는 내지에서 가지고 왔다며 자기의 큰 젓가락 상자를 가지고 있었다. 나는 포크도 잊고 와서 배에서 빌린 나무젓가락을 식사 후에 종이에 싸서 간수해 두었다.

또 지루한 밤이 찾아왔다.

감기에 걸려 일어설 수도 없던 병사는 이제 상당히 좋아진 듯, 누워서 당번이 먹여 주는 차를 마시고 있다. 나는 귤 통조림을 따서 그 병사가 있는 곳으로 가지고 갔다. 그 사람은 기쁜 듯이 몇 번이나 고맙다는 인사를 했다. 다리가 저리는 것도 많이 좋아졌다고 한다.

또 축음기가 돌고 있다. 상해 소식이라는 노래다. 남자와 여자가 이별을 아쉬워하는 대화 같은 노래인데, 어쩐지 이런 선창에서는 별로 좋은 기분이 아니다. 이기고 돌아오겠다고 늠름하게 부르는 군가가 어쩐지 애수가 느껴져서 언제 들어도 기분이 좋다.

아지오카 소장과 노구치 오장 두 사람하고 점점 친해졌다. 노구치 오장은 수염을 잔뜩 길렀는데, 내지에서는 비행기 쪽 일을 했었다고 한다. 온후하고 인상이 좋은 사람이다. 장기 같은 완구를 빌려주면, 어두운 곳에서 혼자 그 완구를 언제까지고 이리저리 머리를 쓰며 논다.

오늘밤에는 안경에서 묵는다. 엔진 소리도 그치고 사방이 조용해지자, 병사들은 또 편지나 일기 쓰기에 여념이 없다. 오늘은 말 한 마리가 쓰러졌다고 하며 당번 병사가 계단에 기대 멍하니 서 있다.

말에게도 이력서가 있다. 나는 많은 말들의 이력서를 보았다. 이번에는 홋카이도의 말이 많아서 그런지, 다키가와초瀧川町 에서 온 말에는 다키후지瀧藤라든가 다키히카리瀧光와 같은 이름을 붙였다. 말을 기른 주인의 이름, 말의 성격, 각 말의 건강진단서, 군에서 사들인 가격 등이 자세히 기록되어 있었다.

9월 22일 맑음

오랜만에 맑은 말씨다. 오늘은 더워서 하얀 자켓을 벗었다. 하늘이 파랗게 개이고 구름 한 점 없다. 이 지방은 비가 오기 시작하면 한없이 계속해서 내리지만, 한 번 개이면 또 당분간 좋은 날씨가 계속된다고 한다.

낮에 팽택彭澤 바로 못 미쳐서 적이 배를 침몰시켜 방해를 하고 있는 곳이 보이기 시작했다. 강 위로 거슬러올라가 배가 점점 다가가자 강폭을 막아 놓은 듯이 가라앉은 배 몇 척의 마스트가 수면 위로 올라와 있다. 우리 배는 그 장애물들을 잘 피해서 지나갔다.

팽택 앞에서는 하얀 절이 있는 작고 아름다운 섬도 보였지만, 여기까지 와서 장애물들로 인해 가라앉은 배의 마스트를 보니 전장에 차차 다가가고 있다는 것이 실감났다.

5시 반에 우리 배는 호구湖口에 도착했다. 호구 항도 아름다운 곳이다.

또 밤이 찾아왔다.

오늘밤은 연예 대회가 있다 하여 선창에는 연예무대가 설치되고 큰북이 들려져 나왔다. 8시 점호 말 돌보기가 끝날 무렵, 선창은 병사들로 꽉 들어찼다. 갑판 위로 올라오는 계단도 병사들로 가득 찼다.

오늘밤 연예대회를 위해 상품을 모은다고 해서 나는 귤 통조림과 사인이 들어간 여배우 브로마이드를 내 놓았다. 사인이 들어간 브로마이드는 병사들에게 대단히 인기가 있어서 어떻게든 그것을 받아야겠다고 농담들을 했다.

나니와부시浪花節[5], 야스기부시安来節[6], 시음詩吟 등이 무대에 올랐다. 어느 병사나 모두 예능의 달인들이었으며 연이어 박수가 나왔다.

5 샤미센(三味線)을 반주로, 주로 의리나 인정을 노래한 대중적인 창(唱).

6 시마네현(島根県) 야스기시(安来市)의 민요. 미꾸라지춤(どじょう踊り)을 포함하는 우스꽝스러운 춤을 포함하는 종합 민속예능. 다이쇼(大正)시대 전국적으로 유행.

11시 무렵 연예가 끝나고 병사들은 제각각 갑판으로 나오거나 선창으로 돌아가서, 방안은 텅 비었다. 나는 거적 위를 청소를 하고 모포를 폈다.

왼편 구석에서는 젊은 선원들이 어둠 속에서 회중전등을 비추며 남양 춤을 추는 것을 병사들에게 구경을 시켜 주었다. 모두가 깔깔대고 웃어서, 어두운 배 바닥의 방에서는 시끄러워, 시끄럽다고 하는 고함소리가 들렸다.

오늘밤은 호구에서 묵었다. 아아, 빨리 뭍에 오르고 싶어 견딜 수가 없다. 나는 모포를 뒤집어쓰고 남양춤을 추는 선원들의 시끌벅적한 소리를 듣고 있었다. 모포를 얼굴에 뒤집어 쓰고 있자 먼지 냄새가 나서 숨이 막힐 듯 괴롭다. 거즈 수건을 꺼내 얼굴을 덮는다. 만약 내가 죽으면 이렇게 되겠지 하고 생각한다. 숨이 막혀서 갑판으로 올라갔다. 멀리 물 위의 어둠속에서 배 신호등이 명멸하고 있었다.

별 하나 없는 어두운 밤이다. 물소리가 나지만, 물 위에는 아무것도 보이지 않는다. 때때로 갑판 위 변소 문이 바람에 날려 덜컹거린다.

나도 예전엔 많이 아름다웠지.

많은 좋은 친구들을 사랑했지.

지금 그들은 어디에 있을까?

바람은 불고 거품은 일며 파도는 소용돌이치네.

하이네의 이런 시가 생각났다. 나의 여러 친구들은 지금쯤 무엇을 하고 있을까? 누워 있을지도 모른다. 여행을 하고 있을지도 모른다. 나는 내 추억 속 인물들의 면영을 차례차례 그려보았다. 딱히 누군가 만나고 싶은 사람은 없다. 내가 사라져서 없어져 버린다면 이대로 사라져 버려도 괜찮다고 하는 뭔가 막막한 지루함이 내 머릿속을 왔다갔다 한다.

내일은 일찍 구강에 닿는다고 한다. 나는 또 밤늦게 배낭을 정리했다. 정리를 해도 정리를 해도 뭔가 부족한 느낌이 드는 것은 어쩔 수가 없다.

9월 23일 맑음

아침 8시에 구강에 도착했다.

지붕에 미국 깃발을 그린 서양식 건물도 보인다. 안경, 무호처럼 아름다운 마을은 아니다. 물위에서 봐도 먼가 복닥복닥해 보인다. 9시 무렵 나는 배낭을 메고 트랩을 내려가서 거룻배를 탔지만, 말이나 병사들과 헤어지는 석별의 정이 나를 불안한 마음에 침잠하게 한다. 나는 이제 이 배와 말과 병사들과 헤어져서 대체 어떤 운명을 맞이할 것인지. 도통 알 수가 없다.

파도가 거칠다. 거룻배로 아지오카 소장, 이시카와 씨, 고다하라 씨들과 센타병참이라는 곳에 닿았다. 질척거리는 하안에 바로 커다란 중앙은행 건물이 눈앞을 덮치듯 우뚝 서 있다.

아사히의 전서傳書 담당이라는 스즈키鈴木 씨라는 사람이 자전거로 우리들 마중을 나왔다. 우리들은 배낭을 메고 울퉁불퉁한 붉은 흙길을 걸어 강을 따라 지국까지 갔다. 이시카와 씨, 아지카와 씨하고는 중앙은행 앞에서 헤어졌다. 덥고 길이 멀어서 목줄기와 배낭을 맨 등에 땀이 주룩주룩 흘러 기분이 나빴다. 낮 동안에는 가혹하게 덥다. 썩은 음식이 떨어져 있는 곳에는 파리가 먹물을 갈아 놓은 듯이 꼬이고 있다.

덥다. 더워서 견딜 수가 없다.

아사히 지국에 가자 입구에 커다란 양동이가 나와 있고, 소독수가 채워져 있었다. 그것으로 신발 바닥을 살짝 헹구고 건물 안으로 들어갔지만, 마당의 돌계단에도 분홍색 소독수를 채운 세면대가 나와 있다. 그것으로 손을 씻고나자 2층으로 안내를 받았다. 기무라木村라는 지국장을 만났다. 야전이 점점 더 가까워져서 이곳 지국도 어수선하고 휑뎅그레했다. 나는 물통과 배낭을 맡기고, 센타병참 옆에 있는 군보도부에 인사를 하러 갔다. 군보도부로 가는 좁은 골목길을 들어서자, 왼편에 기독교 교회 같은 작은 건물이 있었다.

군보도부에는 이시카와 씨가 와 있었다. 나는 이곳에서 다카하시高橋 중좌를 뵈었다. 말을 솔직하게 하는 분으로, 상해에서 온 과자를 먹으라고 내 주었다.

이곳에서 잠자리 걱정을 해 주셔서, 보도부 사무를 보는 사람 안내를 받아 센타병참 숙박권을 받으러 갔다.

이곳에서도 숙박권이 없으면 숙소에서 잠을 잘 수 없다고 한다. 도장을 찍고 오늘 숙박권을 받고 마스다야增田屋라는 숙소로 안내를 받았다. ―구강 마을은 가늘고 긴 곳으로 이 마스다야 근처는 긴자거리라고 할 수 있다. 하지만 이 메인 스트리트는 휑한 분위기뿐으로, 거리는 트럭과 병사들만 가득했다.

마스다야 여관은 그윽하고 깊이가 있는 집이었지만 황량한 숙소로, 방 안에는 침대와 테이블 하나. 침대도 모포가 깔려 있고 얇은 이불이 덮여 있을 뿐이다.

내 방은 남문 호수에 면한 곳으로 전망이 아주 좋다. 발코니에서 망원경으로 철망 너머 호수의 경치를 바라보았다. 멀리 노산瀘山이 보였고 호수 한 가운데 쯤에 커다란 가로수가 늘어선 둑방이 가로로 다리처럼 길게 이어지고 있었다.

저녁 때 아사히신문 지국으로 12, 3정[7]이나 걸어가서 저녁밥을 대접받고, 배낭을 메고 숙소로 돌아왔다.

목욕을 할 수 있냐고 물어 보았지만, 지금 만원이라고 해서 안뜰에 있는 커다란 독에서 세면기에 물을 담아 2층으로 가지고 올라갔다. 방문에는 열쇠도 없고 아무것도 없다. 납작한 노끈으로 문열쇠를 묶고, 나는 물로 낮동안 땀에 젖은 몸을 씻었다. 비릿하고 모래가 지글거리는 물이었다. 며칠 만에 하는 목욕일까? 나는 참 멀리도 왔구나 하는 생각이 들었다. 테이블 위에 촛불을 켜 놓아서 내 그림자가 천정에 크게 비친다. 이 숙소는 홀처럼 넓은 방을 유리창이 달린 낮은 문으로 구획을 짓고 있을 뿐으로, 옆방 베드 위에 있는 장교는 여자의 커다란 그림자를 보고 깜짝 놀라지는 않을까 하여, 나는 촛불을 끄고 몸을 씻었다. 물소리가 듣기 싫게 천정에 울려 퍼진다. 어둠 속에서 내 팔이 하얗게 보인다. 이 부분은 아

7 정(町)은 거리의 단위로 1정은 약 109m.

직 더러워지지 않았구나 하며 나는 팔을 볼에 대 보았다. 몸을 씻고 새 속옷으로 갈아입자 뽀송뽀송한 느낌이 들었다. 너무 지쳐서 배낭에서 사탕통을 꺼내 입안에 한 알 집어넣었다. 온몸의 침이 혀 위로 뜨겁게 싹 모여 들었고, 한 알의 사탕은 정말이지 너무 맛이 있었다. 촛불을 켜고 잠시 멍하니 있자니 이윽고 멀리서 비행기 같은 소리를 내며 수많은 모기떼들이 내 뺨 옆으로 몰려들었다. 이마를 물려서 가려워서 견딜 수가 없다. 이상하게 예리한 침을 가진 모기이다. 나는 배낭에서 멘소레담을 꺼내 이마에 문질렀다. 테이블을 보니 회오리 모양의 모기향이 있어서 거기에 불을 붙여서 바닥에 놓고 다시 침대에 누웠다. 옆방에서는 가위에 눌리는 사람이 있는지 으음, 으음 하는 기분 나쁜 잠꼬대 소리가 들려왔다. 가끔씩 침대가 삐걱거리는 소리가 난다.

나는 불을 끄고 나서도 이 신음소리 때문에 좀처럼 잠을 이룰 수가 없었다. 밤늦게 돌아오는 장교가 있는지 검 소리가 찰랑찰랑 나며 방으로 들어오는 기색이 있다. 이윽고 천정 구석이 촛불로 환해진다. 커다란 스님 같은 그림자가 꺾여서 내 침대에서 보인다.

깊은 밤, 옆방의 신음소리는 그쳤지만, 멀리 길 쪽에서 말이나 차량 소리가 언제까지고 언제까지고 들려왔다.

9월 24일 맑음

별로 기분 좋게 잠을 깨지는 못했다. 수면부족 탓인지 머리가 아프고 입안이 까슬까슬해서 묘한 기분이다. 몸을 뒤척이자 밝은 창문에 모포의 먼지가 연기처럼 춤을 추며 올라간다. 나는 그 먼지가 날아가는 방향을 가만히 바라보고 있다.

이제부터 어느 방향으로 가는 것인지 전혀 짐작도 되지 않는다. 구강의 풍토는 가을 정취가 전혀 없다. 수목도 적고 건조한 집과 길 뿐이다. 이런 곳에 언제까지고 머물러 있느니 차라리 최전선에 가는 것이 낫다.

8시에 일어나서 어젯밤 세면기의 물을 버리고 뜨거운 물을 받았다. 세수를 하고 거무스름한 손을 씻자 기분이 상쾌해 졌다. 경수硬水 비누가 여기에서는 뜨거운 물인데도 까슬까슬 거품이 일지 않는다. 식당에 내려가니 어젯밤에 도착했다며 후카다 씨가 와 있다.

아침 식사는 식사라고 하기에는 너무 초라하다. 파리 떼가 들러붙은 상 위에는 비릿한 생선조림이 차려져 있다. 식사가 끝나고 비릿한 차를 마시고 있는데, 아지오카 소위가 활기찬 얼굴로 찾아와서 서창瑞昌에 갈 거라면서 같이 가자고 했다. 나는 즉시 후카다 씨에게 가자고 했다. 마침내 이시카와 씨도 와서 후카다 씨, 이시카와 씨, 내가 아지오카 소위를 따라 가기로 했다.

서창은 구강에서 2시간 반, 길은 심하게 울퉁불퉁해서 자동차가 파도처럼 흔들거린다. 도중에는 거의 침수지대로 수목이 물에서 자란 것처럼 보인다. 학으로 보이는 야윈 해오라기 한 마리가 물 속에 서 있다. 마침내 자동차는 세각교洗脚橋 같은 곳을 지나갔다. 자그마한 부락으로 탁하고 좁은 시냇물에는 일장기를 내건 작은 배들이 서너 척이나 떠 있다.

서창 부락에 들어서자 상당한 격전지였던 듯 제대로 된 지붕을 한 집은 한 채도 없었다. 병참기지에서 자동차를 내리자 나카무라中村, 아사누마浅沼 등 JOAK[8] 의 아나운서들이 군인 복장을 하고 서 있었다. 허리에는 긴 칼을 차고 있다. 그것이 내게는 이상하게 여겨졌다. —벽이라는 벽은 모두 항일 낙서로 가득했다. 그로스[9]의 그림 같은 음산한 수묵화가 흰 벽 도처에 그려져 있다.

이곳에서 전선까지 약 100여리, 가도를 지나가는 병사들은 볼이 움푹 패이고 군복은 진흙투성이였다. 무거운 배낭을 등에 지고 햇볕에 타는 듯한 가도를 혼자서 걷는 병사도 있었다. 묵묵히 나아가고 있다. 나는 빨리 작가 일행과 떨어져서 이곳에 올 수 있게 된 것을 잘 되었다고 생각했다. 길바닥의 돌 위에 앉아서 찬합의 밥을 먹고 있는 병사에게 어디로 가느냐고 묻자, 앞으로 곧장 전선으로 갑니다 라고 하며 묵묵히 밥을 먹고 있다. 반찬은 아무것도 없다. 부슬부슬한 밥에 딱딱한 소금을 뿌려 먹고 있다. 고향은 어디냐고 물으니, 기후岐阜의 요로군養老郡이라고 했다. 말라리아로 몸이 많이 허약해졌지만, 오늘은 상태가 좋아서 원대를 쫓아가는 것이라고 했다. 병사는 밥을 다 먹더니 포크를 탄약 함 같은 곳에 정리를 하고 전투모의 뒤로 끈을 덜렁덜렁 늘어뜨리며 배낭을 메고 걷기

8 1925년 3월 개시한 사단법인 도쿄방송국.

9 게오르게 그로스 (George Grosz, 1893.7.26.-1959.7.6.). 독일의 화가. 전후 독일미술을 대표하는 가장 전형적인 인물이며, 극적인 구성과 신랄한 풍자로 당대 독일의 사회상 및 인간 욕망의 추악성을 고발했다. 베를린 다다와 표현주의, 신즉물주의 운동에 가담했다. 주요 작품에 《자살 Suicide》(1916), 《메트로폴리스 Metropolis》(1916~1917), 《흐린 날 Grey Day》(1921), 《사회의 기둥들 Pillars of Society》(1926) 등.

시작했다. 나는 그 병사 뒤를 따라가서 체리 한 갑을 건넸다. 병사는 내지 담배를 보고서야 비로소 기쁜 듯이 거수경례를 하며 더운 가도를 혼자서 전선 쪽으로 걸어갔다. 나는 아지오카 소위와 이시카와 씨, 후카다 씨를 쫓아 달리기 시작했지만 이상하리 만치 볼에 눈물이 흐르는 것을 어쩔 수가 없었다. 일 년의 성상을 거친 병사의 얼굴은 작년 남경 함락 때와는 상당히 달라졌다. 야위기는 했지만, 바위 같은 정신력으로 걷고 있는 이 씩씩한 병사의 표정을 나는 고귀하고 아름답다고 생각했다.

하늘은 투명할 정도로 맑게 개었고 때때로 육군기가 폭음을 내며 전방으로 날아가고 있다. 서창 마을에 들어서서 야전 병원도 둘러보았지만, 병원이라고 할 수는 없고 부상병들은 빈 집에 거적을 깔고 모포를 둘러쓰고 누워 있을 뿐이다. 붕대도 너무 낡은 병사가 있다. 왼손으로 고향으로 보내는 편지를 쓰는 병사도 있다. 여러 종류의 부상병들이 이집 저집에 누워 있다. 어느 집이나 석탄 가루를 뿌려 놓은 듯 파리 떼가 잔뜩 달라붙어 있다. 지붕에 툭 튀어나온 작은 적십자 깃발이 내 눈에는 뭔가 가슴을 파고 들었다. 전선에서 들것에 실려 온 병사 한 명의 어깨 상처에는 파리들이 들러붙어 웽웽거리고 있었다. 이렇게 심한 싸움 전에도 부상병들은 묵묵히 자신이 직접 붕대를 갈거나 전우의 붕대를 갈아주고 있다. 이곳에는 간호부는 없었다. 야전예비병원까지는 간호부가 있었지만, 이곳까지는 간호부가 오지 않는다는 것이다. 여기에서는 내지에서 가지고 온 여자들의 위문글을 많은 병사들에게 나누어 주었다.

나무뿌리 같은 병사의 손이 무수히 겹쳐지며 내 손에서 위문글을 가져갔다. 나는 가지고 있던 담배도 병사들에게 모두 나누어 주었다. ―서창 마을을 떠날 무렵, 평지에 말을 많이 메어 놓은 곳이 있었는데, 나는 문득 구강에서 헤어진 말들이 생각났다. 그 300두의 말들은 어느 육지로 옮겨졌을까? 기중대로 말을 매달고 한 마리씩 거룻배에 옮긴다는 이야기를 들었지만, 문득 배 안에서 쓰러진 말이 떠올랐다. 나는 그곳에 매여 있는 많은 말들을 한 마리 한 마리 코끝을 쓰다듬어 주고 싶은 기분이 들었다. 등 피부가 벗겨져 붉은 살이 노출된 말들도 있었다.

3시 쯤 다시 구강으로 돌아가 아지오카 소위의 안내로 미사와 부대에 갔다. 이곳에서는 부대 간판이 모두 히라가나로 적혀 있었다. 미사와 부대는 원래 사원 터라든가 해서 한 가운데가 3층까지 쭉 삐져나와서 돔처럼 되어 있고, 천정은 밝은 유리창으로 되어 있었다. 아래층의 넓은 토방에서는 테이블 아래를 돌아다니는 네다섯 마리의 닭들이 모이를 쪼고 있었다. 저녁때 병사들은 모두 취사 준비에 바쁘다. 3층에 있는 아지오카 소대장의 방에 이시카와 씨, 후카다 씨, 나 세 명이 초대를 받아 차를 마셨다. 피곤한 탓인지 홍차가 뼈에 사무치도록 맛있었다. ― 해가 지려면 아직 시간이 있어서 우리들은 다시 아지오카 소위와 함께 난민구역을 보러 갔다. 하안 도로로 구획지어진 곳에 난민들이 모여 있었는데, 골목 안 광장에는 난민들끼리 장사를 하는 사람들이 있고 여기저기 소주나 땅콩, 고추 등을 파는 노점이 서 있었다.

근시일 내에 난민구에 야채 시장이 생길 것이라고 한다. 강가로 나오자 저녁노을이 아름다운 황혼이었다. 미국인 교회도 있었지만, 문이 꼭 닫혀 있고 한산했다. 넓은 강 위에는 많은 군함과 어용선들이 닻을 내리고 있었다. 난민들은 모두 창백한 얼굴들이었고, 어린아이들은 웃음을 잃은 듯 멍하니 어두운 문입구에 서 있었다.

밤에 아지오카 소위의 자동차로 아사히 지국에 갔다. 이곳에서 서창행 원고를 써서 건네고 나는 곧 숙소로 돌아왔다. 숙소에서는 이제 저녁밥은 끝이 나서 사탕을 꺼내 저녁 밥 대신 먹었다. 오랜만에 목욕을 했지만, 욕조에 때가 하얗게 떠 있고 미지근한 욕탕이었다. 전장이니 만큼 제대로 된 욕조를 찾는다는 것은 한가한 소리였다. 이곳에서는 내지 여자가 두 명 정도 허드렛일을 해 주러 와 있는데 두 여자 모두 이상하게 거만한 느낌이었다. 왜일까? 장교가 지쳐서 돌아와도 차 한 잔 내주는 법이 없다. 정말이지 창고 속에라도 있는 것 같은 애정이 없는 숙소였다. 목욕탕에서 나와 남문호南門湖가 보이는 베란다에 나가 보니, 장교 두 명이 촛불을 켜고 큰 목소리로 이야기를 하고 있었다.

"나는 목욕을 한지가 한 달이나 되었지만, 이제 목욕을 할 기분도 나지 않아."

그러자 젊은 장교가,

"모처럼 돌아왔으니 포도주라도 대접할까?"

라고 하고 있다. 더위를 식히고 있는 나를 보고 두 장교는,

"하야시林 씨 어때요? 이쪽으로 오세요."

라고 내 이름을 알고 불러 주었다.

나이가 든 쪽은 중좌였는데, 오늘 전선에서 회의를 하러 돌아왔다든가 하는데, 얼굴도 가슴도 시커맸다. 전선의 병사도,

"정말이지 큰일이예요, 정말 모두들 열심히 일을 해주고 있어요."

라고 했다. 때때로 노산의 중턱 여기저기에서 희미한 불빛이 비쳤다. 숙소 뒤에 있는 호숫가에서 퉁소를 불고 있는 병사가 있었다. 셋이서 들여다보았지만 아무것도 보이지 않았다.

9월 25일 맑음

아침 여덟 시 반. 이시카와 씨들과 셋이서 아지오카 소위의 미사와 부대에 갔다가 성자星子에 갔다. 같은 방 젊은 소위는, 성자까지는 가는 길에 있는 대판교大阪橋 근처에는 상당히 맹렬하게 적의 공격을 받은 부대가 있다고 해서 깜짝 놀랐다. 그러나 어쨌든 이시카와 씨와 나는 자동차가 출발을 한다고 해서 성자까지 신세를 졌다.

하늘이 아름답게 개였다. 가도에 햇빛이 반짝반짝 반사가 되어 눈을 뜨고 있을 수가 없었다. 서창으로 가는 길과 달리 이곳은 산악지대이기 때문에 병사들이 행군을 하는데도 너무 힘이 드는 것 같다. 도중에 몇 번인가 소부대를 만났다. 지도에도 없는 듯한 삼리가三里街라든가 상랑진上廊鎮, 해합진海合鎮과 같은 부락을 지나갔다. 서창으로 가는 도중에는 오리호五里湖라든가 새호賽湖와 같은 작고 지저분한 호수가 많이 있었지만, 이곳에서는 파양호鄱陽湖라는 아름답고 파란 그리고 바다같이 넓은 호수 연안으로 나왔다. 이 호수의 넓이는 시코쿠四国가 다 들어갈 정도의 넓이라고 들었는데, 마치 바다와 같았다.

산을 넘고 넘어 광진만장廣塵萬丈의 성자로 가는 가도를, 무거운 산포山砲를 영차영차 하며 산으로 밀어올리는 부대도 있었다. 어느 병사의 얼굴에도 땀이 기름처럼 진득진득 흐르고 있었다. 이렇게 불을 내뿜듯 흐르는 땀으로 범벅이 된 병사의 얼굴을, 나는 텔레비전처럼 크게 찍어서 내지 하늘에 보내고 싶은 심정이었다.

오른편으로 적이 몇 만이나 있다는 험악한 노산이 보이기 시작했다. 마치 보랏빛 병풍을 친 것 같다. 노산은 마치 먹을 세워 놓은 듯, 바위로 이루어진 맨살을 드러내며 우뚝 솟아 있다. 산봉우리들이 늠름하게 솟아 있다. 도중에 대판교를 지난 지 얼마 안 돼서, 산 중턱에 노란 기와지붕을 한 군관학교가 보이기 시작했다. 이 주변은 위험하다고 하며, 동승을 한 병사가 철포를 손에 바꿔 쥐고 있다. 자동차는 맹렬한 스피드를 내며 달리기 시작했다.

구강에서 성자까지 두 시간.

아지오카 소위는 복통으로 얼굴이 새파래졌다.

성자는 파란 파양호로 툭 튀어나와 있어서 세토내해瀬戸内海와 같았다. 상해에서 양자강을 거슬러 올라가기를 천백 킬로, 구강에서 파양호를 따라 난 좁고 어두운 부락이다. 좁고 어두운 마을 안에 야전병원이 있다. 서창 때와 마찬가지로 들것에 실려 누워 있는 병사, 어두운 바닥에 거적을 깔고 모포로 몸을 말고 있는 병사. 나는 가슴이 먹먹했다.

그 사람들의 얼굴은 창백하기는 했지만, 가만히 보고 있자니, 저녁노을이 쫙 비친 것처럼 여러 가지 격하고 아름다운 수많은 눈

동자들이 하늘 쪽을 보고 있다. 인간의 모든 능력을 발휘하여 질주한 병사들의 얼굴에 지금 한낮의 반짝이는 햇빛이 비치고 있다. 이 사람들이 밤마다 꾸는 꿈은 고향의 꿈일까, 전장의 꿈일까?……

나는 이곳에서 심한 복통에 괴로워하는 아지오카 소위를 이 자동차부대의 숙사에 남기고, 느마타 중위의 안내로 남문과 서문 성벽을 돌아보았다. 남문 밖에는 파양호가 펼쳐져 있고, 성벽 아래에는 해군전사자들의 묘표가 서 있었다. 선향에 불을 피웠다.

흰 구름이 유유히 떠다니는 더운 날씨였다.

우리들은 성자에서 조금 떨어진 신정호반神定湖畔에 가 보았다. 조용하고 아름다운 호수다. 강어귀에 일본 배 네다섯 척이 들어와 있었다. 기복이 많은 초원에서는 벌레들이 시끄럽게 울어대고 있다. 새 참호가 몇 개나 있다. 멀리서 대포 소리가 들려왔다. 나는 화장실에 가고 싶어져서 그곳에서 모두들 기다리게 하고 작은 기복을 넘어 풀이 우거져서 잘 보이지 않는 참호를 찾아 다녔다. 콘크리트로 벽을 친 오래된 참호 안에는 파란 목면 지나복이 벗어놓은 채로 버려져 있었다. 흙이 묻고 비를 맞은 헝겊 조각이 마치 생명이 있는 것처럼 가만히 흙바닥에서 숨을 참고 있다. 벌레가 아주 시끄럽게 울어대고 있다. 나는 적토의 새 참호를 찾아 기어들어갔다. 고개를 들자 작은 새가 아름다운 소리로 울고 있었다. 때때로 폭격을 하는 소리도 귓전에 작게 들려온다. 병사 두 명이 차량 바퀴 같은 것을 메고 참호 옆을 지나간다. 우거진 숲 속이라서 내가 있는 줄은 모르는 것 같았다.

보리밭, 소맥과 양귀비 속에 덮여 있는
병사 한 명, 사람들은 모르고
벌써 이틀, 벌써 이틀밤
중상을 입고 상처를 잡아매지도 못하고
가슴은 뜨겁고 목은 마르고
괴로운 듯 고개를 드네
최후의 꿈, 최후의 환영
멀어가는 그 눈, 하늘을 바라보네
보리밭에 우는 것은 낫 소리
평화로운 마을에 눈길을 주며
그럼 이제 안녕 고향이여
고개를 숙이고 숨은 끊어지네.

릴리엔크론[10]이라는 사람의 시에 전장의 병사의 죽음을 읊은 이런 작품이 있었다. 내 눈은 유유히 흘러가는 구름과 바람을 좇으며 병사의 여러 가지 모습을 하늘에 크게 그리고 있다. 이 참호는 파헤쳐지기만 했을 뿐으로 적병이 사용한 것 같지는 않고, 모래를 퍼낸 것처럼 심하게 울퉁불퉁하다.

개여뀌 꽃과 억새풀이 우거져 있다. 깊이 우거진 갈대숲에는

10 데틀레프 폰 릴리엔크론(Friedrich Adolf Axel Detlev von Liliencron, 1844.6.3.-1909.7.22.). 독일의 시인. 군인을 지냈으며 후에는 관리가 되었다. 전쟁 체험을 선명하게 그린 데뷔작 「부관 기행(副官騎行), 기타」(1883)로 큰 반향을 불러일으켰다.

참호가 많이 파여 있다. 들길을 걸어 모두에게 돌아가니 느마타 중위는 여자는 꽤 힘들겠어요 라고 했다. 정말이지 너무 힘든 일이다. 이러한 전장에서는, 유리처럼 투명하고 아무것도 먹지 않는 인간만 다시 태어나고 싶을 것이라고 생각했다.

진중에서는 아지오카 소좌를 뵈었다. 천막 안에서 군무를 보고 계셨다. 찐 고구마와 사이다를 대접받았다. 내일은 새벽에 대공격을 한다는 것이었다.

보리와 쌀 바구니가 산더미처럼 쌓여 있고 그 산더미 위에서 총을 든 병사들이 노산을 노려보며 감시하고 있었다.

파양호 둔치로 나오자 이백이 노래한 직하直下 삼천 길이 되는 노산의 폭포가 보인다. 바늘처럼 빛나고 있지만 지저분한 호수였다. 동고령東孤嶺 저편에서 일본 비행기 한 대가 날아와서 산그늘에 폭탄투하를 하러 내려갔다. 몇 초 정도 지나면 소리가 날까 하고 시계를 보고 있었지만, 산은 조용했다. 이윽고 비행기는 다른 산을 표적으로, 작은 새처럼 하늘 저편으로 날아갔다. 덥고 찐득찐득한 날씨이다. 파양호 둔치에서 빨래를 하고 있는 병사 두 명의 모습을 바라보며, 문득 또 야전병원 바닥에 누워 있던 부상병들의 표정이 떠올랐다. 모두 이렇게 고생을 견디고 있다. 눈에 보이지는 않지만, 우리 민족을 위해 한 해 동안 병사들이 흘려댄 많은 피가 이 지나 대륙에서 어떤 식으로 결실을 맺을까 하고 생각한다. 나는 이대로 성자에 머물면서 부상병들을 위로하고 싶은 생각도 들었다.

어느 병사도 파도와 같은 깃발의 전송을 받으며 전장에 왔다. 모든 병사가 행복하고 아름다운 고향을 가지고 있다. 어느 병사도 자신이 흙투성이가 되어 부상을 당하고 쓰러지리라고는 깊이 생각하지 못 했을 것이다. 하지만 나는 그 사람들의 신념에 찬 강하고 맑은 눈에 열심히 대응하며 친절하게 제대로 보려고 노력했다.

나는 왠지 모르게 전선에 가보고 싶다. 비전투원으로 게다가 여자의 몸일 뿐이지만, 나는 일본의 여자로서 일본 병사가 전투하는 모습을 내 평생 내 눈으로 확실하게 봐 두고 싶다. 몇 년 후에 진실을 쓸 수 있을지 그것은 모른다. 하지만, 그 진실이라는 것은 대체 어떤 것일까? 눈앞에서 일어나는 일, 일어나고 있는 일. 나는 내 몸 안에서 애국의 열정이 솟구치는 것을 정말이지 경이의 눈으로 보았다. 설령 포탄을 맞아 쓰러져도 그런 것은 아무래도 상관없다고 생각하게 되었다. 이 나라를 사랑하는 격한 감정은 내게는 일종의 커다란 청춘으로 생각되었다.

밤에 아사히 지국에 가서 원고를 썼다. 황량한 편집실에서 연필을 움직이며, 나는 눈물이 나는 것을 견딜 수가 없었다. 닦아도 닦아도 흐르는 눈물에 나는 이제 도쿄로 돌아가지 못해도 상관없다고 생각했다. 그런 생활 따위 이제 아무 미련도 없었다. 나는 격한 감정으로 가와바타 야스나리 씨에게 연필로 편지를 쓰기 시작했지만, 이 기분이 한 달 뒤, 두 달 뒤에 전달될 것을 생각하고는 쓰다만 편지를 찢어 버렸다.

깊은 밤, 원고를 다 쓰니 나토리 씨가 나를 찾아 오셨다. 군보도부 자동차를 가지고 오셔서 그 자동차로 마스다야까지 데려다 주기로 했다.

깊은 밤, 거리는 낮보다 병사들이 많았고 등불 하나 없는 거리를 산포山砲가 간다. 기병이 간다. 보병이 간다. 대체 어느 전선으로 가는 것인지 모르겠지만, 어두운 아스팔트 길을 묵묵히 진군하는 병사들의 모습에 나는 거수경례를 하고 싶은 기분이었다. 나토리 씨가 때때로 군사행렬을 도중에서 끼어 들어가려고 파란 헤드라이트를 켜자, 차량과 병사들의 모습이 마치 그림자 연극을 하는 것처럼 건물 벽에 비쳤다. 이런 곳이 사진이 잘 나와서 좋아요. 전문가인 나토리 씨가 이런 말을 했다.

어떤 명 카메라맨이라도 이런 야간 행군은 제대로 찍지 못할 것이다. 멀리 돌아서 마스다 여관으로 돌아오니, 숙박권이 없으면 재워줄 수 없다고 했다. 숙박권은 매일 센타병참까지 가서 도장을 받아와야 한다. 밤이 깊어서 삼배구배하며 재워 달라고 했다. 먼저 묵었던 방에 내 배낭이 덜렁 남아 있다.

더운 탓인지, 모기 대군에는 두 손 두 발 다 들었다. 얼굴과 팔다리에 멘소레담을 바르고 모기향을 피우고 잤다. 몸이 땅바닥으로 가라앉는 것처럼, 막막하고 옅은 잠에 빠졌다. 레인 코트 주머니에 세탁을 한 판탈롱도 제대로 들어 있었다.

9월 26일 맑음

식사와 풍토가 바뀐 탓인지 아니면 추워서인지 배가 아파 견딜 수가 없다. 일어나면 가벼운 현기증이 났다. 8시 기상. 배는 점점 더 심하게 아파올 뿐이다. 화장실에 몇 번이나 갔다. 9시 쯤, 아지오카 소위가 노산에 간다며 같이 가자고 와 주었다. 배가 아팠지만, 동행을 했다. 기복이 계속되는 산길에 긴 뱀처럼 군사행렬이 이어지고 있었다. 병사, 병사, 병사, 정말이지 긴 군사행렬이 이어지고 있다. 도중에 말 사체가 썩는 냄새가 코를 찔렀다. 등산입구인 연화도蓮花道라는 곳을 지나, 노산 자락에 있는 수비대에 갔다. 이곳에서 바라보는 노산은 중국지방의 산처럼 부드러운 기복을 가진 산맥을 하고 있다. 수비대 사람이, 보세요 저 산 정상에 적이 있는 것이 보이지요, 라며 망원경을 빌려 주었다. 위태위태한 내 눈에도 산 정상에 뭔가 두세 명이 움직이는 것처럼 보인다. 벌레가 울고 들국화가 잔뜩 피었다. 마치 가루이자와軽井沢와 같은 풍경으로 보였다. 이 길을 가마를 타고 장개석 부부가 노산으로 피서를 다녔다고 수비병이 이야기해 주었다. 산을 수 정 올라가니 산길 한가운데 오두막으로 된 경비소가 있었다. 오두막 앞 소나무 가지에 커다란 벽시계가 걸려 있다.

수비병 예닐곱 명이 경비를 서고 있었다. 하계에는 별일 없습니까? 라고 병사 한 명이 내게 정겹게 물었다. 캐러멜과 차를 대접받았다. 낮에는 괜찮지만, 밤에는 정말이지 곤란합니다. 불도 켤 수가 없고, 캄캄한 밤은 지루해서 견딜 수가 없습니다. 이 산길을 지키는 야간 수비병의 생활을 생각하면, 전선처럼 화려하지는 않지만 어쩐지 감사하는 기분이 든다.

노산에서 돌아오는 길에 해군측 작가들이 구강에 와 있다고 해서 중앙은행 앞에서 자동차를 내려달라고 했다.

꽤나 큰 건물이다. 3층으로 올라가서, 사토 하루오佐藤春生 씨와 스기야마 헤이스케杉山平助 씨를 만났다. 스기야마 씨하고는 남경에서 만나고 처음 만나는 것이라서 이것저것 많은 이야기를 하는데 목이 메었다. 스기야마 씨에게 새 찬합과 사이다 두 병을 받았다. 점심을 드시라고 하며 기꺼이 대접을 해 주었다. 식당에서 요시야 노부코吉屋信子 씨도 만났다. 딱히 별 대수로운 이야기도 없었다. 기쿠치菊池 씨도, 고지마小島 씨도, 사토 씨도, 요시카와吉川 씨도, 하마모토浜本 씨도 모두 건강해 보였다.

점심 식사를 하고 서둘러 돌아왔다. 어쩐지 눈에서 자꾸 눈물이 솟았다. 중앙은행 문 앞 흙바닥 위에, 다리에 부상을 입은 병사와 팔에 부상을 입은 병사 두 명이 막대기에 보따리를 꿰고 멍하니 앉아 있었다. 어디로 돌아가는 것이냐고 물으니, 제○병참병원으로 돌아가는 것이라고 했다. 병원에는 맛있는 것이 없어서 둘이서 물건을 사러 온 것이라고 했다. 나는 두 병사에게 병참병원으로 안내를 받았다.

해가 쨍쨍 내리쬐는 더운 날씨다. 센타병참에 달려가서 숙박권을 받고 곧 두 병사를 따라 갔다. 1정 정도 가고는 쉬고 1정 정도 가고는 쉬었기 때문에 병참병원까지 가는 길은 꽤 멀게 느껴졌다. 병원에 도착하자 이미 입구에서부터 많은 부상병들이 들것에 누워 죽 늘어서 있다. 나는 스기야마 씨에게 받은 사이다 두 병을 따서 들것에 누워 있는 부상병들에게 가지고 갔다. 조금밖에 안 되지만 사이다를 드시겠습니까 라고 하자, 들것에 누워 있는 병사는 갑자기 눈을 반짝이며 내게 손바닥을 친다. 나는 들것에 누워 있는 부상병들에게 사이다를 서너모금씩 먹여주며 돌아다녔다. 야윈 입술, 마른 입술, 잇몸이 무너진 입, 금니가 반짝이는 입, 나는 병사들의 여러 가지 입술을 가만히 바라보았다. 누구 한 명 신음을 하는 사람도 없이 모두 묵묵히 순서를 기다리고 있다. 현관에 가득 들어선 부상병들은 밀물이 빠져나간 듯 모두 병실로 옮겨졌다. 하지만 또 금방 트럭으로 많은 부상병들이 옮겨져 왔다. 나는 수술실도 참관을 했다. 검은 가죽 천을 깐 침대에는 덩치가 크고 살이 찐 병사가 알몸으로 수술을 기다리고 있었다. 나는 그 수술을 정시하려 했지만 갑자기 현기증이 나서 밖으로 나와 버렸다.

이에 수류탄 파편이 박힌 병사가 치과 군의에게 잇몸 수술을 받고 있는 곳도 있었다. 모두 척척 익숙한 손놀림으로 수술도 하고 진찰도 한다. 이곳 병원은 이전에 여학교였다고 하는데, 넓은 안마당이 있었다. 이곳 병참병원장은 소좌로, 유쾌한 분이다. 어쨌든 야전에서 이곳까지 오면 대부분의 부상병은 괜찮다고 하셨다. 나는 여러 종류의 부상병을 바라보며 이번 전쟁의 역사는 한 페이지도 헛되이 할 수 없다고 생각했다. 이런 곳에 대군大軍의 간호부가 와 주면 얼마나 좋을까?

숙소에 돌아와서 숙박권을 건네주고, 침대에 누워 크레오소트를 꺼내 10알 정도 먹어 보았다. 잠시 후 구역질이 났다.

다치노 노부유키立野信之 씨가 휙 하니 찾아왔다. 한참동안 발코니에서 이야기를 하고, 둘이서 미사와 부대로 아지오카 소위를 찾아갔다. 숙소 시계는 정각 2시 반이었다. 숙소에서 미사와 부대까지는 멀기 때문에, 나는 시계대가 있는 곳에서 군용 트럭 한 대에 대고 손을 흔들었다. 트럭은 바로 멈춰서 나와 다치노 씨를 태워 주었다. 나는 조수석에 탔다.

미사와 부대 앞에서 트럭을 내리자 나는 주머니에서 체리를 꺼내 운전병에게 건넸다. 감사합니다. 착한 병사다.

아지오카 소위에게 다치노 씨를 소개하고 복통 이야기를 하자, 검은 전병 같은 쓴 약을 주셨다. 약은 대나무 껍질에 쌓여 있었다.

홍차를 마시고 있는데, 어젯밤 성자에서 묵은 이시카와 다쓰조 씨가 우연히 소대장의 방으로 들어왔다. 잠시 후 우리들은 아지오카 씨의 자동차로 호수 입구 근처의 대왕묘大王廟에 갔다. 이곳도 침수지대이다. 적토의 울퉁불퉁한 길을 흙먼지를 일으키며 자동차가 달려간다. 날은 아주 맑고, 언덕 군데군데에는 일본처럼 적송이 우뚝우뚝 서 있었다. 때때로 전신부대 몇 명을 만난 외에는 병사는 지나가지 않았다. 양쪽 구릉 중턱에는 토치카가 많이 늘어서 있었다. 가는 길 하나를 남겨 놓은 대침수 지대에 오자 길 중간에 흰 폐마가 어슬렁거리고 있다. 이제 눈은 보이지 않는 듯, 우리들이 자동차에서 내려도 우리들을 보려고 하지 않는다. 나는 말 몸을 가볍게 두들겨 주었다.

말, 말, 말. 나는 다시 구강의 선상 광경이 떠올랐다. 이것은 일본 어디에서 온 말일까? 하얀 동전모양의 얼룩무늬가 있다. —대왕묘라는 것은 내 키 정도 되는 작은 사당으로, 하얀 토벽 안에는 흙인형 일고여덟 개가 안치되어 있었다. 이 사당 근처에는 지나측 해저 전선이 있다. 이곳 오두막에 젊은 여자사체가 있었다고 한다. 호수 입구로 가서 식료품을 뭍으로 올리고 있는 많은 병사들을 만났다. 어느 병사의 얼굴이나 모두 땀에 젖어 검게 빛나고 있었다. 억새, 갈대, 개여뀌 꽃, 들국화 등이 연도를 따라 흐드러지게 피어 있었다. 왼편에는 탁한 장강. 둔치에는 지나의 폐선이 물에 잠겨 떠 있다. 어느 배의 마스트 위에 까마귀가 가만히 앉아 있는 풍경이 있다. 무엇을 보아도 복통 때문에 기력이 없다.

6시에 돌아옴. 정로환 네 알을 먹어 보았다.

밤에 장마비가 자꾸 내린다. 처마를 두드리는 빗소리를 듣고 있자니, 성자나 서창의 야전병원이 눈에 떠오른다. 그 병사들은 지금쯤 어떻게 되었을까? 묵묵히 전선으로 가고 있던 기후 출신 병사는 지금 어디쯤을 걷고 있을까?

복통으로 침대에 누워 이리저리 뒤척이고 있다. 젊은 지나인 식모에게 뜨거운 물을 가져다 달라고 부탁했다. 이 식모는 스무 살이라고 하며 키가 크고 피부는 밀가루 색을 하고 있는데, 눈썹이 짙고 예쁜 소녀였다. 내가 견 양말과 견 슈미즈를 주자 그것을 모두 자기가 신고 있는 양말에 집어 넣으며, 쉐쉐라고 감사해 했다.

뜨거운 물로 다시 크레오소트 세 알을 먹었다. 견딜 수 없는 기분이다. 빗소리는 점점 더 거세진다.

9월 29일

아침에 다치노 씨가 상해로 돌아간다며 마지막 인사를 하러 왔다. 나도 갑자기 남경으로 돌아갈 결심을 굳혔다. 숙소 입구에서 쇼치쿠松竹의 사노 슈지佐野周二 씨를 만났다. 항공대에 있다고 하는데, 옷깃에 검은 천이 달려 있었다. 훌륭한 병사의 모습이다.

나는 곧 배낭을 메고 보도부에 가서 증명서를 받고 히가키檜垣

부대에서 배 승선권을 받았다. 다시 한 번 보도부에 가서 다카하시 중좌에게 작별 인사를 하고 왔다.

시간이 없어서 다치노 씨를 불안하게 했다. 마침 그곳에 아지오카 소위와 이시카와 씨가 자동차로 와서 우리들을 항구까지 데려다 주었다. 4500톤 정도 되는 ○○○마루라는 화물선이 물가에 와 있었다.

트랩도 이미 걷어 올려져 있었다. 이 배는 지금 부상병 수송에 할당되어 있는 것 같아서, 중상환자가 기중기 판에 실려 갑판에 매달려 있었다. 나와 다치노 씨는 서둘러 그 기중기에 올라탔다. 환자 몸에 닿지 말아 주세요. 위생병이 높이 매달려 있는 우리들에게 소리쳤다. 부상병은 나를 물끄러미 바라보았다. 머리는 길게 자라 있었고 얼굴은 창백했다.

갑판 위에 오르자, 선창 안은 환자로 가득했다. 젊은 군의와 일곱 명의 위생병이 3백 명 남짓 되는 부상병을 간호하러 돌아다녔다. 나는 아지오카 소위와 이시카와 씨에게 작별을 고하고 캐빈으로 들어갔다. 아지오카 씨는 다음 번에 구강에 올 때는 검은 구두약을 사다 달라고 했다.

비가 내릴 듯 바람이 휭휭 부는 날씨였다. 11시에 출항. 부상병들은 서창이나 성자 방면에서 전투를 한 사람들이 많았다. 배가 작아서 내게는 선원 침대를 비워 주었다. 미안함 마음이다. 방에 배낭을 놓고 나는 바로 선창 부상병들을 도우러 갔다. 비가 내리고 있어서 넓은 천정 창문에는 마직 천막이 쳐져 있어서 선창은 더 한층 어두웠다. 나는 주야로 거들었다. 처음에는 소독수로 일일이 손을 닦았지만, 나중에는 귀찮아져서 요강이고 뭐고 뭐든지 손으로 집게 되었다. 제국대학 정형외과를 나왔다는 젊은 우에노 다다시上野正 군의는 정말이지 분투를 하고 계신다. 처음에는 입을 다물고 계시던 군의도 가끔씩 내게 고맙다고 인사를 했다. 죽, 중탕, 보통 밥 등 식사가 여러 가지라서 상당히 힘이 든다. 일곱명의 위생병들은 쉴 틈이 전혀 없다. 나는 죽을 갖다 주거나 물통에 차를 따르며 돌아다녔다. 병사가 누워 있는 곳은 배 양측에 2층으로 지은 판자로 된 방으로, 그곳에 짚을 깔아 놓은 곳이었다. 그곳에서 모포를 둘둘말고 머리를 안쪽으로 하고 2단으로 누워 있는 것이다. 부상을 당한 장교들은 선창 한 가운데 거적을 깔아 놓은 곳에 눕혀져 있었다. 타이페이 출신의 바바馬場라는 스물세 살의 젊은 소위는 허벅지에서 엉덩이쪽으로 포탄이 관통했다. 같은 방에서 또 같은 소위인 우메무라梅村 씨는 서창 안쪽의 침점沈店이라는 곳에서 부상을 당했다고 하는데, 폐에 커다란 구멍이 뚫려 있었다. 병명은 좌흉부좌쇄골하와左胸部左鎖骨下窩, 수류탄 파편창, 이부 수류탄 파편창頤部手榴彈破片創이라고 서류에 적혀 있었다. 부상자는 한 명 한 명 잡낭 속에 자신의 병명 이력서를 가지고 있다. 우메무라 소위의 이력서에는 야마가타현山形県 니시오키타마군西置賜郡 나가이마치長井町 1175, 부父 우메무라 도요타梅村豊太라고 적혀 있었다. 우메무라 소위는 우메무라 주타로忠太郎라고 하며 스물세 살이다.

기가 매우 강한 사람으로 큰 부상을 입었으면서도 주사를 아주 싫어한다고 우에노 군의에게 들었다.

밤, 사망자 한 명 발생. 그 병사는 하루 종일 군의님, 위생병님,

간호사님 하고 부르고 있었다. 큰 목소리를 내는 사람은 의외로 생명이 짧다고 군의는 이야기해 주었다. 병명은 비타민 결핍이라고 한다. 선미에 안치하고 선원 일동이 돌아가며 밤을 샜다.

잠자리에 든 것은 12시. 좀처럼 잠을 이룰 수가 없다. 내 평생 이런 일은 두 번 다시 없을 것이다. 장의 상태도 차츰 좋아진다. 다치노 씨는 선원에게 사진을 현상해 달라고 부탁했다. 아마추어 치고는 보기 드물게 잘 찍었다고 칭찬을 했다.

좀처럼 잠이 오지 않아 힘이 들다. 어쩔 수 없이 취사담당자에게 사이다를 한 병 얻어 다시 어두운 갑판 위로 올라가서 선미 선창으로 내려갔다. 위생병도 반쯤은 교대로 자고 있다고 해서, 세 명 정도 되는 위생병이 크고 고풍스런 약상자 위에 걸터앉아 붕대를 말고 있었다.

나는 낮에 약속을 한, 구마모토熊本에서 제재업을 하고 있었다는 비타민결핍 병사에게 몰래 사이다를 가지고 갔다. 쇠약해져서 마치 오십 정도 되어 보이는 얼굴이다. 음식은 모두 토해 버릴 정도로 심하게 지쳐 있었다. 그래도 새근새근 잘 자고 있다. 나는 그 사람을 조용히 흔들어 깨웠다.

당신 사이다 마시고 싶다 했죠, 지금 마실래요? 나는 사이다병을 병사의 눈가로 가져갔다. "아, 정말 마시고 싶어서.... 당신의 이 은혜는 평생 잊지 않겠습니다.……"라며, 그 병사는 떨리는 손으로 사이다병을 잡고 있다. 나는 그 사람의 입술가에 병입구를 대고 혀 위로 사이다를 조금씩 따라주었다. 우현 쪽에서는 등에 수류탄을 맞은 젊은 병사가 작은 목소리로 으음, 으음, 으음 하며 신음

하고 있었다. 나는 반 정도 남은 사이다를 그 병사에게 가지고 갔다. 그 병사는 곧 꿀꺽꿀꺽 소리를 내며 맛있게 사이다를 마시고 있다. 위생병은 감사합니다, 이제 주무세요 라고 한다. 나는 자고 싶어도 잠을 이룰 수 없는 부상자들을 생각하니 나만 침대에서 편히 자는 것이 미안하게 여겨졌다.

구마모토에서 온 병사에게 가 보니 그 사람은 무슨 생각을 했는지 어두운 등불 아래에서 내 얼굴을 물끄러미 바라보며,

"그게요, 부대장님이 앞으로, 앞으로 라고 말씀하셔서 저는 열심히 앞으로 나갔어요. 그런데 말이예요. 적은 한 명도 없었어요."

나는 제정신인지 아닌지 알 수 없는 병사의 잠꼬대를 들으며 눈물이 나오는 것을 어찌할 수가 없었다.

나라를 사랑하는 마음. 이 강한 병사의 말을 나는 평생 잊지 못할 것이다. 도쿄의 집안 일은 어찌 되든 상관없다. 나는 이 강한 병사를 오랫동안 간호해 주고 싶은 생각이 들었다.

병사들은 모두 너덜너덜한 옷을 입고 있는데 아직 모두 하복차림이었다.

오늘밤은 안경에서 묵었다. 하류로 내려가는 배는 수류에 맡겨 달리기 때문에 뱃살이 매우 빠르다. 깊은 밤에 갑판으로 나오니 이슬비가 추적추적 내리고 있었다. 검은 물위로.

9월 30일 비

비.

정말이지 비가 쉼 없이 내린다. 나는 아침 식사가 끝나자 바로 선미 선창으로 내려갔다. 군의도 지금은 무슨 일이든 내게 부탁을 한다. 죽은 죽, 중탕은 중탕으로 한 명씩 주문을 받아서 배달을 한다. 모처럼 중탕을 가지고 가도 전혀 먹지 못하고 가만히 괴로워하는 병사도 있다. 나는 수저를 가지고 가서 억지로 그 병사의 입에 떠 넣어 주었다. 이제 곧 남경입니다. 큰 병원이 있으니까요. 그곳에 가기만 하면 상처는 곧 나아요. 이제 조금만 참으면 되요 라고 한다. 병사들이 모두 기쁜 듯이, 남경은 이제 곧 도착하나요 라고 묻는다. 빨리 나아서 원대로 복귀해야 한다는 병사도 있었다. 원대에서는 친구가 나를 기다리고 있어요 라고 한다. 나는 이런 중상자들에게서 그런 이야기를 들으면, 이 야윈 몸 어디에서 그런 정신력이 나오는 것일까 하고 저절로 고개가 숙여진다.

3시 쯤, 바바 소위 뒤에 나란히 누워 있던 우메무라 씨의 용태에 변화가 일었다. 며칠이나 헛소리를 하며 젊은 당번병에게 "전령傳令!", "척후!"라고 소리를 지르던 사람이다. 젊은 당번병은 계단을 올라가서 갑판으로 나가서는 "예, 다녀왔습니다."라고 보고를 하고 있었다. 우메무라 소위는 보고를 들으면, "그런가"하고 잠시 허공을 노려본다. 그리고 또 다시 "전령!", "척후!"라고 하는 소리가 계속된다.

우메무라 소위는 파인애플 즙을 조금 마시자, 당번병에게 칼을 갖다 달라 하고는 그것을 칼집에 넣었다 뺐다 하면서 바라보고 있었다. 우에노 군의가 캠플 주사를 놓으려 하자, "주사를 또 놓나요?"라고 하며 싫어했다. 머리는 점점 더 맑아지는 것 같았고 제6감이 정말로 예리하게 작동하고 있었다. 당번병으로부터 연필과 종이를 달라고 하더니, 거기에 전선의 장병 운운이라고 썼는데 다른 글씨는 확실히 알 수가 없다.

3시 반에 잠을 자듯이 숨을 거두었다.

훌륭한 죽음이었기에 온 배안의 사람들은 모두 모여 슬픈 이별의 눈물을 삼켰다. 몸을 씻어주고 배 위의 깃발신호 방으로 유해를 옮겼다. 들것에 실려 갑판 위로 올라가는 우메무라 씨의 발톱이 길게 자라 있다. 깃발신호실에 안치하고 커다란 일장기를 덮어주니, 선장을 비롯하여 기관사들이 네다섯 명 직립을 하고 차가운 빗속에서 고별식을 했다. 기관사 중에 한 명이 경문을 아주 잘 읽는 사람이 있어서 그 사람이 경을 한 장 읽었다. 차가운 비가 내리고 배 위에는 바람이 쌩쌩 불고 있었다. 고별식이 끝나자 나는 곧 배낭에서 손톱깎기를 가지고 와서 깃발신호실에 가서 우메무라 씨의 발톱을 깎아 주었다. 차가운 발이었다. 차디찼지만, 그 피부의 감촉은 어쩐지 애잔한 구석이 있었다. 나는 무서운 생각도 들지 않았다. 이윽고 당번병이 우메무라 씨의 칼을 가지고 와서 우메무라 씨의 머리맡에 놓았다. 꽃다발도 없고 아무것도 없지만, 일장기의 화려한 붉은 색이여. 우메무라 소위 전, 평안히 영면하소서.

○○마루 선장의 보통 아닌 인정미는 참으로 이루 말로 다 할 수 없는 정도이다. 저도 감사드립니다. 밤이 깊어지자 병사 한 명

이 또 죽었다. 우에노 군의도 기운이 쏙 빠졌다. 밤에는 비가 거세졌고 좀처럼 잠을 이룰 수가 없다.

10월 1일 비

아침 7시, 남경에 도착했다.

남경을 출발할 때도 비가 내렸는데, 남경으로 돌아올 때도 비가 내리니 이상한 기분이다. 9시 무렵 비가 내리는 가운데 하관下關 부두에 상륙. 아사히 자동차가 마중을 나와 줬고 우연히 배에 동승을 한 아사히의 미야모토宮本 씨, 연락원과 함께 탔다. 다치노 씨도 동행. 지국에서 다치노 씨와 점심을 대접받았다. 정말로 맛있는 밥이었다. 밥은 씹을 새도 없이 목구멍으로 소용돌이를 치며 미끄러져 내려갔다. —이윽고 다치노 씨는 요미우리讀売 지국에 가고, 나는 잠시 편집장인 야스이安井 씨와 이야기를 하다 다시 시멘스의 별장인 다나카 씨의 집에 갔다.

식모가 문에서 뛰어 나와 빠른 말투로 여러 가지 이야기를 했다. 잘 돌아왔다고 해 주는 것이리라. 저녁에 빗속을 걸어 소면을 10전에 사다가 뜨겁게 데워서 먹었다. 식모의 아이가 시골에서 와 있었다.

「젊은 소위의 죽음」이라는 우메무라 주타로 소위에 관한 원고를 쓰고 일찍 잤다.

10월 2일 비구름

6시 무렵 눈을 떴다. 집 밖은 아직 어슴프레하다. 침상 안에서 사방을 둘러보니, 진흙으로 더러워진 배낭이 침대 옆에 희미하게 보인다. 어제까지의 생활이 거짓말처럼 생각되었다. 살롱 쪽에서 레코드의 밝은 행진곡이 들려온다. 어젯밤 다나카 씨가 돌아온 것도 모르고 나는 정신없이 푹 잔 것 같다.

일어나서 몸단장을 하고 아침 인사를 하러 갔다.

다나카 씨와 둘이서 살롱에서 홍차를 마셨다. 식모가 구운 떡燒餅을 사 왔다. 흰 깨를 뿌리고 하얀 꿀이 들어간 얇은 떡으로 세련된 맛이 나서 홍차와 잘 어울렸다. 10전에 네 개를 사 왔다.

창밖은 사뭇 만추답게 철격자에 낙엽이 수북하게 떨어지고 있다. 구강의 그 복닥거리는 곳에서 돌아오니, 어쩐지 이 산장의 풍경이 아까운 기분이 든다. 다나카 씨가 지국에 가고 나자, 나는 즉시 빨래를 하기 시작했다. 식모는 산더미 같은 빨래를 하고 있는 나를 보고는 "유이雨, 유이"라고 했다. 비가 와도 상관이 없어요. 나는 더러워진 것을 가지고 있는 것은 기분이 나쁘다. 빨래가 끝나자 식모 방에 줄을 치고 빨래를 널었다.

식모는 서른 살로, 여덟 살 되는 남자 아이가 있다. 남편은 한구에서 운전수를 하고 있는데 지금은 모든 것이 어쩔 수 없다고 한다. 동작이 굼뜨고 세면기에서 밥그릇을 씻고 그 물로 테이블이나 의자를 닦는다. 재미있는 것은 하얀 타일의 욕조에 물을 채우고 그곳에서 소쿠리에 담은 쌀을 헹구는 것이다. 몇 번이나 이야기를 해도 말을 듣지 않는다.

밤에 태평로의 명호춘明湖春이라는 지나요리점에서 아사히 분들과 요네하나米花 소좌와 저녁을 먹었다. 요네하나 소좌는 정말로 좋은 사람이다.

돌아올 때도 역시 비가 내렸다.

10월 3일 맑음

오랜만에 머리를 감고 낮에는 태평로 대륙서찬大陸西餐에서 혼자 식사. 초라하기는 하지만 남경에서는 이제 서양요리를 먹을 수 있게 되었다. 커피가 상당히 맛있다. 식사가 끝나자 나는 인력거를 불러 계명사鷄鳴寺 근처에 있는 아사히 지국에 갔다. 도중에 길을 잃어 그대로 돌아왔다. 차부에게 30전을 지불했다.

밤에는 또 시장에 가서 들오리와 파를 사다 자취를 했다. 식모의 아이가 자꾸 말을 붙여 왔다. 입을 다물고 있으면 금방 내 무릎에 앉는다. 손을 내밀면 "슈"이라고 가르쳐 준다. 눈을 누르면 "유우"이라고 가르쳐 준다. 눈썹을 가리키면 "윤모우"라고 가르쳐 준다. 꽃은 "호아", 월병은 "유우빙", 아이는 귀엽다.

이 대륙에서는 언제 종결될 지도 모르는 여러 가지 역사가 반복되고 있다. 이 아이는 커서 어떤 세계를 보게 될까? 아이는 내가 목욕탕에 들어가도 들여다보러 온다. 내가 하는 것을 이 아이는 진지하고 보고 있다. 이 하나의 파생, 하나의 생성이 어떤 어른이 될 것인지 나로서는 흥미롭다. 동자승으로 보낼지도 모른다. 어쩌면 모집병에 지원하여 병사가 될지도 모른다.

나는 손에 손을 잡고라는 창가를 끈기 있게 잘 가르쳐 주었다. 이런 어린 파생도 이 세계에는 존재하는 것이다.

10월 4일 맑음

아사히 사진부의 오카岡 씨, 요코타横田 씨와 마차를 타고 태평로의 대륙서찬에 가서 점심식사를 했다. 다나카 씨는 오늘 구강에 비행기를 타고 갔다. 일주일 동안 체재를 한다고 한다. 식모와 둘이 남았다.

저녁에는 식사를 일찍 마치고 서가에 있는 다니자키 준이치로谷崎潤一郎의 「만卍」을 읽었다. 재미있어서 단숨에 독파. 다만 머리가 아파졌다. 밤 늦게 낙엽 소리가 났다. 새벽에 지도를 펴고 여러 가지 코스를 생각해 보았다. 야전 병원을 보는 것도 좋지만, 나는 어쩐지 포격이 심한 전선에 가 보고 싶어 견딜 수가 없었다.

한구는 언제 함락될 것인가? 나로서는 예기할 수가 없다. 일행 중 내지로 돌아간 작가가 상당히 있다고 들었다. 스기야마 씨는 대체 어디에 있는 것일까? 군함이니까 무혈진武穴鎭이나 전가진田家鎭 근처에 있을지도 모른다.

컨디션이 좋아지는 대로 나는 다시 구강에 가서 무혈에서 광제廣濟로 나가 봐야겠다고 생각했다. 신문에서는 ○○○라고 밖에 쓸 수 없다고 하지만, 이 부대를 양자강 북안부대라고 하고 있다. 이곳은 규슈九州 부대이기 때문에, 나는 내 고향의 병사들을 만나고 싶었다.

나는 남경으로 돌아오고나서 종종 절망적 기분에 엄습당했다. 나도 왜 이런 기분이 드는지 알 수가 없었다. 여러 가지 잡념이 진흙이 쌓이듯 딱딱하게 굳어서 점점 내 기분을 둔하게 만든다. 싫다.

10월 5일 맑음

지국의 마쓰모토松本 씨와 자동차로 명明의 광릉廣陵에 갔다. 흰색과 붉은 색 코스모스가 흐드러지게 피어 있고, 구름에 닿을 듯한 석신石神이나 석상이 우거진 잡초 안에 우뚝우뚝 몇 백 년 동안의 역사를 간직한 채 말없이 늘어서 있다.

나는 매일 자취를 하고 빨래를 했다. 근처에 얼굴을 아는 사람도 생겼다. 오늘은 신기하게도 대로로 나가는 길에 검은 옷에 붉은 가사를 걸친 수많은 승려들을 만났다. 그 승려들이 징을 울리며 바로 옆에 있는 작은 집으로 들어갔다. 누군가 죽은 것 같았다. 안마당에는 불이 켜져 있었다. 나는 문지기 아이를 업고 그 집안으로 들어가 보았다. 일고여덟 살 되는 여자 아이와 노파가 울고 있어서, 군표 50전을 울고 있는 아이에게 쥐어 주었다. 노파는 뭔가 빠른 말투로 중얼거리며 내게 셰셰라고 감사 인사를 하며 일어섰다.

나는 남경의 자취 생활에 익숙해지자 막수로莫愁路 쪽까지 달걀과 야채를 사러 갔다.

10월 6일 맑음

하루 종일 무위로 보냈다.

낙엽과 어린아이와 놀았다. 식모의 아이와 문지기의 아이가 귀엽다.

10월 7일 맑음

비행기로 구강에 갈 수 있게 해 달라고 군보도부의 요네하나 소좌에게 부탁을 하러 갔다. 이곳 응접실에서 우연히 사이조 야소西條八十 씨 일행을 만났다. 세리자와 고지로芹沢光治郎 씨의 동생인 고야마 다케오小山武夫 씨도 만났다. 동맹 기자를 하고 있다고 한다. 사오일 전에 왔다고 한다.

사이조 씨들 대여섯 명을 시멘스의 산장으로 안내하여 차를 대접했다. 모두 마당이 광대한 것에 놀랐다.

10월 8일 맑음

동맹인 고야마 씨와 계명사에 갔다. 조용하고 품격이 있는 절이다. 유명한 종을 둘이서 쳐 보았다. 은은하고 아름다운 음색의 파문이 멀리까지 퍼져나갔다. 밤에 여러 가지 꿈을 꾸었다. 밤늦게 산문적 시를 지었다.

성숙과 파멸과
슬픈 인간의 교섭으로
쓸데없이 내 세월이 다해 간다
암탉은 수탉의 노래를 부르고
인간은 인간의 생활에 고민한다

광막한 인생
훌륭한 예복 자포紫袍를 몸에 두르지만
금술잔을 들지만
인간 세상은 덧없어라
그 덧없기가 가을 날 머리를 빗는 것과 같다

지금은 막막한 슬픔 뿐
몹시 놀라 허둥거린다
나는 바닷가 게처럼
놀라서 허둥거린다

거친 바다에서 산봉우리를 생각하며
산봉우리에 점선을 그리며
고독한 놀이에 빠진다
또 즐거울까

이 슬픔에 즐거움을 건져

내 세월에 소금을 뿌린다

뭐든 좋다. 나는 지금 여기에서 주저앉아서는 안 된다. 여기에서 상해까지라도 돌아가서는 안 된다. 종종 죽어도 좋다고 생각하던 나인데, 이렇게 나약한 생각이 들다니 어찌된 일일까? 인생이나 운명, 생활에 겁을 먹어서는 안 된다. 나중에 나중에, ……그래서는 안 된다. 내가 어떻게 되어도 아마 어머니만은 울어주겠지. 그리고 더 이상의 욕심은,……이제 더 이상 바랄 것은 아무것도 없다. 무에서 출발한 내가, 다시 무로 돌아간다. 나는 전진을 하고 싶다. 어떤 일이 있어도.

10월 9일 맑음

낮에 인력거를 불러서 중앙병원에 갔다. 우메무라 중위와 함께였던 바바 소위를 찾아갔다. 병문안으로 자몽과 밤 만주를 가지고 갔다. 3층 비행장으로 향한 밝은 방에 누워 있었다. 배 안에서 보았을 때보다 혈색도 훨씬 좋아지고 식욕도 꽤나 있다고 하셨다. 소년 같은 아름다운 눈을 가진 사람이다. 보라색 꽃다발을 머리맡에 꽂아 주었다. 같은 방 사람이 세 명. 모두 구강 배안에서 낯을 익힌 사람들이다.

달빛이 교교하고 투명한 가을밤. 야소 씨 일행을 초대하여 태평루라는 지나요리점에 대접을 하러 갔다. 테이블 아래에 커다란 고양이가 있어서 기분이 나빴다.

돌아오는 길은 달빛이 비치는 밤 거리를 야소 씨, 보도부의 스즈키 사토시鈴木聰 씨가 데려다 주었다. 인력거에 흔들리며 달빛이 비치는 폐허의 거리를 걷는 것은 슬픈 심정이었다. 야소 씨는 폼페이 같다고 했다.

문지기에게 철문을 열어 달라고 해서 문 앞으로 가자 식모가 내 방에 불을 휘황하게 켜 놓았다. 입구를 열어주는 식모의 모습은 말할 수 없이 지저분한 모습이었다. 지저분한 반바지에 슬리퍼 소리를 착착 내며 나왔다.

나는 쓸쓸한 기분이 들어서 혼자 언덕 위로 달을 보러 갔다. 벌레가 잘도 울어댄다. 무념무상 아무 생각도 없다. 내일은 비행기를 잘 탈 수 있기를.

10월 10일 맑음

오늘은 쌍십절이다. 아침부터 무덥고 날은 흐려 있다. 아사히 사람들이 유신정부의 쌍십절 식장에 데려다 주었다. 입구에는 많은 자동차와 지나인 군악대가 늘어서 있었다. 식장에 여자는 나 혼자였다. 기립을 한 채로 식이 진행되고 있다. 내 옆에는 노주蘆洲에서 돌아온 가타오카 뎃페이片岡鉄兵 씨, 다키이 고사쿠瀧井孝作 씨가 있었다. 동맹인 고야마 씨도 와 있었다. 식은 15분 정도로 끝났고, 곧 기념 촬영을 했다. 그리고 별실에서 스탠딩 연회가 있었다. 육해군 장교분들이 많이 오셨다. 나는 요네하나 소좌와 나란히 서서

샌드위치를 먹었다

점심이 지나서 집으로 돌아왔다. 푹푹 찌는 더운 날씨다. 옷을 갈아입고 문지기의 아이와 놀고 있는데, 문 앞으로 흑돼지를 짊어진 남자가 지나갔다. 돼지는 남자의 등에서 정말이지 끔찍한 울음소리를 내며 버둥거리고 있었다.

앞은 잡초가 우거진 광장이기 때문에, 새벽에 여기에서 오리를 목졸라 죽이고 있는 닭장수가 있다. 나는 항상 오리가 목이 졸려 죽으며 우는 소리를 낼 때마다 가위에 눌려 눈을 뜨곤 했다.

문지기의 아이를 데리고 저녁에 인력거로 막수로에 신발을 고치러 갔다. 내일 아침에 찾으러 오라고 했다. 이 근처에는 야채 시장이나 골동품점이 즐비하다. 문지기 집에서는 부엌이 없어서 차고 옆에 곤로를 놓고 취사를 하고 있다.

오늘도 재미있는 요리를 하고 있었다.

철냄비에 기름질을 하고 풋콩을 볶고 있다. 콩이 노랗게 튀겨지면 콩을 밥그릇에 옮기고 냄비에 기름을 한 홉 정도 붓는다. 기름이 지글지글 끓어오르면 그 냄비에 물을 듬뿍 붓는다. 이윽고 물기름이 끓어 넘치면, 밥그릇의 콩을 냄비에 넣고 두부를 손으로 뜯어 넣는다.

양념은 소금과 간장 뿐. 보고 있으니 그 끓인 국물을 차가운 밥에 끼얹어 모자가 함께 문 밖에 서서 아작아작 소리를 내며 먹고 잇다.

맛이 있느냐고 물으니 맛이 있다고 셋이서 입술을 오물거리며 대답했다. 지나인은 요리에 기름을 자주 사용한다. 이렇게 말라서 푸석푸석한 지역에서는 진지하게 영양도 생각해야 한다. 이곳에 와서 나도 이상하게 기름진 것을 찾게 되었다. 풍토와 관련이 있을지도 모르지만, 이렇게 기후와 물이 나쁜 지역에서는, 매실장아찌나 졸임 음식만으로는 아무래도 영양이 부족할 것 같다. 이 집 식모는 어제 낮에 이런 음식을 만들고 있었다.

들오리 계란을 세 개정도 접시에 풀어서 돼지고기 간 것으로 속을 만들어 그 달걀말이를 빗 모양으로 둘로 자른다. 전부 완성이 되면 끓는 기름에 넣어 장유와 소금과 고추로 자작자작 조린다. 보고 있으면 맛있어 보였지만, 지저분한 손으로 주물럭거리며 만들고 있기 때문에 먹으라고 해도 먹을 기분이 나지 않았다. 아침부터 밤까지 기름범벅이다. 찬밥이 남으면 바로 소금으로 간을 해서 볶는다.

시장에 가면 비비 튼 엿처럼 긴 튀김을 파는 것이 눈에 띈다. 된장국거리로 써야지 하고 사 오니, 열 개 중 일곱 개는 새 것을 주고 세 개는 오래 되어서 쩐 튀김이 섞여 있다. 식모들도 그렇게 장을 봐 오지만, 오래된 것은 불평도 하지 않고 잽싸게 버리고 오니까 신기하다고 생각했다.

물건을 파는 사람들이 와도 값을 흥정하는데 적어도 한 시간은 족히 걸린다. 장사꾼도 익숙해져서 담배를 피우거나 뭘 먹으면서 유유히 들러붙어 있다.

밤에 혼자서 돼지고기 전골을 해 먹었다.

컨디션이 점점 좋아지고 있다. 대체 언제 쯤 되면 비행기를 탈 수 있을 것인가? 장강을 거슬러 올라가는 5일간은 조금 괴로운 심정이겠지만, 비행기를 타지 못한다면 일찍 배를 타는 것이 낫다. 식후에 걸어서 태평로에 있는 일본인 가게에 일장기를 사러 갔다. 묵이 한 점도 묻지 않은 깨끗한 일장기를 한구에서 내걸 생각이었다. 마쓰松 짱이라는 카페 앞을 지나가자 지나인 여급이 "어서 오세요."라고 했다. 남경 거리도 오늘부터 가로등이 켜지기 시작했다. 그러면 상가의 장사도 어느 정도 활기를 띠게 될 것이다. 하지만 복닥복닥하는 골목으로 한 걸음 들어가니, 가게들은 희미한 칸데라나 촛불을 켜고 장사를 하고 있다.

가을 달이 소수瀟水와 상강湘江을 비추고秋風照瀟湖
달이 밝아지니 노 젓는 소리 들려오네月明聞盪槳
바위 옆으로 저녁 여울은 급히 흐르고石橫晩瀨急
물이 줄어드니 황량한 모래밭 넓게 드러나네水落寒沙廣

달빛이 교교하게 골목 안을 비춘다. 나는 어렴풋이 외운 유장경劉長卿[11] 의 시를 이상한 가락으로 읊조리며 일장기 꾸러미를 들고 집으로 돌아왔다. 하느님! 내일은 꼭 비행기를 탈 수 있게 해 주세요.

밤 3시 무렵, 다나카 씨가 돌아왔다. 문 밖에서 남자 목소리와

11 오언시(五言詩)에 능하여 '오언장성(五言長城)'이라는 칭호를 듣던 중국 당나라 때의 시인. 시의 동일표현이 돋보이며 관리로서도 강직한 성격을 그대로 나타내 자주 권력자의 뜻을 거스르는 언동을 했다. 주요 작품에는 『유수주시집(劉隨州詩集)』, 『외집(外集)』 등이 있다.

식모의 주저주저하는 목소리가 나서 도둑이 아닌가 하고 생각했다.

문이 잠겼는지 확인을 하기 위해 일어나니, 문 밖에서 나는 목소리는 다나카 씨의 목소리였다. 구강에서 돌아와서 바로 지국으로 가서 전선戰線에 대해 협의를 하느라 늦었다고 미안하다고 했다. 겨우 1주일간의 구강 생활이었지만, 다나카 씨는 살이 쏙 빠져서 돌아왔다.

드디어 나도 내일은 출발을 하고 싶다.

어디에서인가 부드러운 꽃향기가 났다.

10월 11일 맑음

낮에 다키이瀧井 씨와 둘이서 막수로에 골동품을 구경하러 갔다. 다키이 씨한테 봐 달라고 해서, 벼룻돌로 유명한 단계端溪의 벼루를 3엔에 샀다. 화초가 조각되어 있는 작은 여성용 벼루다. 다키이 씨와 느긋하게 걷는 것은 이번이 처음이었지만, 정말로 여유롭고 마음 편하게 걸을 수 있는 사람이다. 벼루를 사고 막수로 거리를 어슬렁거리고 있자, 젊은 골동품상 한 명이 다키이 씨의 어깨를 두드리며 가게로 보러 와 달라고 했다. 다키이 씨는 이 남자의 단골인 듯 상당히 싹싹하게 군다. 다키이 씨는 접시와 돌벼루를 사셨다. 밤에 동맹인 고야마 씨와 대륙서찬에서 식사. 온화하고 좋은 사람이라고 생각된다. 매일매일 일기를 써서 부인에게 보낸다고 한다.

밤이 깊어지자 비가 내렸다. 내일도 역시 비행기는 못 뜨는 것일까? 어머니에게 편지를 쓴다.

안녕하세요. 일전에는 사토 씨의 편지에 공양미와 부적을 보내 주셔서 고마워요. 배탈이 좀 나서 지금은 남경이라는 곳으로 돌아와 있어요. 다만 이삼일 안에 다시 출발할 거예요. 병이 나지 않게 조심하시고, 병이 나면 바로 구마쿠라 씨에게 가서 진찰을 받으세요. 어쨌든 여기까지 왔으니, 흙에 들러붙어서라도 당분간은 이곳에 있을 거예요. 지금으로서는 집은 안심이 되어 도쿄로 돌아갈 생각도 나지 않습니다.

궁시렁궁시렁 거리지 마시고, 쓸데없는 걱정은 하지 마세요. 외로워지면 활동사진이라도 보러 가세요. 제 걱정은 마시고 몸조심 하세요. 병사들도 꽤나 힘들어 보여요.

작게 위축되는 기분이 든다. 배낭에서 바늘을 꺼내 수선을 한다. 전선으로 간다고 해도 이제 추워져서 곤색 자켓이 있었으면 한다. 내일은 상해의 시로카와白川 씨에게 편지를 부쳐 달라고 부탁해야지.

10월 12일 비

아침식사는 다나카 씨와 둘이서 구운 떡과 홍차로 때웠다. 다나카 씨의 외국생활 이야기를 들었다. 다나카 씨가 지국에 가고나자 나는 식모에게 대청소를 하라고 명했다. 떨떠름한 표정을 짓길래 1엔짜리 군표를 팁으로 주자, 마치 물을 만난 물고기처럼 갑자기 활기차게 일을 하기 시작했다.

집밖은 이제 완연한 만추 풍경으로 백일홍 가지에도 잎이 듬성듬성해지고 창가 숲으로도 레이스처럼 멀리 있는 길이 비쳐 보인다. 여전히 동전상자를 흔드는 듯한 소리를 내며 하얀 까치가 울어대고 있다. 휑뎅그레한 살롱에 빨간 사루비아꽃이 꽂혀 있다. 저녁에 아사히 지국에 가서 상해에서 온 미야케三宅 씨와 오랫동안 이야기를 했다. 문학 이야기, 지나 이야기, 남경에 언제까지 있을 거라는 이야기 등 쓸데없는 이야기를 하며 어느 정도 기분이 밝아졌다. 밤에 다나카 씨의 전화로 영사관에 놀러 갔다. 많은 외교관들을 만났다.

12시 귀택. 조금 피곤하다. 저택 내 수목은 바람에 부산스러운 소리를 내고, 밤공기는 차고 아름답다. 이곳에 있는 수목들도 작년 겨울에는 많은 포탄을 맞았겠지? 저택 내 숲 속에도 얕게 판 참호가 두 개 정도 있었다. 지금은 문지기가 쓰레기를 버리는 곳으로 변해 버렸지만, 참호 옆에 있는 키가 큰 무궁화나무에는 보라색 꽃이 피어 있었다. —비는 걷혔지만, 하늘은 어둡고 회중전등의 둥근 빛이 돌길에 떨어진 낙엽을 비추고 있다.

일기를 쓰고 잔다.

10월 13일 흐림

북헌병대의 호리카와堀川 씨에게서 심부름으로 병졸이 왔다. 병졸 분에게 홍차를 대접했다. 곧 호리카와 씨의 자동차를 타고 태평로 로터리에 있는 헌병대에 갔다. 호리카와 씨는 노래를 만든다고 하며, 온후하고 훌륭한 분이었다. 때때로 지나에도 오고 싶고 하니 집이라도 빌려서 살고 싶다고 했더니, 조만간 좋은 집을 찾아주겠다고 이야기해 주었다. 남경에 문화적인 펜클럽 같은 것을 만들고 싶다. 남경은 앞으로 어떻게 될까? 내 생각으로는 불안정하기는 하지만, 지금까지 살아보니 남경도 상당히 좋은 곳이라고 생각된다.

돌아오는 길에 동맹에 들려서 니시지마 고이치西島五一 씨와 보도부 앞에 있는 영화관에 영화를 보러 갔다. 「시게노이의 자식과의 이별重の井の子別れ」이라는 것을 상영하고 있었는데, 병사들은 모두 눈물을 훌쩍이고 있었다. 영화관은 병사로 만원이었다. 이윽고 펜부대 작가 일행이 비행기에서 내리는 뉴스가 나왔다. 내가 겸연쩍게 열 뒤로 도망가는 장면이었다. 그 후에는 전선의 뉴스가 나왔다. 대포 소리, 진격하는 보병, 보고 있는 병사들은 관내가 떠나갈 듯이 박수를 쳤다. 그 박수에는 터질 듯한 열정이 담겨 있었다. 관객 병사들도 현재 전장을 보고 있기 때문에 이렇게 열렬한 박수를 보내는 것일 것이다. 나는 나도 모르게 이 큰 박수소리에 눈물이 고였다. 내 옆자리에는 해군병사도 있었다.

영화관을 나와서 저녁에 아사히 지국에 가니 서무를 담당하는 구리타栗田 씨가, 내일은 해군기 타클라스에 탈 수 있을 것 같으니 아침 일찍 준비를 하라고 가르쳐 주었다. 서둘러서 집으로 돌아왔다. 도중에 비누와 통조림을 샀다.

배낭을 정리하고 있는데 식모와 식모의 아이가 와서 자꾸만 이것저것 물어본다.

내일 8시, 내일 8시 라고 하니, 식모는 혼자 짐작을 하고는 알았어 알았어라고 했다. 상해의 시로카와 씨에게서 지국으로 곤색 자켓과 로션이 와 있어서 기뻤다.

10월 14일 비

이슬비. 비행기는 만원이라고 한다.

하루 종일 뒹굴뒹굴하니 기분이 나쁘다. 4, 5일 전에 배를 구해서 배를 탔으면 좋았을 것을 하는 생각을 했다. 시장에 계란을 사러 가서 5개 정도 삶아서 배낭에 집어넣었다. 이슬비가 내리는 가운데 저택 내 언덕에 올라 정자 의자 위에 개처럼 누워서 뒹굴뒹굴 하며 여러 가지 생각을 했다. 정자에서는 자금산紫金山이 보인다. 붉은 지붕, 크림색 건물 같은 것들이 비에 젖어 가슴이 저미도록 아름답다. 언덕 주변에는 키가 큰 포플러 나무 가로수가 무성하다. 귓전에서 벌레가 울어댄다. 나는 이제 이대로 남경에는 당분간 다시 돌아오고 싶지 않았다. 딱히 아무 예감도 없지만, 나는 한구까지 어쨌거나 천천히 천천히 가고 싶었다. 다리 아래 있는 언덕 비탈길에 파란 새가 와서 흙바닥을 쪼고 있었다. 이대로 일본에 돌아가지 못할 지도 모른다. 그것도 괜찮을 것 같다. 지금의 내게는 이상하게도 전선 이외에는 아무 열정도 없다. 연재소설 원고 생각도 하지 않는 것은 아니지만, 여기까지 오니 그런 사랑이야기도 아무려면 어떤가 싶다. 정말이지 지긋지긋하다. 열심히 써 봤자, 그것이 지금의 내 마음에 무슨 위로가 된단 말인가? 가난해도 상관없다. 아무것도 쓰지 않겠다고 생각한다. 내지에서 간호부의 노래를 만들어 달라는 편지가 왔지만, 그것도 지금의 나로서는 불가능한 이야기이다. 겨우 숨을 쉬고 있는 지경이다. 아사히의 아와다粟田 씨도, 하야시 씨 상당히 야위었네요 라고 하는데, 내가 생각해도 마음이 허전하고 야윈 것 같다.

10월 15일 흐림

바람이 차다. 스산한 납빛 하늘이지만, 더글라스가 온다고 해서 아침 일찍 남경비행장으로 갔다. 11시 출발. 드디어 구강으로 향했다. 남경에서 구강까지 비행기로 가는 것은 처음이다. 바라다 보이는 시계는 모두 호수와 늪이다. 마치 조각조각 부숴진 유리를 뿌려 놓은 듯한 물의 대지이다. 비행기 안은 상당히 춥다.

12시 8분에 안경 비행장에 도착했다. 널찍널찍한 비행장이었다. 곧 출발. 40분 만에 구강 비행장에 닿았다. 해군 비행장교 분들을 많이 만났다. 아사히의 사이토斎藤 켓티 씨와 기무라木村 씨가 마중을 나와 주었다.

구강도 바람이 있어서 꽤 춥다. 그새 계절이 이렇게나 바뀌었

나. 드문드문 나무가 보이던 구강도 이제 완연히 만추의 풍경이다. 아사히 지국에 가서 선물로 과자와 삶은 달걀을 사원들에게 주었다. 황량한 편집실이 조금 안정되어 보였다. 귀여운 전서傳書 비둘기를 스즈키 씨에게 한 마리 받았다. 저녁식사 전에 보도부에 가서 다카하시高橋 중좌를 뵈었다. 후지타 쓰구지藤田嗣治 씨를 비롯하여 그림을 그리는 분들이 구강으로 온다는 이야기를 들었다. 구메久米 씨는 마스다야에 묵고 계신다는 이야기. 나는 내일은 일찍 무혈에 갈 생각이므로 구메 씨가 있는 곳도 실례를 해 버렸다. 아주 건강히 잘 있다고 하니 안심이다. 오랫동안 병을 앓은 후이므로 풍토가 나쁜 구강에서는 구메 씨도 매우 고생을 하고 있지 않을까 한다. 마스다야에서 보낸 며칠간의 일이 머리에 떠오른다.

보도부에서 돌아오는 길에 아지오카 소위가 계시는 미사와 부대에 구두약을 가지고 갔는데, 미사와 부대는 이미 전선으로 출발한 뒤였다. 실망을 해서 잠시 텅 빈 숙사 앞에 서 있었다.

지국으로 돌아와서 다음 비행기로 비행장에 도착하셨다고 하며 사진부의 오키大木 씨라는 사람을 소개받았다. 오키 씨는 내일 첫 배로 무혈로 건너가 광제廣濟로 가신다는 이야기였다. 나는 좋은 길동무가 생겼다고 생각하고 꼭 데려가 달라고 부탁했다. 북안부대는 황매黃梅, 광제 사이에서 고전에 빠져 한 때 고립무원의 상태였기 때문에 아직 위험할지도 모른다고 누군가 이야기해 주었지만, 나는 구강에서 꾸물거리고 싶은 생각은 조금도 없었다. 어떤 운명을 만나도 나는 어쨌든 광제까지 가 보겠습니다. 그렇게 말하고 밤늦게 연락원에게 센타병참에서 무혈행 승선 티켓을 받아다 달라고 했다. 광제에 가면 당분간 내지에 소식도 전할 수 없겠지만, 그런 것도 아무 의미 없어 보였다. 창문으로 바깥을 내다보니, 보초를 서는 병사가 어두운 숙사 입구에 가만히 서 있었다. 먼저 번에 구강에 왔을 때 이곳 병사들 사진을 찍은 일이 있었는데, 그 필름을 언제 현상할 수 있을지는 모른다. ─구강은 도자기 산지로 구강자기라는 것은 상당히 유명하다고 하는데, 이곳에서는 별로 좋은 식기가 눈에 띄지 않았다. 자, 이제 드디어 내일은 무혈행이다. 나는 일찍 침실에 들어가서 배낭을 정리했다. 부적을 꺼내서 수트 주머니에 넣어 두었다. 남경에서 속옷을 전부 빨아왔기 때문에 기분이 상쾌했다. 무전실도 밝고 편집실도 밝다. 침실은 다다미 20장정도 되는 방으로 접이식 침대가 열한 개 정도 바닥에 늘어서 있다. 나는 제일 구석에 있는 침대에 누웠다. 머리맡에 촛불을 켜고 침대 위에서 약과 통조림을 분류하여 배낭에 담았다.

10시에 취침. 좀처럼 잠이 오지 않는다.

10월 16일 맑음

아침 6시 기상. 바로 모포를 개고 출발 준비를 한다. 8시 출범 배를 타지 않으면 이제 무혈행 배편이 별로 없다. 물통에 더운 물을 받고, 남경에서 가지고 온 사과 두 개를 배낭에 담았다. 자동차 안에서 오키 씨를 기다렸지만 오키 씨는 수 정 떨어진 화장실에 가서 좀처럼 돌아오지 않는다. 시간이 얼마 남지 않아서 초조해 했다. 길거리에는 숙사 앞에 정렬한 병사가 합창을 하듯이, 하나, 군인은 충절을 다 하는 것을 본분으로 삼아야 한다 라고 큰 소리로 칙유를 복창하고 있다. 추운 아침이지만, 씩씩하게 봉창을 하고 있는 이른 아침의 군사행렬을 보고 있자니, 나는 그 군사행렬 배후에 파도처럼 웅성거리는 많은 깃발의 물결이 느껴졌다. 자 이제 나는 드디어 전선으로 향합니다. 병사 여러분 기운 내세요. 내가 자동차 안에서 손을 흔들자 두세 명의 병사가 손을 흔들어 주었다. 오키 씨가 겨우 화장실에서 돌아왔다.

센타병참 앞에서 무혈행 배를 탔다. 배라고 해도 지붕이 없는 증기선이다. 병사가 잔뜩 올라타 있다. 좁은 선창에는 적십자 마크가 달린 약 박스가 몇 박스나 쌓여 있다. 부두를 떠나 강 중심으로 나가자 오늘은 파도가 거칠어서 작은 이 배는 마치 나뭇잎 같았다. 게다가 물의 흐름을 거슬러 올라가기 때문에 뱃살은 영 느려서 앞으로 나아가지 못하고 있다. 한 시간이 지나도 같은 둑방이 보여 한심한 생각이 들었다. 나와 오키 씨는 배 한 가운데 진을 치고 앉아 무릎에 모포를 덮고 있다. 강바람은 비스듬히 북쪽에서 불어와서 뺨이 얼어붙을 듯이 춥다. 화복和服을 입은 여자 한 명이 무혈로 행상을 하러 가는지 커다란 트렁크를 들고 타고 있다. 여자라고 하면 그 여자와 나 둘뿐이다. 이윽고 그 여자는 하얀 털실을 꺼내 자켓 같은 것을 뜨고 있었다. 여유로운 선상 풍경이다.

북풍이 상당히 차다. 낮에는 오키 씨와 찬합의 밥을 반씩 먹었다. 내 앞에 앉아 있는 병사는 때때로 가슴 주머니에서 너덜너덜해진 편지를 꺼내 무혈에 도착할 때까지 5시간 동안 몇 번이고 읽고 또 읽었다. 결국에는 그 편지를 무릎 위에서 쓰고 있다. 그 옆에 있는 병사는 스끼가라鋤柄 부대라고 쓴, 우편물이 든 하얀 면 주머니를 무릎 위에 소중하게 올려놓고 있다. 배 안에는 보병과 군의가 많았다.

화장실에 가고 싶었지만, 참았다. 커다란 배가 옆으로 지나가자 배 옆구리를 치는 물보라가 마치 안개처럼 얼굴로 쏟아져 들어왔다. 오키 씨와 둘이서 사과를 반씩 먹었다.

두 시쯤에 배는 무혈에 도착했다.

이곳은 마麻 집산지라고 한다. 폐허뿐으로 건조해서 푸석푸석해 보이는 마을이다. 아무래도 오늘은 무혈에서 머물지 않으면, 광제로 가는 배편은 없다고 하며 아오키병참青木兵站을 가르쳐 줘서 무거운 배낭을 메고 갔다. 햇살이 점점 더 강해지면서 온몸에서 땀이 배어 나왔다. 마을 입구 어두운 문 안의 땅바닥에 들것에 실린 채로 누워 있는 두세 명의 부상병을 보았다. 구강 행 배편을 기다리고 있는 것 같다. 동행하는 위생병이 이제 20분만 있으면 온다고 하며 소변이 마렵지 않냐고 부상병에게 물었다. 내 남편도 위생병이기 때문에 나는 문득 남편도 이런 식으로 병사들을 가여워 하고 있지 않을까 해서 눈시울이 뜨거워졌다.

아오키병참에서는 절 소학교라고 하는 곳으로 안내를 받았다. 아오키병참에서 식권과 숙박권을 받고 숙사에 갔다. 휑한 절 토방 안에는 평상 위에 목화를 깐 침대가 많이 놓여 있었다. 우리들은 장교실이라는 작은 방으로 안내를 받았는데, 햇빛이 비치는 곳에 파리가 검은 깨를 뿌린 듯이 날아다니고 있어서 조금도 안정된 기분이 들지 않는다. 나는 곧 화장실에 갔다. 그리고 또 다시 배낭을 메고 좁은 거리를 오키 씨와 걷는다. 오키 씨는 스키가라부대의 야하라부대矢原部隊를 알고 있기 때문에 그곳으로 가서 재워 달라고 해도 괜찮다고 했다. 아오키병참에 배낭을 맡기고 둘이서 야하라부대를 찾아다녔다. 거리는 수목이 없고 하얗게 말라 있어 햇빛이 반짝반짝 강하게 반사가 되고 있다. 메인 스트리트인 좁은 양음陽陰 거리로 나오자 야채하고 홍차 있습니다 라고 종이에 적어 놓은 휑뎅그레한 가게가 있었다.

단 것을 먹고 싶어서 오키 씨와 그 야채가게에 들어갔다. 야채 주세요 라고 하니, 안쪽에서 네다섯 명이 되는 병사가 "어서오세요."라고 했다. 이 가게는 오십 정도 되는 여주인이 혼자서 하고 있다. 나고야 사람이라든가 하는데 화복에 소매가 있는 앞치마를 입고 있었다. 전채요리는 엽차에 팥을 열 알씩 넣은 것이라는데 그래도 마른 입술에는 매우 맛있었다. 겨우 야하라부대를 찾았다. 기꺼이 환영을 해 주었다. 우리들은 다시 아오키병참으로 배낭을 가지러 가서 열렬한 사의를 표하고 밖으로 나왔다. 야하라부대는 작은 호수 옆에 있었다. 서너 개의 부대가 소학교와 같은 건물 안에 분거하고 있다. 뒤쪽 호수에서는 손가락 정도의 반짝이는 작은 물고기를 잡을 수 있었다. 뜰망에 잔반을 넣어 두면 반짝거리는 물고기가 살짝 걸려든다. 먹으면 콜레라가 걸린다고 해서 병사는 살아 있는 작은 물고기를 커다란 세면기에 넣고 즐거운 듯이 바라보고 있었다.

밤에는 오리와 부추를 삶을 것을 대접받았다.

여기저기 부대에서 내지 이야기를 들려 달라고 하며 종종 병사들이 데리러 왔다. 회중전등을 켜고 나는 부르러 온 부대로 이야기를 하러 갔다. 야하라부대 아래층 부대에서는 저녁에 호수에 가서 일부러 나를 위해 들꽃을 꺾어왔다고 하며 내 앞에 있는 테이블에 노란 꽃이 꽂혀져 있었다. 그리고 나에게만 콩과 과일 통조림을 따 주었다. 담배를 내 주는 병사, 배낭에서 얼음사탕을 내 주는 병사, 병사들은 모두 친절하고 상냥하다.

"정말이지 우리 병참부대의 애로사항도 말씀드리지 않으면 모를 겁니다."

은행원이었다는 병사가 내게 차를 따르며 말했다. 이 부대에서 한 시간 정도 잡담을 하고 나는 야하라 대장의 호의로 드럼통으로 만든 욕조에서 목욕을 했다.

"이제 전선에 가시면 웬만해서는 목욕을 하지 못할 것입니다. 여기에서 목욕을 하세요."

야하라 대장은 이렇게 가볍게 말씀을 해 주셨다.

초롱불 같은 촛불을 빌려 아래층 광 같은 곳에 있는 목욕탕으로 목욕을 하러 갔다. 불이 어두워서 사방이 희끗희끗한 것이 전혀 보이지가 않았다. 포탄으로 다 깨져버린 창문에 양복과 시미즈를 걸어 놓고 미끌미끌한 나무판을 밟고 드럼통이 있는 곳으로 갔다. 오두막 앞을 볼일을 보러가는 병사들이 왔다갔다 하고 있어서, 나는 불을 끄고 어두운 가운데 탕 속으로 들어갔다. 타오르는 장작불로 드럼통에서 수증기가 나는 모습이 아주 시골풍경답고 유쾌했다. 오두막 한켠의 볏짚단에서 부스럭부스럭 소리가 나서 드럼통 욕조에서 고개를 내밀어 보니 새끼를 밴 커다란 돼지가 볏짚 위에서 느릿느릿 힘겹게 몸을 가누고 있었다. 드럼통은 내 키 정도 되는 높이로 쑥 들어가니 증기탕에 들어간 것처럼 몸이 금방 따뜻해졌다. 나는 달팽이처럼 드럼통에 몸을 쑥 집어넣었다. 발밑에서 타닥타닥 타오르는 장작 소리가 어쩐지 재미있게 느껴졌다. 혼자서 드럼통 욕조 안에서 키득키득 웃었다.

멀리서, 하야시 씨, 물이 미지근하면 거기에 장작이 있으니 더 집어넣으세요, 라고 야하라 대장의 졸병이 큰 소리로 외치고 있다. 나는 우스워서 대답을 하지 못했다. 장작에서 연기가 너무 나서 돼지는 누워 있기가 괴로웠는지 결국은 일어나서 느릿느릿 개수대 물을 마시러 와 있다.

어딘가에서 하모니카 소리가 들려왔다. 지키는 것도 공격하는 것도 강철이라는, 정겨운 곡이었다. 이윽고 욕조에서 나와서 어둠 속에서 옷을 입었다. 오두막 밖으로 나오자 별이 반짝반짝 빛나고 공기는 서늘했다.

야하라 대장은 나를 위해 침대를 양보해 주셨다. 오키 씨와 야하라 씨가 한 침대에서 모기장을 치고 잔다. 정말이지 기분 좋은 잠자리였다. 도쿄에 돌아간다느니 고매한 뜻이라느니 하는 것이 다 무엇이란 말인가?…… 지금은 그런 것은 아무래도 좋았다. 나는 모기장 너머로 테이블 위의 촛불을 바라보면서 문득 또 돼지 생각이 나서 혼자 웃었다. 길거리를 병사들이 휘파람을 불며 지나간다.

10월 17일 맑음

아침 6시에 일어났다. 병졸 두 명이 우리들의 출발을 위해 뜨거운 밥을 찬합에 담고 있다. 나는 일어나자마자 곧 몸단장을 하고 모기장과 모포를 갰다. 된장국에서 맛있는 냄새가 난다. 2층 토방에서 취사를 하기 때문에 뭔가 2층에 세들어 사는 가난한 살림살이를 하는 것 같아서 서로 부지런히 일을 하는 것 같았다.

아직 날이 밝지 않았다.

촛불을 켜고 뜨거운 밥을 먹었다. 된장국이 정말로 맛있었다. 야채절임은 근처에서 뜯어 온 것을 소금에 절인 것이라 한다. 뜨거운 찬합을 배낭에 동여 메고 나와 오키 씨는 야하라 대장의 전송을 받으며 선착장에 갔다. 호수가 넘쳐서 침수가 되었다는 넓은 물가로 나와서, 나와 오키 씨는 나뭇잎 같은 발동기선에 올라탔다. 구강을 내려오는 병원선에서 만난 우에노上野 군의와 같은 제국대학 출신이라는 젊은 군의와 함께 배를 탔다. 10월 9일에 도쿄를 출발했다고 한다. 햇볕에 타지 않은 얼굴이었다.

하늘은 투명할 만큼 맑고 작은 새는 물 위를 날며 지저귀고 있다. 화창한 봄 날씨에 바람을 품은 범선 2, 30척도 멋진 행렬을 이루며 황가교黃家橋로 나아가고 있다. 어느 범선도 짐과 병사로 가득하다. 우리들은 배 안에서 찬합을 열었다. 젊은 군의는 어젯밤 아오키병참의 절에서 묵었다는데, 장교용 사각형 찬합에는 맛있어 보이는 연어가 들어 있었다. 모두 반찬을 서로 나누어 먹었다. 담배도 서로 나누어 피었다. 물통의 물도 그렇다. 물 위에서 멀리 대별산맥

大別山脈이 바라다 보인다. 침수가 된 호심湖心의 작은 마을에서는 아이들과 노인들이 의자를 꺼내 놓고 햇볕을 쬐고 있었다.

구가로 보이는 오래된 저택이었지만, 지붕에는 커다란 포탄의 흔적이 남아 있었다. ―남경에서의 오랜 고생에 대한 보상으로 오늘은 어쩐지 밝고 상쾌한 기분이다. 멀리서 포성이 들렸다. 커다란 범선은 S자로 꺾어서 바람을 품고 달려왔다. 실로 경치가 장관이다. 오키 씨는 라이카[12] 로 배가 진행하는 모습을 두세 장 찍었다.

황가교에는 점심시간을 지나서 도착했다. 아사히 트럭이 붉은 제방 위로 우리들을 데리러 와 있었다. 많은 병사들이 우리들을 신기한 듯이 보고 있었다. 트럭은 녹색으로 칠해져 있었고, 아사히 마크 아래 아시아호라고 씌여 있었다. 데라다寺田 군이라는 스무 살 된 소년 같은 운전수가 내 배낭을 조수석에 올려 주었다. 풀이 난 들판에서 벌레가 울고 있고, 많은 말들이 풀을 뜯고 있었다. 나는 오랫동안 당근을 먹지 못한 것처럼 야윈 말들의 모습을 보니 또 구강 병원선 일이 생각났다. 북청호는 지금쯤 어디로 가고 있을까 하는 생각이 들었다. ―

광제까지는 트럭으로 한 시간 남짓 걸렸다. 도중의 경치는 일본의 시골 풍경과 조금도 다르지 않았다. 다만 연선을 따라 토치카와 참호가 엄청나게 많이 눈에 띈다.

광제의 넓은 길을 무거운 배낭을 등에 지고 총을 메고 가는 병사가 두세 명씩 전투모 뒤의 천을 팔랑거리며 걸어가고 있다. 어

12 독일의 대표적인 35mm 고급 카메라.

느 병사의 배낭에도 모두 단단해 보이는 철모가 매달려 있었다. 배낭에 나뭇가지를 꽂고 걸어가는 병사들도 있다. 낮 동안은 땀이 날 정도로 덥다. 소를 데리고 가는 병사, 지나 말을 타고 가는 병사. 내가 탄 트럭은 그 넓은 길을 흙먼지를 풀풀 일으키며 광제 쪽으로 달려가고 있다.

광제는 농촌 치고는 큰 부락으로 평지 마을 속을 비교적 맑은 물이 흐르고 있었다. 오른편으로는 죽 이어진 산들이 보인다. 이 산 속에는 몇 만이나 되는 적의 잡군雜軍[13] 이 숨어 있다는 이야기를 들었다. 부락에 꽤 들어가서 가도 연선에 아사히 지국이 있었다. 넓은 길을 앞에 놓은 농가로 보이는 집으로, 흙으로 된 좁은 입구에는 야전 지국이라고 쓴 간판이 걸려 있었다.

오키 씨는 원래 이곳 기자들과 함께 북안부대에 도착한 사람으로 보이며, 오키 씨가 들어가니 같이 있던 군의도 기자 제군들도 연락원들도 모두 싱글거리며, 어서 돌아오세요 라고 하고 있다.

"상해는 어땠어요?"

"아니, 그게 하룻밤 밖에 안 묵었어."

"상해라니 부러워요."

"아니 역시 전선이 나아. 상해 같은 곳에 있으면 마음이 약해져 버려요."

오키 씨와 기자 제군과의 대화이다. 오키 씨는 마치 심부름방 직원처럼 커다란 배낭에서 사람들에게 부탁을 받고 사 온 물건들

---

13 임시로 모아들여서 교련이 없는 군사.

을 테이블 위에 펼쳐놓고 있다. 시계, 사진기, 비누갑, 노트. 선물로는 상해 초콜릿과 사과도 나왔다.

아사히 야전 지국에서 기자로 와타나베渡辺 씨, 요시카와吉川 씨, 오페레터인 나카노仲野 씨, 영화뉴스를 담당하는 구리타栗田 씨들을 소개받았다. 모두 기분 좋게 나를 맞이해 주었다.

이 야전지국에는 연락원도 예닐곱 명 있는데 모두 이름으로 부르는 사람은 거의 없고, 재즈밴드라든가 거인군巨人軍과 같은 애칭으로, 기자들은 연락원 제군으로 부르고 있었다. 운전수 데라다 군에게 물으니, 저와 연락원들은 완전히 외인부대예요 라고 했다. 경마기수도 있고, 댄스 홀 재즈 밴드를 하고 있던 악사도 있으며, 상인도 있고, 자동차 수리업자도 있고, 식민지에 뜻을 두고 온 20대 청년도 있어서 정말이지 화려한 전력들을 가지고 있는 멤버들이다.

취사는 이 연락원 제군이 돌아가며 담당한다고 한다. 우리들을 위해 연락원 중의 한 명이 옆방에 있는 주방에서 즉시 홍차를 준비해서 가져다주었다. 매우 맛있었다.

재미있는 것은 연락원 외에 잡역을 위해 놋포와 치히라는 젊은 지나인 두 명을 쓰고 있다는 것이다. 남경에서부터 계속해서 기자제군들과 함께 고생을 한 지나인이라고 하는데, 정말이지 일을 잘해서 병사들에게 놋포, 치히라고 불리우며 사랑을 받고 있다.

나는 배낭 안에서 버터와 식탁용 소금, 팥소를 넣은 교토의 찹쌀떡 야쓰하시를 선물로 식탁 위에 늘어놓았다. —나는 남편의 친구인, 슌요카이春陽会의 하라 세이이치原精一 씨가 이 광제에 계신다는 이야기를 듣고는, 혼고부대本鄉部隊는 아직 여기에 있냐고 길거리에 나와 벽보신문을 읽고 있는 병사 한 명에게 물어 보았다. 아직 있는 것 같다고 해서 나는 만나보고 싶은 마음에 가슴이 벅찼다. 하라 씨하고는 작년 9월에 우리 집 정원에서 헤어지고는 보지 못했다. 매일 집에 와서 그림이야기를 하기도 하고 술을 마시던 하라 군. 전장의 하라 군은 어떻게 변했을까? 마침 오키 씨가 혼고부대 병사라는 사람을 소개해 줘서 하라 군에게 만나러 와 달라고 하라고 부탁했다.

차를 다 마시고, 나와 와타나베 씨, 요시카와 씨, 오키 씨, 요미우리 기자들과 함께 ○○본부에 갔다. 북안부대의 부대장을 뵙는 것도 괜찮을 것이라며 기자 분들이 데려가 주었다. 지국 왼편에는 야전병원, 오른편에는 많은 트럭을 세워 둔 자동차부대가 있었다. 자동차부대 앞을 지나 강가를 따라 4, 5정 가니 급조한 나무다리가 있었다. 그 나무다리를 건너 다시 강가를 따라 가니 강물 안에서 햇살을 받으며 말 다리를 씻겨 주고 있는 병사가 있었다.

오래된 버드나무 가지가 강바닥에까지 늘어져 있고 강바닥 자갈 위에 풀어 놓은 네다섯 마리의 안장 없는 말이 버드나무 가지를 뜯어먹고 있었다.

○○본부로 가는 길에 비행장처럼 넓은 초원이 있었다. 나는 초등학교 시절 이런 들밭을 걸어 학교에 다니던 일이 떠올랐다. 공기가 맑고 깨끗했다. 나는 아직 이삭이 패지 않은 억새를 뜯어 그것을 채찍처럼 흔들며 사람들 뒤에 떨어져서 걸었다. 병사 한 명이 좁은 논두렁으로 안장 없는 말을 끌고 오고 있다. 나와 엇갈려서

말이 옆으로 지나갔지만 조금도 무섭지 않았다.

사랑하는 말이여
너의 눈은 얼마나 쓸쓸하던지
병사가 없어지면
병사를 따라가는 말이여
사랑스런 군마여
신께서 네 귀를 애무하고 있다

신께서 말굽이 없는 네 발톱에
차가운 물을 부어 주신다
병사는 네 큰 입에
건초를 먹여 주며
부드럽게 휘파람을 불고 있다

당근이 없어도
소금이 없어도
이곳에는 흙탕물과 풀이 있다
네가 좋아하는 병사가 함께 있다
비가 그침 없이 내리는 진흙 길에
너도 병사도 발을 푹푹 빠트리며 앞으로 나아간다

이제는 포탄도 두려워하지 않는 군마

사랑스런 눈이여

장갑 따위 벗고

나는 네 코를 살짝 두들겨 주어야지

나는 기자들과 들밭 길을 걸으며 이렇게 말의 시를 지었다. 시상이 흘러넘칠 만큼 떠오른다.

○○본부에 갔다. 이곳은 이전에는 초등학교였다고 하는데, 안마당과 교사가 매우 낡았다. I부대장과 A참모가 뒤편 정자에서 잡담을 하고 계셨다. 부대장은 덩치가 작고 품격이 있는 분이다. 벌써 쉰은 되었을지도 모르겠다. 나는 초콜릿과 작은 오렌지를 싼 새 손수건꾸러미를 탁상 위에 올려놓으며 부대장에게 드렸다. 낮은 목소리로, 언제 내지를 떠나셨나요? 피곤하시죠? 라고 상냥하게 말씀을 해 주셨다. 정자 옆 우거진 풀숲에는 빨간색과 보라색 봉선화가 나긋나긋 피어 있었다. 취사장 쪽에서 가끔씩 세레나데를 부는 휘파람소리가 들려왔다. 드디어 내일은 이 양자강 북안부대도 기수蘄水를 향해 출발한다고 한다.

"내일은 이제 광제도 마지막이라고 해서, 드럼통으로 홍차를 800잔을 끓여서 야전병원 환자들에게 마시게 해 주었습니다"

부대장 옆에 앉아 있던 와타나베 씨가 이야기했다.

"그래, 참 고맙군. 좋은 일을 했네."

부대장은 두 손으로 머리를 감싸며 아주 기쁜 듯이 웅얼거렸다.

"두 눈을 잃은 병사가 있었는데, 기자님, 이게 뭡니까 라고 물어서 홍차라는 것이라고 가르쳐 주니까, 아아 이렇게 맛있는 차는 처음이에요. 이 은혜는 언젠가 꼭 갚겠습니다 라고 하며 찬합 뚜껑을 닫았습니다만, 시골 병사는 소박해서 좋아요."

와타나베 씨가 독특한 모습으로 고개를 돌리며 부대장에게 이렇게 이야기했다. 두 눈에 붕대를 감은 병사의 모습이 내 눈에 선했다.

밤이 왔다. 광제 부락은 불을 켜지 않는다. 어두움 속에서 벽에서도 거리의 잡초 속에서도 먼 밭에서도 찌륵찌륵 하고 벌레들이 울어대고 있다. 저녁밥은 고기덮밥, 매실장아찌와 후쿠신즈케福神漬[14] 가 차려져 있었다. 매우 맛있었다. 내일 출발하는 기자 제군의 무운을 빌며 단출하게 건배를 했다. 울퉁불퉁한 테이블 위에는 연필과 줄이 없는 종이, 신문, 편지 등이 쌓여 있다. 농가의 집답게 정면에는 군데군데 벗겨진 거울이 있다. 오페레이터인 나카노 씨가 고안을 해 주었다는 전구가 긴 끈에 묶여 천정에 매달려 있다.

이 무전 담당 나카노 씨는 상당히 결벽증이 있는 사람으로, 입구에 있는 무전대를 수건으로 연신 닦고 있었다. 틈이 나면 세수를 하거나 빗자루를 들고 봉당 청소를 한다. 부인이 열아홉이라며 모두가 나카노 씨를 놀린다. 나카노 씨는 아주 과학자답고 밝은 사람이다. 와타나베 씨는 타이완의 일월담日月潭에서 결혼식을 올렸다는데, 아이가 둘 있다고 한다. 세 살짜리 딸의 위문품인 과자를 받

---

14 무, 가지, 연근, 오이, 작두콩, 차조기열매, 표고버섯, 참깨 등 일곱 종류 야채를 소금에 절여 간장과 설탕, 미림 등으로 양념한 것.

았다. 요시카와 씨는 아직 독신으로 젊다. 긴 목을 쭉 빼고 이야기를 한다. 영화 쪽 구리타栗田 씨는 점잖은 사람으로 이야기가 별로 없다. 오키 씨도 독신으로 도쿄근무 사진부 기자라고 한다. 오키 씨는 정말이지 서정적이고 아름다운 사진을 잘 찍는다.

한편 I부대 대장 병졸이, 하야시 여사와 함께 차를 마시기도 했다며 어느 부대장 편지를 가지고 왔는데 양갱도 하나 같이 보내 주셨다. 고마운 마음이 절절이 느껴진다. 내일은 드디어 선발대인 와타나베, 오키, 구리타 씨들이 출발을 하기 때문에, 저녁 식사 후에는 연락원 모두가 광제를 떠나는 짐을 꾸리기에 여념이 없다.

9시 쯤, 하라原 군이 많은 전우들을 데리고 나를 만나러 와 주었다. 너무나 갑작스러워서 폭포처럼 눈물이 나서 한동안 말을 잇지 못했다. 많은 사람들 앞에서 눈물을 흘리는 것은 창피하고 민망스러웠지만 무작정 눈물이 났다. 하라 군은 오장에서 조장曹長[15]이 되었고 얼굴은 햇볕에 그을려 먹물을 먹인 종이처럼 시커맸다. 군복은 누덕누덕 기워져 있고, 그 행색은 일 년의 성상을 그대로 이야기해 주고 있었다. 파리에서 소설을 쓰고 있는 기쿠 야마다山田라는 사람의 형님이라는 분도 소개를 받았다.

"전장에서는 딱히 돈이 필요하지 않아서 마누라에게 부지런히 송금을 하고 있어."

하라 군이 작은 목소리로 말했다. 그리고 이어서 물었다.

---

15 구일본 육군 하사관 계급의 최상급. 군조(軍曹)의 위. 우리나라의 상사(上士)에 상당.

"데즈카手塚 군[16] 은 아직 내지에 있나?"

나는 우쓰노미야宇都宮의 육군병원에 있는 남편을 떠올리고는 또 가슴이 뜨거워졌다. 하라 군과 마찬가지로 1년 전에 소집에 응한 것이다.

하라 군에게 줄 선물이 아무것도 없어서 후지와라藤原 아키 씨에게 받은 작은 향수병과 용돈을 조금 주었다. 하라 군은 웃을 때마다 금니가 반짝인다. 이 사람이 이렇게 금니를 하고 있었나 싶다.…… 남경 거리에 2, 3엔의 싼 값에 이상한 금니를 해 넣는 지나인이 있었는데, 하라 군도 그런 식으로 입소문을 믿고 치료를 한 것은 아닐까 한다.

하라 군, 12시 가까이까지 있다가 전우들과 돌아갔다.

하라 군이 돌아가고 나니 운 것이 너무나 이상했다. —내일 출발을 할 준비가 다 돼서 밤 늦게까지 토방에 앉아 사람들과 잡담을 했다. 사방이 어두운 탓인지 새끼손가락만한 꼬마전구가 기분 나쁘게 반짝거리며 빛이 나서 눈이 부셨다.

12시쯤에 나는 안쪽 방 바닥 구석에서 모포를 둘둘 말고 잤다. 벽이 흙벽이라 여자가 우는 듯한 소리를 내며 아무 때나 울어대는 지나 말의 울음소리가 들렸다. 정말 듣기 싫었다. 와타나베 씨와 요시카와 씨는 언제까지고 잠을 자지 않고 전선행 작전을 짜고 있다. 꾸벅꾸벅 졸며 비몽사몽하는 중에, 바깥으로 화장실을 갔던 요

16 작자 하야시 후미코의 남편 데즈카 료쿠빈(手塚緑敏). 서양화가로, 하야시 후미코는 데즈카와 스물 셋에 결혼하면서 생활의 안정을 찾고 작가로서 성공을 하게 된다.

시카와 씨가 춥다, 추워 하며, 책상에서 글을 쓰고 있는 와타나베 씨에게, 저 있잖아, 저 산 정상에서 가끔씩 파란 불이 켜지는데 발화신호 아냐? 라고 묻고 있다. 와타나베 씨는 이상하게 입을 다문 채 뭔가를 쓰고 있었다. 나도 일어나서 바깥에 있는 화장실에 갔다. 별이 무수히 반짝이고 화장실 거적 틈으로 긴 산맥이 그림자처럼 검게 보였다. 바깥에서는 벌레가 울고 있지만, 이가 덜덜 떨릴 만큼 추운 밤이다. 와타나베 씨는 글을 다 쓰고 나서 아직 사브작사브작 정리를 하고 있다가, 갑자기 나전羅田이라는 곳 이야기를 하며 내게 친구의 편지를 읽어 주셨다.

* * *

소생 1925년 8월 중순, 학창시절에 몇 명의 학우들과 함께 나전이라는 곳에 여행을 갔을 때, 그곳 간장장수 부인이 된 일본 부인에게 크게 대접을 받은 일이 있습니다. 부인의 성명은 잊었지만, 그 지역의 명망가이자 수예학교를 개설했다는 인텔리 부인으로 당시 8,9세 쯤 되는 아이가 있었습니다.

이제 쉰은 되었을 거라 생각합니다. 아이들도 서른 전후 쯤 되었을 것입니다. 이번 사변 이후 친일 혹은 일본인으로서 살해를 당하지 않았을까 걱정이 됩니다. 만약 형님이 나전 방면에 가실 일이 있어서 그들이 생존해 있다는 것을 확인하시면, 군軍을 찾아올 테니 그 때는 많은 배려 부탁드립니다.

오래된 일이라 그쪽에서는 잊고 있겠지만, 당시 우리 일행은 아홉 명으로 그 중 여섯 명이 먼저 그 집을 찾아가고 우리 세 명은 그 다음 날 출발을 할 때 그 집을 찾아가서 큰 대접을 받느라 출발 시간도 잊었습니다. 그리고 결국 세 사람 합쳐서 동화銅

貨 열 장으로 마청麻城으로 가는 삼일 동안 거의 먹지도 않고 마시지도 않고 도착을 했습니다.

만약 나전에 가시게 되면 꼭 찾아 주세요.

* * *

나는 얼마나 반가운 편지인가 하고 생각했다. 그곳에 있는 지도를 펼쳐 보니, 기수蘄水, 부산芙山을 지나 나전이라는 곳이 있다. 와타나베 씨는 만약 나전에 가게 되면 이 편지에 나오는 부인을 찾아보겠다고 하신다. 요시카와 씨는 아까부터 포켓 위스키를 마시고 있다.

나카노 씨와 구리타 씨는 눈이 부신 꼬마전구 아래에 있는 침대에 머리를 나란히 하고 누워 모포를 둘둘 말고 자고 있다. 깊은 밤 가도를 말을 탄 전령사 같은 병사가 달려가고 있다.

2시 반 취침.

나는 잠옷을 입고 잔지가 오래 되었다. 위급 시 그대로 도망을 칠 수 있게 낮과 똑같은 복장으로 회중전등을 머리맡에 두고 잔다.

10월 18일 맑음

5시에 일어났다. 오늘은 와타나베 씨들이 전선으로 가는 날이기 때문에, 트럭에 지나 말과 배낭, 모포를 싣느라 바쁘다. 아침 일찍 출발하기로 했으나 어느새 시간이 8시가 되어 모두 선 채로 아침 식사를 했다. 식사 시간을 알릴 때는 놋포나 치비가 입구에 있는 낡은 북을 둥둥 울린다.

된장국은 따끈하고 맛이 있다. 입구에 있는 커튼이 위로 말려 올려져 있어서 산을 배경으로 한 하얀 가도를 트럭이나 기병, 치중대輜重隊[17]가 지나가는 것이 보였다. 오늘 아침에는 산의 표면에 보라색 안개가 껴 있다. 맞은편 밭이랑에는 작대기 양쪽에 짐바구니를 달고 지고 가는 난민들이 돌아오는 모습이 드문드문 보였다.

지국에서는 흰 지나 말을 기르고 있는데, 힘이 없다고 해서 연락원이 어디에선가 검은 지나말로 바꿔 왔다. 트럭은 9시에 출발. 나는 작아져 가는 트럭에 대고 언제까지고 손수건을 흔들어댔다.

하라 군이 말을 타고 소금에 절인 생강을 가져다주었다.

"우리들도 이제 곧 진군해야 해. 어딘가에서 또 만나면 좋을 텐데. 하야시 씨, 정말로 한구에 갈 거야?"

"정말 갈 거야. 병사들도 그렇고 지국도 그렇고 모두 움직이기 시작하는데 나만 혼자 어떻게 돌아갈 수 있겠어.……"

하라 군은 그럼 잘 됐네 라고 하면서, 등에 총을 비스듬히 메고 말을 타고 부대로 돌아갔다. 나는 달려가서 말 위에 앉아 있는 하라 군에게 루비퀸 캔을 건넸다.

"아껴 피워."

하라 군이 모로코인처럼 거수경례를 했다. 하라 군의 말은 이상하게 야위고 초라한 말이었다.

---

17 군수 지원을 제공하는 전투 근무 지원 부대. 지상 부대에 의하여 보급, 후송 따위를 제공한다.

광제 부락은 이상하게 쓸쓸했다. 입구에 서서 흰 가도를 보고 있자니, 왼편 가도로 말과 병사, 차량, 포차가 끊임없이 지나가고 있다. 지국도 텅 비었다. 혼간지本願寺의 종군승이라는 군속의 옷을 입은 사람이 어딘가 전장에서 모형 포차砲車를 주웠다는 이야기를 하러 왔다. 나는, 가고시마鹿児島 사람이라는 군의의 안내로 옆에 있는 야전병원을 보러 갔다.

두 시간 정도 전에 500미터 앞 가도에서 지뢰를 밟았다는 병사 세 명에게 위생병 두 명이 붕대를 감아주고 있었다. 좁은 토방에 선혈이 묻은 군복이나 거즈가 끔찍하게 쌓여 있다. 세 명 모두 비교적 건강했다. 군의가 뭐라고 묻자 세 명 모두 또렷하게 대답을 했다. 구강의 환자 수송선처럼 이곳에도 여러 부상병들이 있었다. 말에 배를 걷어 채여서 배를 수술한 병사, 두 눈을 잃고 흰 붕대를 감고 있는 병사, 그 외에 말라리아나 각기병, 호흡기병 등 여러 환자들이 있었다. 움직일 수 있는 병사는 옷을 벗어 상반신을 드러내고 부지런히 군의의 진찰을 받고 있다. 이곳 수술실은 기독교계통의 예배당으로, 벽에는 그리스도의 에칭과 같은 액자가 많이 걸려 있었다. 천정은 붉은 빛이 도는 색을 하고 있어서 흰 벽과 잘 어울린다. 남경에서 사 온 에로 배트를 한 개피 씩 20개 정도 부상병들에게 나눠 주었다. 이곳 주방을 보여 주어서 봤는데, 커다란 무쇠 냄비에서 산더미 같이 잘라 놓은 연어를 끓이고 있었다.

야전지국은 낮에는 밥을 거른다고 한다. 나카노 씨에게서 추잉검을 받아서 씹었다. 우리들은 내일 아침 일찍 출발을 한다고 해서, 남은 연락원들은 놋포와 치비에게 도움을 받아 솥과 냄비를 쌌다. 마치 가난뱅이들의 이사 그 자체이다. 지국 앞에서 갈색 강아지를 주웠다. ○○본부에 간 요시카와 씨도 검은 강아지를 주워 왔다. 갈색 쪽은 허약했지만, 요시카와 씨가 데려 온 검은 강아지는 아주 건강했다. 요시카와 씨는 치비라고 이름을 붙였다. 그러자 누군가가 소小치비라고 하지 않겠냐고 했다. 치비와 구별을 해서 이 개를 소치비로 부르기로 했다.

저녁에 ○○본부에 요시카와 씨와 둘이서 갔다. 노을이 매우 아름다웠다. I부대 대장은 마침 식사를 하고 계셨다. 내일 ○○본부와 함께 북안부대는 기수를 향해 진격을 하기 때문에, 이곳 ○○본부도 어딘가 모르게 어수선하다. 이윽고 I부대 대장이 나오셨다. 요시카와 씨는 테이블 위에 지도가 있는 방에서 원고를 쓰고 있다. 부대장과 나는 이미 어두워지기 시작한 정자 안에서 잡담을 했다.

"황매에서 광제의 전투는 정말 대 격전이었어요. 벌써 담이나 지붕은 폭격을 당해 너덜너덜해져서 마음을 굳게 먹고 대비를 하고 있었는데, 한 때는 정말이지 고전해서 방법이 없었다니까요. 병사들이 정말 잘 싸워 주었습니다. —드디어 내일 전진을 하는데, 병사를 한 명도 잃고 싶지 않아요.……"

상대방의 표정이 보이지 않을 만큼 어두워졌고, 펼쳐진 지도가 있는 방에서는 요시카와 씨가 어두운 전등 아래에서 원고를 쓰고 있다. 나는 나도 모르게 뭐라 말할 수 없을 만큼 가슴이 타들어가는 느낌이었다. 부대장의 병사에 대한 사랑이 기쁘게 느껴졌다.

"이삼 일 전부터 아무래도 몸의 컨디션이 좋지 않아서 군의에게 몇 번 진찰을 받았는데, 아무래도 병명이 확실하지 않아요. 전투 중에 쓰러지는 것도 좀 뭐해서 아무래도 찜찜해 하고 있던 차에, 어제 아침 화장실에 갔는데, 이상한 이야기지만, 입에서 긴 회충이 나와서 말예요. 병사가 잡아당겨 빼 주었어요. 그리고 나서 거짓말 같이 기분이 좋아지고 오늘은 컨디션이 아주 좋아요."

부대장은 마치 딸에게라도 이야기하듯이 나에게 이런 이야기까지 해 주셨다. 나라시노習志野에 계실 때 이야기도 들었다. 유럽을 돌던 이야기도 들었다. 요시카와 씨가 원고가 좀처럼 써지지 않아서, 부대장은 병사가 나에게 만들어준 나막신을 보여 주겠다며 식당의 포렴을 헤치고 나막신 한 켤레를 가지고 오셨다. 갈색 나무판에 도마처럼 못으로 굽을 박아 넣었고 흰 끈이 달려 있다. 소박해 보이는 나막신이었다.

요시카와 씨의 원고가 겨우 완성이 되어서 S참모에게 검열을 받고 우리들은 ○○본부를 나섰다. 새벽처럼 희끗희끗한 황혼, 산등성이가 회갈색으로 뿌옇게 보인다. 지국으로 돌아가는 도중, 강가에 부지런히 미싱을 돌려 수선을 하고 있는 부대를 보았다. 오늘, 내일은 드디어 대공격이기 때문에 무슨 일이 있어도 병사들이 수선을 해야만 한다며 이 미싱 부대는 부지런히 수선을 하고 있었다. ―지국으로 돌아오자 데라다 군의 트럭이 돌아와 있었다. 다리가 무너진 곳까지 가서 모두를 내려놓고 왔다는데, 오늘은 그 기세라면 4, 50리는 걸을 것이라는 데라다 군의 예측.

저녁식사로는 내 버터로 볶은 부드러운 고기덮밥을 먹었다. 고기는 군의가 마련해 주었다고 한다. 밤이 깊어지고 나서 위생차 담당의 마쓰나가松永 중위가 으깬 고구마를 찬합에 담아 갖다 주셨다. 혀끝에서 달고 맛있었다.

나는 일찌감치 어두운 침실에 들어가서 회중전등 불빛을 이용하여 배낭을 정리했다. 지나 말이 우는 소리가 견딜 수 없이 듣기 싫었다. 바깥 화장실에 가자 먼 산 위에서 바늘로 찍어 놓은 듯한 작은 불빛이 반짝반짝 빛나고 있었다. 이 부락은 병사도 얼마 없고 지국도 사람이 절반으로 줄었는데, 그 불빛 신호는 대체 무엇이란 말인가?

"어쨌든 이 북안부대는 강해. 전가진田家鎭 때 들었는데, 전령이 달려서 돌아오면, 큰 목소리로 야습이다아라고 하는데, 야습이다아라고 다아를 길고 세게 발음을 한다구."

아까도 요시카와 씨가 농담을 했다. 하지만 오늘 같은 밤에 저 산에서 적병이 야습을 해 오면 어떻게 하면 좋을까? 나는 가지고 있는 무기가 아무것도 없다. 만약 위급상황이 발생하면 자살을 해 버려야겠다고 생각했다. 광제에 온지 이틀째 밤. 나는 아무 잡념 없이 곯아떨어졌다.

10월 19일 맑음

4시에 일어나서 채비를 했다. 새벽하늘에는 샛별이 반짝반짝 빛나고 있다. 놋포와 치비가 주방에서 불을 지피고 있다. 입구에서 있자니 장사진 같은 치중대가 어둑어둑한 가도를 서하역西河驛 쪽으로 묵묵히 나아가고 있다. 어두워서 병사도 말도 수묵화 같다.

말이 히힝거리고 병사들이 콜록거리는 기침 소리가 내 가슴을 부글부글 끓어오르게 하는 것 같다. 옆 병동 건물에서는 당번 병사 네다섯 명이 석유통을 둥둥 울리며 강으로 물을 길으러 나가고 있다. 지국 입구에 서 있는 나를 보고 일본 여자가 와 있다고 이야기하며 지나가는 병사가 있었다.

주방에 가서 아궁이에서 불을 쬐었다.

아궁이 앞에는 소치비가 추운 듯이 웅크리고 있다. "놋포, 아내 있어?"라고 중국어로 물으니, 놋포는 싱글거리며 있다고 대답했다. 치비는 어떠냐고 물으니, "아내, 아이 있어."라고 한다. 두 사람의 아내는 모두 시골에 있다고 하는데, 자신들이 이런 곳에 와 있다는 것은 알릴 길이 없다고 했다. 돈을 모아서 한구가 함락되면 시골로 돌아갈 것이라 했다. 한 명 한 명 모두 일어나기 시작했다. 이 사람 저 사람 모두 입버릇처럼 덧없는 유행가 구절을 노래하고 있었다.

희끗희끗 날이 밝기 시작했다. 가도의 군사행렬은 아직도 계속되고 있다. 마치 영원히 계속될 것처럼 묵묵히 군사행렬이 지나가고 있다. 광제에 한 달이나 주둔하고 있던 군대인 만큼, 말이나 차량에 매단 가재도구들은 마치 거지가 이사를 가는 것 같았다. 말 안장에 세면기가 덜렁덜렁 매달려 있다. 헌 솜이불도 매달려 있다. 닭, 푸성귀, 그런 것들을 소에 매달아 놓은 것이 보였다. 맞은편 산골짜기가 분홍색으로 밝아왔다. 우리들은 간단히 아침식사를 마치고 밥그릇을 상자 속에 넣고, 냄비와 밥솥, 무전대, 의자와 모포, 모두의 배낭, 가솔린 등이 들어간 드럼통을 트럭에 실었다. 짐을 나르기 시작하자 야전병원에서 바로 그 집을 쓰러 왔다.

기자도 연락원도 이 집과 헤어지는 것을 아쉬워했다. 나도 겨우 이틀 동안의 광제 생활이었지만, 일말의 석별의 정이 없는 것은 아니다. 군의와 병사들이 전진하는 우리들에게 손을 흔들며 조심하라고 말을 해 주었다.

드디어 9시, 광제 야전지국 앞을 출발했다. 노랗게 탄 지국의 벽보신문 앞에 두세 명의 부상병이 서 있다가 우리들이 탄 트럭에 대고 손을 흔들어 준다. 작아져 가는 지국 앞에 있는, 거적을 쳐 놓은 변소조차도 정겨웠다.

나는 조수석에 탔다. 지뢰를 밟은 세 명의 병사를 본 적이 있는 나는, 타이어가 덜컹 할 때마다 "데라다 군, 괜찮아?"라고 물었다. 검은 나무다리가 무너진 곳에서는 공병工兵이 생통나무를 잘라다 임시다리를 만들어 주고 있다. 길옆에는 몇 군데나 지뢰를 캐낸 흔적이 있다. 기복이 심한 계곡을 지나고 평원을 달려 서하역 바로 앞 강가에 도착한 것은 11시 무렵이었다. 햇볕이 따갑게 반사되는 길을 누렇게 먼지투성이가 되어 누런 밀가루를 뒤집어쓴 것 같은 병사들의 행렬이 묵묵히 진군을 하고 있다. 이것은 무슨 강일까? 사막 같이 하얀 모래밭을 품은 넓은 강이, 모래바닥으로 비교적 맑은 물을 띠처럼 완만하게 흘려보내고 있었다. 긴 다리가 폭파되어서 말도 병사도 물속으로 건너야 했다. 병사들은 모두 바지를 벗고 물속을 첨벙첨벙 건너고 있다. 치중대 차량은 강가에서 경사가 급한 강바닥으로 내려오기까지 야단법석을 떨었다. 차량 한 대씩 말의 고삐를 단단히 잡고 셔츠 한 장만 입은 치중병이, 얍하고 기합을 넣듯이 울퉁불퉁하고 미끄러운 절벽을 모랫바닥으로 달려 내려갔다. 말은 높은 강가에서 모랫바닥을 보고는 발길이 떨어지지 않는지 후우후우하며 숨을 내쉬고 침을 흘리며 불안한 듯 발을 구르고 있다.

"이 자식, 말 안 들어?"

병사는 새끼줄로 된 채찍으로 내리쳐서, 쉴 틈 없이 기합을 넣으며 무거운 차량을 끌고 있는 말을 높은 강가에서 모랫바닥으로 끌고 내려갔다. 그 행렬이 백량 가까이 계속되었다. 모랫바닥으로 내려간 말은 그곳에서 잠깐 쉬었다. 병사들도 찌든 수건으로 진땀을 닦고 있다. 병사들의 맨 다리가 목욕을 하고 나온 것처럼 빨갛게 상기되어 보였다. 일순 기합이 빠져 자신이 끌고 있는 차량에 깔리는 병사도 있다. 차량과 말을 잇는 끈이 끊어져 말만 옆으로 가서 모랫바닥에 무릎을 꿇는 경우도 있었다. 긴 다리 위에는 반라 상태의 공병대가 커다란 통나무를 쌓으며 영차영차하고 구령에 맞춰 다리를 만들고 있다.

햇볕은 쨍쨍 내리쬐고 강가의 풀숲에서는 벌레가 울고 있었다. 푸른 물은 유유히 흐르고 있다. 나는 이곳까지 와서 이 깊은 강을 어떻게 건너야 할지 가슴이 두근거렸다. 기병이나 보병들이 물속을 첨벙첨벙 건너가고 있다. 보병은 절벽 위에서 신발과 바지를 벗어 들고, 시타오비下帯[18]의 앞쪽 천을 일렁거리면서 물을 건너간다.

—자동차와 트럭은 도저히 건널 수 없을 것 같아서 트럭에 무전 담

---

18 음부(陰部)를 직접 가리기 위하여 따로 허리에 두르는 천.

당의 나카노 씨와 데라다 군, 놋포와 치비를 남겨 놓고, 우리들은 강을 건너 전진하기로 했다. 연락원 중에는 이미 바지를 벗은 사람이 있다. 나는 강가로 내려가는 치중대 차량이 있는 곳으로 달려가서, "미안하지만 짐 위에 태워 주실 수 없습니까?"하고 병사에게 부탁을 해 보았다. 후우후우 소리를 내며 어서 타세요 라고 친절하게 나를 안아 올려서 주크를 깐 차량의 탄약 상자 위에 태워 주었다. 나는 탄약 상자 위에 엎드려 짐 상자 위에 쳐져 있는 굵은 새끼줄을 꽉 잡았다.

"그렇죠. 새끼줄을 꽉 잡고 있어요."

강가에서 병사의 기합 소리가 들렸다. 일순 나는 눈을 꼭 감았다. 빙글빙글 뭐가 뭔지 알 수 없는 무지개 같은 상념이 눈꺼풀 속에서 소용돌이를 치다가 흩어졌다. 뭐든 상관없다. 어떻게 되든 상관없다. 문득 차량 위에서, I부대 부대장이 불편한 점이 있으면 이야기를 해 달라고 친절하게 해 주신 말씀이 생각이 났다. 이 병사는 나를 귀찮아하지 않고 정말 기분 좋게 안아서 태워 주었다. 나는 눈을 떴다. 차가운 눈물이 뺨으로 줄줄 흘렀다.

"자, 됐나. 발을 디뎌야 해."

셔츠 한 장만 입은 병사가 내 말의 고삐를 왼손으로 자기 머리 위로 휙 들어올리고 오른손은 말 앞쪽을 꽉 눌렀다. 차량이 좌우로 출렁하고 흔들렸지만, 나와 말과 차량과 병사는 나락으로 떨어지는 것처럼 모랫바닥으로 줄줄줄 미끄러져 내려갔다. 내가 탄 차량은 쉴 틈 없이 강가에서부터 기합을 잔뜩 넣으면서 계속해서 강 한가운데로 첨벙첨벙 돌진해 갔다. 수량이 비교적 많아서 심한 물보라가 얼굴과 몸을 때리듯이 덮쳐 왔다. 뒤에서 오는 요시카와 씨도 연락원도 탄약상자에 들러붙은 내 모습을 보고 깜짝 놀랐다. 강을 건너자 마치 사막 같이 넓은 모래벌판으로 나왔다. 차량에서 내려 강물로 세수를 하고 있자니, 병사 한 명이, "어, 저기 도망을 가고 있네."라고 하며 넓은 강 아래쪽을 손가락으로 가리키고 있다.

"쏠까?"

"그냥 나 둬. 그냥 놔 둬. 어차피 다리를 다쳐서 별 수 없어."

"쩔뚝거리며 도망을 치고 있군."

보니 멀리 강 하류를 검은 옷을 입은 지나병사 두 명이 물위로 일어섰다 넘어졌다 하면서 도망을 치고 있었다. 아침 8시 무렵, 이 서하역까지 군대가 찾아오자, 4,5백 명 되는 지나인들이 붉은 술이 달린 창을 들고 이 둑방 위에서 강을 사이에 두고 역습을 해 온 것이라 한다. 총도 없고 아무 것도 없이 단지 빨간 술이 달린 창을 쨍그렁쨍그렁 들고는 와아하고 돌진해 온 것이라 한다. 잠시도 견디지 못하고 쫓겨간 것이라 하는데, 미처 도망을 치지 못한 홍창대紅槍隊는 삼삼오오 둑방 그늘이나 참호 안에 쓰러져 있다. 승려라도 되는지, 모두 청색이나 검은색 옷을 걸치고 머리는 파랗게 빡빡 깎았다. 가슴에는 어느 시체나 사각형으로 된 녹색 종이조각을 붙이고 있었다. 종이조각에는 어느 것에나 모두 단 한 글자 '불佛'이라고 굵게 적혀 있었다. 대장으로 보이는 사람은 흰 허리띠를 하고 있었다. 햇볕이 쨍쨍 내리쬐고 둑방에는 풀과 수목이 무성하게 우거져 있어서 피를 흘린 홍창대들의 시체는 이상하게도 뭔가 고풍스런 판화를 보는 것 같은 풍경이었다.

넓은 모래벌판에는 강을 건너온 각 부대가 대군집을 하고 있다. 나는 이 모래벌판에서 연락원들과 점심을 먹었다. 점심을 먹고 병사들과 함께 강에서 찬합을 씻고 있는데, 하라 군이 물보라를 일으키며 달려왔다.

"강가에 아시아호가 있어서 달려왔어. 별일 없지?"

"응, 잘 지내고 있어."

우리들은 해가 쨍쨍 내리쬐는 모래바닥에 앉아 광제를 출발하고나서 있었던 일들에 대해 이야기를 했다. 하라 군의 혼고부대도 누구 하나 다친 사람 없이 진격을 했다는 이야기다. 한 시간 정도 지나 하라 군의 부대는 또 전진. 이 부대는 도하부대渡河部隊로, 접이식 배를 차량에 달고 있기 때문에 군대를 따라 전진해야만 한다. 몹시도 전장터다운 어수선한 해후로, 하라 군의 부대는 계령가界嶺街 쪽으로 전진을 했다. 요시카와 씨, 밴드 맨과 셋이서 서하역 부락 쪽으로 걷고 있자, 가도연선의 초가집에 말라리아에 걸린 병사들이 두 명이, 두 전우에게 간병을 받으며 땅바닥에 누워 있었다. 얼굴이 열로 홍시처럼 빨갛게 달아올라 뜨거운 숨을 쉬고 있었다. 나는 배낭에서 하얀 키니네 정제를 꺼내 두 병사에게 두 알씩 주었다. 캐러멜도 한 알 씩 네 명의 병사에게 나눠 주었다. 병사는 후방의 야전까지 돌아가는 것이라고 했다. 오두막 밖에서는 다리를 수리하고 있는 공병대 경비 병사 두 명이 작은 샤벨로 가도에 참호를 파고 있었다. 앞에 있는 구릉 위 초가집에도 병사가 빼곡이 나뒹굴고 있다. 그 오두막 바닥 아래는 깊은 참호로 되어 있고 가도를 향해 총안銃眼 같은 것이 만들어져 있었다.

언덕 위로 원주민 같은 지나인이 지팡이를 짚고 터벅터벅 찾아왔다. 장님 같다. 병사 한 명이 성큼성큼 장님 옆으로 가자 그 지나인 장님은 이상하게도 병사를 비껴서 오솔길로 지나갔다. 병사가 크게 소리를 지르자 갑자기 그 지나인은 눈을 뜨고 도망치기 시작했다. 바로 등에 총을 맞고 쓰러져 버렸다.

아시아호가 강을 건넌 것은 3시 무렵이었다. ○○본부에 도착했다는 요시카와 기자와 밴드맨을 서하역에 남겨 놓고 나는 무전 담당의 나카노 씨들과 트럭으로 전진을 했다. 가도 가도 논과 늪과 기복이 완만한 구릉 뿐이다. 넓은 가도에는 땀투성이가 된 치중대가 탄약과 식료품을 나르고 있다. 어느 병사의 얼굴도 젖은 금불상 같은 피부를 하고 있었다.

저녁에 트럭은 계령가界嶺街라는 곳에 도착했다. 이곳이 최전선이다. 눈앞의 마른 논에서 포열砲列을 깐 야포가 뱃속을 뒤흔들 듯한 소리를 내며 맑은 하늘에 끔찍한 파열음을 내고 있다. 끔찍한 소리가 날 때마다 포신砲身은 덜컹덜컹 하며 2, 3미터씩 뒷걸음질 쳤다. 포열을 지휘하는 장교가 큰 목소리로 천천히 천천히 하며 구령을 붙이고 있다. 아시아호는 논 안으로 들어갔다. 곧 대나무장대에 무전 안테나를 단다. 놋포는 곧 가까운 늪에서 물을 길어왔다. 나카노 씨는 그 물로 트럭에 있는 먼지투성이 무선대에 걸레질을 하기 시작했다.

맑은 하늘에 새소리 같은 덧없는 파열음을 내며 적의 산탄이 날아들어 왔다. 나는 화장실에 가고 싶어서 하시모토橋本 군이라는 젊은 연락원에게 오두막 밖에 서 있어 달라고 하고 허물어진 농가로 들어갔다. 어느 방의 흙바닥에도 병사들이 쉬고 있다. 마당 건너 멀리 관목 속에 있는 광 속에 들어가 볼일을 보았다. 그 광에는 농기구와 말을 넣어 두기라도 했었는지, 안쪽에도 어둡고 넓은 흙바닥이 있었다. 아무 생각 없이 들여다보니 가슴에 털이 복슬복슬 난 지나병사 한 명이 멍하니 내 쪽을 바라보고 있었다. 이제 아무 기력이 없는 듯 했다. 나도 모르게 추워서 몸서리가 쳐졌다. 누군가를 닮은 얼굴이었다. 생각이 나질 않는다.

내 발 밑에는 통행증이라고 인쇄된 칙칙한 그림을 그린 지나의 전단지가 흩어져 있었다. 흩벽 바깥 쪽에서는 야포 소리가 엄청난 파열음을 내며 내 뱃속을 뒤흔들고 있다. 온 일본의 오포를 일시에 듣는 듯한 엄청난 소리였다. 계속해서 발사되는 포성을 듣고 있자니 점점 각오가 섰고, 나는 하시모토 군과 둘이서 포열이 깔려 있는 구릉 위로 올라가 보았다. 측량을 하는 듯한 망원경을 젊은 장교가 가만히 들여다보고 있었다. 오늘밤은 이곳에서 노영露營을 하는 수밖에 없다. 무전담당의 나카노 씨, 그리고 운전수와 두세 명의 연락원들만으로 노영 준비를 한다. 화창하고 아름다운 황혼이었다. 근처 연못에 찬합의 쌀을 씻으러 갔다. 적토赤土의 물이었다. 해가 지자 차차 주위가 쌀쌀해져 왔다. 나만 조수석에 누웠고, 나머지 사람들은 트럭 옆에 텐트를 치고 누웠다. 흙바닥에 바로 모포를 말고 자는 것이다.

조수석에는 여러 가지가 놓여 있었다. 새우잠을 자서 그런지 금방 등과 다리가 저려왔다. 양쪽 창문에 보자기를 치고 잤다. 내 눈 위에 있는 핸들의 둥근 원이 어둠 속에서 멀어졌다 가까워졌다

한다. ─늦은 밤까지 내 머리맡으로 군대가 지나갔다. 여러 지역 말들이 내 옆을 지나간다. 그 중에는 내 머리맡 스텝에 앉아 오랫동안 소곤소곤 이야기를 하는 병사들도 있었다.

"이곳은 어디일까.……"

"뭐시라는 곳이라제."

"아아, 치버 죽겄네. 어디 볏짚이라도 없겄나?"

이런 이야기들이 들린다. 삐걱삐걱 거리며 진군하는 차량 소리와 덜컹덜컹 땅을 울리며 가는 포차 소리, 꾸벅꾸벅 졸고 있는 귀에 이런 소리들이 멀어졌다 가까워졌다 하며 들려온다. 야간 군사 행렬이 여러 가지 소리를 내며 지나가는데 풀숲에서는 벌레들이 정말로 잘도 울어댄다.

나는 아무런 위험도 느끼지 않고 비몽사몽 얕은 잠을 자고 있는 내게 또 하나의 내가 기색을 살피고 있는 기분이 들었다. 나는 머릿속이 점점 상쾌해져 왔다. 아직 진정한 위험을 느끼지 못한 것인지도 모른다. 핸들 맞은 편 창문을 내다보니, 총을 멘 보병이 묵묵히 치중대 차량 옆을 따라 전진하고 있었다. 때때로 먼 어둠 속에서 "잠시 휴지!"라는 구령이 떨어지곤 한다.

나는 문득 앞으로 있을 진군에 대해 생각했다. 나는 전쟁이 어느 정도까지 격심해질지 아직 실제는 모른다. 모르니까, 그래서 더 어떤 고난과 역경도 견딜 수 있다고 생각한다. 불구가 되는 것은 싫다. 그런 생각도 해 본다. 죽는 것은 조금도 두렵지 않지만 이상하게 불구가 되는 것은 무섭다. 농가 화장실에 갔을 때 본, 부상을 당한 지나병사의 힘 없는 눈이 가끔씩 내 눈 앞에서 왔다갔다 한다. 이제 지금쯤은 숨이 끊어졌을지도 모른다.

조용한 밤이다.

"이봐, 담배 있어?"

"담배라구? 나도 피우고 싶지만 낮부터 한 개비도 없어."

내 눈꺼풀에 또 눈물이 밀려올라왔다. 나는 왜 담배를 많이 가져 오지 않았을까 하는 생각도 했다.

10월 20일 맑음

4시 쯤 눈을 떴다. 어젯밤부터 이어진 군사행렬은 쉼 없이 전진하고 있는 듯, 어제 들은 병사와는 목소리가 다른 병사들이 머리맡을 지나가고 있다.

"급수부대는 이 근처에 와 있다고 하는데 말야."

물을 구하는지, 물통의 물이 다 떨어졌다는 이야기를 하는 소리가 들린다. 추워서 발끝이 부들부들 떨린다. 콜록콜록 기침을 하며 걷는 병사, 히힝거리는 말 울음소리. 날이 너무 환하게 밝기 전에 나는 조수석에 앉아 머리를 빗고 콜드크림으로 얼굴을 닦는다. 손수건이 숯을 닦은 것처럼 금방 시커매졌다.

7시에 날이 밝았다. 금빛 아침 해가 역광선으로 말과 병사들을 시커멓게 물들이고 있다. 치비와 놋포가 일어나서 찬합을 모으고 있어서, 나도 조수석에서 내려왔다. 트럭 옆을 묵묵히 걷고 있던 병사가 깜짝 놀란 표정으로 나를 보고 있었다. 나는 나도 모르게 병사들의 대열에 대고 고개를 꾸뻑 숙였다.

아침 된장국 맛있음.

급수부대 자동차와 마쓰나가 중위 위생차가 우리들 트럭 옆으로 왔다. 10시 쯤 최전선에 가 있는 와타나베 씨의 원고를 가지고 연락원 오자와小沢 군이 돌아왔다. 배낭 위에 검은 강아지를 담아 왔다. 이로써 개가 두 마리가 되었다. 곧 무전을 치기 시작했다. ─트럭은 좀처럼 앞으로 나갈 수 없을 것 같았다. 후방 ○○본부에 있는 요시카와 씨, 밴드맨도 기다려야 하고 당분간 아시아호는 계령가에 있을 것이라 해서, 나는 연락원 오자와 군과 둘이서 배낭을 메고 전선으로 가기로 했다. 길은 지루한 가도였다. 9킬로 정도 걷는 동안 아무래도 숨이 쉬기 힘들어졌다. 내 옆으로 여러 부대가 지나간다. 덮고 바짝 마른 길이어서 병사들은 모두 입을 꾹 다물고 걷고 있다. 병사들은 뭔가 말을 붙이게 되면 맞아 쓰러질 것 같이 뚱한 표정들을 하고 있었다. 작은 부락의 농가에서 중식. 오자와 군이 톳 통조림을 배낭에서 꺼내서 따 주었다. 톳 통조림은 정말 고마웠다. 이 작은 부락에서는 기쿠스이菊水[19] 깃발로 유명한 전신부대의 쓰네오카常岡 소좌와 함께 지냈다. 『아시아』라는 잡지를 간행하고 있는 기자분하고도 함께 지냈는데, 상당히 활기찬 사람이다.

나는 점심식사가 끝나자 곧 다시 화장실을 찾아다녔다. 곡식 창고에 축축한 볏짚을 쌓아 둔 방으로 갔다. 아무도 없는 방. 난잡

19 가문(家紋)의 하나. 국화꽃이 흐르는 물 위에 반쯤 떠 있는 모양. 남북조(南北朝) 시대의 토호(土豪)인 구스노키(楠木) 집안의 가문으로 유명함.

하게 어질러져 있는 어두운 흙바닥. 무엇을 봐도 움직일 것 같아서 기분이 나쁘다. 끔찍한 기분이 들었다. 유리처럼 아무것도 먹지 않는 인간이 되고 싶다. 점심식사를 마치고 다시 또 9킬로 정도 행군을 한다. 무의식적으로 다리가 움직이고 있을 뿐이다. 사방은 바짝 마른 목화밭이다. 가끔씩 점점이 하얗게 목화솜이 피어 있는 것이 오히려 쓸쓸한 느낌을 자아냈다. 홍마호紅馬湖 부근에서 쓰네오카 부대장의 자동차를 태워 줘서 탔다. 계점포季店鋪라는 곳까지 와서 오두막 벽에 기대어 원고를 쓰고 있는 와타나베 기자를 만났다. 옆에는 마쓰모토 중위가 와 계셨다. 오두막 처마 밑에 오이 넝쿨이 무성하다. 작은 오이가 열려 있길래 따 먹으려 하니 마쓰나가 중위는 먹으면 안 된다고 가르쳐 주었다. 전선은 여전히 척척 진군을 한다고 한다. 전선은 이제 4킬로 정도 남았다고 한다. 우리들은 구릉 위에서 쉬고 있는 사진 기자 오키 씨, 구리타 씨가 있는 곳으로 갔다. "잘 왔어요."라고 오키 씨가 위로해 주었다. 밥을 지을 새도 없는 것 같아서 비스킷과 물로 점심을 때웠다. 오키, 구리타 등 사진담당은 바로 출발. 그 후 우리들도 출발 준비. 나는 구릉 위에서 내 사진을 네다섯 장 찍었다. 광제에서 데리고 온 검은 말은 어떻게 되었을까? 연락원이 말 대신 커다란 소를 한 마리 데리고 왔다. 그 소에 사람들의 배낭을 실었다. 배낭 없이 걷는 것은 너무 기쁘다.

논과 목화밭 사이의 가도를 소를 데리고 우리들은 병사들과 함께 걸었다. 4킬로, 6킬로, 8킬로 걷는 동안 내 눈과 입은 먼지로 까슬까슬해졌고, 땀이 등으로 줄줄 흐르는 것 같았다. 병사들도 묵묵히 걷고 있다. 연락원도 기자 제군도 묵묵히 걷고 있다. 12,3킬로까지 왔을 때 나는 현기증이 날 것 같았다. 때때로 소 등에서 짐이 줄줄 흘러내려 그 때 잠시 쉬는 것이 하느님의 은총처럼 기뻤다. 소 등에 짐을 다시 싣고 묶을 동안 나는 논 안에 털썩하고 쭈그려 앉았다. ―병사들의 등에도 내 등에도 파리가 잔뜩 들러붙어 있다. 귀찮게 구는 파리다. 내 등의 파리는 내 머리에까지 귀찮게 들러붙었다. 나는 꽃무늬의 빨간 삼각건으로 머리를 감쌌다.

남악묘南岳廟라는 곳까지 왔을 때는 정말이지 머리가 빙빙 도는 것 같았다. 나는 계령가에서 80리 정도 걸은 것이다. 적의 진지가 눈앞에 있어서, 작은 새와 같은 파열음을 내며 소총 탄환이 퓽퓽하고 머리 위로 날아왔다. 누군가 위험해 라고 내게 고함을 질렀다. 우리들은 쓰네오카부대장 일행과 함께 구릉 그늘에 몸을 숨겼다. 맑고 푸른 가을 하늘에 작은 새와 조금도 다르지 않은 소리로 날아가는 탄환의 행방을 나는 얼이 빠진 표정으로 멍하니 바라보고 있었다.

밤에 남악묘 농가에서 숙영을 했다.

총탄이 날아오는 구릉에서 2백 미터 내려간 늪 옆에 있는 농가에서 쓰네오카부대와 함께 숙영을 하기로 했다. 늪 주변에는 버드나무와 포플라나무가 우거져 있고 늪 앞에는 농가가 딱 한 채 있었다. 농가라고 해 봐야 토방뿐으로, 거친 벽으로 구획이 지어진 흙집에 지나지 않는다. 흙 벽 바깥에서는 바로 눈앞에 있는 목화밭에 야포가 죽 늘어서 있고, 기수 마을을 표적으로 포탄을 펑펑 발사하고 있다. 묵직한 굉음이 셀 수 없이 들려왔다. 오두막도 흙도 뺨도 흔들리는 듯한 굉장한 소리다. 그 소리를 들으면서 우리들은 저녁 취사 준비를 했다. 나는 늪으로 비누를 가지고 세수를 하러 갔다. 늪에는 수초가 잔뜩 떠 있고 부글부글 수포가 일고 있었다. 수포를 헤치니, 미지근한 물이 나타났다. 물가에는 찬합으로 쌀을 일고 있는 병사, 몸을 씻고 있는 병사, 빨래를 하는 병사 등 제각각이다. 포탄 소리는 땅을 흔들고 이상한 소리를 내며 공기를 마찰시킨다. 그 굉음이 이제는 귀에 익숙해져서 가끔 그 포탄 소리를 잊고 쓸 데 없는 생각을 하는 느긋한 순간도 있다.

"잘 와 주셨어요."

병사 한 명이 찬합을 씻으면서 내게 말을 붙여 주었다.

안마당 벽 옆에서는 불이 활활 타오르고 있고, 가로 질러 놓은 막대기에 찬합 대여섯 개가 매달려 있었다. 와타나베 씨가 전투모에 빨간 콩을 깍지 째로 잔뜩 따다 주었다. 나는 곧 콩을 까서 늪으로 가서 씻어서 된장국에 넣었다. 촛불에 의지하여 된장국과 밥만 먹는 저녁이었지만, 낮에 비스켓만 먹어서 그런지 정말 맛있다. 오키 씨, 구리타 씨는 적 앞으로 강을 건너는 적전도하敵前渡河 장면을 찍기 위해 먼저 출발한 것 같다. 오늘밤은 ○○본부에 묵을 지도 모른다. 피곤한 탓인지, 식후에 단 것이 생각나서 배낭에서 삶은 팥 통조림 작은 것을 두 개를 꺼내 놓고 한참 동안 바라보았다. 이 작은 통조림으로는 도저히 다섯 명이 나눠 먹을 수 없을 것 같았다. 다른 사람눈치를 보면서 혼자 먹는 것은 더 싫었다. 와타나베 씨에게 팥 통조림을 보여 주자, 하나는 남겨 두자. 필요할 경우가 있을지도 모른다. 하나만 따서 물을 잔뜩 부어 단팥죽을 만들자, 라고 해서 연락원 오자와 군에게 부탁하여 찬합으로 단팥죽을 만들었다. 완성된 단팥죽은 언젠가 무혈의 단팥죽 집에서 먹은 것과 똑같아서, 뜨거운 국물에 팥알이 드문드문 떠 있다. 쓰네오카부대장도 초대하여 이 초라한 단팥죽을 여섯 명이서 먹었다. 엄청 맛있었다. 단팥죽을 찬합 뚜껑에 떠서 모두 즐겁게 웃으며 먹었다.

"기수에는 이제 적은 없어. 날아오는 저 탄환도 남아 있는 일부 적들이 보내는 것일 거야."

창밖에서 병사들이 장작을 패며 이런 이야기를 하고 있다.

"오늘 밤에는 없나?"

"아무 것도 없을 걸? 뜨거운 밥에 된장국을 말아 먹어야지."

이런 대화도 들린다. 밤이 깊어짐에 따라 벽 밖에서 나는 포성의 울림은 점점 더 거세졌다. 나는 촛불을 의지하여 배낭을 정리하고 일기를 썼다. 와타나베 씨도 배낭 정리를 하고 있다. 연락원들이 잠자리에 깔 짚을 많이 구해다 주었다. 쓰네오카부대장이 손수 빨간 모포를 가져다 내게 빌려 주셨다.

주간 행군으로 내 발바닥은 불에 데인 듯이 화끈거리고 쑤신다. 한 밤중에 희수강浠水河을 건너 기수로 돌격할 것이라고 벽 밖에서 병사들이 소변을 보며 이야기하고 있었다. 뼈가 얼얼하다. 말발굽 소리가 어수선하게 집 앞을 가로질러 갔다. 포탄 소리는 심야에서 새벽에 걸쳐 점점 더 거세졌다. 와타나베 씨도 연락원도 죽은 듯이 곯아 떨어져 자고 있다. 나는 잠이 오지 않아서 포격으로 무너진 서쪽 창가로 가서 어두운 창밖을 바라보았다. 바로 눈 아래 포열이 깔려 있고 포탄이 발사될 때마다 어둠 속에서 풀무로 튀기는 듯한 화염 화살이 하늘로 솟아오르고 있었다.

10월 21일 맑음

아침 6시 기상.

포탄이 귀를 덮칠 뿐. 벌떡 일어나서 앞에 있는 늪으로 세수를 하러 갔다. 늪 앞에 있는 오솔길에는 전신부대 병사들이 2열종대로 늘어서서 구령을 붙이고 있다. 출발 전 점호이다. 늪의 물은 하얀 수증기를 일으키고 있다. 추워서 콧물이 한없이 나왔다. 나는 초원에 서서 머리를 싹싹 빗으며 해가 뜨기를 기다렸다. 찬란한 진홍색 아침 햇살이 늪 맞은편에서 솟아오르고 있다. 포탄 소리만 나지 않으면 지나 시골을 여행하는 느낌이다. 늪 주변의 무성한 숲에서 새들이 푸드득 날아오른다. 찬합으로 밥을 짓고 된장국과 바위덩이처럼 딱딱해진 말린 대구를 구워 먹었다. 7시, 남악묘 숙영지를 출발하여 희수강 강변으로 나왔다. 기수 마을은 밤 4시에 함락되었다고 한다.

강물은 얕아 보여서 모두 바지자락을 높이 걷어 올리고 신발을 벗고 건넜다. 나는 어떻게 할까 하고 고민을 하고 있자, 비척비척하는 원주민 한 명이 자기한테 업히라고 등을 갖다댔다. 누더기 차림으로 겉보기에는 미덥지 못해 보였지만, 나는 원주민 어깨에 수건을 대고 업혔다. 강 중심까지 가자 원주민은 깊은 진흙 속에 발이 푹 들어가고 내 몸은 그의 등 위에서 이리 흔들 저리 흔들 흔들렸다. 곧 누군가 나를 받쳐 주길래 뒤를 돌아보니, 연락원 거인무리 중의 한 명이었다. 나는 곧 연락원의 등으로 옮겨갔다.

희수강을 건너 기수현성에 들어간 것은 밤 8시. 멀리서 보니 색채가 아주 엷고 기품 있는 마을로 생각되었는데, 마을로 들어가 보니 묘지처럼 한산하고 지저분하게 폐허로 변한 마을이었다. 우리들은 울퉁불퉁한 바위로 된 절벽을 올라가서 소를 끌고 기수 마을로 들어갔다. 기수 입성식을 지금 찍고 왔다는 오키, 구리타 사진반을 만났다. 이곳에서 2, 3일은 숙영을 할지도 모른다고 해서 우리들은 소를 끌고 숙영을 할 집을 찾아다녔다.

도중에 농가 앞을 지나가다, 희안하게 산동배추가 무성하게 이슬에 젖어 자라고 있는 밭을 발견했다. 나는 탄성을 지르며 연락원과 밭으로 뛰어 들어갔다. 이렇게 파란 야채들 본 것은 남경 이래 처음이다. 연락원 한 명은 어디에서인가 커다란 바구니를 찾아왔다. 우리들은 거기에 야채를 뜯을 수 있는 만큼 많이 뜯어 담고 마을로 들어갔다. 좁은 마을 거리에는 상가도 상당히 있었다. 새 문을 해서 닫은, 폭이 넓은 집을 찾아서 들어가 보았다.

기름집이라도 했었는지 넓은 봉당의 가게에는 번들거리는 기름과 물이 흘러 있었다. 안마당에는 아궁이와 삼태기와 낡은 통들이 나뒹굴고 있었다. 뒤 곁으로 돌아가니 밝은 마당이 있고, 광 옆에는 감나무가 있었다. 가루를 뿜고 있는 듯한 딱딱한 열매가 대여섯 개 달려 있다. 커다란 고양이가 우리들을 보고 듣기 싫은 소리로 울어대고 있었다. 기분이 나빠서 거리로 나와 다시 다른 집을 찾았다. 커다란 약국을 발견하고 그곳으로 들어가 보았지만, 군대는 이 기수에 머물지 않고 척척 진군을 할 거라고 해서 우리들은 급히 성문 앞 좁은 네거리 쪽으로 옮겨갔다. 네거리 모퉁이에 있는 찻집 같은 집에서 오키, 구리타 사진반 사람들이 연락원 오자와 군에게 필름을 가지고 있게 하고 구강으로 돌아가려는 참이었다. 와타나베, 요시카와 등 기자들도 지글지글한 대 위에서 원고를 쓰기 시작했다. 먼지는 연기처럼 춤을 추며 올라갔고 파리는 참깨를 뿌린 듯이 왱왱거리며 날고 있다. 성문 근처 처마 밑에는 지나 병사 두 명이 쓰러져 있었다. 산포가 간다. 기병이 간다. 보병이 간다. 이 좁은 네거리는 마치 화재현장처럼 복닥거리는 군사행렬이었다. 좁고 지저분한 거리에는 찌그러진 적의 나팔이 떨어져 있고 청죽으로 만든 평상 같은 적의 들것도 거리에 버려져 있다. 나는 들것을 이웃집 가게 토방에 옮겨다 놓고 그 들것 위에 벌러덩 누워 보았다. 파리가 귀찮게 이마와 입술 언저리에 날아다니고 있는데 이제는 쫓는 것도 귀찮아졌다. 거리에는 병사들이 줄줄이 지나가고 있다. 내 들것 언저리에 병사 한 명이 와서 앉았다. 상파강上巴河 화이언덕花耳丘에서 말라리아에 걸려 부대와 헤어져 처졌는데, 이제 4킬로 정도만 가면 부대를 따라잡을 수 있을 것이라고 했다. 말라리아는 어떠냐고 물으니, 이제 이것은 일상적인 병이라고 할 정도로 병사의 8할 정도가 걸렸다고 했다. 한구까지 말라리아 지참입니다 라고 하며 웃었다. 나는 들것에서 일어나 집 뒤곁을 둘러보았다. 이 마을 주민들은 아마 한 달 정도 전에 멀리 피난을 간 것 같다. 부엌 아궁이의 재는 딱딱하게 굳어 있고, 푸성귀 조각 하나 없다. 말라서 뼈가 툭 튀어나온 기운이 쏙 빠진 얼룩 고양이가 울며 어슬렁어슬렁 내 뒤를 따라왔다. 아무리 쫓아도 나를 따라 온다. 나는 다시 가게 봉당으로 돌아와 들것 위에 누웠다.

나는 무슨 일이 있어도 죽지는 않을 것이다. 하지만 또 일말의 죽음에 대한 슬픔이 내 마음을 눈물짓게 한다. 병사 한 사람 한 사람의 얼굴은 고난과 역경을 잘 견디는 표정으로, 나처럼 생각에 잠겨 있는 병사는 한명도 없다. 전선에 나와 보고 나서야 비로소 나는 전쟁의 숭고한 아름다움에 감동을 받았다. 병사는 종군승이 오면 아무래도 별로 기분이 좋지 않다고 하는데, 일말의 불안한 기색조차 병사들은 모두 물리치고 늠름하게 전진을 하고 있다. 어느 병사의 얼굴도 빛나는 고향을 가지고 있다는 안정감을 젊은 미간에 드러내고 있다.

나는 이제 정말이지 죽은 듯이 지쳐서 쓰러져 있다. 발바닥은 못에 찔린 듯이 욱신욱신 하다. 누워 있으면 입에서 저절로 거친 숨이 나온다. 뭉게뭉게 일어나는 흙먼지가 금방 내 검은 안경을 뿌옇게 흐려 놓는다. 나는 이대로 행군을 하다가는 길바닥에 쓰러질 것 같은 불안감에 사로잡힌다. 오자와 연락원이 어떤 경로로 구강에 이를지 모르지만, 나는 문득 오자와 군과 함께 후방으로 돌아갈까 하는 생각도 해 보았다. 어깨는 총검에 찔린 것처럼 저린다. 어깨의 살을 파고 드는 배낭의 무게가 나를 불안의 소용돌이로 빠지게 했다. 누구 못지않게 활기차고 생글생글 웃고 있었지만, 실은 너무 힘들다. 이렇게 멀리 힘들게 행군을 했는데 다시 그 길을 돌아가는 것이 한심하다는 생각이 들기는 하지만, 욱신욱신 쑤시는 이 육체를 어찌 한단 말인가? 마침내 다리는 썩어서 떨어져 나갈 듯이 불쾌한 통증이 계속된다. 최후의 최후까지 이 몸이 이대로 쓰러져 버린다 해도 나는 돌아가서는 안 된다.…… 점심식사를 하지 않아서 뱃속은 바짝 마르고 기운이 없다. 겨우 물통을 꺼내서 한 모금 마신다. 물은 타들어가듯 목구멍을 지나 단숨에 위장으로 흘러들고, 혀는 곧 다시 바짝바짝 말라왔다. 안개 낀 먼지 마을로 묵묵히 전진을 하는 내 모습을 그려 보았다. 파리 두세 마리가 아까부터 내 눈꺼풀 위에 앉아서 손을 비비고 있다.

필름을 다 쌌는지 오자와 군이 그것을 배낭에 넣고, "다녀오겠습니다. 나중에 따라 갈게요. 뭔가 맛있는 것을 얻어 오겠습니다."라고 내게 인사를 하러 와 주었다. 나는 들것에서 벌떡 일어나 나도 같이 가야지 하고 일순 거리로 슬슬 나갔다. 전진을 할 때와 달리 후방으로 가는 트럭은 좀처럼 없을 것이다. 광제까지는 아직 꽤 멀다. 나는 손을 흔들며 기수로 돌아가는 오자와 군의 뒷모습을 한동안 바라보았다.

우리들은 다시 배낭을 지고 전진 준비. 뱃가죽이 등에 달라붙을 것 같았다. 성문을 나와 햇볕이 쨍쨍 내리쬐는 가도를 다시 군사행렬과 함께 걷는다. 발바닥은 마치 바늘 위를 걷는 것처럼 아팠다. 기수 거리를 떠나 5킬로 정도 간 둑방 위에서 우리들은 한 숨 쉰다. 이곳은 마성행 가도와 나전羅田으로 가는 가도가 삼차로를 이루며 꾸불꾸불 이어지고 있었다. 수목 하나 없는 언덕 위에 누워 길이란 길은 다 차지하고 행군을 하는 우리 군사행렬을 바라보고 있자니, 전쟁의 아름다움과 늠름함이 느껴졌다. 본 적이 있는 기쿠스이 부대가 빨간 깃발을 펄럭이며 저쪽 본도 위를 행군하고 있다. 총에 일장기를 나부끼는 병사들이 어느 부대에나 두세 명은 있었다. 치중차량도 일장기를 세우고 간다. 언덕 위에서 보니 푸른 하늘 아래 이어지는 군사행렬은 마치 풍속화처럼 아름다웠다.—

덥고 목이 말라 견딜 수가 없다. 콤펙트를 꺼내 얼굴을 보니 햇볕에 빨갛게 타서 우스꽝스러웠다. 너무 더워서 다 같이 백 미터 정도 간 언덕 위 농가 앞마당에 무슨 나무인지 모르지만 크게 우거진 나무 아래에 배낭을 내려놓았다. 시계는 정각 4시를 가리킨다. 넓은 마당에서 우리들은 취사 준비를 시작했다. 나는 농가의 시원한 토방에 들어갔는데, 산더미처럼 쌓인 하얀 면으로 된 쌀자루 뒤에서 병든 지나병사 열서너 명이 나와서 깜짝 놀랐다. 창백한 얼굴을 하고 우는 듯한 목소리로 뭔가 이야기를 했지만 나는 알아 들을 수 없었다. 연락원들이 콜레라 환자일지도 모르니 가까이 가지 말라고 이야기해 주었다. 나는 안쪽으로 화장실을 찾으러 들어갔는데, 솜바구니가 쌓여 있는 어두운 방에서 총을 든 지나병사가 다섯 명 정도 줄줄이 내 앞으로 나왔다. 바로 뒤에서 땔나무를 찾으러 온 연락원도 좀 놀랐다. 지나병사의 얼굴이나 수족은 무너진 듯이 검은 피투성이였고, 우리들에게 고개를 꾸벅꾸벅 숙였다. 반바지로 된 군복은 찢어져서 너덜너덜했다. 총에는 탄환이 한 발도 없고 모두 다 고장 난 것을 가지고 있다.

취사 준비가 다 되어서 우리들은 더운 광장에서 밥을 먹었다. 기수 입구에서 뜯어 온 야채를 된장국에 넣어 먹었다. 야채는 입안에서 부드럽고 맛있었다. 야채가 아직 꽤 남아서 찬합으로 데쳐 두었다. 다음 노영지에서 먹을 수 있도록. 군사행렬은 끊임없이 계속해서 흰 가도를 잇고 있다. 밥을 다 먹자 요시카와 씨들은 전진해 간다. 나는 와타나베 씨와 연락원과 다시 배낭을 메고 ○○본부는 벌써 기수로 들어왔을지도 모른다며 찾으러 다녀 보았다. 발바닥이 말할 수 없이 욱신거린다. 오늘도 18,9킬로는 걸었을 것이다.

연지蓮池를 따라난 오솔길, 울퉁불퉁한 목화밭, 언덕, 논 등 마른길이 없는 길을 따라 우리들은 ○○본부를 찾아다녔다. 도중에 커다란 사당 같은 건물 앞에 있는 병사에게 ○○본부는 기수 마을에 있냐고 물어보고 우리들은 다시 기수 마을로 돌아왔다. 작은 농가 처마 밑에 호박꽃이 한창 피어 있다. 나는 노란 호박꽃 한 송이를 꺾어 더러워진 수트 가슴에 꽂았다. 배낭의 중량은 어깨의 살을 파고드는 것 같다. 모두 나보다는 더 무거운 배낭을 메고 있다. 호박꽃은 청신하고 시골스러운 향기가 났다. 다시 먼지투성이 기수 마을로 돌아왔다. 도중에 마을에 있는 오래된 우물 앞에서 말에 훌쩍 올라탄 하라 군을 만났다. 너무나 힘이 들어서 와타나베 씨와 헤어지고, 하라 군의 말을 빌려 가을 색이 완연한 희수강을 넘어 밭에 안테나를 치고 있는 아시아호로 돌아왔다. 도중에 하라 군의 숙영지에 들러 연어살 한 조각을 얻었다. 말은 야위어서 뼈가 툭툭 튀어나왔지만 흐름이 빠른 강물을 헤치고 건너는 다리의 힘은 뭔가 믿음직스러웠다.

이윽고 사방은 어두워져 왔다. 하라 군에게 천인력千人力 엿을 주었다. 하라 군과 말이 돌아가고 나서, 나는 가까운 늪에 가서 어두운 가운데 손발을 씻었다. 발바닥에 물집이 몇 개나 생겨 따끔거렸다. 별이 반짝반짝 빛나고 있다. 먼 가도에서 쿵쿵 땅을 울리는 듯한 소리를 내며 어둠 속에서 전차가 진군하고 있다.

저녁 취사는 연락원들이 해 주고 있다. 나는 찬합으로 데친 야채를 꺼내 된장국을 끓였다. 아아, 피가 뚝뚝 떨어지는 고기가 먹고 싶다. 날계란을 먹고 싶다. 단무지와 매실장아찌로 밥을 먹고 싶다. 강아지 두 마리가 밥을 짓는 불을 찾아와서 킁킁거리며 짖고 있다. 초라한 식사가 끝났다. 배가 고픈데 식욕은 영 시원치 않았다.

날이 저물고 나서 와타나베 씨와 연락원이 트럭을 타고 돌아왔다. 와타나베 씨는 희수 강을 건널 때 발에 못이 찔렸다며 신발을 벗어 들고 절둑거리며 돌아왔다.

나는 물이 마른 논의 흙바닥에 앉아서 머리를 빗고는 곧 촛불을 켜고 원고를 썼다. 무혈에서 황가교黃家橋로 가는 배 안에서 함께 했던 젊은 군의가 트럭을 발견하고 찾아왔다.

"잘 오셨습니다. 저는 오늘 60리를 걸었습니다."

촛불에 보이는 군의의 얼굴은 이미 상당히 검붉게 탔다.

밤. 천막 아래에서 잤다.

천막 옆으로 높은 하늘의 별이 잘 보인다. 병사 한 명이, "하야시 씨 캐러멜 드릴까요?"라고 하며, 천막 안으로 캐러멜 곽을 가져다주었다. 모르는 병사지만, 나는 한동안 그 캐러멜을 가슴에 대고 있었다. 전장에서 먹는 캐러멜의 맛은 정말이지 잊을 수가 없다. 머리맡으로 야간행군이 묵묵히 지나가고 있다. 말발굽 소리, 차량 소리, 구두소리, 전차, 트럭, 군사행렬의 다양한 소리가 머리에 울린다. 병사 두 사람 정도가 달려와서, "신문기자님, 잠자리에 깐 그 짚은 어디에서 났나요?"라고 물었다. 누군가, 한구 쪽으로 50미터 간 왼쪽 구릉에 있다고 가르쳐 주었다. 두 병사는 "고맙습니다"라고 하며 가도로 달려갔다. 너무 추워서 소치비를 끌어안고 잤다.

나는 한동안 옷을 갈아입지 못해 살이 끈적거리고 불쾌했다.

가끔씩 머리 옆에서 말을 탄 병사가, "후미 이상 없나?"라고 외친다. 그러면 잇따라서 "후미 이상 없음" "후미 이상 없음"하는 소리가 수 백 미터 멀리 떨어진 곳까지 계속된다. 멀리까지 계속 이어지는 그 소리를 듣고 있자니, 나는 다시 가슴이 뜨거워지며 숙연함이 느껴졌다.

나는 지금 밭 속의 야영지에 있다. 여러 가지 보루를 점거하고 방어를 넘어 온 병사들과 여기까지 온 내 힘은 대체 어디에서 나왔을까 라고 생각한다. 병사들의 목소리와 발자국 소리가 나를 여기까지 데리고 온 것인지도 모른다. 나는 지금까지 실로 많은 병사들의 얼굴을 봐 왔다. 전선으로 올수록 그 표정은 바위와 같은 큰 힘을 지니고 있었고 어느 병사나 당당해 보였다. 전선이 가까워지자 포탄 소리와 함께 병사들의 사기도 뭔가 늠름한 힘으로 계속 포효를 하는 것 같았다. 쓸데없는 것이 없어지고 극도로 순수해진다. 몸에 지니는 물건도 그랬다. 나는 크림 병조차 무거워서 몇 번인가 버리려고 생각했다. 크레오소트의 큰 병은 속에 있는 약을 종이에 싸고 버려 버렸다. 내일은 대휴식이 있으면 어딘가 산골짜기에 들어가 더러워진 옷을 태워 버려야겠다.

"후미 이상 없나?"

다시 멀리서 확인을 하는 목소리가 끝없이 이어진다.

오늘도 무사히 끝났다. 내일 또 새로운 운명이 나를 기다리고 있겠지? 나는 일기를 쓰면서 일기를 쓰는 일에 실망을 느끼기 시작했다. 이유는 모른다.

10월 22일 맑음

이른 아침에 트럭으로 희수강을 건넜다. 전차로 강바닥을 다져 놓은 곳을 데라다 군이 물보라를 일으키며 단숨에 가로질렀다. 복닥복닥한 기수 마을을 전진해 갔다. 잇따라서 병사들의 입에서 입으로 전해진 전선의 뉴스에 의하면, 지금 4,50리 앞 상파강을 사노 부대가 돌격하고 있다는 것이었다. 점점 적을 향해 돌격을 하는 기세에 나도 모르게 몸서리가 쳐졌다.

"자 드디어 선봉부대를 따라붙는 것인데, 하야시 씨, 만약의 사태가 벌어지면 어떻게 하겠습니까?"

누군가 그렇게 물었다.

"그 때는 죽이고 가 주세요."

일순 나의 얼굴 피부가 저려왔다. 기수로 철수하지 않은 운명 역시 내 운명인 것이다. 나는 죽는 것은 조금도 두렵지 않았지만, 전장에서 단 한 명의 여자로서 흉측한 모습으로 죽고 싶지는 않았다. 일말의 불안감으로 나는 계속해서 빠른 말투로,

"죽이고 나서는 반드시 그곳에 내버려 두지 말고 개울이든 늪이든 던져 버려 주세요. 여유가 있으면 저를 태워 버리고 가 주세요."

라고 덧붙였다.

기수를 출발하여 8킬로 정도 갔을 때, 파란 하늘 저 편에 우리 육군기 한 대가 우리들이 진군하는 가도 위를 저공비행하며, 광동廣東이 함락되었다는 뉴스 전단지를 잔뜩 뿌렸다. 뭔가 기운이 백

배 나는 기분이다. 우리들은 이제 상당히 오랫동안 신문도 보지 못할 것이다. 뉴스 한 장의 글자들이 마치 튀어오르듯 눈 속으로 빨려 들어왔다. 나는 몇 번이고 되풀이해서 읽었다.

지금도 길 옆에 한구 1843이라고 쓴 포드 37년형 자동차가 불에 탄 채 버려져 있었다.

사노, 후지무라, 산구사三枝, 이케다, 다카하시, 하라다 각 부대는 드디어 대홍수와 같은 기세로 맹공격을 하고 있다.

4열 5열 나란히 밀고 나가는 군사행렬을 앞질러 연기 속을 가듯이 누런 먼지를 일으키며 아시아호는 쾌속부대를 따라갔다.

2시 쯤 기수에서 24킬로 간 상파강 동안에 트럭을 세웠다. 둑방 위에는 야포 수 문이 설치되어 있었고, 남악묘南岳廟에서 들은 처참한 포성을 이곳에서도 다시 들을 수 있었다. 가슴이 뻥 뚫리는 상쾌한 기분이 되었다. 그 울림은 뱃속에 무거운 돌을 맞은 것 같은 느낌이었다. 나카노 씨와 달려가서 보병의 적전 도하敵前渡河를 본다. 퓽퓽 하며 유탄이 날아온다. 공기를 가르며 우군의 포탄이 난다. 히라가나 기호를 붙인 전차가 캄프러치를 위해 조릿대가지를 잔뜩 달고 하안을 구불구불 전진하고 있다. 여기저기 산병선散兵線을 설치하고, 파란 물 속을 보병들이 나아가고 있다. 유탄을 맞은 병사 한 명이 모래바닥에 쓰러졌다. 나는 웅크린 채 잡초 뿌리를 한 웅큼 꽉 쥐었다. 일순 어떤 감상이 머릿속을 지났지만 그 감상은 구름처럼 덧없이 사라지고, 곧 찬란한 병사의 순수한 죽음에 내 눈에서는 눈물이 솟았다. 그 병사는 들것에 옮겨졌고, 네 명의 병사는 그것을 어깨에 메고 후방으로 옮겼다. 들것 위의 병사는 살아 있었다. 군복을 입은 배 위를 넓고 흰 천으로 꽉 묶었다. 몸에서 검은 피가 배어나왔다. 진군을 해 오는 병사들은 감상적인 눈으로 일단 후방으로 보내지는 들것 위의 병사를 보았지만, 이내 곧 활기차게 전방으로 발걸음을 옮겼다. 언덕 위나 밭 가운데에는 여기저기 어지러이 정규병 시체가 뒹굴고 있었다. 방금 전 들것 위에 실려 간 우리 병사에 대해서는 절절한 감상과 숭경崇敬의 마음이 일지만, 이 지나병사들의 시체는 하나의 물건으로밖에 보이지 않아, 냉혹하고 쌀쌀맞다고 생각했다. 지나병사에 대한 감정은 정말이지 삭막한 것이었다. 지나인의 진정한 생활을 잘 모르는 나의 냉혹함이 이렇게 한 인간의 시체를 '물체'로 여기게 한 것이 아닐까 하고 생각해 본다. 게다가 민족의식으로서는 이미 전생부터 융합할 수도 없고 어찌할 수도 없는 적대적 관계이다.

밤, 상파강 북안 목화밭에서 노영을 한다. 이곳은 기수에서 약 20킬로 지점이다.

키가 큰 억새가 가을 하늘에 바람을 잔뜩 품은 돛을 단 배처럼 장관을 이루었다. 언덕이나 작은 부락의 수목도 단풍도 아름다웠다. 저녁에 어디에서라고 할 것도 없이 대여섯 마리의 검은 새끼돼지가 가도로 달려 나왔다. 우리들도 병사들도 총동원되어 돼지몰이를 했다. 연락원이 새끼돼지 한 마리를 잡아왔다. 곧 놋포와 치비가 밭 안에서 돼지 껍질을 벗겼다. 며칠 동안 된장국과 밥만 먹었다. 우리들은 좀 무섭기는 하지만, 이 진중의 수제 요리라는 일말의 미각의 즐거움으로 혀에 군침이 잔뜩 고였다. 밭 안에서는 대여섯 명의 병사들이 석유통으로 돼지국을 끓이고 있었다. 고기를 가위로 잘라 통 안에 던져 넣었다. 맛있는 냄새가 난다. 벗긴 돼지 껍질은 한 장의 분홍색 천처럼 밭에 버려졌고, 벌써 저녁 파리들이 시커멓게 달라붙어 있었다.

밤에 모닥불을 피우고 있는데, 옆에 있는 억새 이삭이 은 술처럼 빛나고 있었다. 말이 갈기를 흔들며 흔들흔들 나아가는 것처럼 보였다. 나는 회중전등을 켜고 들장미가 무성한 오솔길을 내려가 늪 근처로 볼일을 보러 갔다. 멀리서 지나 말이 정말이지 듣기 싫은 울음소리를 내고 있다. 별은 아름답다. 지나에도 오리온이라는 것이 있을까? 처녀자리, 사자자리, 나는 한동안 넓은 하늘의 별을 정신없이 바라보았다.

천막으로 들어가서 촛불로 「파하 동안에서巴河東岸에서」라는 원고를 쓴다. 곧 무전 담당의 나카노 씨에게 무전을 쳐달라고 했다.

몸 컨디션이 아주 좋다. 다만 어깨와 다리가 아플 뿐이다. 나는 식사를 8부 정도로 하는 것이 습관인데, 덕분에 이번에 몸이 이렇게 상쾌해진 것 같다. 전장에 와서 설사를 하거나 맹장에 걸리면 그렇게 비참한 일은 없을 것이다. — 머리맡 거리를 야간행군이 지나간다. 콜록콜록 병사들의 기침소리가 언제까지고 계속해서 이어지며 지나간다. 말의 울음소리, 차량 소리, 구두 소리. 길옆에 누워 있어서 내 얼굴은 먼지투성이가 된다.

집이 커다란 꿈을 꾸었다.

도쿄의 생활 따위 이제 내게는 멀고먼 옛날의 꿈의 한 구절에 불과하다. 시큼해진 생활에 미련 따위 없다. 도쿄를 떠난 지 오늘로 꼭 46일째다. 강아지가 쫄랑쫄랑 내 가슴에 머리를 들이민다.

10월 23일 맑음

5시 기상.

이곳의 물은 하얗고 탁해서 싫다. 조식은 돼지 된장국. 식사에 대해서는 이제 누구나 슬픈 표정이었지만, 일단 먹어 보면 혀끝에서는 무지개처럼 녹는다. 누군가가 송이버섯 이야기를 했다. 송이버섯을 구워 유자나 레몬을 뿌려 먹으면 맛이 있다고 하니, 모두 나에게 잔인한 이야기 하지 말아달라고 한다. 내가 지금 먹고 싶은 것은 딱 하나, 혀를 찌를 정도로 아주 신 매실장아찌이다.

구름 한 점 없는 맑은 날씨이다.

9시 아시아호 출발. 트럭은 넓은 상파강 여울을 가로질러 단박에 한구 본도 위를 달린다. 다카하시 부대의 전차가 물을 튀기며 돌진해 간다. 강을 건너자 호북의 광대한 평원이 펼쳐졌다. 평원 여기저기에는 강이나 개울이 있고 구릉이 있는 평탄하고 넓은 경치이다. 부락이나 언덕의 수목들은 붉은 물이 뚝뚝 떨어질 듯 단풍이 들었다. 맹진격을 하는 병사들도 배낭이나 철모에 단풍이 든 나뭇가지를 꽂거나 들국화를 꽂고 있다. 하늘이 정말 높고 바다같이 깊은 빛을 발하고 있다. 연도는 바라다보이는 끝까지 목화밭 평원이다. 멀리서 기관총 소리가 난다. 이번 전장에서 나는 한 번도 처참한 느낌이 들지 않았다. 처참하다고 하면 모든 것이 처참할지도 모르지만. …… 나는 가르신[20]의 「나홀」이라는 소설을 떠올렸다.

20 프세볼로드 미하일로비치 가르신(Vsevolod Mikhailovich Garśhin, 1855-1888.3.24.).

—"일단 축하하네, 자네. 목숨은 건졌네. 물론 다리는 한쪽 잃었지만 말이네. 아니 그런 것은 아무 것도 아니지. 말을 할 수 있겠나?" 말은 나왔다. 그래서 나는 이곳에 쓴 이야기를 처음부터 끝까지 여러분에게 들려주는 것이다. —풀숲에 쓰러진 한 부상병의 나흘간의 수기인데, 나는 이렇게 전장에 나와보니, 느긋한 자연의 일각과 전쟁의 일각이 너무 멀리 떨어져 있다고 생각할 수밖에 없다. 넓은 평원에서 전쟁을 한다고 하는데 하늘은 얼마나 아름답던지. 하지만 그 아름다운 하늘 아래 우리들은 또 유유히 싸움을 하고 있는 것이다.

작은 부락을 지나갔다. 길가의 농가 처마 밑에 젊은 모친이 엎어져 죽어 있었다. 그 옆에 세 살 정도 되는 남자아이가 울다 지쳐 엄마의 몸에 기대 멍하니 군사행렬을 보고 있다. 어젯밤에 적이 엄청나게 대포를 쏘며 응전을 했는데 유탄에라도 맞았나보다. 병사 한 명이,

"어이, 불쌍하니까 저 아이는 차라리 해 치우는 게 좋을지도 모르겠어."

라고 했다.

"음, 나는 도저히 못 하겠어. 뭐, 저 아이의 운명이지."

러시아의 작가. 1876~77년 러시아와 터키 전쟁에 의용군으로 출전하였고 부상하여 퇴역했다. 1877년 8월, 다리에 부상을 당해 부상병으로 하리코프에 이송되었다. 하리코프에서 전쟁의 체험을 그린 단편 「나흘(Chetyre dnya)」을 발표, 이는 부상당한 한 사병이 전장에서 죽은 터키인의 썩어 가는 시체 옆에서 움직이지 못하고 나흘 동안 지낸 이야기이다. 이어서 「병사 이바노프의 추억」,「겁쟁이」 등 인도주의적이며 반전적인 작품을 많이 냈다. 「붉은 꽃(Krasnyi tsretok)」(1883)은 정신병자의 생활을 그린 대표작.

"음, 하지만 군대가 지나가 버리면 저 아이는 굶어 죽을 거야.……"

한 병사가 캐러멜 같은 것을 들고 달려가서 아이에게 주고 왔다. ―많은 군사행렬을 느릿느릿 피하면서 아시아호는 나아간다. 누런 먼지는 정말이지 끔찍할 정도이다. 눈썹에 먼지 고드름이 달렸다. 귀에도 입에도 지글지글 흙먼지가 쌓인다. 도중에 넓은 목화밭 가운데서 아시아호는 펑크가 났다. 펑크가 난 난 채로 오두막 같은 농가 앞으로 쌩하니 달려가서 그곳에서 모두 모여 대수리에 착수했다.

더워서 이마에서도 겨드랑이에서도 땀이 흐른다. 나는 곧 눈앞의 급수차를 발견하고 물통을 들고 가서 물을 가득 받았다. 이 급수차는 이번에 처음으로 생긴 것이라고 한다. 아무리 더럽고 탁한 물이라도 급수차 여과기를 지나면 금방 깨끗하고 맑은 물이 되어 호수에서 흘러나온다. 많은 병사들이 급수차에 복닥복닥 몰려 든다. 나는 이 물로 수건을 적셔서 얼굴을 닦았다. 수건이 노랗게 찌들어 버렸다.

흙으로 지은 새집 같은 오두막에 들어가서 취사를 한다. 뜨거운 밥에 소금을 쳐서 먹었다. 찬합 뚜껑을 1초도 열어둘 수 없을 만큼 파리가 왱왱 모여든다. 얇은 봉당 안쪽까지 뿌연 먼지를 비추며 햇살이 들어와서 끈적끈적 덥고 머리고 어깨고 온통 먼지범벅이 된다. 말라리아로 숨을 헐떡거리던 병사가 트럭 그늘에 와서 재처럼 푸석푸석한 길바닥에 누웠다. 가지고 있는 철모에는 작은 탄환 자국이 있다. 나는 오두막 뒤 목화밭으로 들어갔다. 이랑 곳곳에 하얀 솜을 듬뿍 덮은 빨간 인분이 몇 줄씩 늘어서 있는 것이 보였다. 목화밭은 군데군데 아직 베다 남은 목화가 하얗게 피어 바람에 흔들리고 있었다. 수리가 진척이 되지 않아서 우리들은 점점 더 후방 군대에게 추월을 당해 갔다.

3시간 동안 우리들은 이곳에 멈춰 있어야만 했다. 먼지를 일으키며 오는 군대는 이제 이 주변에서는 엎치락 뒤치락 복닥거리는 상황으로 진군하고 있다. 군사행렬에 섞여 지나인 잡역부가 등에 짐을 지거나 멜대에 짐을 지고 지나 말과 소를 끌며 줄줄이 행군을 하고 있다. 그 중에는 훌륭한 몸을 한 지나 병사도 있다. 일급이 50전 정도로 우리들보다 나은 급료를 받고 있어요 라고 어느 병사가 웃으며 이야기했다.

겨우 저녁이 되어서야 트럭 수리가 끝났다. 아시아호는 군사행렬 사이를 가르는 듯이 맹스피드로 쌩쌩 달려갔다. 저녁노을이 붉게 물든 하늘 아래 완만한 구릉이 있고, 그 구릉의 푹 꺼진 땅에 임산하林山河라는 아름다운 부락이 있었다. 부락 왼편은 흙봉분을 쌓은 것 같은 묘지가 처덕처덕 이어지고 그 황혼의 묘지는 마치 많은 토치카를 보는 것 같았다. 임산하 부락 입구에는 비늘처럼 자잘한 기와를 얹은 고풍스런 절 같은 건물도 있었다. 이 부락에서 숙영을 하는 부대도 있다. 아시아호는 임산하도 지나 황혼의 길을 군사행렬과 함께 돌진하고 있다. 임산하에서 뚝 떨어진 언덕 위에서 요시카와, 오키, 구리타 기자 제군을 만났다. 즉시 모두 트럭을 탔다. 우리들은 숨을 돌릴 틈도 없이 신주성新洲城까지 멀리 달려갔다.

밤 7시 무렵, 신주성 밖에 도착했다. 적군도 아군도 뒤섞인 상태로, 어두운 성내에서는 총성소리가 한창이었다. 때때로 유탄이 픙픙하고 날아온다. 우리들은 곧 목화밭 안에 내려서 안테나를 쳤다. 여기저기 지나병사의 시체투성이이다. 오늘은 이 시체들과 동거하며 하룻밤을 지새게 된다. 연락원 한 명은 이곳에서 주무시면 안 된다며, 가장 가까이에 있던 목화밭의 시체를 멀리까지 질질 끌어다 옮겨 놓았다. 원주민들도 도망갈 틈이 없었는지 노인들이 우리 군대 안을 왔다갔다 하고 있다. 목화밭에서는 곧 화톳불처럼 모닥불이 활활 타오르기 시작했고, 불꽃은 야습을 하기라도 하듯 여기저기에서 아름다운 불똥을 튀기고 있었다.

별이 뜬 밤하늘에 점점이 화톳불이 보이니, 엄청난 승전의 기쁨이 느껴진다. 내 머리는 지금은 보는 대로 듣는 대로 어린아이처럼 순순히 곧 표정에 드러나게 되었다. 목화밭 속으로 검은 산 같은 전차가 계속해서 지나간다.

기자 제군들은 목화밭 안에 다리를 쭉 뻗고 곧 촛불을 켜고 원고를 쓰기 시작했다. 연락원들은 땔나무를 모아다가 취사를 시작했다. 성내에서는 아직 전투가 있는지 가끔씩 기관총 소리가 난다.

이제 신주에서 한구 쪽으로 약 200리 지점이다. 이제 여기까지 왔으면 무슨 일이 있어도 후방으로 돌아갈 수는 없다. 수천의 적은 한구가도를 일직선으로 신주를 향해 패퇴하고 있다고 기자는 쓰고 있는데, 정말이지 여기까지 와서 적도 아군도 뒤섞인 혼란상태를 보니 나는 불안한 가운데에도 일사천리의 정세가 느껴졌다. 임산하를 나와 신주 가까이 왔을 때, 쾌속부대는 패주하는 적의 후미를 쫓고 있었다. 우왕좌왕하고 있는 혼란상태의 적군 속을 쾌속부대는 꽥 추월한 것이었다.

총성이 점점 더 멀어지고 낮아져 간다 싶더니, 기관총 소리가 다시 또렷하게 끊임없이 다다다다 하고 들린다. 화톳불은 목화밭에 가득하고 불의 숫자는 점점 더 많아져서 여기저기 화톳불을 둘러싼 병사들의 얼굴이 불빛에 반사되어 술에 취한 듯 벌게 보였다. 나는 기진맥진하여 목화밭에 누웠다. 내 눈 앞에 있는 목화나무의 하얀 솜이 가까운 화톳불에 비쳐 담홍색 꽃처럼 보였다. 가지를 꺾어 보니 잎은 접시꽃의 잎하고 매우 비슷하다. 작은 잎은 나팔꽃의 쌍떡잎하고 비슷했다. 목화는 나무가 아니라 풀인지도 모른다. 이 주변은 호북면이라고 해서 유명한 면 집산지라 한다. 광막한 목화밭으로만 달려온 것 같다. 밤이슬이 내려서 추운 밤이다. 나는 트럭에서 강아지를 내려줬다. 배낭에서 멘소레담을 꺼내 열이 나는 발바닥에 문질렀다. 피곤한 탓인지 단 것이 정말 먹고 싶었다. 내 배낭 안에는 작은 삶은 팥 통조림이 있는데 그것도 나 혼자 먹을 생각은 나지 않는다.

나는 초를 한 자루 빌려서 「한구까지 2백리, 신주에서漢口まで二十里, 新洲にて」 원고를 쓴다. 식사는 된장국과 밥.

물이 마시고 싶어서 견딜 수가 없다. 퐁퐁 솟는 샘물을 마실 수 있다면 하는 생각을 하고 있다. 땅바닥에 세워 놓은 촛불을 바라보며 나는 내 평생 이렇게 지나 오지에 오는 것은 꿈도 꾸지 않았음을 깨달았다. 운명을 바라본다. 이제 절대로 다시는 이 신주라는 곳에 올 일은 없을 것이라고 생각한다. 그리고 또 이런 광막한 목화밭에 누워 뒹구는 일도 다시는 내 평생에 없을 것이다.

"물은 어디에 있지?……"

나중에 도착한 부대인지 병사 대여섯 명이 물을 찾으러 돌아다녔다. 밤이슬이 심해서 나는 조수석에서 새우처럼 몸을 굽혀서 누웠다. 깊은 밤까지 포차 소리가 땅을 부수듯 머리를 딩딩 울린다. 나도 모르게 내 입에서는, 자, 자 가자 북안부대…… 라는 엉터리 구절이 나왔다. 호북 평원에서 노영을 하게 되다니, 무혈을 출발할 무렵에는 그런 일은 꿈에도 생각 못 했다. 나는 조수석에서 회중전등의 불빛으로 배낭을 정리했다. 더러운 것을 한데 모아 신문지에 싸서 트럭에서 50미터 쯤 떨어진 목화밭에 가서 나뭇가지를 주워다가 불을 붙여 태워 버렸다. 한구 가까이 가서 어떤 대격전이 벌어질지 모른다. 더러운 것을 가지고 죽는 것은 싫었다. 트럭 위에서는 아직 나카노 씨가 무전을 치는지, 트럭 텐트 안이 환하게 밝다. 일이 끝난 기자 제군들은 연락원들과 화톳불을 둘러싸고 오늘의 추격전 이야기를 하고 있었다. 내 속옷이 완전히 타서 재가 되고나서 나는 후련한 기분으로 트럭으로 돌아왔다.

오늘은 트럭 문에 시계가 망가졌다. 종군한지 얼마 안 돼서 종종 절망적이 되어 후방으로 물러날 것을 생각하기도 하고, 얼마 안 되는 배낭의 무게나 얼마 안 되는 행군에 발이 아프다고 하던, 나의 박약한 마음은 이제 점점 더 강해지고 있다. 병사들은 벌써 1년 가까이 전장에 있는 것이다. 나는 때때로 마음 한켠에서 전쟁이 지겨워졌다. 그것은 후방에 있는 동안 이미 강하게 느끼고 있었지만, 이렇게 최전선에 나와 보니 여러 가지 개개의 잡념은 흔적도 없이 사라져 버렸다. 자아라는 것이 점점 구름처럼 안개처럼 흩어져서 사라져 버린다. 딱딱하고 이가 시릴 만큼 신 사과를 공상하거나 도톰하고 하얀 상아색 양배추를 그려보기도 하며 내 노영의 꿈은 마치 어린아이처럼 단순해진다. 넓은 목화밭에서 우리들은 먹을 것을 아무것도 기대할 수 없다. 오늘도 낮에 가와마타川真田 부대의 치중대 사람이 한 이야기인데, 전선에 식료품이나 탄약을 운반하는데 5일간이나 매실장아찌 씨를 빨아먹으며 그것을 반찬으로 진군을 한 적도 있다고 한다. 아무리 힘들어도 전선으로 나르는 식료품에 손을 대면 안 된다는 것이다. 가와마타 부대라는 것은 대대적인 치중부대로 이번에는 밤낮을 가리지 않고 대행군을 계속했다. 차량과 말을 끌고 가고 있어서 여간 아닌 그 노동은 특필할만하다고 생각한다.

말도 정말이지 잘 걷는다. 말발굽은 닳아빠지고 등에서는 시뻘건 살이 드러나도 밤이고 낮이고 병사들과 묵묵히 걷는다. 말에게 주는 위문품은 없을까 하고 생각한다. 말도 노영의 밤에는 우리들과 마찬가지로 빨간 당근의 꿈을 꾸는지도 모른다.

노영이 결정되면 병사들은 우선 말을 돌보고 그리고 나서 비로소 자신들이 먹을 음식을 준비한다. 강 근처에서 노영을 할 때는 우선 물을 먹이거나 다리를 식혀주거나 한다. 잠깐 쉬는 소휴지小休止 때도 마찬가지이다.

버려진 말, 중상을 입어서 일어나지 못하는 말. 나는 이 전장에서 여러 가지 말을 보았다. 말이 죽거나 다치면 아무래도 동정심을 불러일으킨다. 구강에서 함께 했던 말들은 지금쯤 어디를 행군하고 있을까? 북청호는 어디쯤 걷고 있을까?

배낭을 정리하고 어둠 속에서 머리를 빗고 로션으로 가슴과 손, 목을 닦는다. 로션의 장미향기가 뭐라 할 수 없는 그윽한 향기를 내서 콧속으로 뜨거운 것이 쑥 들어오는 것 같았다. 나는 언제까지고 병 입구에 코를 대고 로션의 장미 향기를 맡았다. 그 냄새로 그리운 여러 친구와 육친의 얼굴들이 연상되었다. 전장에 와서 이렇게 친구가 그립다고 생각한 적은 한 번도 없었다. 그 사람들은 지금쯤 어떻게 지낼까? 이상하게도 병을 배낭에 넣어 버리자 나는 다시 전장을 가는 여자가 되어 멍하니 아무 생각 없이 운전석에서 하늘의 별을 보고 있다. 멀리서 기관총 소리가 난다. 커다란 트럭이 당당하게 파란 라이트를 켜고 목화밭 속으로 해서 성내 쪽으로 달리고 있다.

진흙처럼 깊은 잠에 빠진다.

10월 24일 흐림.

5시에 일어났다.

머리가 아프고 매우 춥다. 와이셔츠에 흰 모직 자켓을 입었다. 사방은 아직 캄캄했다. 고요한 새벽이다. 사흘 정도 이를 닦지 못해서 불쾌하다. 물통의 물로 우구구하며 입을 헹구고 배낭에서 물사탕을 꺼내 입에 넣었다. 머리가 지끈지끈해서 그런지 정말로 맛있다. 작은 물사탕을 소치비 입술에 갖다 대 주니 재미있게도 강아지도 곧 꿀꺽 삼켜 버린다. 날이 밝으면 잡초로 브러쉬를 만들어서 소치비의 이를 닦아 주어야겠다. 이 강아지도 광제에서 이렇게나 멀리 대여행을 한 것이다. 7시, 희미하게 날이 밝아왔다. 나는 곧 몸단장을 하고 조수석에서 내려와 놋포와 치비들과 땡감을 모았다. 밭 안에는 여기 저기 지나병사의 시체가 나뒹굴고 있었다. 그 중에는 눈을 뜨고 있는 것 같은 시체도 있었다. 놋포와 치비는 같은 지나인이면서도 시체 옆을 아무렇지도 않게 돌아다니고 있다. 이 시체들은 개보다 비참하게 죽으리라고는 꿈에도 생각하지 못했을 것이다. 장개석은 자신의 병사와 자신의 재산을 가지고 있기 때문에 이런 비참함은 조금도 고통스럽지 않을 것이다라고 어떤 병사가 이야기했다. 어떤 시체 옆에 떨어져 있는 수첩에는 빼곡하게 글이 적혀 있었는데, 나는 무슨 말인지 전혀 알 수가 없다. 다만 호접胡蝶이라고 인쇄된 명함판 사이즈의 미인 사진이 수첩에 붙여져 있는 것이 이 시체의 유일한 감상이다. 아직 스물도 안 되었을 것이다. 오른손은 진흙을 쥐고 있다.

바라다보이는 곳은 온통 목화밭이다.

멀리 서쪽에 눈썹 같은 성벽이 보인다. 아침식사를 마치고 오키, 구리타의 사진반 사람과 셋이서 슬슬 성 안으로 가 보았다. 여기저기 목화밭에서 노영을 한 병사들이 모닥불을 피우고 아침 준비를 하고 있다. 밤이슬에 흠빽 젖은 말은 묵묵히 풀을 뜯어 먹고 있다. 식료품과 탄환을 실은 차량이 이렇게나 많았을까 할 정도로 밭에 즐비했다. 가도에는 도망을 친 원주민들의 짐이 장난감 상자를 뒤집어 놓은 듯 어지러이 흩어져 있다. 커다란 쇠냄비, 솜이불, 고장난 벽시계, 그런 것들이 여기저기 흩어져 있다.

신주 성벽은 곁에 가 보니 의외로 초라한 돌담으로 성문도 역시 호북의 시골답게 소박했다. 성문 밖 초가집에서 서너 명의 보병이 불을 피우고 누워 있었다. 옷은 물론 하복이었고, 너덜너덜해진 군복은 1년 동안의 전장생활을 말해 주고 있다.

나는 너무나 추워서 병사들이 있는 불 옆으로 다가갔다. 병사 한 명이 문득 나에게, "커피 드시겠습니까?"라고 해 주었다. 나는 매우 기뻤다. 울퉁불퉁한 알루미늄 컵에 물통에 든 커피를 따라 주었다. 커피 향기가 폴폴 난다. 전장에서 커피를 마시다니 멋지네요. 나는 뜨거운 알루미늄 컵을 손수건으로 감싸 들고 후후 불며 마셨다. 그 병사는 내 잔에 커피를 두 잔째 따라 주면서, 각사탕 속에 커피가 들어 있어서요, 그것을 세 개 정도 물통에 넣어서 끓인 겁니다 라고 했다. 흔히 시골에 가면 각설탕 속에 소처럼 커피가 들어간 것이 있다. 이것은 그런 커피라고 한다. 추워서 단 것에 굶주려 있던 탓인지 이 커피는 매우 맛있었다.

남경에서 들은 이야기. 산골 마을 출신 병사에게 미국에 있는 일본 사람이 위문품을 보냈다고 한다. 그 위문품이 든 면 자루에 들어간 타루함 살담배가 있었는데, 병사들은 그것을 서양의 중장탕中將湯[21] 으로 잘못 알고 반 정도로 달여서 마셨다는 것이다. 살담배를 마는 노란 종이는 어떻게 했냐고 물으니, 그것은 닛케종이[22] 라고 생각하고 먹어 버렸다는 이야기이다. 그래서 시골 병사는 강하

---

21 1893년 창업한 쓰무라(ツムラ)사의 여성용 한약으로 산전산후 장애, 갱년기 장애, 불안신경증 등에 효과. 현재도 생산, 판매.

22 닛키종이(ニッキ紙) 혹은 닛케이종이(肉桂紙)라고도 하며, 껌처럼 씹다가 버리는 과자. 1930년대에 유행.

다며 모두가 감탄을 했다. 구강의 수송선에서 만난, 구마모토 제재업 출신 병사의 잠꼬대와 함께 나는 병사들에게 소박함을 느꼈다.

성내로 들어가자 죽 늘어선 처마 밑에 지나병사의 시체들이 뒹굴고 있었다. 보니, 지나병사의 복장도 고난과 결핍을 견딘 모습이다. 지나병사도 수가 많고 게다가 좀처럼 가벼이 볼 수 없는 강인함이 엿보였다. 수천이나 되는 적을 패주시킨, 이번 북안부대의 허를 찌르는 작전은 정말이지 장절한 것이라 할 수 있다. —호농이라는 대저택으로 들어가니, 붉은 털을 한 일본 말이 마당 나무 아래에 쓰러져 있었다. 아직 숨을 쉬고 있다. 엉덩이 살이 숨을 쉴 때마다 크게 일렁인다. 때때로 생각이 난 듯이 고개를 번쩍 치켜들고 일어나려고 애를 쓰고 있다. 타고 있던 병사의 배려인지 말이 쓰러진 곳에는 새 짚이 많이 깔려 있었다. 비를 품은 흐린 날씨이지만, 마당에서는 작은 새들이 잘도 지저귀고 있었다. 차가운 바람에 가끔씩 마른 낙엽이 말의 몸뚱이 위로 떨어져 내리고 있다. 오키 씨들은 성문이 있는 곳에서 네다섯 명의 병사가 입성하는 장면을 사진에 담고 있었다. 나는 가끔씩 움찔움찔하는 말 앞에서 묵연히 서 있을 뿐이었다. 말도 옆으로 누우니 꽤나 큰 것 같다. 어떻게 해 주면 좋을지 방법을 모르겠다. 고양이가 살짝 올려다보고 마당을 가로지르고 있었다. 나는 그 고양이에게 엄청 화가 나서 마른 고양이에게 돌을 던졌다. 나는 남경전 때 시체를 먹고 있는 고양이를 본 적이 있다. 그 이후 고양이가 너무 싫어서 견딜 수가 없다.

우리는 드디어 트럭으로 출발. 병사 말로는 9시에는 이미 14킬로 앞에 있는 이가집李家集을 사노부대가 이미 점령했다고 한다.

10시 30분. 아시아호는 성내에 들어가지 않고 일직선으로 한구 본도 상을 달리고 있다. 12시 무렵 이가집 다리를 건너 평탄한 목화밭 평원을 나아갔다. 패주하는 적병들은 길이고 다리고 파괴할 틈이 없었는지 이가집 흙다리와 같은 긴 다리는 부숴지지 않았다. 3시 반에는 진안채晉安寨라는 부락을 통과했다. 이 주변의 연도에는 지나군이 숙영을 한 흔적인지, 길을 따라 원주민의 집 같은 초가집들이 많이 지어져 있었다. 차 접대소 같은 곳도 있었다. 중국 승패차일전勝敗此一戰과 같은 격한 글자가 농가 벽에 흰 글씨로 적혀 있기도 했다. 불요음료수不要飮料水, 이런 글도 있었다. 지나인에게조차 호수나 늪의 음료수는 걱정스러웠던 것이다.

이 주변의 기복이 심한 목화밭 도중에 적토 황무지가 있는데, 그곳에 낙타 한 마리가 어슬렁거리는 것이 보였다. 아시아호는 긴 행렬을 쫓고 쫓아 한구가도로 밀고 들어갔다.

진안채를 출발한지 4킬로. 도중에 작은 부락이 있고 그곳에 최전선 ○○본부가 있었다. 대군사행렬은 여전히 묵묵히 가도를 진군하고 있다. 두세 개의 부대가 그 부락에서 잠시 휴식을 취하고 있었다. 모닥불로 감자를 굽고 있는 병사가 있었다. 연락원들도 곧 감자를 찾기 위해 트럭에서 내렸다. 나는 이 부락에서 그리운 A참모를 뵈었다. 촌장의 집이라는 넓고 고풍스러운 곡창과 같은 집에 두세 명의 장교분이 계셨다. 모두 점심식사를 하고 계셨지만, 참으로 소박한 식사이다. A참모가 단 것을 먹고 싶어 하신다고 해서 나는 천인력 엿과 드롭을 지참했다. 나는 이곳에서 보병대위 분이 전선에 나가라는 명령을 받는 것을 보았다.

"병사 한 명도 잃어서는 안 되네. 소사掃射 정도로 전진해 간다."

상관에게서 이 명령을 받으신 장교는 히고肥後 대위였다고 나중에 기자에게 들었다. 상관의, 한 명의 병사도 잃지 말라는 명령이 내게는 참으로 듬직하고 기뻤다. 히고 대위는 상관의 명령을 다시 복창하고 문밖으로 달려 나갔다. 다카하시 전차부대와 함께 곧 전선으로 나가신다는 이야기.

연락원들이 캐 온 감자를 모닥불에 구워 먹었다. 이곳에서 에구치 중좌가 내게 준다고 해서 닭 한 마리를 받았다. 정말이지 감사하는 마음이다.

2시 출발.

군사행렬을 앞질러 아시아호는 위생차의 뒤를 쫓아 쓸쓸한 가도를 쌩쌩 달렸다. 데라다 군이 가끔씩,

"주변 좀 봐 줘! 괜찮은가?……"

라고 위에 있는 연락원에게 소리를 질렀다.

"음, 달려 달려. 괜찮아. 단숨에 달렷."

위에 있는 연락원은 기를 쓰고 소리를 지르며 대답을 했다. 맹스피드를 내지만 지뢰가 묻혀 있는 것은 아닌가 하고 움찔움찔하는 기분이 들었다. 이런 곳을 두세 명이서 걸어도 되나 할 만큼, 전선에서는 보병이 두세 명씩 쓸쓸한 가도를 철모를 들고 묵묵히 전진하고 있다. 황피黃披 거의 다 와서 길가에 있는 농가에 불이 났다. 흰 연기가 뭉게뭉게 올라가고 농가를 둘러싼 수목이 타닥타닥 불에 타며 쪼개지고 있었다. 이 주변에는 거리 도처에 처덕처덕 쌓

인 지나병사의 시체들뿐이다. 도중에 아시아호는 연못 옆에서 잠깐 휴식을 취한다. 나는 언덕을 두 개 정도 넘어 작은 농가에 볼일을 보러 갔다. 마당 한켠에 있는 냇물 같은 연못가에는 모란색의 소국이 서리를 맞은 듯 잔뜩 피어 있다. 포플라 나무가 휘청휘청하며 좁은 마당을 감싸고 있다. 마당 한 가운데에는 커다란 돌절구 같은 것이 땅에 묻혀 있었다. 하얀 까치가 겁도 없이 시끄럽게 내 옆에서 깍깍 울어대고 있다. 길이 없는 먼 목화밭 속을 전신부대가 전선을 치고 있었다. 하얀 통나무 전봇대 위로 병사가 죽죽 기어올라갔다. 아래에서는 총을 든 두 병사가 사방을 감시하고 있다. 내가 연못 가로 내려와서 손을 씻고 있자, 비척비척 하는 할머니가 내게 뭐라고 말을 하며 오두막 안에서 삐죽 나왔다. 뭔가 먹고 싶다고 하는 것처럼 보였다. 나는 스커트 주머니에서 얼음사탕을 한 덩어리 꺼내 노파에게 주었다. 노파는 그래도 아직 뭔가 중얼거리며 내게 들러붙으려 했다. 트럭으로 달려 돌아오니, 마치 멧돼지 사냥을 하듯이 사방에서 지나병사들이 밭 속으로 도망을 치기 시작했다. 한 명 한 명 등 뒤에 총을 맞았다. 트럭 옆 마구간에는 짚 안에서 죽은 척 하고 있는 지나병사도 있었다. 짚이 희미하게 움직이고 있었던 것이다. 두세 명의 힘센 병사가 마구간에 들어갔다.

우리 병사들은 지나병사를 쫀코핑 즉 중국병中國兵이라고 했다. 가도에 버려진 지나 장교의 배낭을 나는 보았다. 파란 면 자루에 노란 쌀이 5홉 정도 들어 있었다. 게다가 쌀자루에는 잘 구워진 밥그릇이 들어 있다. 긴 젓가락, 생철 견장, 군대수첩, 군관학교 졸업기념 단도 등이 들어 있었다. 군관학교 졸업기념 단도는 생철로 되어 있었다. 금박 문자로 장蔣 선생 줌이라는 글자가 손잡이에 적혀 있다. 완전히 어린아이 속임용의 유치한 군도였다. 그 외에는 마음에 쏙 들 듯한 투명한 붉은 줄이 있는 편지지, 두툼하고 간소한 하얀 봉투를 많이 가지고 있었다. 긴 보라색 연필도 두 자루 있었다. 연필에는 한구, 중산로中山路, 방천공사芳泉公司라는 상표가 붙어 있었다. 군대수첩 안에는 이 장교의 사진인 듯, 자전거를 타고 웃고 있는 명함판 배판 사진이 붙여져 있다. 그 사진 뒤에 또 한 장 앞머리를 내린 젊은 여자의 사진이 붙여져 있었다. 그 사진 아래에는 신회악동이농서新會樂東二弄西, 소쌍옥筱雙玉이라고 고딕체로 적혀 있었다. 여자가 예쁘지는 않았지만 이 장교의 연인인지도 모른다. 병사는 연못 옆에 이 배낭의 주인으로 보이는 장교가 쓰러져 있다고 해서 나는 오솔길을 연락원과 함께 연못가로 내려가 보았다. 지나 장교의 시체는 풀이 우거진 연못의 물을 마시러 내려온 모습이었다. 벌써 머리도 상당히 자라 있었다. 사진 속에서 웃고 있던 표정의 주인이 지금은 일개 시체가 되어 이름도 없는 연못가에 물을 마시는 모습으로 죽어 있는 것이다. 눈을 감고 얼굴은 파랗게 부어 버렸으며, 입술에는 나비 두 마리가 앉아 있었다. 나는 마른 국화꽃을 네다섯 송이 꺾어서 그 장교의 옆얼굴 위에 놓아 두었다. 물은 썩고 흐린 것처럼 조용히 빛나고 있다. 작은 연못 주위의 억새는 바람에 나부껴서 몹시도 만추다웠고, 굵은 줄기와 잎은 거친 바람에 소리를 내고 있었다. 이 장교 역시 죽어버리고 나니 편안한 연좌蓮座 위 사람이다. 소총옥 여사여, 탄식하지 마시게.……

나는 생각한다.

내지에 다시 돌아가는 일이 있어도 나는 이 전장의 아름다움, 잔혹함을 진정으로 쓸 자신이 없다고 생각한다. 잔혹하면서도 또 숭고하고 고매하다. 이 전장의 이야기를 실전에 참가한 병사들처럼 쓸 수는 없다. 하지만 그러면서도 이상하게 늘 뭔가 쓰고 싶은 기분이 들어 내 머릿속은 파륵파륵 소리가 날 것 같다.

밤에 일기를 쓰면서 분출하는 이 격한 감정을 나는 글로도 말로도 표현할 수가 없다. 몹시 멍한 느낌이다. 기관차와 같이 연기를 내뿜으며 누군가에게 부딪히고 싶은 감상도 있다. 전장에서 돌아온 병사의 전장이야기는 꽤나 허풍스럽다고 하는 사람이 있지만, 실은 아무리 허풍을 떨어도 상관이 없다. 전장에서 생명을 드러내 놓고 오랫동안 고난과 역경을 견디어 온 병사는 아무리 허풍을 떨며 자랑을 해도 괜찮다고 생각한다. 기관차가 연기를 푹푹 내뿜듯이, 오랫동안 전장의 꿈과 감상과 환희와 고난과 역경을 나도 누군가에게 허풍을 떨며 토해 내고 싶은 것이다.

우리들은 다시 쓸쓸한 가도를 쾌속질주해 갔다. 도중에 소나무숲이나 구릉 군데군데에 재미있을 만큼 많은 적들의 포차가 유기되어 있다. 어느 포차도 조릿대나 소나무 가지로 캄프러치해 놓았지만, 버려진 포차는 뭔가 기계의 시체처럼 보인다. 가도에 쓰러져 있는 시체 위를 트럭은 넘어 갔다. 누군가가 여덟 칸 도로라고 하고 있는데, 나는 평평한 적토의 길을 가만히 바라보며 우리들을 위해 한구까지 붉은 카펫을 깔아준 것 같다고 생각한다. 찌그러진 유람자동차가 버려져 있다. 트럭의 타이어가 빠진 쇠바퀴가 논에 처박혀 있기도 하다. 끊임없이 이어진 가도 저편을 아주 서두르는 모습으로 2열의 우리 기병대가 하늘을 날 듯이 맹질주를 계속하고 있다. 때때로 육군기가 와 주었다. 정말이지 이 한구가도를 가는 군사행렬을, 북안부대 병사들의 아이들에게 보여 준다면, "아버지, 아버지!"하고 아이들은 절규할 것이다. 아름답고 그리고 장려한 전장의 클라이막스이다. 나는 지금까지 여러 가지 어두운 전쟁 이야기를 듣기도 하고 읽기도 했지만, 이렇게 늠름하고 자신감 있는 싸움은 처음으로 이 추격을 목전에 놓고 달리면서 나는 일에 대한 커다란 청춘을 느꼈다. 나는 문득 병사의 아이들을 이곳에 데리고 와 주면 기뻐할 것이라는 안이한 기분이 들었다.

병사들은 언제라도 아이들 이야기를 하면 모두 숙연해 진다. 아이들의 장래를 위해서도 부모 한 세대의 이 전쟁으로 충분하다고 했다. 아무리 싸움이 격렬하고 오래 계속되어도 일단락이 지어지기까지는, 장래에 대한 전망이 서기까지는 이 싸움은 그칠 수 없는 것이라고도 했다. 그리고 전장 이야기가 따분해지면, 한 번은 내지에 돌아가보고 싶다는 이야기도 나온다.

"어쨌든 한구까지는 달려라달려지."

말 아래 누워 있던 병사가 이렇게 말했다.

내지로 돌아가는 이야기가 되면 모두 제각각 어린아이와 같은 욕망을 서로 이야기한다. 파란 다다미에 누워 술을 깨기 위해 물을 마시고 싶다는 병사, 초밥을 잔뜩 먹겠다는 병사, 아내를 아랫목에 모셔 놓고 아껴 주겠다는 병사, 새 이불에서 두 아이와 잘 것이라는 병사, 여러 가지 욕망으로 노영의 밤에 이야기꽃을 피운다.

전장의 신경은, 내지에서 가만히 있는 사람들의 심리로는 추측할 수 없다. 총탄을 맞고 쓰러지는 병사가 천황폐하 만세, 어머니 만세라고 한다지만, 나도 만약 현재 이 전장에서 쓰러지는 일이 있다면 진심으로 하늘을 우러러 그렇게 외칠 것 같다.

저녁 4시 30분에 사노, 후지모토, 다카하시 쾌주부대는 황피의 동측에 있는 무명강無名河 옆에 이르렀다. 강폭은 3백 미터 정도 되고 붉은 빛을 한 진흙 강이었다.

쾌속부대는 이 강을 사이에 두고 전차를 선두로 하여 정말이지 장렬한 적전도하를 하여 5시 정각에는 황피현성에 돌입함으로써 황피를 완전히 점령할 수가 있었다. 연도에는 낭패의 흔적이 역력하여 중국병의 시체가 누더기를 그러모은 듯 길바닥에 처덕처덕 쌓여 있었다. 많은 시체들 가운데는 쉭쉭 배로 숨을 쉬는 사람도 있었다.

남경에서 대별산大別山 라인의 산 그리고 또 산을 지나 진군하는 부대를 따라갈 것이라고 했던, 가타오카, 다키이 두 사람은 지금쯤 어디를 전진하고 있을까? 여기에서 한구까지는 약 80리, 이제 목전에 있는 한구 거리에서 이 사람들을 만날 수 있는 기쁨을 때때로 떠올리며 나는 들떠서 몸이 들썩들썩한다. 80리라고는 해도 전쟁은 지금부터 더 격렬해질지도 모른다. 어쩌면 마지막 일전을 남겨 놓고 나는 유탄을 맞을지도 모른다. 나의 장래에 대해 나는 한 때 엄청나게 큰 야심을 가지고 있던 순간도 있지만, 이 전장에서는 가끔씩 억새 이삭에 부는 바람처럼 덧없는 내 장래의 운명 역시 생각하게 되었다. 나의 문학은 지금까지 대체 무엇이었을까 하고 생각한다. 모색을 하고 또 모색을 하고, 마치 벌써 다 마른 꽃처럼 청춘이 다 닳아빠질 것 같은 비명도 나의 지금까지의 생활에는 늘 있었던 것이다. 고통스럽고 애달픈 일상을 생각하면, 나는 실은 죽어서 돌아가도 괜찮다고 생각한다. 때때로 일말의 죽음에 대한 슬픔이 밀물처럼 짭짤하게 내 가슴을 덮쳐온다. 인간 생활에 대한 나의 고민은 내지로 돌아가면 통렬하게 시작될 것이다. 나는 "내 세월에 소금을 치는 것이다"라고 노래한 적이 있는데, 이 전장에서 돌아갈 수 있게 되면, 그 때부터의 나의 생활은 내 삶의 성숙기이자 파괴기일지도 모른다고 생각한다. 유탄이여 맞추려면 맞춰 봐라.

전장에 와서까지 쓸데없이 반성을 하다보니, 나를 조소하고 불안하게 하고 상처의 고통을 준다. 이래도? 이래도? 하며 한 다발의 운명이 다가오고 있다. 나는 요즘 때때로 노영을 하면서 절벽에서 떨어지는 꿈을 꾼다. 누군가를 꽉 붙잡고 있지 않으면 나는 줄줄 미끄러져서 포화가 터지는 절벽 아래로 떨어진다. 때때로 이런 꿈에 가위가 눌려 나도 모르게 잠에서 퍼뜩 깰 때가 있다.

전쟁의 한복판에서
나는 지금도 여전히
내가 영락하고 눈이 멀어가는 것을 믿지 않는다
자연에는 이렇게 꽃이 피었다
꺾이는 것은 극히 얼마 되지 않는다
나는 나의 생명을 믿는다
나는 내일의 운명에

물고기의 비늘이 흔들리는 듯한 덧없음을 느끼지만
나는 나의 생명을 또 믿는다

황혼을 향해 가는 인생이나 생애 따위
나는 아직 한 번도 생각해 본 적이 없다
깊고깊은 반성에 빠져도
일말의 자신감과 반항심이
붉은 아침해처럼 반짝반짝 날아온다

10월의 호북 평원에 와서
나는 가슴의 단추를 끌러 시원한 바람을 마신다
손을 흔들 수도 있다
웃을 수도 있다
또한 울 수도 있다
이 생명을 남기고
나는 한 덩어리 진흙처럼 죽고 싶지는 않다.

나는 이 전장에 와서 이제 점점 유리처럼 아무것도 먹지 않는 인간이 되고 있다. 된장국과 밥뿐인 식사가 이대로 영원히 계속된다 해도 이제 내 식욕은 아무 불평도 하지 않을 것이다.

우리들은 본도상의 군사행렬에서 조금 떨어져서 마성가도로 가는 삼차로 목화밭에 안테나를 쳤다. 가까이에서는 아직 공격의 포탄 소리가 난다.

근처 붉은 진흙 늪에 가서 세수를 했다. 하루 종일 트럭을 탄 탓인지 땅 위에 있어도 몸이 둥둥 떠서 흔들려서 마치 열병에 걸린 후처럼 마디마디가 쑤신다. 트럭을 탈 때 이외에는 하루에 2,30리는 걷기 때문에 내 발은 기름틀에 짠 것처럼 물집이 따갑고 아프다. 눈도 코도 바짝바짝 말랐다. 운전수 데라다 군은 먼지에 눈이 상해서 정어리처럼 빨갛다. 가도에는 병사들이 피운 모닥불이 끝없이 길게 이어져 장관이다. 와타나베, 요시카와 기자 제군은 곧 목화밭에 촛불을 켜 놓고 트럭 뒤에서 원고를 쓰고 있다. 와타나베 씨는 글씨를 크게 휘갈겨 쓴다. —오후 5시에 황피를 점령한 우리 쾌속부대는 저녁 어둠 속에서 더 서남쪽으로 적을 맹추격 중이다. 패퇴하는 적군은 횡점橫店 방면으로 도주한 듯 하며 후속부대인 후지무라, 하라다 두 부대는 횡점에 대한 맹공격을 시작하여 횡점 시가는 저녁 어둠 속에서 활활 불타오르고 있다. 횡점은 경한선京漢線을 따라 한구 북쪽으로 겨우 20여 킬로 지점에 있다.—나는 옆에서 휙휙 날아가는 원고를 한 장 한 장 무전 담당인 나카노 씨에게 건넨다. 이 무전은 안경에서 캐치하여 상해로 보낸다고 한다. 내일 25일 조간에는 이미 이렇게 날아간 글자가 인쇄되어 내지 각 집집마다 문 앞에 던져질 것이다. 나도 촛불을 밝히고 원고를 쓰기 시작했다. 원고를 쓰고 있자니 누군가 말을 타고 내 앞으로 지나갔다. 취사를 하고 있는 연락원에게 뭔가 물어보는 모양인데, 우리들은 알아듣지 못 하는 그 말에 일순 아무 신경도 쓰지 않았다. 지나에 와서 매일 떠듬떠듬 지나어를 사용하지 않는 날이 없다. 문득 이상하다고 생각해서 모두 신경이 쓰여서 돌아본 것 같다. 갑자기 연락원 하시모토 군이, "지나 장교닷!"하고 큰 소리로 고함을 질렀다. 그 고함소리를 듣고 우리들은 이상해서 멍하니 있었다.

연락원 중 누군가가 "병사님 와 주세요."라고 외쳤다. 하시모토 군이 곧 지나 장교를 말에서 끌어내리고 있었다. 말은 등에 탔던 주인을 잃고 검은 그림자처럼 밭에서 어정거리고 있다. 곧 병사가 와 주었다. —무전이 끝나는 대로 서둘러 군사행렬 속으로 트럭을 달려야 한다고 해서, 우리들은 음산하게 어두운 마성가도 변두리에서 다시 이사를 갈 준비를 시작했다.

"어잇, 중국병이 또 왔어."

하시모토 군이 또 외쳤다. 이번에는 수류탄을 두 개 끌어안은 지나 병사가 우리들을 아군이라고 착각하고 촛불을 찾아온 것이다. 곧 병사가 쏜 총을 맞았다. 이제 조금만 더 우물쭈물 하다가는 두 개의 수류탄으로 아사아호를 비롯하여 우리들 모두는 산산이 부서져 버릴지도 모른다. 연락원이 진흙 늪 속에 수류탄을 살짝 버리러 갔다.

무혈에서 드럼통 욕조에 들어갔을 때와 마찬가지로 가슴 속에서 뭔가 이상한 것이 밀려 올라왔다. 이는 눈물에 젖은 전쟁의 희극이다. 패주해 가는 적의 심리는 모든 것의 중심을 완전히 상실했음에 틀림없다. 불꽃을 향해 날아드는 여름벌레라는 노래가 있는데, 태연하게 거리로 나오지 않았으면, 말을 타고 있던 장교도, 수류탄을 들고 있던 병사도 어쩌면 쉰 살이든 예순 살이든 살 수 있었을지도 모른다.

8시 무렵, 일단 무전이 끝나서 우리들은 본도 위 군사행렬 속으로 트럭을 몰고 갔다. 완만한 경사 속에 트럭 바퀴 자국을 남기고 우리들은 트럭 옆에서 모닥불을 피웠다. 바로 옆에는 규슈 사투리를 쓰는 병사가 활기차고 큰 목소리로 모닥불을 피우고 있었다. 가도에서 야간행군을 하는 치중부대가 장사진을 치고 묵묵히 전진하고 있다.

우리들은 모닥불 옆에서 겨우 저녁을 먹었다. 에구치江口 중좌에게서 받은 닭이 국건더기가 되었고, 그것이 저녁 반찬이었다. 찬합 뚜껑에 국물을 담자 모닥불 불빛에 닭의 고운 금색 지방이 마치 달빛에 빛나는 바다 같았다. 나는 이 국물을 우유처럼 꿀꺽꿀꺽 마셨다.

광제에서 이렇게 빠른 속도로 오리라고는 아무도 생각하지 못했던 만큼, 한구에 거의 다 왔을 때는, 병사들도 나도 모두 활기찬 기분이었다.

모닥불을 둘러싸고 병사들과 이야기.

"이봐, 내지에는 신발이 없다고 하는데, 이렇게 된 바에야 연말을 지나에서 보내는 것이 좋을 겨."

지저분한 수건을 이마에 질끈 동여맨 병사가 이런 이야기를 했다.

"신발이 없다고 해도 병사의 것은 있다고 하는데, 내 것은 벌써 이렇게 되어서 말여.…"

"오랫동안 편지 한 장 오지 않는데, 그렇게 불경기라면 연말은 한구에서 지내는 것이 편해. 빚쟁이들한테 시달리지 않아도 되고."

가까이에서 또 기관총 소리가 난다. 듣기 싫은 지나 말의 울음소리, 차량이 삐걱거리는 소리, 말 발자국 소리, 무대처럼 조금 높아진 가도를 묵묵히 야간행군이 지나간다.

"후미 이상 없나?"

말 위에서 큰 목소리로 구령을 붙인다.

"후미 이상 없음.", "후미 이상 없음."

한구가 가까워진 탓인지 어느 병사나 모두 상당히 기운차다. 하루에 40킬로라는 강행군을 하면서 이제 곧 한구다라는 희망이 병사들의 집중력을 북돋고 있는 것인지도 모른다. 모닥불 옆에 엎드려서 작은 수첩에 일기를 쓰는 병사도 있다. 나는 이 노영지에서 무혈의 배에서 함께 했던 군의를 또 만났다.

"나는 오늘 32킬로를 걸었습니다. 이제 말을 하는 것도 힘들어요.…하지만, 오늘은 많은 적들이 패주하는 모습을 보고 좀 화가 났던 기분이 풀렸습니다."

젊은 군의는 밤에 보기에도 얼굴이 시커매져 있고, 무혈에서는 새것이었던 군모가 대행군으로 인해 흙먼지 투성이가 되어 엄청난 고참 군모가 되어 있다.

나는 모닥불 불빛으로 엽서에 여러 가지 이야기를 썼다. 배낭에서 일기장을 꺼내는 것이 너무너무 귀찮다. ―광제에서 전채요리를 먹은 이외에 하라 씨에게 용돈을 주었을 뿐 전장에서는 돈을 쓸 일이 전혀 없다. 남경에서 현금을 좀 바꿨지만, 어째서 그렇게 금액을 적게 했는지 이상하다. 돌아갈 여비도 생각을 했는지도 모른다.―(그간 안녕하세요. 저는 양자강 북안부대를 따라 호북 광피라는 곳까지 왔습니다. 드디어 내일은 광피현성을 돌파하고 한구로 향합니다. 제 얼굴은 먼지와 때로 더러워져서 병사와 조금도 다름이 없습니다. 머리는 매일 기름을 바르고 빗습니다만, 하루만 행군을 하면 부스스 말라서, 빡빡 깎은 병사들의 머리가 부럽습니다. 제 복장에 대해 보고를 하겠습니다. 구강까지 라사 곤색 베레모를 쓰고 꽃모양의 붉은 삼각건으로 얼굴을 감싸고 다녔습니다. 회색 수트에 자켓. 스커트는 넉넉한 바지로 만들었습니다. 배낭에 사진기, 물통, 지도통, 찬합 이런 정도를 늘 담아다니고 있습니다. 무겁기로 치면 모두 무거워서 다 버리고 싶습니다만, 막상 일이 닥치면 다 필요한 물건들입니다. 배낭을 지고 있을 때는 차라리 목화밭에 던져 버릴까 하는 적도 있습니다만, 노영지에 도착하면 뭐든 다 필요해집니다.

저는 어제 신주新洲라는 곳에서 노영을 했습니다. 맑은 물을 마시고 싶습니다. 죽도 좋고 국물도 많은 뭔가 부드러운 것을 먹고 싶습니다. 저는 전장에 대해 당신에게 전하고 싶은 일이 여러 가지 있습니다. 토해내듯이 뭐든 일일이 다 보고하고 싶습니다만 지금은 마음이 혼란스럽습니다. 발바닥이 타는 듯이 아프고 매일 녹초가 되지만, 이상하게도 제 식욕은 제한된 것처럼 정해져 버렸습니다. 진군 도중, 닭이나 돼지를 발견했을 때는 그것이 곧 겨우 우리들의 미각을 만족시켜 줍니다. 하지만, 일상의 대부분은 된장국과 밥입니다. 호북 농촌에는 어찌된 일인지 야채가 하나도 없습니다. 일전에도 상파강에서 위생차의 마쓰나가 중위에게 부추 한 다발을 받았습니다만, 얼마나 맛있던지 그 맛은 평생 잊을 수 없을 것입니다.

나는 가장 가볍고 가장 즐거운 책으로서 프라피에[23]의 『여학생』과 지드의 『사슬에서 풀려난 프로메테』[24](1899), 『당시선唐詩選』 등을 가지고 왔습니다만, 전장에 와서는 전혀 읽을 생각이 들지 않습니다. 배낭을 정리할 때마다, 이 책들이 귀찮기는 했지만 그래도 아무래도 버려지지는 않았습니다.

이 대진격전에서는 하루도 같은 곳에서 노영을 하는 일이 없습니다. 하루에도 몇 번씩 걷거나 트럭을 탑니다만, 밤에는 매일 밤 이동 상태로, 같은 목화밭에서 자지만 하루도 같은 풍경을 만나는 일은 없습니다. 어젯밤 신슈 노영지에서는 적군과 아군이 뒤섞여서 정말이지 이상한 전장이었습니다. 각 부대는 적을 한 명도 남기지 말고 섬멸하고자 크게 무리를 지어 패주하는 적병에게 맹사격을 퍼부었습니다. 이 장렬한 전투의 모습을 극명하게 전할 수 없는 것이 아쉽습니다.

우리 병사들은 정말이지 소박합니다. 나를 아시아 씨라고 부르는 병사도 있었습니다. 병사는 이 호북의 황량한 산하에서 정말이지 고난과 역경을 잘 견디고 있습니다.)

이런 것을 엽서에 잔뜩 써 두었다. ㅡ나는 땅바닥에 앉아 있는

---

23 레온 프라피에(Leon Frapie, 1863.1.27.-1949.12.29.). 프랑스의 사실파 작가. 「마테르넬」로 공쿠르상 수상. 일본에서 1938년 『여생도 외 8편(女生徒 他八編)』(岩波文庫) 간행. 다자이 오사무(太宰治)가 「여생도(女生徒)」의 제명으로 사용.

24 앙드레 지드의 『사슬을 벗어난 프로메테우스』의 일본어번역. 프로메테우스는 인간에게 불을 전달하여 문명의 싹을 틔웠으나, 낙원에서 추방되고 매일 간과 살을 독수리에게 쪼아 먹히는 고통을 당한다. 독수리는 인간의 양심의 상징.

것이 춥고 힘들어서 트럭 주변을 슬슬 돌아다녔다. 트럭 뒤쪽에 모닥불 불빛에 부드럽게 빛나는 잔디가 있었다. 밤에 보기에도 매혹적으로 아름다운 녹음. 문득 그 부드러운 잔디를 밟으면 기분이 좋을 것 같았다. 아무 생각 없이 슬슬 잔디에 들어가자 잔디라고만 생각한 것은 실은 풀이 우거진 깊은 웅덩이었다. 내 발은 신발 째로 진흙 속으로 쑥 빨려 들어가서 앞으로 갈 수도 없고 뒤로 물러날 수도 없었다. 으악하고 소리를 지르며 나는 깊은 웅덩이 속에 엉덩방아를 찧었다. 병사도 기자들도 어이없어 했다. 나는 가슴부터 아래쪽이 폭삭 젖어서 데라다 군의 도움을 받아 풀 위로 올라왔다. 새벽에 겨우 속옷을 갈아입었는데 하고 한심한 생각이 들었다. 데라다 군은 곧 풀 위에 모포를 깔아주고 또 다른 모포로 어깨를 덮어 주었다. 물에 빠졌기 때문에 몸이 부들부들 떨려서 견딜 수가 없다. 모포를 뒤집어쓴 채 옷을 전부 갈아입었다. 한구에 들어가면 갈아입으려고 가져온 격자무늬 수트로 갈아입었다. 더러워진 것을 전부 보자기에 쌌다. 아아, 한심한 짓을 했다. 바지에는 흙이 덕지덕지 묻어 있었다.

추워서 모닥불을 쬐었다. 모두가 방금 전의 내 일을 생각하고는 재미있어 하며 웃음을 터트렸다. 오랜 행군을 견디어 온 신발도 흙이 덕지덕지 묻어 버렸다. 너무 추워서 신발을 모닥불 옆에 놓고 일찌감치 조수석으로 들어갔다.

오늘 밤은 어두운 밤이다.

추위가 뼛속 깊이 파고드는데, 사방에서 벌레가 울어대고 있다. 내가 빠진 물웅덩이에 누군가 또 빠졌는지, 첨벙첨벙 물소리를 내며 트럭 옆으로 큰 소리를 내며 지나가는 사람이 있다.

"어이, 이곳은 물웅덩이야. 아 깜짝 놀랐네. 정말 혼났네."

기자 제군과 연락원들이 천막 아래에 누워서 도란도란 이야기를 하고 있다. 나는 어두운 조수석에서 머리를 빗고 가슴과 손, 목을 로션으로 닦았다. 장미 향기가 난다. 일순 즐거움을 느낀다. 보자기로 좌우 창문을 가리고 진흙이 묻은 공기베개를 꺼내 누웠다. 오늘도 잘 잘 수 있기를.……나는 몹시 피곤해서 위속에서 쓴 물이 날 지경이었다.

10월 25일 흐림, 밤에 비

아침 5시 기상. 주위는 아직 캄캄하다. 이 주변은 7시나 되어야 날이 밝는다. 비를 품은 찬 바람이 불어서 보자기 커튼이 머리 위에서 펄럭이고 있다. 머리를 빗고 있자니, 언덕 위에서 안장이 없는 나마裸馬 한 마리가 어슬렁거리며 돌아다니고 있다. 어디로 가나 하고 보고 있으니, 말은 무릎을 삐끗한 것 같았는데 곧 다시 일어나서 언덕 저 편으로 바람 같이 사라져 버렸다.

몸 단장을 하고 어두운 동안에 덤불 속으로 볼일을 보러 갔다. 멀리서 박수소리가 나는 것처럼 시끄러운 소리를 내며 불이 났다. 아직 어둑어둑해서 불꽃은 분홍색과 빨간색 불꽃을 토하며 하늘 위로 솟아올랐다. 아무도 보고 있지 않는, 고독한 불꽃을 나는 잠시 혼자서 멍하니 바라보고 있었다. 독수리를 사랑한 프로메테우스는, '나는 이제 인간을 사랑하지 않게 되었습니다, 인간을 먹고 살아가는 것을 사랑하게 되었습니다, 내게 역사가 없는 인류는 이제 없습니다, 인간의 역사 그것은 독수리의 역사입니다, 여러분.' 라고 했다. 나는 들판의 불을 바라보면서 이 새벽의 불 역시 다시 한 덩어리의 재가 되고 호북의 바람이 표표이 이 재를 날려 버릴 것임을 생각하고 프로메테우스의 독수리가 날아가는 것을 연상했다.

노영을 하는 병사들은 벌써 일어나서 모닥불을 피우고 있었다. 가도를 가는 행군은 아직도 계속되고 있다. 대체 얼마나 계속될 것인가 라는 생각이 들 정도로, 가도의 군사행렬은 믿음직스럽게 면면이 계속되고 있다. 이곳에서 노영을 하는 병사들도 얼마 안 있어 다시 이 군사행렬 어딘가에 들어가서 행군을 할 것이다.

희끗희끗 날이 밝아왔다.

놋포와 치비가 찬합을 잔뜩 들고 강으로 쌀을 씻으러 가 주었다. 나는 일어나서 얕은 참호 속에 들어가서 모닥불을 피웠다. 소치비가 추운 듯이 모닥불 앞에 웅크리고 있다. 행군을 하던 두세 명의 보병들이 총을 메고 내가 피운 모닥불로 천천히 다가왔다.

"불 좀 쬐게 해 주세요."

병사는 외투도 모포도 없었다. 어디에서 잤냐고 물어 보니, 임산하 묘지 안에서 잤다고 했다. 추워서 잠을 잘 수 없어서 걷기 시작했다는데, 이 병사들은 원대보다 앞서 걷고 있는 것이라고 했다. 각기병으로 너무나 고통스러워서 느릿느릿하게라도 원대보다 먼저 걷는 것이라고 한다.

놋포와 치비가 쌀을 씻어다 주어서 나뭇가지에 찬합 줄을 끼워 불을 활활 피웠다. 어젯밤에 병사에게 받은 돼지다리를 모닥불에 구웠다.

아깝지만 물통의 물을 사용하여 이를 닦았다. 오랜만에 이가 상쾌해서 기분이 좋다. 행군을 하던 병사가 "앗, 여자가 있다."라고 하며 나를 보고 깜짝 놀랐다. 모두 일어나서 모닥불 옆에서 식사. 나는 돼지 다리는 징그러워서 된장국과 밥만으로 식사를 끝냈다. 엄청나게 신 푹 익은 매실장아찌를 두세 개 먹어 보고 싶었다. 모닥불 옆으로 병사들이 점점 모여들었다. 짝짜기 장갑을 끼고 있는 병사가 사흘 동안 담배를 피우지 못했는데 한 개비 없냐고 연락원에게 묻고 있다. 데라다 군이 두 개비를 꺼내 주었다. 나는 얼음사탕을 손수건으로 부수어서 모닥불을 쬐고 있는 병사들에게 모두 나누어 주었다. 병사들은 사탕을 입 안에 넣고 오독오독 깨무는 소리를 내며 먹었다.

"한구까지 80리라면 이제 오늘은 한구에 들어갈 수 있겠네.……"

병사들은 모두 마음이 들썩들썩하는 것 같았다.

아침식사를 마치고 우리들은 출발준비를 했다. 강 모양을 보러 간 연락원이 12시 무렵이나 되어야 다리 수리가 다 될 것 같다며 돌아왔다. 차량은 휙휙 건너고 있겠지, 라고 와타나베 씨가 묻고 있다. 우리들은 2,3정 앞에 있는 강에까지 가 보았다. 진흙 배를 몇 척이나 옆으로 늘어놓고 그 위에 판자를 올려놓은 곳을 차량들이 느릿느릿 지나가고 있다. 당분간은 전차도, 트럭도 건너지 못할 것 같다. 배가 일렁거리며 움직이지 않도록 단풍이 든 나무를 강바닥에 가로수처럼 박아 놓아서, 강 위에는 단풍 축제라도 하는 것 같았다. 맞은편 물가에는 보기 드물게 야채밭이 보인다. 파란 야채가 눈으로 녹아들 듯이 둑방 너머로 보인다. 물소가 나무들 사이에 드문드문 보인다. 사진반과 요시카와 씨는 걸어서 이 배다리를 건너 전진부대를 따라갔다. 우리들은 배 수리가 다 될 때까지 기다린다.

11시에 드디어 지나갈 수 있다고 해서 아시아호는 가도로 나와 하안까지 달리기 시작했다. 보병을 잔뜩 태운 트럭이나 전차가 배다리 위를 건너고 있었다. 바로 그 뒤에서 아시아호도 따라간다. 배는 흔들렸지만 아시아호는 맞은편 하안으로 아무 문제없이 건널 수 있었다. 생각해 보면 지금까지 이 아시아호도 참 많은 강을 건넜다.

연도에는 시체들이 켜켜이 쌓여 있었다. 이 주변은 원주민들도 중국병도 도망칠 틈이 없었던 것 같다. 야채밭은 정말이지 풍부해서 나는 트럭 위에서 유감스런 마음으로 넓은 야채밭을 바라보았다. 연도를 벗어난 구릉과 촌락의 보이지 않는 곳에는 많은 적들이 숨어 들어 있을지도 모른다. 도망칠 틈이 전혀 없었는지 중국병들이 황망한 모습으로 어수선하게 죽어 있었다.

황피 성벽은 고풍스럽고 당당했다. 아주 성하 마을다웠다. 가는 곳곳마다 산골 마을의 정취가 있는 성벽 풍경이었다. 엷은 햇빛이 쫙 비치기도 하고 또 그 엷은 해가 가로수 가지에 그림자를 만들기도 했다. 버드나무 가로수 길을 포차가 복닥복닥 지나간다. 기병이 지나간다. 전차가 지나간다. 전차는 곧 뭉게뭉게 뿌연 먼지구름을 일으키며 군사행렬의 선두로 돌진해 갔다. 치중대가 일장기를 펄럭이며 끊임없이 이어졌다.

목화밭 외에는 모두 드문드문 나무나 잡초가 나 있는 황량한 벌판이다. 이 망망한 대지 이곳저곳에 둔탁한 늪이나 시냇물, 연못이 점재하고 있다. 빨갛고 건조한 길은 이 황량한 경치 속에서 카펫을 깔아 놓은 것처럼 평탄하게 이어지고 있었다.

가도 양측에는 원주민들이 도망치다 버리고 간 짐이나 중국병, 말들이 실로 잡다하게 널부러져 있었다.

연도의 공터와 목화밭에 무수히 버려져 있는 적의 포대도 보인다. 버려진 직사포가 굴러다닌다. 연도의 작은 부락에 수송부대가 탄약교부소를 차려놓고 있다. 들락달락하며 일선에 탄약을 보급하는 것 같은데 이번 공격은 급격하게 추진해서 수송대의 노고가 이만저만이 아닐 것이다.

한구까지 20킬로, 이제 한구까지 얼마 안 남았다. 아시아호는 군사행렬의 선두로 나와 전차 뒤에서 맹전진을 해 갔다. 오늘은 날씨가 흐렸지만 정말이지 넓디넓고 조용한 하늘이었다.

"어이! 한구가 보인다!"

트럭 위에서 누군가 고함을 쳤다. 나는 가슴이 두근두근해서 참을 수가 없었다. 콤팩트를 꺼내 먼지투성이가 된 얼굴을 닦았다. 북교北郊 입구 가로수 그늘에 미국인 주택이 한 채 있었다. 아이들을 데리고 나온 젊은 부부가 작은 일장기를 흔들며 연도 오두막 입구에 서 있기도 했다.

"달려라, 달려!"

연락원들이 트럭 위에서 소리를 지르고 있었다.

이윽고 평평한 둑방 위에는 드라이브 길이 만들어졌다. 왼쪽에는 양자강이 아닌가 하는 생각이 들만큼 넓은 호수가 펼쳐졌다. 적이 장강을 파손하고 갔다고 한다. 대채호大寨湖에는 큰 강물이 표표이 흘러들고 있었다. 오른쪽은 축축한 논과 작은 마을, 그리고 부락을 둘러싼 듬성듬성한 숲. 전차는 둑방 위를 씽씽 나아간다. 유탄이 퓽퓽하고 날아든다. 마쓰나가 중위의 위생차도 우리들 쪽으로 질주해 온다. 마치 우리들의 자동차는 무인無人의 경지를 들어가는 것 같았다. 새 토치카와 참호가 곳곳에 눈에 띈다. 이 주변의 흙 색깔은 진홍물감을 풀어 놓은 것 같다. 쓰러져 있는 지나 말이 가끔씩 꿈틀거리고 있다. 중국병의 시체, 어지러이 흩어져 있는 가재도구. 마치 장난감 상자를 홀딱 뒤집어 놓은 것처럼 혼란스럽다.

한구 북단이 보이는 둑방 위에서 트럭을 세웠다.

날씨는 점점 더 이상해졌다. 포차도 말도 총검도 배낭도 모두 엄청난 먼지를 뒤집어쓰고 있다. 연도에 있던 적들의 어수선한 모습이 이곳까지 오자 이상하게 별세계처럼 고요했다. 마음편하고 느긋한 교외풍경으로 둑방 위 가로수 나뭇가지에서 작은 새들이 까치 같은 목소리를 내며 지저귀고 있다. 둑방 위 비탈 아래에서는 병사들이 오두막에서 들오리를 몰아왔다. 들오리 네다섯 마리가 푸드득 하고 낮게 날아올랐지만, 두 마리는 붙잡히고 두세 마리는 논에 물보라를 일으키며 이랑 저편으로 도망을 쳤다. 오두막 앞 커다란 나무그늘 아래에 물소가 멍하니 왔다갔다 하고 있다. 두세 명의 병사가 이 물소를 쏘고 있었다. 이윽고 우리들의 트럭이 있는 곳으로 다시 산포山砲와 야포, 기병 등 우리 대군의 여러 가지 행렬이 밀물처럼 진군해 왔다.

말도 병사도 훅훅거린다.

망원경으로 보니 북단의 산마을 일대에는 물가를 따라서 점점이 참호와 토치카가 많이 보였다. 이제 한 걸음만 더 가면 될 것 같은 곳에서 우리들과 병사들은 이 대채호의 가득한 물에 가로막혀 있는 것이다. 병사들도 절치액완切齒扼腕이라고 이를 갈며 팔을 걷어붙이고 몹시 분해하는 모습이었다.

4시 무렵부터 비를 품은 찬바람이 불기 시작했다. 북단을 표적으로 대채호반 동안東岸에서는 포열砲列을 깐 우리 군의 대포소리가 끊임없이 땅을 울리고 있었다. 그 소리는 고막을 찢어 피를 나게 할 만큼 엄청난 것이었다. 멀리 한구 시가에서는 일본조계가 폭파되어 창백한 불꽃이 중천으로 높이 솟아오르고 있었다. 파르스름한 황혼의 하늘에 푸른 섬광이 솟아오르더니 그 끝자락이 바로 새빨간 불꽃으로 바뀌어 갔다. 이와 같은 무수한 폭파상황은 병사도 그렇고 나도 그렇고 보고 있자니 정말이지 절치액완의 심정이다. 이 대채호의 긴 철교만 폭파되지 않았다면, 북안부대는 오늘 저녁에는 홍수와 같은 기세로 이미 한구로 밀고 들어갔을 것이다.

병사들은 배는 없을까 하고 호수 주변으로 원주민의 배를 찾아다니고 있다. 도하부대의 배를 기다려도 소용이 없다. 한구돌입도 목전에 왔다고 전보를 치고 곧 무전기는 트럭에서 내려졌다. 산을 넘고 물을 넘어 애물단지 취급을 받으며 트럭에 실려 온 고물 리어카에 식료품과 무전기가 실렸다. 우리들은 행군을 하면서 말과 소를 썼는데 지금은 어느새 말도 사라져 버리고 소도 누군가 가지고 가 버려서 이 고물 리어카가 유일한 운송무기이다.

기자들도 사진반도 연락원 제군도 오늘밤을 기해 북단으로 건너간다고 한다. 나는 놋포와 치비, 그리고 운전수 데라다와 남게 되었다. 오늘밤은 모두 결사의 각오로 도선渡船을 한다고 한다. 매우 바쁘다. 패주해 가는 군세에서 낙오를 했는지 세 명, 네 명, 다섯 명 씩 숨어 있던 중국병들을 우리 병사들이 여기저기 오두막이나 덤불숲에서 몰아내 왔다. 6척 가까이 덩치가 큰 중국병도 있었다. 하이킹할 때처럼 반바지에 면 셔츠를 입고 있었다. 어깨에 총을 맞았는지 등에서 엉덩이 쪽으로 리본을 늘어뜨린 것처럼 피가 뚝뚝 떨어지고 있었다. 이상하게 느긋하다. 진흙이 덕지덕지 묻어 진흙으로 반죽을 해 놓은 듯한 모습이다. 나는 지금까지 지긋지긋할 정도로 많은 중국병들의 시체를 보아 왔지만, 살아 있는 중국병은 어쩐지 언제 봐도 기분이 나쁘다. 그들은 알 수 없는 말로 무엇인가 애원을 한다. 물론 병사들도 무슨 말을 하는 것인지 모를 것이다. 물가 가까운 연못 근처의 움푹 패인 땅에 이들 살아 있는 중국병들을 포로로 줄줄이 잡아들였다. 내가 보러 갔을 때는 천 명 가까운 포로들이 감시병 두 명의 경비를 받으며 잡초 위에 책상다리를 하고 앉아 있었다. 모두 일말의 불안한 표정을 드러내고 잇었지만, 내가 그곳으로 가자 포로들은 깜짝 놀랐다는 듯이 내 쪽을 홱 돌아보았다. 일순 미소를 띤 표정도 있었다. 애원하는 표정, 울상을 짓는 표정, 멍한 표정, 다쳤다고 말도 못하는 표정 등, 지저분한 중국

군의 대 무리가 각자 여러 가지 생각을 하며 내 쪽을 가만히 보고 있다. 대부분은 소년병으로 열예닐곱의 젊은 장교도 있었다. 옷은 아직 새 옷이고, 눈은 여자처럼 온화했다. 연못 오른쪽의 약간 높은 곳에서 거리에 걸쳐 급조한 철조망이 쳐져 있었지만, 지금은 뒤얽힌 실처럼 파괴되어 있다. 철조망 옆에 말과 중국병 시체가 어지러이 흩어져 있었다. 미처 도망을 치지 못한 원주민이 유탄을 맞은 것 같은데, 왜 더 일찍 도망을 치지 않았을까 하고, 나도 모르게 그 나약하고 가엾은 운명이 갑갑하게 여겨졌다. 물어뜯긴 듯한 생생한 다리가 베개처럼 말 시체 옆에 나뒹굴고 있다. 누구의 다리인지도 알 수 없는 다리, 파란 면 바지에 까만 양말을 신고 있다. 고목처럼 진흙 덩어리처럼, 그 다리는 굴러떨어져 있었다. 말은 등을 다쳤는지 하얀 가죽 천처럼 조용히 쓰러져 있었다. 나는 이들 인간과 말의 시체를 보고도 지금은 아무런 감동도 감상도 없게 되었고, 막막한 심정이 바람처럼 가슴을 가로지를 뿐이었다. 이렇게 황량한 풍경 속에서 지금 반딧불이라도 날거나 꽃이라도 피어 있다면 어떤 기분이 들까? 나는 때때로 그런 쓸데없는 생각을 해 보기도 한다.

지금은 고향도 육친도 멀어져서 나도 내 자신을 어떻게 건사해야 할지 모르겠다. 그저 멍하니 서서 걷고 있는 내 자신이 되어 버렸다. 머리에는 먼지를 뒤집어쓰고, 연일 이어지는 행군으로 나는 소년처럼 새카매졌다. 어깨와 다리, 허리는 마치 커다란 재목을 달고 있는 것처럼 무겁고 삐걱거린다. 이상하게 하루에 한두 번 열이 나면서 온몸이 달아오른다. 소휴지小休止가 있으면 나도 지금은 병사들처럼 곧 진흙 위에 누워 눈을 감는다. 뭔가 생각을 하려 해도 내 머리 안에는 생각할 재료가 없다. 모든 욕망이 거세되어 나는 그저 깊은 잠에 빠져 버리고 싶을 뿐.

어머니! 가끔씩 이렇게 어머니를 불러 보지만, 어수선한 전장은 구름 위의 꿈처럼 여러 가지가 풍부하게 떠오르지는 않는다. 어머니의 환영도 철조망 같은 윤곽이 떠오를 뿐으로 주름살투성이 피부도 보이지 않는가 하면 목소리도 들리지 않는다. 만약 내지로 돌아갈 수 있다면 뭔가 새로운 것을 척척 쓸 수 있을 것이라는 자신감도 지금은 이상하게도 없다. 언제까지고 언제까지고 휴전나팔이 울려 퍼질 때까지 나는 병사들과 함께 있고 싶다. 그런 기분만이 나의 지금의 감상이다. 북안부대 병사들은 정말로 순박하다. 나는 내 이름을 불러 준 많은 병사들을 평생 잊지 못할 것이다. 캐러멜 하나를 준 병사, 나를 차량에 태워 강을 건네준 병사. 나는 눈을 감으면 이들 병사의 얼굴이 눈꺼풀 위로 몽하니 떠오른다.

어머니 안녕하세요. 우리 집은 제가 있을 때와 조금도 다르지 않겠지요? 내지는요? 사람들이 결혼을 하면 어머니는 축의금 걱정을 하고 사람이 죽으면 고별식에 입고 갈 옷 걱정을 하고, 겨울이 오면 마당의 나무를 손질하시지요. 지금 쯤 어머니는 분재상에게 부탁을 해서 제가 하던 말을 하시면서 포플러 가지치기를 하고 계시겠지요. 금붕어가 죽어도 온 집안이 난리가 났죠. 사람이 오면 당신은 제 이야기를 해서 뭔가 그 사람이 불쌍히 여기면, 그것으로 그 날 하루를 만족하고 계시지 않나요? 어느 병사나 모두 고향 걱정만 하고 있는 것 같습니다. 당당하게 장렬 무비無比하게 전사를 하기 전까지는 늘 고향을 생각하는 좋은 남편이고 좋은 아버지이고, 좋은 형, 좋은 동생인 것입니다.

오늘 여기까지 진군해 온 병사의 당당한 표정을 보여드릴 수 없는 것이 유감입니다. 뉴스 영화를 보러 가셔도, 넓은 전장을 가는 병사의 행동은 찍혀 있지만 병사의 얼굴을 이동식으로 찍은 표정 사진은 좀처럼 없을 것입니다. 이야기를 할 때는 완전히 단순하고 사람 좋은 호인물인 것 같은데, 일단 장비를 갖추고 전진을 하는 병사들의 모습은 뭔가에 홀린 것처럼 늠름하고 씩씩해 보입니다.

나는 늘 어머니에게 연설을 하는 것처럼 멍하니 혼잣말로 중얼거릴 때가 있다.

비가 섞인 바람이 불기 시작했다.

한구의 일본조계지 폭파는 점점 더 격심해져서 장대한 화염이 열 개, 스무 개, 굵은 파 꽃처럼 하늘에 번개를 만들고 있다.

우리의 포격은 끊임없이 계속되었다. 배를 뒤흔들고 귀에서 피를 뿜어낼 듯 쿵쿵 울리는 포격 소리를 들으며, 지금은 나는 느긋하게 노래도 부를 수 있다. 그 느긋함은 내가 생각해도 가끔은 가엾다.

어두워지면서 비바람은 더 거세졌다.

전장의 비는 참담한 것은 아니다. 마른 적토赤土의 거리는 곧 비에 녹아 눈 깜짝할 사이에 신발 자국, 차량 자국, 말발굽 자국투성이가 되었고, 흙을 반죽한 것처럼 질퍽거린다. 이 주변의 흙은 물을 먹으면 정말로 발이 무거워진다. 빨갛게 질퍽질퍽한 진흙이 말의 배에까지 튀어 오른다.

오두막 속이나 길가에서는 모닥불이 피어올랐다. 하지만 비 때문에 우리들 주위는 낮게 드리운 연기가 매워서 고통스러웠다. 모닥불도 기운 없이 타오르고 있다.

도선 준비가 다 된 사람들은 우비를 입고 동안으로 리어카를 끌고 갔다.

"한구에 가면 바로 연락원들을 데리러 보낼 테니 건강히 계세요." 빗속에서 모두가 손을 흔들며 리어카를 끌고 갔다. 원주민의 배도 몇 척 준비가 되었는지, 보병 일대一隊가 이미 맞은편 북단 호숫가에 닿아 한창 분전奮戰 중이라는 뉴스가 들려왔다. 나는 트럭을 조금이라도 한구 가까이까지 가지고 가고 싶다고 하니, 데라다 군도 곧 찬성을 하며 아시아호를 동안 전신부대 오두막 옆으로 운전해 갔다. 메밀잣밤나무 같은 가는 잎이 서로 겹쳐진 큰 나무가 트럭 위를 덮어서, 천막 위에 비가 조금이라도 덜 내리게 해 줄 것이라며 오늘 밤은 이곳에서 노영을 하기로 한다. 우리들은 고물장수처럼 짐이 뒤죽박죽 실려 있는 트럭 위에 모포를 깔고 누웠다. 데라다 군, 나, 놋포, 치비. 내게 좋은 장소를 골라주고 모포를 깔아 준 것 까지는 좋았는데, 내 등 밑은 드럼통을 두는 장소라서 자연히 석유냄새가 나고 등이 아프다. 비는 드디어 본격적으로 내리기 시작했다. 트럭 밖으로 전령이 지나간다. 도하부대를 부르는 장교의 목소리가 난다. 점점 대행군이 쫓아와서 이 동안도 시시각각 말과 병사들이 늘어났다. 전차가 삐걱거리는 소리도 난다. 트럭 위 천막 안에는 비가 내리는 바깥과는 별세계처럼 고요하다. 데라다 군은 촛불 옆에서, 드디어 한구를 앞에 둔 대채호까지 왔습니다 라고, 연필에 침을 발라가며 엽서를 쓰고 있다. 치비도 놋포도 누워서 담배를 피우고 있다. 아시아호가 와 있다고 하니, 전신부대의 쓰네오카 소좌는 내게, 불이 있는 곳으로 오지 않겠냐며 병졸 분을 보내 주셨다. 빗속을 걸어 전신부대에 갔다. 회중전등을 켜니 어지러이 널려 있는 시체들은 진흙이 덕지덕지 묻어 정말이지 거지들보다 불쌍했다. 흙으로 지은 무너진 오두막 안에 전신선이 깔리고 전신부대 병사는 이미, "이곳은 한구입니다."라고 후방과 열심히 통화를 하고 있었다. 전화상자는 옛날 돈 상자처럼 고풍스럽다. 수화기에도 전화상자에도 진흙이 묻어 있다.

병사들은 온몸이 폭 젖은 채 빗속을 걷고 있었다. 땔나무가 연기를 내며 타는 소리와 축축한 짚 냄새, 오두막 안은 마치 불이 타고 난 자리에 서 있는 것 같았다. 토방 한켠에는 둥근 바구니에 담긴 오리와 닭들이 꽥꽥 울고 있다. 나는 모닥불에 물통을 찔러 넣어 물을 뜨겁게 끓여서 마셨다. 추워서 가슴과 배로 쭉 들어가는 뜨거운 물이 느껴졌다.

A참모가 불쑥 들어오셨다. 시커매진 참모님의 얼굴을 보자 나도 모르게 눈물이 나와 콧등을 타고 흘렀다.

"이야, 잘 오셨습니다. 장하시네요.……"

이렇게 말씀해 주셨다. 그리고 매우 지친 듯이 그곳에 있는 망가진 벤치에 등을 쭉 대고는 말없이 모닥불을 보고 있다. 병사도 장교도 전장인 탓인지 마치 한 가족 같았다. 나는 축축한 모래자루에 앉아 다시 물통의 뜨거운 물을 마셨다.

10시 쯤 나는 빗속을 걸어 트럭으로 돌아왔지만, 참모님이 단 것을 좋아한다는 생각이 나서 천인력 엿과 얼음사탕을 종이에 싸서 전신부대에서 쉬고 계시는 참모님께 가지고 갔다

"아이쿠, 이것 참 고맙군.……"

참모님은 매우 기뻐하셨다. 트럭으로 돌아오니 비가 샌다고 하며 데라다 군이 비를 홈빡 맞으며 천막 수리를 하고 있었다. 소치비는 뭔가를 원하는지 조수석에서 자꾸만 끙끙대며 울고 있다. 비가 새서 도저히 잠을 잘 수가 없어서 쓸데없어진 모포로 천막을 덮었다. 비를 잔뜩 먹어서 불린 다시마처럼 된 모포가 천막 위에 밤새도록 올려져 있다고 생각하니 나는 누워 있어도 마음이 불안했다. 촛불을 켜니 네 명의 그림자가 천막 안에 가득 비친다. 내 그림자인지 흉측하게 가슴이 툭 튀어나와서 서커스를 하는 여자 같았다.

"어, 여자가 있어."

빗속을 걸어가는 병사들이 그런 이야기를 해서 바로 촛불을 끄고 누웠다. 포성 간격은 멀어졌다. 하지만 그래도 계속 쏠 때도 있다. 밤이 깊어짐에 따라 추위는 유리를 깰 듯이 심해졌고 빗방울은 천막 옆을 두드리며 떨어졌다.

나는 병사를 좋아한다
하나의 운명이
일순간의 빠른 속도로
전장의 병사 위를
퓽퓽 날아가며

생명, 생활, 생애를
찬란하게 부수어 간다
그런 장렬한 경우가 있다

병사는 그런 운명을
그런 운명의 감상을
하루하루 극복해 가며
묵묵히 전장의 '절대'에 자신을 갖는다

나는 병사가 좋다
모든 고식을 날려 버리고
황량한 흙에 피를 뿌려도
민족을 사랑하는 청춘으로 끓어넘치며
깃발을 지고 묵묵히 진군해 간다

아침, 점심, 저녁 그리고 한밤중. 이 맹추격의 진군 중에 나는 시종 병사들의 목소리를 들으며 어떤 경우에도 그들과 함께 있었다. 이 며칠 동안 나는 늘 병사들과 함께 있었던 것이다. 나는 병사가 좋다. 병사가 좋다는 시를 지었다.

밤이 깊어지자 우리들의 트럭 아래에서 병사들이 콜록거리는 기침소리가 났다. 천막을 쳐들고 아래쪽을 살짝 내려다보니, 비를 피해서 트럭 아래에 상반신을 들이밀고 누워 있는 병사들이 있다. 두세 명 트럭 아래로 기어 들어 자고 있는 것 같았다. 전장의 일상이라 하지만, 나는 가슴 깊이 애잔한 마음이 들었다. 비가 내리는 가운데 고향땅이 여기서 얼마인가 라는 휘파람 소리가 지나간다.

추운 탓인지 얼굴은 불처럼 달아오르는데, 몸이 덜덜 떨려 견딜 수가 없다. 누워 있기가 힘들어서 배낭에서 아스피린을 꺼내 먹었다.

10월 26일

밤새도록 얕은 잠으로 머리가 깨질 듯이 지끈지끈 아팠다. 무엇을 하는 것도 겁이 났다. 나는 모포를 다시마말이처럼 몸에 둘둘 말았다. 그래도 너무 추워서 다리와 배 위에 내 배낭과 데라다 군의 기름투성이 작업복을 올려놓고 가만히 있었다. 비가 와서 모닥불을 피울 수 없기 때문에 어젯저녁에 남은 찬합의 밥에 물통의 물을 말아 아침식사를 한다. 어떤 결벽증도 이런 곳까지 오게 되면 경멸을 당할 것이다. 부슬부슬 떨어지는 밥에 어젯밤에 구운 줄 같은 말린 대구를 물어뜯고 있다. 마치 거지같다고 하니, 데라다 군이 대만 사투리로, "그래도 괜찮아. 배가 고픈 것 보다는 나아."

놋포와 치비도 우리들과 같은 식사. 두 사람 모두 이제는 담배가 없기 때문에 데라다 군에게 담배 없냐고 물었다.

바깥의 비는 이제 어느 정도 잦아들었지만, 싸락눈 같이 차가운 비가 되어 천막 틈으로 바깥을 보니 벌건 거리는 마치 조총을 흘려 놓은 듯 질퍽거리고 있었다. 조식이 끝나자 나는 다시 모포를 둘둘 말고 뚝뚝 떨어지는 빗소리를 듣고 있었다.

"무궁한 탐색을 하기 전에 우선 포도즙으로 손바닥을 씻어야지.……"

여러 가지 말이 떠올랐다. 지금 이런 머리에 총탄을 맞으면, 내 뇌는 부서지고 납 활자가 재처럼 흘러나올 것 같았다.

"저, 데라다 군, 자네 도쿄에 오면 뭘 사 줄까?"

나는, 심심해서 이상한 소리를 내며 유행가를 부르고 있는 데라다 군에게 이렇게 물었다. 데라다 군은 깜짝 놀란 표정으로,

"사 준다면, 뭐든 좋아. 커틀릿이든 비프 스테이크든.…"

나는 지금 딱히 커틀릿이든 비프 스테이크든 먹고 싶지 않다. 향이 강렬한 포도주도 좋겠다. 과일도 마음껏 먹고 싶다. 하지만 지금은 따뜻한 밥에 작고 신 매실장아찌를 아작아작 먹어 보고 싶다. 매실장아찌를 먹고 싶다고 하니, 데라다 군은 열이 있어서 그런가보다고 했다.

아스피린 한 알을 더 먹었다.

『아시아』라는 잡지의 기자가 하야시 씨 전골을 드릴게요 라고 하며 빗속을 걸어 식은 닭전골을 찬합에 담아 갖다 주었다. 감사하는 마음이다. 몸이 나른하고 다리는 남의 다리처럼 무거워서 한나절 동안 모포를 둘둘 말고 침울하게 누워 있다. 트럭 아래 누워 있던 병사는 이제 일어났는지, 콜록콜록 기침을 하며 어젯밤에는 이곳이 있어서 천만 다행이었다고 하고 있다. 나는 일어나서 비를 맞으며 볼일을 보러 갔다. 흰 지방에 피가 잔뜩 배인 검은 돼지 껍질이 여기 저기 진흙에 들러붙어 비를 맞고 있다. 호수 주변의 덤불 속으로 갔다. 내 발밑에 하얀 얼굴을 한 까치 한 마리가 딱딱하게

죽어 있었다. 작은 새들이 모이를 쪼으며 두세 마리 덤불 속으로 날아들었다. 오늘은 포성도 들리지 않는다. 가끔씩 멀리서 말이 히힝거리며 우는 소리나 구령 소리가 들려올 뿐으로, 주위는 정말이지 고요하다. 눈앞에 보라색 열매가 달린 낮은 나무가 있었다. 나는 과일에 굶주려 있었기 때문에, 그 보라색 열매를 네다섯 알 따서 먹어 보았다. 비릿한 냄새가 나고 혀 끝에 쓴 맛이 남는다.

내 신발은 흙이 묻어 무거워 졌고 신발 안은 축축해져 있다. 전신부대에게 다가가 보니, 비가 오는 가운데 오두막 주변 여기저기에서 모닥불 연기가 나고 있었다. 어제 붙잡은 포로들은 잡역이라도 시켰는지 연못 주변 포로들이 있던 곳에는 마른 말 네다섯 마리가 묶여 있다.

트럭으로 돌아오니 도하재료 부대의 하라 군이 아시아호를 찾아와 있었다. 병사들은 이틀밤낮을 꼬박 한 숨도 자지 못하고 주야로 대행군을 해서 북단까지 와 있다고 했다.

"광제를 출발하고 나서는 도하재료는 별 할 일도 없었지만 이번에는 어쨌든 대활약을 해서 크게 체면이 섰어.……"

하라 군은 잠이 부족했는지 조금 야위고 눈가가 움푹 꺼져 있었다.

"저, 우리들 숙사에 오지 않겠어? 모두가 하야시 여사를 불러다 달라고 하고 있어."

나는 놋포와 치비에게 트럭을 보라 하고, 데라다 군과 둘이서 하라 군의 숙사에 놀러 갔다. 진흙 바닥이 된 거리에는 아직 군사 행렬이 계속해서 들어오고 있다. 우리들의 트럭이 있는 곳에서 하라 군이 있는 부락까지는 2킬로 정도 되었다. 도중에 하얀 말이 쓰러져 있어서 몇 번이나 고개를 들고 있는 것을 보았는데 안타까웠다. 흰 말은 말라서 앙상한 몸으로 흙 위에 뒹굴고 있어서 붉은 흙으로 더러워져 있었다. 긴 목을 들고 있는 것이 멀리서 볼 때는 뭔가 누에가 고개를 들고 있는 것 같았다.

"나는 전쟁을 하러 와서 뭔가 안정이 된 것 같아. 그림도 오랫동안 그리지 못했지만 제대라도 하면 엄청 그릴 수 있을 것 같아.……"

걸어가면서 하라 군이 그런 이야기를 했다. 어느 새 비는 그쳤고 하늘은 여름 새벽처럼 구름 한 점 없이 맑았다.

"돌아가면 뭔가 이 번 일을 쓸 수 있을 것 같아?"

나는 잠시 대답을 하지 않고 묵묵히 걸었다.

"모르겠어. 쓸 수 있을 지도 모르고 쓸 수 없을 지도 몰라.…… 뭔가 애간장을 녹이는 듯한 투쟁심은 있어. 하지만 나는 이번 일은 쓸 수 없어. 무엇을 써야 할지 모르겠어. 사실을 쓰자면 천 페이지도 부족해."

나는 큰 목소리로 뭔가 노래를 하고 싶었다. 그러면서도 무슨 노래를 불러야 할지 몰랐다. 지금 나는 노래 가락조차 모두 잊어버렸다. 늪 근처로 가서, 논두렁을 걷다보니 작은 언덕 위에 농가가 꽤 있었다. 농가의 넓은 마당에는 열 마리 가까운 말들이 마당의 나무에 매여 있고, 병사들이 말발굽을 손질하고 있었다.

이틀밤낮을 꼬박 달려왔다고 하며, 어느 방, 어느 토방을 보아도 병사들도 장교들도 모두 곯아 떨어져 자고 있다. 이 집 주인은 여자로 벌써 일흔 정도 되는 할머니였는데, 안마당에 의자를 가지고 와서는 나를 보고 생글생글 웃었다.

안쪽의 어두운 방에는 온 부락의 아낙들이 모두 아이를 데리고 피난을 와 있어서 북적북적하다. 나는 아이를 하나 안아 보았다. 먼지가 풀풀 나는 것을 입고 있지만, 보들보들한 것이 뭐라 말할 수 없이 귀여웠다. 아기는 조금도 웃지 않고 나를 빤히 바라보았다. 지저분한 작은 손이 순순히 내 어깨를 안았다. 마을 여자들은 내가 들어가자 깜짝 놀란 표정이었지만, 아이를 안고 있는 나를 보고 나를 의지하면 되겠다는 표정을 드러냈다. 아주머니들이 아기와 어린 아이들을 안아달라고 하며 내게 아이들을 들이밀었다. 아주머니들의 남편들도 두세 명씩 방 앞으로 모여들었다. 나는 처음 안았던 아기를 안은 채로 안마당으로 나와, 아기에게 말과 병사들을 보여 주었다. 아기는 지저분한 손으로 가끔씩 내 얼굴을 만졌다.

이윽고 아기를 돌려주고 하라 군들이 있는 방으로 갔다. 하라 군은 땅콩을 잔뜩 갖다 주었다. 당번 병졸들이 봉당에 불을 피워 주자, 일어나 있던 병사들은 삼삼오오 우리들이 있는 방으로 모여들었다.

이틀밤낮을 80여 킬로를 걸었다니 정말 지옥 같은 고생을 맛본 것인데, 배를 만들어서 아까 그 병사들을 북단으로 보냈을 때는 정말이지 병사의 숙원이자 남자의 숙원이라고 생각했다고 한다. 그럴지도 모른다. 모두가 먹고 난 땅콩 껍질이 모닥불 안에서 타닥타닥 타고 있다. 이윽고 홍차가 나왔다. 정말 맛있는 홍차였다.

"여름에는 말야, 도하를 하면 당장 병사들은 알몸이 되어 헤엄을 치기도 하고 목욕을 하기도 해. 여기에 있는 Y오장은 당번에게 알몸 사진을 찍으라고 해서 그것을 부인에게 보내는 편지에 넣었어. 그랬더니 부인에게서 정말로 즐겁다는 편지가 왔지. (어머! 이게 뭐지?……그래도 좋아.……) 정말 재미있지 않아?"

우리들은 와하고 웃음을 터트렸다. 오랫동안 전장에 있는 남편의 아내를 생각하는 마음이 잘 드러나서 나는 웃으면서도 눈물이 났다.

"일본 여자는 열국列國의 여자와 달리 모두 조심스럽고 정조관념이 강해. 유럽전쟁을 할 때도 좀 보라구. 아내들은 1년도 참지 못 할 것이라고 생각했지. 그러니까 한두 달 간격으로 열차에 태워 휴가를 보냈다는데, 일본 여자들은 참 야무지고 훌륭해. 그러니까 전쟁이 끝나고 나면 부인에게 여러분들이 주는 선물은 튼튼하고 훌륭한 몸을 가지고 돌아가 주는 거야. 부탁해.…… 몹쓸 병 같은 거 걸려서 가면 1년 동안 기다린 부인들이 불쌍하다고 생각해."

일좌는 갑자기 일본여성 찬미로 옮겼고 내지로 돌아가면 아내들에게 부엌일 같은 것 시키지 않겠다는 농담을 주고받았다. 이윽고 주방에서 기름으로 볶는 냄새가 났다. 오늘은 튀김을 하는 것이니 회식을 하고 가라고 한다.

주방에 가 보니, 우동가루를 반죽하고 있는 병사, 이마에 수건을 두르고 감자를 자르고 있는 병사, 닭의 목을 비틀고 있는 병사, 아궁이에서는 불이 타닥타닥 타고 있다. 부대 사람들과 마당에서 기념사진을 찍었다.

마침내 식사 준비가 다 되었다. 기름도 우동가루도 이 집에서 받은 것이라고 하는데, 기름은 정말 맛이 있었다. 튀김옷이 검붉게 튀겨졌는데 내지에서 노르스름하게 튀긴 것보다 훨씬 맛이 있었다. 감자, 돼지고기, 닭고기, 콩, 나는 찬합을 가지고 왔기 때문에 아침에 받은 전골을 데워 탁상 위에 올렸다.

행군 이후 이렇게 맛있는 음식은 먹어 본 적이 없다며, 요시다 군이 맛있게 국물을 들이켜고 있었다. 병사는 내 밥그릇에 밥을 산더미처럼 많이 퍼 주었다. 나는 식후에 나의 「병사」라는 시를 읽어 주었다. 모두 박수를 쳐 주었다. 방이 어두워서 촛불을 켜고 그 불빛으로 식사를 하는데 나는 어쩐지 아무래도 크리스마스 밤 같았다. 어느 병사도 모두 그리스도처럼 수염을 기르고 있었다. 나는 밥을 입에 잔뜩 물고 한 명 한 명 병사들의 표정을 보고 있었다. 이 사람들 한 사람 한 사람 모두에게 양복을 입히면 어떤 모습이 될까?……여러 가지로 풍부해지겠지만 협잡물도 늘어서 이렇게 순순하고 단순한 느낌은 싹 사라져 버릴 것이라고 생각했다.

튀김과 국도 밥도, 나는 실컷 먹었다. 5시 무렵 하라 군이 데려다 줘서 트럭이 있는 곳까지 천천히 걸어서 돌아왔다. 아름답고 고요한 오렌지 색으로 저녁노을이 졌다. 점재하는 작은 늪이 붉은 석양을 비치고 있다. 비는 완전히 그쳤지만 거리는 엄청 질척거려서 신발은 물론 종아리까지 진흙투성이가 되었다. 진홍색 물감을 풀어 놓은 듯 길이 빨갛다.

고개를 들고 있던 말은 이제 숨이 끊어졌는지 돌 위에 목을 올려놓은 채로 있었다. 지나가던 병사들이 그랬는지, 말 몸체 위에 억새 잎이 덮혀 있었다.

호반에서는 연신 배가 나가고 있다. 나는 놋포와 치비에게 튀김을 담은 찬합을 건네며 먹으라고 했다. 소치비에게도 튀김을 주었다.

하라 군도 트럭 위로 올라왔다.

그림 이야기, 문학 이야기, 전쟁 이야기, 지나 처녀 이야기.

"있잖아, 황매黃梅에서 광제로 빠져 나올 때의 일인데, 어느 농가에 젊은 아가씨가 있었어. 그 아가씨는 병사 한 사람에게 애원을 했지. 그 병사는 방밖으로 나가지 말라고 하고 그 날 밤은 마구간 같은 곳에서 잤는데, 그 젊은 처녀가 밤이 깊어지자 그 병사를 찾아왔다고 해. 정말 말라서 뼈만 남은 아가씨였는데 떨고 있는 모습이 안쓰러워서 저절로 안타까운 마음이 들었다고 하는데, 전장에서 젊은 아가씨를 만났다는 것은 유일하게 이 마른 아가씨 에피소드 뿐이야. 그 아가씨는 이제 폐병이 걸렸든가 해서 죽었을지도 모르지. 깊은 밤에 비틀비틀 병사를 찾아온 아가씨의 심리가 어떤 것인지는 모르겠지만, 꽤 격전이었기 때문에 미처 도망을 치지 못하고 덜덜 떨고 있었던 것인지도 모르지……"

나는 말라서 뼈만 남은 아가씨였다는 말에 어쩐지 가여운 생각이 들었다. 하라 군은 엽서에 연필로 그린 그림을 많이 보여 주었는데 모두 한 순간을 포착한 스케치였기 때문에 생기가 있었다.

하라 군 9시에 돌아감.

데라다 군은 모포를 둘둘 말고 언제까지고 휘파람으로 유행가를 부르고 있었다.

"데라다 군, 오늘은 아주 잘 먹었어."

"정말 맛있었어."

데라다 군은 또 휘파람을 불기 시작한다. 트럭 옆에는 새 병대가 도착했는지 연기가 나는 생나무로 모닥불을 피우고 있었다. 그 모닥불 불빛이 비쳐 천막 안은 매우 밝다.

나는 멘소레담을 꺼내 다리에 발랐다. 다리가 이상하게 부어서 뚱뚱해진 느낌이다. 데라다 군에게도 안약을 넣어 주었다. 놋포와 치비는 장래에 대한 이야기를 하는지 가끔씩 두 사람의 대화 중에 금전 이야기가 나온다.

"놋포, 아내 있어?"

나는 심심해서 또 그런 것을 물어 보았다.

"있지."

놋포도 치비도 아내 이야기를 하면 생글생글 웃으며 즐거운 표정이 된다. 놋포는 금테 안경을 쓰게 하니 마치 간디와 똑같았다. 치비는 토실토실 살이 찌고 여자아이 같이 애교가 있는 얼굴을 하고 있었다. 놋포는 예전에 한구에서 지낸 적이 있다고 하는데, 한구에 들어가면 담배회사를 만들 것이라며 뽐내고 있었다. 담배회사도 좋지만 월급을 받으면 빨리 시골에 돌아가서 아내에게 줘야 하지 않냐고 하니, 두 사람 모두 알았어, 알았어 라고 대답했다.

내일은 아침 일찍 북단으로 건너 갈 것이다. 따분하고 우울한 밤이다. 또 열이 나고 몸이 화끈거린다. 나는 배낭에서 아스피린과 키니네를 꺼내 한 알씩 먹었다.

1월 27일 맑음

아침 6시 기상.

나는 곧 출발 준비를 하기 시작했다. 데라다 군이, 혼자서 가는 것은 걱정이 되니 치비를 데리고 가라고 말을 해 주었다. 위생차의 마쓰나가 중위가 팥밥을 갖다 주었다. 그것을 찬합에 담아 어젯밤 하라 군 부대에서 받은 닭을 끌고 치비와 출발. 8시에 전신부대 옆에서 범선을 탔다.

범선은 원주민의 배로 사공 가족이 자질구레한 가재도구를 배 바닥에 잔뜩 실어 놓았다. 전신부대의 쓰네오카 부대장과 네다섯 명의 병사들과 배를 탔다. 어젯밤 오랜만에 숙면을 취해서 그런지 호수를 건너는 바람도 기분이 좋았다. 병사들도 군가나 부대가를 합창하고 있었다. 어느 얼굴이나 모두 명랑해 보였다.

호수에는 물이 가득했고 어디가 북단인지 망막하여 전혀 짐작이 되지 않는다. 북단에 도착한 것은 9시 반 무렵. 물가에는 한 칸 정도 되는 토치카와 참호가 만들어져 있었다. 견고한 원통형 토치카도 있었다.

일선부대는 이 산가재山家載에서 첫입성을 했다고 한다. 주인을 잃은 돼지떼들이 둑방 아래 불에 탄 자리에서 왔다갔다 하고 있다. 마치 멧돼지 같은 돼지도 있었다. 임신을 해서 배가 땅에 닿아 바닥을 쓸고 있는 모양을 하고 있다. 원주민과 지나병사들의 시체도 처덕처덕 겹쳐진 채 흩어져 있었다. 팔은 팔대로 다리는 다리대로 잘려 나간 시체도 있었다. 여기저기 철조망도 쳐졌지만, 지금은 모두 잘려 있다. 하늘은 높고 푸르렀고, 뜨거운 태양이 내리쬐고 있었다. 이곳에서 한구 시내까지는 9킬로라고 한다. 넓고 평탄한 군사도로이다. 아직 우군의 전차도 트럭도 들어와 있지 않다. 병사 서너 명이 쨍쨍 내리쬐는 군사도로를 행군하고 있다. 비에 씻긴 시체가 여기저기 뒹굴고 있는데 누워서 자는 것 같았다. 목이 없는 시체도 있었다. 이 주변의 시체는 대개 군복을 입고 있었다. 59군 전차부戰車部라는 표시가 있는 흰 천을 가슴에 꿰매 붙여 놓은 시체도 있었다. 어느 시체나 모두 황토색 우산을 들고 있었다. 나는 너무나 더워서 지나병사가 들고 있던 양산을 펴서 쓰고 걸었다. 연도에는 풍성한 야채밭과 논. 나는 치비와 둘이서 파밭에 들어가서 파와 야채를 뜯어 보자기에 쌌다. 가까이에서 총성이 났다. 나와 치비는 반사적으로 파밭에 머리를 대고 엎드렸다. 이 주변의 오두막 안에는 중국병이 잔뜩 들어가서 숨어 있다고 한다. 고개를 들어 보니 백 미터 앞 작은 농가 마당에는, 도망을 치는 중국병을 쫓아가는 병사가 있었다.

넓은 군사도로를 등에서 피를 흘리며 유유히 걷고 있는 중국병도 있었다. 총도 배낭도 들고 있지 않다. 어이가 없어서 보고 있자니, 중국병은 우리들을 힐끔힐끔 바라보며 서둘러 논두렁으로 들어간다. 치비가 나에게 뭐라고 했지만 무슨 말인지 알 수가 없다. 이윽고 또 둘이서 넓은 군사도로를 걷는다. 닭은 좀처럼 걷지를 못해서 치비가 진 배낭에 넣었다. 배낭이라고 하면 무거워서 어깨의 살을 파고 들어서 힘들다. 정말이지 덥고 힘들다. 지루하기 그지없는 평탄한 가도. 내가 양산을 쓰고 묵묵히 걷고 있으니 뒤에서 따라오시는 쓰네오카 소좌도 몇 번이나 다리가 튼튼하네요라고 말씀하신다. 다리가 튼튼한 것이 아니라 나는 이제 기분으로 걷고 있는 것 같았다.

울고 싶은 기분도 든다. 누군가에게 매달려 웃고 싶다. 울고 싶다. 그런 복잡한 기분이 나를 묵묵히 걷게 하는 것이다. 날개를 묶인 닭이 치비의 등에서 가끔씩 꼬꼬댁하고 운다. 작고 하얀 나비 세 마리가 내 앞에서 팔락팔락 날아간다. 3, 4월의 따뜻한 봄 햇살 같다. 가끔씩 육군기가 지나간다. 나는 가슴에 있던 빨간 손수건을 흔든다. 5킬로 정도 왔을 때, 너무나 힘들어서 농기구를 보관하는 기울어진 오두막 앞에 배낭을 내려놓고 쉬었다. 쓰네오카 소좌 일행도 잠시 휴식.

전선을 치며 돌아다니는 병사들이 가끔씩 부대장에게 보고를 하러 온다. 오두막 옆은 해가 쨍쨍 내리쬐고 있고 드문드문 노란 호박꽃이 피어 있었다. 배낭을 내려놓고 그것을 보고 있자니, 나는 어린아이처럼 눈물이 줄줄 흘렀다. 눈물이 자꾸만 자꾸만 흘러서 내 자신도 어찌할 수가 없었다. 결국 한구까지 왔다는 기쁨, 막막한 외로움, 그런 것이 내 가슴을 조여 왔다. 오두막 뒤로 돌아가서 콤펙트를 꺼내 눈물을 닦았다. 나는 지나에 태어나지 않았습니다. 나는 말이에요, 아름다운 일본에서 태어났다구요. 나는 노란 호박꽃을 꺾어 가슴의 단춧구멍에 꽂으면서 혼자서 중얼거려 보았다.

—그녀들이 글을 쓰는 것은 도움이 된다. 여자들이 저작가가 되어도 조금도 유해하지 않다.—

하이네의 「관상觀想」 속의 한 구절을 떠올리고 나니, 내지로 돌아간 후의 내 자신의 모습에 구역질이 날 것 같았다. 병사들과 함께 여기까지 온, 한 여자로서만 나는 어린아이와 같은 즐거움과 청춘을 느낀다. 한구에 들어가면 나중에 오시는 I부대장님을 맞이하고 싶다. 광제를 출발할 때와는 또 다른 마음으로 I부대장님을 뵈어야겠다고 생각했다.

7킬로를 걸었다.

8킬로, 9킬로. 다리는 무의식적으로 기계적으로 앞으로 나아간다. 교외다운 주택과 학교들이 연도에 늘어서 있다. 텅 빈 어떤 상가 처마 밑에서는 네다섯 마리의 개들이 지나병사의 팔을 물어뜯고 있었다. 우리들도 병사들도 이 잔혹한 광경에 화가 나서 모여드는 개들을 호통을 쳐서 쫓아 버렸다. 나이를 먹은 여자와 불구자와 같은 남자가 빈집에서 도둑질을 하는지 뭔가를 끌어안고 나온다.

우리들은 또 두세 명의 병사와 함께 걸었다. 이제 1킬로만 더 가면 거리 입구에 있는 철교 옆이다. 병사들도 우리들도 말을 하는 것도 귀찮아졌다. 군복의 등에 땀이 배어서 파리가 모여들었고 철모에도 기름이 끓는 듯한 뜨거운 햇볕이 쨍쨍 내리쬐고 있다. 맞은편에서 갈색 모자를 쓰고 청결한 복장을 한 지나인 한 명이 느릿느릿 이쪽으로 걸어왔다. 교외 주택의 주인으로 보였다. 내 앞을 묵묵히 걷고 있던 병사는 갑자기 이 지나인에게 다가가서 캡이 달린 그 남자의 모자를 벗겨 도랑 쪽으로 굴려버렸다. 지나인은 좀 불안한 듯이 굴러가는 모자를 돌아보았지만 곧 골목 쪽으로 서둘러 도망을 가 버렸다. 모자는 도랑으로 가지 않고 거리 한 가운데에서 뒹굴고 있었다. 그러자 묵묵히 동행을 하던 병사가,

"이 봐, 자네 왜 그런 짓을 하지?"

라고 작은 목소리로 물었다. 그 병사는 등 뒤의 배낭을 치켜 올리며, 무거운 총에 오른손을 갖다댔다.

"화가 나서 그래. 활기차게 걷고 있는 지나인을 보면 화가 난다고. 그 자식이 야전 병원에 도착하기 전에 죽었을까 지금 또 그런 생각을 하고 있던 차에, 그렇게 활기찬 자식이 와서 갑자기 신경에 거슬렸다구.……"

모자는 이발소 같은 곳의 처마 밑으로 굴러갔다.

나는 이 두 병사의 대화에, 전장에 있는 병사들의 기분이 어떤지 알 것 같은 기분이 들었다. 함께 탄환 속을 빠져 나오지 못한다면 그런 기분을 모를 것이라고 생각한다. 어떤 병사는 만약 격전을 만난다면 하야시 씨가 숨을 참호를 곧 파 드릴게요 라는 농담을 한 적도 있지만, 나는 모자를 던진 병사의 심정이 가엾게 여겨졌다. 거리 입구의 작은 철교 아래에서 우리들은 그 병사하고도 헤어졌다.

철교를 지나 얼마 안 있어, 담이 있는 휑뎅그레한 집 처마 밑에서 아사히의 붉은 마크가 새겨진 깃발을 발견했다. 나는 배낭을 흔들며 달리기 시작했다. 문이 있는 곳에 요시카와 씨가 나와 있었다. 모두가 어서 오세요, 잘 오셨어요 라고 말해 주었다. 와타나베 씨는 2층 방에서 나카노 씨에게 무전을 쳐 달라고 하며 머리에 수건을 질끈 동여매고 원고를 쓰고 있었다. 말라리아에 걸려서 지금 열이 엄청 난다고 한다. 나카노 씨는 여전히 무전대를 수건으로 깨끗이 닦고 반짝거리는 무전대에 기대어 키를 두드리고 있다. 어수선하고 먼지가 쌓인 방 안에서 나카노 씨의 무전대 만이 반짝반짝 빛이 나고 있었다. 바닥은 흙투성이였고 유리창은 거의 다 깨져 있었다. 원래는 일본인의 집이었다고 하는데, 발코니에는 콘크리트를 쳐서 작은 상자 같은 정원을 만들어 놓았다. 방 한 켠에는 낡은 다다미 두 장이 깔려 있었다. 나는 다다미 위에 배낭을 내려놓고 아래층으로 가 보았다.

지하실에 내려가 보니 마치 탐정소설에라도 나올 법한 어두운 토방이 몇 개나 있었다. 석탄 저장소에는 바싹 마른 고양이 두 마리가 죽어 있었다.

물도 나오지 않는다고 해서, 연락원들은 취사를 하기 위해 멀리 연못까지 물을 길러 다녔다. 나는 무전실 앞에 있는 발코니로 나가 배낭에서 일장기를 꺼내 난간에 걸었다. 글자 하나 적혀 있지 않은 일장기는 쨍쨍 내리쬐는 햇빛을 받아 매우 투명하고 아름다웠다. 발코니 아래 거리를 고난과 결핍을 견딘 북안부대 후속부대가 쑥쑥 행군하며 들어왔다. 발코니를 발견하고 하야시 씨 하고 외치는 병사도 있었다. 나는 손을 흔들며 흐르는 눈물을 꾹 참았다. 순순이 눈물을 흘릴 수 있는 것도 기쁜 것이라 생각했다.

긴 행군 도중에 나는 몇 번이나 죽음을 생각했다. 밤새도록 격렬한 포성을 들으면서 가슴 속에서 밀려올라오는 공포와 절망감에 괴로워하던 때도 있었다. 내 인생의 한 페이지를 반드시 하루에 한 번은 황망하게 넘겼다. 적을 만나면 더욱더 그래서, 이제 오늘이 끝인지도 모른다, 그런 생각도 자주 하며 걸었다. 불멸이라는 것이 어떤 것인지 믿을 수 없지만, 나는 일말의 '불멸감'도 신뢰를 하는 느낌이었다. 왜 그 넓은 전장에서 나는 죽지 않았을까?……
여기까지 와 버리고 나니, 정말 얼마 안 되지만 죽어도 후회는 없다고 하는 그런 안이함에 빠지게 된다. 이곳까지 오니 나는 점점 더 내지의 현실이 가까워진 기분이 들었고, 다시 힘든 생활과 힘든 세상과 교류해야 한다는 사실이 나를 알 수 없는 불안감에 빠트렸다. 전장을 돌아다닐 때는 그런 불안감이 조금도 없었다.

어쨌든 나는 한구에 도착했다. 이제 앞으로 어떻게 되는 것일까? 와타나베 씨가 원고를 다 썼는지, "한구는 아주 좋은 도시예요. 혼자 슬슬 돌아다녀 보세요."라고 했다.

나는 오늘 아침, 마쓰나가 중위에게서 받은 팥밥이 남은 것을 소금을 쳐서 먹었다. 금방 파리가 내 주위로 왱왱 몰려든다. 나카노 씨는 이제 곧 내지로 돌아갈 거라며 기뻐하는 것 같았다. 나는 한 달 정도 더 있고 싶었다. 돌아가고 싶지 않은 기분도 있었다. 돌아가면 뭔가 무서운 것이 나를 기다리고 있을 것 같아서 견딜 수가 없다. 나는 누군가 작가가 와 있지 않냐고 와타나베 씨와 요시카와 씨에게 물어 보았다. 아직 아무도 오지 않았다고 했다. 스기야마 헤이스케杉山平助 씨는 어떻게 되었을까? 제일 만나보고 싶었다. 이시카와 씨, 다치노 씨, 모두 어떻게 되었을까? 후카다深田 군도 너무너무 만나고 싶다. 나는 식사를 마치자 아사히 사람들이 발견했다는, 망가진 인력거를 타고 시내 구경을 갔다. 일본인조계지도 당당했지만 모두 폭파가 되어 박살이 나 있었다. 차부가 배가 고프다고 해서 나는 손바닥에 사탕을 올려 주었다. 인력거로 슬슬 거리를 돌아다니는 나를, 병사들은 신기한 듯이 바라보고 있었다.

담벼락에는 '타도 일본'이라고 하얀 글씨가 적혀 있었다. '타도 일본'이라는 글은 그것이 생동감 있고 훌륭했고, 그 만큼 더 일본을 용감하고 돋보이게 하는 것 같아서 혼자서 재미있어 했다.

부두의 가로수는 이미 녹슨 빛을 하고 있었다. 그리고 그 가로수 밑을 담배를 피우며 유유히 걷고 있는 외국인을 한 명 만났다. 강변으로 면한 일본영사관은 콘크리트 담이나 대문 철책이 남아 있을 뿐, 건물은 엉망진창으로 파괴되어 있었다. 대채호 근방에서 일본조계지가 폭파되는 불꽃을 보았던 만큼, 바로 그 앞에 오니 뭐라 말할 수 없는 이상한 기분이 들었다. 담이 긴 일본 요리점 같은 집도 있었다. 영사관 뒤 소학교도 교사 일부가 무너져 있었다. 정문 위에는 '한구메이지심상소학교漢口明治尋常小學校'라고 적혀 있었다. 한구신사 앞에 오니 넓은 마당 안에는 방공호가 파여 있었다. 잎이 누래진 가로수의 만추 풍경 가운데 폭파된 일본조계의 폐허 광경은, 그것이 당당하고 훌륭하게 건설되었던 만큼 더 이상하게 참을 수 없었다.

나는 또 엑조틱한 부두의 넓은 거리를 빠져나와 중산로中山路에서 프랑스조계 쪽으로 가 보았다. 프랑스조계는 바리케이트도 어마어마했고 통행은 차단되어 있었다. 중산로는 검게 그을린 파리 거리처럼 침착해 보이는 상가들이 있었지만, 지금은 어느 집이나 모두 굳게 문을 닫고 철격자를 내리고 있어서 피난을 간 것 같았다.

골목 안에 있는 처마란 처마에는 모두 미처 도망을 치지 못한 난민들이 파리 떼처럼 모두 쏟아져 나와 있었다. 중산로 변두리에는 빈약한 야채와 고기를 파는 시장도 있었다. 이런 곳에서 벌써 장사를 하고 있는 것이 내게는 기쁘기도 하고 신기하기도 했다. 지나메밀국수집도 나와 있었다. 빨간 피망을 파는 야채가게도 나와 있다. 나는 문득 북단 교외에 그렇게 풍부했던 야채밭이 생각났다. 파도 배추도 나와 있다. 나는 이리저리 거리를 정처 없이 돌아다녔다. 어디를 가도 일본 육해군 병사들이 잔뜩 있어서 걱정은 없었다. 어느 거리 모퉁이에서는 육전대 병사가 달려와서 햇볕에 하얗게 바랜 보도부 완장을 바라보았는데 이 완장은 상해에서 혼자 출발할 때 보도부의 이지치伊地地라는 사람이 준 것이다. 파랬던 나사가 지금은 하얗게 바래 있었다.

나는 다시 한 번 탁한 강물을 따라 늘어선 부두의 플라타너스와 아카시아 가로수가 보고 싶어서 인력거 차부에게 부두, 부두 라고 했다. 부두로 가자 전함과 일본선이 많이 들어와 있었다. 강변을 향한 집들에서는 육전부대 병사들이 호수를 들고 집을 청소하고 있었다. 양자강 물을 호수로 끌어다가 대청소를 하고 있나 하고 생각하니, 청소를 하는 병사들의 모습이 우스워 나는 혼자 키득키득 웃었다. 모두 노래를 부르며 즐거워했다.

인력거를 타고 흔들흔들 부두를 돌아다니고 있는데 맞은편에서 덩치가 큰 남자가 나에게 손짓을 하고 있었다. 누구인지 전혀 알 수가 없었지만 곁으로 다가가니, 해군 무관 분들과 스기야마 헤이스케 씨가 천천히 내 쪽으로 걸어오고 있었다. 나는 깜짝 놀라서 말을 잇지 못했다. 무슨 말부터 해야 할지 몰랐다.

게다가 해군 장교 분들이 스기야마 씨 뒤에 잔뜩 있어서 더욱

더 긴장이 되었다. 무슨 말을 했는지도 모르는 사이에 스기야마 씨하고는 재회를 약속하고 헤어져 버렸다. 한참을 가고나서야 나는 인력거 위에서 어린아이처럼 눈물을 훔치고 있었다.

지국으로 돌아온 것은 5시 무렵. 인력거 차부에게 군표 1엔을 주었다 차부는 잠시 그것을 만지작거리더니 이내 아무 표정도 없이 그대로 주머니에 넣어 버렸다.

저녁때부터 또 추워졌다. 한구에 모인 기자들이 들락달락 했다. 여러 종류의 기자들을 보고 있자니, 우리 아시아호 사람들이 제일 지저분하고 복장도 너덜너덜했다. 나는 혼자서 발코니에 가서 손등을 문질러 보았다. 거무스름하고 지저분한 손등에는 글자를 쓸 수 있을 정도였다.

밤에는 대채호에서 가지고 온 닭과 파로 무쇠냄비에 국을 끓였다. 2층 바닥에 큰 냄비를 놓고 찬합 뚜껑으로 국물을 떠먹었다. 그렇게나 식사를 기다렸는데, 이상하게 식욕이 없고 몸이 추워서 부들부들 떨려 참을 수가 없었다. 나는 배낭을 베고 두 장짜리 다다미 한 켠에서 모포를 끌어다 덮고 누웠다. 모포는 비와 먼지를 먹어서 마치 걸레를 뒤집어쓰고 있는 것 같았다.

허리 아래부터 내가 생각해도 이상할 만큼 와들와들 떨렸다. 이도 덜덜 떨렸다. 잠시 후에는 식은땀이 나고 이상하게 온몸이 뜨거워지기 시작했다. 나는 베고 있던 배낭에서 아스피린 한 알을 꺼내 먹었다. 방안에는 촛불이 두 자루 정도 켜져 있었고, 와타나베 씨는 원고를 쓰고 있다. 나카노 씨가 그것을 하나하나 남김없이 무전을 치고 있다. 열은 내려가지 않았지만, 나도 일어나서 한구입성기를 썼다.

광제를 출발하고 나서의 일들이 꿈만 같았다. 견딜 수 없는 격렬한 고통이 지금은 연기처럼 사라지고 진심으로 기쁨의 눈물이 흐른다. 여기까지 쓰고는 나는 눈두덩을 훔쳤다.

밤부터는 바람이 불고 호우가 내리며 천둥이 쿵쿵 치기 시작했다. 하얀 번개도 친다. 깨진 유리창으로 비바람이 불어온다. 나는 대채호반에서 노영을 하는 병사들을 생각했다. 이 큰 비에 많은 병사들은 어떻게 하고 있을까. 호수를 건너지 못한 치중대와 전차, 기병들은 어찌하고 있을까 하고 생각한다. 말들도 들판에서 흠뻑 젖지 않았을까 한다.

말이라고 하니, 다음과 같이 개봉한 편지를 혼고부대의 하라군에게 부탁을 받았다. 내지에 일찍 돌아갈 일이 있으면 부쳐달라며 2,30 통이나 되는 편지를 내게 부탁한 것이다.

가을은 깊어졌는데 모두 별고 없으신지요. 광제에서 두 달이나 대기하고 있는데 집에서는 편지가 두 통밖에 오지 않으니 정말로 이상합니다. 내가 보낸 편지도 이럴까 하고 생각하니, 집에서도 걱정을 하고 있을 것 같습니다. 바쁜 가운데 편지를 보냅니다. 항공편으로도 한 통 보냈는데 도착을 했는지요. 10월 18일, 광제를 출발하여 한구전에서 ○○○양자강 북안부대로서 신문지상에 보도된 바와 같이, 제일 처음 입성했습니다. 그러니 그간의 고생도 미루어 짐작해 주세요. 18일 출발한 이래 26일 오전 6시, 우리들의 도하재료를 가지고 속속 건넜지만 그 동안에 후방으로부터의 ○○○가 없어서는, ○○○에 의해 함락된다는 것입니다. 우리 부대로서는 꼬박 이틀 동안 잠도 자지 않고 전진을 했고, 그 때문에 병마는 지쳐서 아무 의욕도 없었습니다. 정말 고생을 했는데 제일 먼저 전선부대를 태워서 정말 기분이 좋았습니다. 이번에는 광제대기 동안에 말이 세 마리 죽어서 정말 난처했습니다. 그리고 또 행군 중에 두 마리가 죽었고 마지막 남은 설석호雪錫號도 발을 삐어 걸을 수 없어서 정말이지 유감스럽지만 도중에 두고 왔습니다. 슬펐습니다. 쓸쓸히 나를 보고 있었어요. 지금은 지나 말로 보충을 하고 있습니다.

정말이지 이번 행군만큼 힘든 적은 없었습니다. 하지만 한구전에서 혼고부대가 없었으면 강을 건너지 못했을 것입니다. 이번만큼 그 필요성을 인정받은 적은 없습니다. 27일 하사관 이상 부대장 회식이 있어서 대단히 칭찬을 받았습니다. 저는 오장으로서 자리에 참석했습니다.

몸은 괜찮으니 걱정 마세요. 동봉하는 털은 애마 설석호의 털이니 잘 공양해 주세요.

부대의 말로서 정말 아까운 말이었습니다. 아시아호의 하야시 씨가 돌아가니 이것을 맡깁니다.

이것은 다카이시 유키오高石幸男라는 분의 편지이다. 나는 붉은 말의 꼬리털이 들어간 이 편지를 읽으며 어린아이처럼 눈물이 나서 견딜 수가 없었다. 버려진 쓸쓸한 말의 표정이 눈에 선하다. 대채호반 농가에서 마당 나무에 메어 놓은 말의 발굽을 손질하던 두 세 명의 병사의 얼굴이 떠올랐다. 고난과 역경을 견디어 온 '병사와 말'에게 나는 합장을 하고 싶은 기분이었다. 애마를 버리고 떠나는 순간 애마의 꼬리를 잘라, 고향으로 보내는 편지에 동봉하는 병사의 심정이 몸에 사무치게 측은했다.

외로운 말이여!
외로운 말의 눈이여!
어떤 고난도 견디고
아무 말 없이
묵묵히 죽어가는 말이여!

빛나는 병사를 태우고
들판을 달리고 언덕을 넘어
조국을 위해 묵묵히 달려가는 말이여!

나도 모르게 말도 시골에 있는 주인에게 편지를 쓸 수 있으면 좋겠다는 생각을 했다.

원고를 쓰고 곧 누웠다. 벼룩과 모기에 시달리느라 좀처럼 잠을 이룰 수가 없다. 밤중에 화장실을 가고 싶었지만, 노영을 할 때보다 집 안이 더 무섭고, 지하실에서 죽은 고양이가 슬금슬금 등 뒤에서 덮칠 것 같아서 정말이지 불쾌했다. 회중전등을 켜고 지하실로 내려갔다. 물 속처럼 고요하다. 나는 아무것도 보이지 않을 만큼 몸이 딱딱하게 굳은 상태로 사다리를 내려갔다. 때때로 바람이 불어 들어오는 소리나 멀리서 들려오는 천둥소리에 몸서리를 부르르 쳤다.

방으로 돌아오자 살아 있는 고양이가 내 발밑으로 쑥 지나갔다.

"뭐야, 제길."

나는 큰 소리를 내고 의자를 끌어당기며 모포 속으로 들어갔다.

나는 이런 꿈을 꾸었다. 돌진하는 기차 창문에 수건들이 잔뜩 걸려 있고, 나는 알몸이 되어 목욕탕에 들어갔다. 물은 욕조를 흘러넘쳤고, 물이 자꾸 줄어들었다. 내 다리는 검은 양말을 신은 것처럼 시커멓게 더러워져 있었다. 나는 아직 씻지 못한 발을 따뜻한 물로 씻을 수가 없어서 너무나 속이 상했다.

한 밤중에 잠에서 깨어 열과 땀으로 견딜 수 없는 기분. 배낭에서 속옷을 꺼내 갈아입었다.

비는 점점 더 거세지고, 굵은 장대비가 발코니 콘크리트를 두들기고 있었다.

10월 28일 비

연락원들이 일어났는지 덧없는 유행가소리가 들린다. 와타나베 씨는 잠을 깨더니 큰 소리로 다쿠보쿠의 노래를 읊고 있다. 오늘은 드디어 이곳을 떠나 구강에서 온 아사히 사람들이 찾은 숙사로 이사를 한다고 한다. 그곳은 부두 근처로 밝고 넓은 집이라고 한다. 이곳보다 좋은 곳이라 한다.

아침에 멀리 물을 길러 간 연락원이 찬합에 쌀을 씻어다 주었다. 또 노영을 할 때처럼 된장국과 밥. 나는 배낭에 병사에게서 받은 작은 정어리 통조림이 있어서 그것을 땄다. 된장국에는 파가 들어가 있었다.

아사히신문 본사에, 가장 빠른 코스로 나와 와타나베 씨는 곧 내지로 돌아오라는 무전이 왔다. 밥을 먹으면서 나는 갑자기 가슴이 두근거렸다. (누가 돌아갈 줄 알고? 무슨 일이 있어도 나는 지금 돌아갈 수 없어.……) 뭔가 어린아이가 토라지는 것 같은 그런 기분이었다. 그리고 어쩐지 에어 포켓에 떨어진 것 같은 정말이지 막막하고 헛된 기분이 나를 덮쳤다. 나는 다시 내게 소금을 뿌려야 하는 생활로 돌아가야 하는 것이다. 왜 전장에서 죽지 못했을까? 그런 기분이 든다. 하지만 다시 내 서재로 돌아갈 수 있는 행복도 생각을 하지 않은 것은 아니다. 변덕스럽기 짝이 없는 상념이 화살처럼 내 머릿속을 진흙을 짓밟듯이 달려간다. 1931년 파리에 있었을 무렵, 나는 혼자서 베르됭(Verdund)에 간 적이 있다. 하얗고 커다란 납골당이 있는 언덕의 슬로프에서 달랑 주먹밥 하나에 소금에 절인 돼지고기를 먹은 적이 있었다. 그런데 납골당 안에 들어가도 황량한 들이나 언덕을 봐도 전쟁을 모르는 나에게, 베르됭은 여수를 맛보기에 좋은 즐거운 하루의 여행지였다. 역 옆에 닭을 기르는 엽서가게가 있었다.

나는 이번에 많은 전장을 봐 왔다. 전투도 봐 왔다. 하지만 나는 너무 막막한 기분으로, 내지에 돌아가 무슨 이야기를 하고 무엇을 전달해야 좋을지 모르겠다. 아무것도 보지 못한 것 같기도 하고 하나의 짧은 꿈 같기도 하다. 하지만 때에 찌든 내 손을 보면, 얼마나 긴 생애였나 하는 생각도 든다.

"지금 바빠서 돌아갈 수 없을 만큼, 하지 못한 일들이 있는데."

와타나베 씨가 이마에 수건을 질끈 메고 수염이 덥수룩한 얼굴로 이렇게 말했다.

요시카와 씨도 먼지로 두 발이 하얗게 말라 있다. 오키 씨도 구리타 씨도 새카매졌다. 어젯밤의 원고를 연락원에게 배로 가지고 가 달라고 부탁했다. ─우리들은 이슬비를 맞으며 부두 근처의 새 지국으로 이사를 갔다. 위생차의 마쓰나가 중위를 손님으로 맞아, '한구 거리로' 와타나베 씨의 초대를 받아 점심을 먹으러 갔다. 으리으리하고 우뚝 솟은 높은 건물들뿐이라, 비가 내려 어두운 길은 계곡을 걷는 것 같았다.

덕국반점德國飯店이라는 곳으로 먹으러 갔다.

한구 거리에 들어와서 이상한 것은, 웬만한 건물에는 모두 미국이나 프랑스, 독일 깃발이 덕지덕지 붙어 있다는 것이었다. 이 덕국반점도 전쟁 전에는 시메이은행이라든가 했다. 어떤 한자를 쓰는지는 모르지만, 은행의 금박 간판이 벗겨지고, 그 뒤에 조잡하게 하얀 페인트로 쓴 반점 간판이 붙어 있다. 간판 위에 독일 깃발이 붙여져 있었다. 안으로 들어가니, 넓은 중앙의 복도는 일본헌병 본부이고 왼편의 손님 대기실 같은 곳은 식당으로 되어 있었다. 크고 웅장한 원기둥에는 새빨간 종이가 붙여져 있고, 홀에는 다림질을 한 흰 천을 깐 테이블이 일고여덟 개 늘어서 있었다.

군인, 신문기자, 군속, 그런 사람들이 커피를 마시거나 식사를 하고 있었다. 안에는 두세 명씩 모여 식사를 하는 외국인들도 있었다. 전장에서 불쑥 빠져나온 내 눈에는 이런 휑뎅그레한 식당 역시 동화 속 이야기처럼 아름다웠다. 애써 다림질을 한 흰 테이블보를 몇 번이나 손으로 만져보면서, 나는 그 흰 테이블보가 지금의 나와는 아주 먼 거리에 있는 것처럼 느껴졌다.

테이블에는 하얀 털실 같은 서양 국화도 한 송이씩 꽂혀 있다. 나는 이곳에서 아나운서 분을 만났다. 긴 군도를 차고 계신다. 군인 이외의, 게다가 문화방면의 일에 종사하는 분이 큰 군도를 차고 계시다니 이상한 기분이 들었다. 전장에 있으면 언제 어느 때 위험한 일을 당할지 모른다. 군도는 필요하기는 하지만, 또 필요하지 않은 경우도 있다.

신문기자들은 저렇게 포연탄우砲煙彈雨 속을 지나면서도 어느 한 사람 피스톨 하나 가지고 있지 않았다. 연필과 종이와 물통과 찬합과 지도 이런 것들만을 소중히 들고 다닌다. 늘 생각나는 것은 요시카와 기자가 커다란 지도 통에 연필을 잔뜩 꽂고 전선으로 가는 모습이다. 사진반은 사진기 하나, 탄환을 맞으면 그 뿐이다. 그리고 노영을 하는 밤이면 병사들도 신문기자도 함께 조국을 생각하는 열띤 토론이 넘쳐난다.

이윽고 우리들 앞에 스프가 나왔다.

마쓰나가 중위, 마쓰나가 중위의 병졸, 나, 오키 씨, 구리타 씨, 와타나베 씨, 모두 일제히 스프를 먹었다. 내 혀는 이 맛있는 스프 때문에 타는 듯이 입에 침이 고였다.

마쓰나가 중위는 한숨을 쉬고 계셨다. 참으로 좋은 분으로 우리들 아시아호는 마쓰나가 중위에게 꽤 신세를 졌다. 히메지병원姫路病院 원장으로 의학박사도 가지고 있는 분이라고 한다.

병졸은 맛있게 스프를 먹고 있다.

포타주

흰 살 생선 튀김

라이스 카레

커피

이 정도가 우리들 테이블에 나왔다.

이곳에는 아직 이 정도의 여유가 있다. 모두가 이상하게 생각에 잠겨 있다. 나는 홍차를 두 잔이나 마셨다. 내일은 한구를 떠나 내지로 돌아갈 것이다. 나는 마쓰나가 중위의 검고 야윈 얼굴을 보고, 석별의 정을 금할 길이 없었다. 나무뿌리와 같은 소박한 병졸의 손이 예의바르게 은수저를 쥐고 있다. 잠도 자지 못하고 쉬지도 못하고 총검을 들고 맹공격을 해 온 이 병졸의 눈에는 요리를 즐기는 소박한 표정이 있었다.

와타나베 씨가 이 병졸도 잊지 않고 불러 준 것이 기뻤다. 나는 후방의 전장에 남아 있는 병사들과 한구에 입성하는 순간 명령이 떨어져서 마성 방면으로 진로를 바꾼 부대의 병사들에게도 이런 요리를 한 접시씩 먹여 주면 기분이 좋을 것 같았다.

내일은 한구를 떠날 것이다. 한구를 떠날 생각은 조금도 없다. 오랜만에 이곳에서 맛있는 담배를 피워 보았다. 이 요리점에는 과

일도 없고 과자도 없었다. 단지 요리밖에 할 줄 모른다.

덕국반점을 나오자 덕국반점의 커다란 건물에 전기불이 켜졌다. 우리들은 시골사람들처럼 모두 그 불빛에 깜짝 놀랐다.

빗속을 걸어서 새 지국으로 돌아왔다. 빨간 벽돌의 광대한 주택이었다. 상해와 남경과 구강에서 얼굴을 익힌 기자들을 만났다. 모두 제각각 전장의 피로가 보였다.

스기야마 헤이스케 씨, 후지타 쓰구지藤田嗣治 씨가 지국에 오셨다. 난로에 나무조각을 태우며 전장 이야기를 한다. 스기야마 씨는 후방으로 한 번도 물러나지 않고 계속 군함을 타고 계셨다고 한다. 조금 야위어 보였다.

나는 저녁이 되자 이상하게 열이 났다. 팔다리와 허리가 아프고 피부에서는 끈적끈적 식은땀이 흘렀다. 병이 나거나 약을 먹은 적이 좀처럼 없기 때문에 무슨 병인지 알 수가 없다. 폐병이 걸린 것인지도 모른다고 생각했다.

혼자서 넓은 방들을 둘러보았다. 2층에도 아래층에도 3층에도 목욕탕이 있다. 흰 타일을 깐 아담한 목욕탕을 보니, 나는 목욕을 하고 싶어서 몸이 근질근질했다. 지하실로 내려가는 좁은 골목 입구에 두 평정도 되는 마당이 있어서, 나는 과감하게 목을 뒤로 젖히고 심호흡을 해 보았다. 폐병 따위 싹 날아가 버려라!

저녁에 와타나베 씨와 둘이서 ○○본부의 I부대장에게 고별인사를 하러 갔다. 마쓰나가 중위가 자동차를 빌려 주셨다. 자동차는 처음에 있던 지국 앞을 지나갔다. 문득 발코니를 올려다보니, 내가 내건 일장기가 비를 맞아 흰 바탕에 붉은 얼룩이 번져 있었다. 저절로 미소가 지어졌다. 내가 처음으로 들어온 한구의 집에서 내가 배낭에 소중히 간직하고 있던 일장기가 비를 맞고 있다. 일장기는 말랐다가는 젖고 말랐다가는 젖고 하며 저 발코니에서 당분간은 펄럭여 줄 것이다.

자동차는 가드를 넘어 북단으로 가는 넓은 도로로 나갔다. ○○본부는 원래 중학교였다고 하는 빨간 벽돌 교사 안에 있었다. 마당은 넓고 여러 가지 정원수가 빨간 벽돌의 교사를 아름답게 했다. 키가 큰 포플라도 울타리를 따라 비를 맞고 있다. 넓은 현관으로 들어가자 지금까지 비를 맞고 있었던 것 같은, 먼지로 지저분해진 병사가 책상 옆 의자에 앉아 있었다. 오른 쪽 계단 아래에는 총검을 든 보초병이 서 있다. 복도를 왔다갔다 하는 병사를 봐도 모두 군복이 고난을 견디어 온 누더기 복장이었다. 나는 이들 병사들을 보자 마음이 다시 생생하게 전장으로 돌아가는 기분이었다. 아직 하복으로 어느 병사도 누덕누덕 기운 군복을 입지 않은 사람이 없다.

문득 덕국반점에서 식사를 하고 온 것이 미안하게 여겨졌다. 우리는 마침내 2층에 있는 S참모에게 안내를 받았다. 텅 빈 방 한가운데에는 지도를 펴 놓은 테이블이 하나. S참모는 활기찬 얼굴을 하고 계셨다. 너무나 정겨웠다. 우리들은 기분 좋게 광제 이후의 여러 가지 이야기를 나누었다. 이야기를 하는 도중에 아무래도 내지에 돌아가는 내 자신이 점점 외롭게 여겨졌다. 나는 전장을 돌아다니던 당당한 기분이 지금은 차츰 시들해지는 것 같아 씁쓸했다. 관념의 덩굴이 여기저기로 뻗어나가 이제 나는 하얀 공간에 둥둥 떠 있는 벌레 같았다.

S참모의 거처를 나와 복도 끝에 있는 I부대장의 방에 갔다. 입구에서부터 이미 내 가슴은 저려왔고, 나는 도저히 내지로 돌아간다는 인사를 할 수가 없었다. 와타나베 씨가 분명한 목소리로 내지로 돌아간다는 인사를 하고 계신다. 부대장은 광제에서보다 야위신 것 같지만, 활기찬 표정을 하셨다. 왜소한 분으로 전혀 꾸밈이 없는 분인 만큼 굉장히 따뜻함이 느껴진다.

"나는 어제 밤에도 당신을 생각했네. 이번 일은 도저히 허세나 취향으로 할 수 있는 일이 아니지. 정말이지 전장의 기적이네.……"

나는 콧속으로 눈물을 삼키고 있었다.

광제에서 양갱을 하나 받은 일이 그리워졌다.

"하야시 씨, 이번 추격전에서 광제에서 한구까지 전사자나 부상자가 얼마나 된다고 생각합니까?"

나는 두 손을 꽉 쥐고 I부대장의 얼굴을 보고 있었다.

"전사자는 다섯 명, 부상자는 여든한 명입니다."

적의 손해는 7만이라고 기자에게 들었는데, 나는 언젠가 진안채晉安寨 진중에서 히고 대위에게 병사 한 명도 잃어서는 안 된다고 하시던 상관의 명령이 생각났다. 억지로 억지로 참고 있던 내 얼굴은 어느새 오열의 표정으로 바뀌었다.

"이번에는 육군기에 큰 신세를 져서요. 이에 대해서는 꼭 한번 어디엔가 쓰고 싶습니다만, ……한구의 사진을 높이 매달았는데 우리 회사의 비행기가 좀처럼 발견을 해 주지 못 해서 덜렁 덜렁 매달린 채로 있습니다. 그곳에 날아온 육군기가 매달아 준다는 신호를 보냈습니다. 모두 기뻐하기도 하고 당황하기도 하며 매달 준비를 했습니다만, 그 때 통신통이 떨어져서요. 그 통신통에 이런 말이 적혀 있었습니다. —구기미야釘宮 부대, 가와미나미汾陽 부대, 1. 한구공략 동경同慶함. 2. 연일 분투 감사. 3. 지금 매달아도 줄이 무겁고 길어서 땅에 접촉. 중요한 물건이 하나도 없음. 지상에 떨어졌을 것임. 조금 더 가는 끈으로 짧게 부탁함. 지금부터 한구 시내 상황을 보고 다시 귀환함. 그 때까지 준비하라.—정말이지 뭐라 감사의 말을 해야 할지 몰라서, 우리들은 이 통신통을 보고 곧 가는 새끼줄로 준비를 하고 있었는데, 다시 가와미나미 대위의 비행기가 돌아와서, 바로 매달아 주었습니다. 그 때 떨어진 통신통의 문면을 보고 우리들은 기뻐서 눈물을 흘리며 울었습니다. —한쪽은 떨어졌다! 한참 땀을 흘림. 무거운 풍압 때문에 40킬로 이상 매달면 충격으로 팔이 떨어지려 함. 앞으로 주의하라. 매다는 요령, 군에 자세히 물어 보라. 다만 피 끓고 살이 떨리는 ○○부대의 용전勇戰 모습, 소관小官 협력하여 한시라도 빨리 병사들의 고향에 보여 주고자 하는 열의임에 다름 아님. 덧붙여 귀관들의 진중의 눈물겨운 활동에 대해 감히 매단다. 더욱더 분투하라.—정말이지 저희들은 저절로 눈물이 났습니다."

I부대장은 조용히 와타나베 기자가 읽는 가와미나미 대위의 통신문을 듣고 계셨는데, "이 사람은 말일세, 상당한 명문가名文家로 간단하면서도 요점이 명확한 통신통을 떨어뜨려 준다네. 언젠가

도 고립된 우군의 위치를 찾는데, 대양에서 좁쌀찾기 같다는 통신통을 던져 주었지. 정말이지 지금 이것도 진실이 넘치고 요점이 명확한 명문장이군 그래."

나도 듣고 절실함이 느껴졌다. 가와미나미 대위가 어떤 분인지는 모르지만, 공군에 이렇게 당당한 군인이 있다니, 조국 일본은 문제없다고 느낀다.

부대장은 저녁식사를 하고 가라고 권하시며, 아무 것도 없지만 헤어지는 마당이니 같은 테이블에 앉아 밥을 먹자고 우리들을 붙잡아 주셨다. 마지막 추억으로 촛불을 둘러싸고 부대장과 참모 분들과 식사를 하고 싶었지만, 일이 산더미 같아서 하직을 하고 지국으로 돌아왔다.

나는 자동차에 흔들리면서 I부대장이 말씀하신, 전사자 5명, 부상자 81명이예요 라는 조용한 음성에, 흙먼지를 가르며 며칠 동안 대행군을 했던 북안부대의 불면불휴와 고난과 역경이 생각났다.

그날 밤, 부지런히 2층 침실에서 촛불을 켜고 흙으로 더러워진 배낭을 정리했다. 약도 대부분 병사들에게 나눠 주고 지금은 아스피린이 세 알 정도 남아 있을 뿐이다. 작은 팥 통조림이 하나. 얼음사탕 약간. 보자기에 싼 땀투성이 속옷과 개울에 떨어져 흙투성이가 된 양복, 렌즈가 먼지를 푹 뒤집어 쓴 트와이스 이콘, 일기장과 지도주머니, 나는 배낭을 다 정리하고, 삐걱거리는 시트도 없는 침대에 누웠다. 휑한 방에 침대가 다섯 개 있는데 아직 아무도 이곳으로 올라오지 않았다. 내 손목시계는 엉망진창으로 고장이 났다. 또 열이 났다. ―참으로 나는/영락하여/여기저기/정처없이/떨어지는 낙엽이런가―베를레느도 이렇게 읊었다. 나는 촛불의 그림자가 재미있어서 누워서 발을 살짝 벽으로 올려 보았다. 벽에 콩만한 내 발 그림자가 크게 비쳤다. 굵은 발가락이 참깨처럼 작게 보였다.

걸은 발이다.

걸은 발이다.

호북 평원을 걸어온 작은 발이다.

북안부대의 병사들이여 안녕.

무사히 무사히 개선해 주세요.

(끝)

―거칠게 줄인 종군일기입니다만, 제게는 지금 이런 것 밖에 발표할 기력이 없습니다. 한구에서 돌아와서 저는 말라리아 열 때문에 매일 40도의 열에 시달려 왔습니다. ―이것저것 다 쓰고 싶은 정열은 잔뜩 있지만, 지금은 체력이 떨어져서 격한 기분뿐이고 붓이 제대로 움직이지 않아 저를 초조하게 합니다.

내지에 돌아와서 한구 첫입성이니 뭐니 하며 신문에 났습니다만, 이것은 북안부대가 데리고 가 준 것으로, 제가 예측하지 못했던 행복한 운명이기도 했습니다. 여기에 실은 사진은 제가 찍힌 것 이외에는, 제 트와이스 이콘으로 어수선한 전장에서 제가 찍은 것입니다. 제 트와이스 이콘도 렌즈는 완전히 먼지투성이가 되어 지금은 멋진 추억거리가 되었습니다.

저는 이 일기 안에서 병사를 '병사님'이라고 쓰지 않았습니다.

저는 일부러 여기에서는 '병사'라고 일기대로 썼습니다. 병사님이라고 쓰면 병사의 당당한 군세軍勢가 단순한 일개 사견이 되어 버려 빈약하게 생각되기 때문입니다. 병사는 한 명이든 여러 명이든 '병사'라고 하면 된다고 생각해서 여기에서는 병사라고 했습니다. '병사'라고 부르는 것이 얼마나 더 당당하고 멋진 것인지요.

전장에서 이틀 정도 걸려 내지로 돌아왔습니다. 이틀간의 비행기 생활은 내게 여러 가지 생각을 하게 해 주었습니다. 이번 저의 열병은 제 몸을 크게 개조하여 요즘은 점점 원기를 회복하고 있습니다.

저는 평생 동안 이런 정열은 다시는 찾아오지 않을 것이라 생각합니다. 후회 없이 마지막까지 목적을 수행한 보람 이외에는 일찍 내지로 돌아온 공허함이 지금 저의 솔직한 심정입니다. 이 전장의 추억은 한 줌 소금이 되어 종종 저를 반성하게 해 줄 것이라 믿습니다. ―저는 말에 대해서도 더 쓰고 싶었습니다만, 지면이 부족하여 제 일기에 있는 수많은 말에 관한 에피소드는 다시 조만간 천천히 쓰고 싶습니다. 내지에 돌아와서 곧 저는 북안부대의 출신지인 규슈로 강연을 갔습니다만, 구마모토熊本에서는 제가 붕대를 감아 준 대위 분이 만나러 와 주셔서 아주 기뻤었습니다. 40도 가까이 열이 나는 가운데 규슈여행을 강행했습니다만, 저는 북안부대 병사들의 늠름한 정신력을 저도 함께 체험했다는 즐거운 기분을 느끼고 있습니다. 조만간 몇 년 지나 평화로운 상태가 돌아온다면 저는 혼자서 호북지방을 여행해 보고 싶습니다. 어떤 기분으로 다니게 될지, 어떤 표정의 거리나 부락이 되어 있을지 흥미롭습니다. 전장에서 돌아와서 지나의 여성이나 아이들은 어떻게 지내느냐는 질문을 받습니다만, 저는 그 사람들에게 격렬한 전장의 현장을 보여주고 싶습니다. 전장은 싸움터이며, 포화가 섞이는 곳이기 때문에 여성들도 아이들도 먼 부락이나 산으로 도망을 가서 좀처럼 만날 수 없었습니다. 대채호반 농가에서 두 번 정도 아이를 안아 본 적은 있습니다만, 그렇게 즐겁고 기쁜 일은 없었습니다. 먼지투성이 옷에 어머니의 젖 냄새가 배어 있어서, 나는 아주 잠깐 내가 태어난 고향 생각을 하기도 했습니다. 전진을 할 때는 정말이지 아무 생각 없이 병사들은 묵묵히 걷습니다.

가끔은 위문품에 당근 하나라도 넣어 보내 보세요. 병사들은 기꺼이 그 당근을 말에게 줄 것입니다. 대체 말에게는 어떤 위문품이 가는 것일까요? 여성 여러분, 생각해 보세요. 우리 남편들을 태우고 오빠를, 동생을, 아버지를, 탄약을, 식료품을 싣고 가는 소중한 말을 위해 단 하나의 작은 당근이라도 위문품으로 넣어 주세요. 말은 아무리 힘들고 괴로워도 아무 말도 할 수 없습니다. 죽어갈 때조차 묵묵히 고개를 숙이고 죽어 갑니다. 저는 많은 폐마들을 보았습니다. 데리고 가고 싶어도 데리고 갈 수 없는 슬픈 병사의 표정도 여전히 눈에 선합니다. 내지에 돌아오니 무엇이든지 너무 화려하고 눈이 부실 정도입니다. 당당하고 여유 있는 것도 좋지만, 조금 더 땅을 딛고 있는 수수한 여성의 발자국 소리도 듣고 싶습니다.

저는 지금 소란스런 모든 것에 '싫다'고 고개를 젓는 기분입니다. 제 머리 위로 소금을 좍 뿌려서 전장의 고난과 역경을 견딘 기분을 평생의 훈장으로 삼으려 합니다.

저는 이 전장에서 한 번도 싫은 생각을 한 적이 없으며 실로 행복한 수십 일이었다고 생각합니다. 전장 밖에는 느긋한 경치가 있고, 가을 풀과 벌레소리, 작은 새들의 지저귐이 실로 풍부하여, 저는 종종 이 경치를 병사들과 함께 바라보며 서로 이야기했습니다.

야전에서 돌아와서 다시 전선으로 가는 병사가, 어느 날 지갑에서 면에 싼 포탄 조각을 보여주며 이것이 제 어깨의 살을 파고든 것입니다. 이것은 가지고 돌아가서 형에게 보여줄 것입니다 라고 했습니다.

정신력으로 진군하는 병사들의 강인함은 뉴스영화로는 도저히 알 수 없는 것이라고 생각합니다. 저는 이 북안부대 일기를 북안부대 장병 여러분들에게 바칩니다. 며칠간을 함께 한 북안부대 여러분들의 얼굴이 지금도 눈을 감으면 생생하게 떠오릅니다. 저는 '북안부대'의 노래를 지었습니다. 멀리 무막武漠 평원에 있는 양자강 북안부대의 장병 여러분들의 무운장구를 빎과 동시에 이 초라한 시 한편을 바치며 이에 감사의 마음을 피력하는 바입니다. 호북 평원은 유명한 면과 쌀 산지로 이곳의 자연을 제대로 표현하지 못한 것이 유감입니다. 하지만 저의 가난한 시에도 뭔가 열정이 담겨 있다고 생각합니다.

바람이 부는 날도 있을 것입니다. 비가 오늘 날도 있겠지요. 앞으로 눈이 내릴지도 모릅니다. 북안부대 여러분 건강하세요. I부대장님께도 이에 심심한 감사를 표합니다. 만약 내지에 돌아오시면 찾아뵙고 소박한 목소리를 듣고 싶습니다.

(11월 2일 씀)

만국

저녁에 5시쯤 찾아뵙겠다는 전화가 왔기에, 긴きん은 1년 만이라고요, 어머, 그렇게 되었나요, 라는 심정으로 전화를 끊고 시계를 보니 아직 5시가 되려면 두 시간 남짓 여유가 있었다. 일단 그 틈에 무엇보다도 목욕을 다녀와야겠다고 하녀에게 조금 일찍 저녁 준비를 시켜두고 긴은 서둘러 목욕탕에 갔다. 헤어졌던 그때보다도 젊어 보여야 한다. 절대로 자신의 노화를 느끼게 만들면 패배하는 것이라고 긴은 느긋하게 목욕을 하고, 돌아오자마자 냉장고의 얼음을 꺼내 잘게 조각낸 것을 이중으로 된 가제로 싸서 거울 앞에서 십 분 넘게 얼음으로 얼굴 구석구석을 마사지했다. 피부의 감각이 사라질 정도로 얼굴이 붉게 마비되어 왔다. 쉰여섯이라는 여자 나이가 가슴 속에서 적의를 드러내고 있지만 긴은 여자 나이 따위, 오랜 세월에 걸친 경험을 살려 어떻게든 속여줄 수 있단 지독함으로 비장의 외제 크림으로 차가운 얼굴을 닦았다. 거울 속에는 죽은 사람처럼 푸르스름한 여자의 늙은 얼굴이 크게 눈을 뜨고 쳐다보고 있다. 화장하던 도중에 문득 자신의 얼굴에 지겨운 느낌이 들었지만, 옛날에는 그림엽서로도 만들어질 만큼 요염하고 아름다운 자기 모습이 눈앞에 떠오르자 긴은 무릎을 걷어 올리고 허벅지의 살결을 응시했다. 통통하니 옛날처럼 풍만하지 않고, 가느다란 정맥 혈관이 눈에 띈다. 다만 그다지 살이 빠지지도 않았단 점은 안심이 된다. 빈틈없이 허벅지가 딱 붙어있다. 목욕탕에서 긴은 어김없이 똑바로 앉아서 허벅지 사이 움푹한 곳에 목욕물을 부어 보곤 한다. 물은 허벅지 틈에 가만히 고여 있다. 한숨 돌렸다는 평온함이 긴의 노화를 위로해 주었다. 아직, 남자는 만들 수 있다. 그것만이 인생에서 의지할 곳처럼 느껴졌다. 긴은 다리를 벌리고 살그머니 샅의 피부를 다른 사람의 것인 양 어루만져 본다. 매끈매끈하니 기름이 밴 사슴 가죽처럼 보드랍다. 사이카쿠西鶴의 「여러 지방을 잘 알 수 있는 이세모노가타리諸国を見しるは伊勢物語」 속에, 이세伊勢의 구경거리 중 샤미센三味線[25]를 연주하는 오스기(おすぎ), 다마(たま)라는 두 아름다운 여자가 있는데, 샤미센을 연주하기 전에 진홍색 그물을 빙 둘러치고, 그물코 틈으로 두 여인의 얼굴을 겨누어 돈을 던지는 놀이가 있었다는 이야기를, 긴은 떠올리고는 붉은 그물을 둘러친 그 판화와도 같은 아름다움이 지금의 자신에게는 이미 먼 과거의 일처럼 느껴져 견디기 힘들었다. 젊은 시절에는 뼈저리게 돈 욕심에 눈이 멀었었지만, 나이가 들어감에 따라, 게다가 참혹한 전쟁의 파도를 헤쳐나오고 보니 긴은 남자가 없는 생활은 공허하고 불안하게 느껴져 참을 수가 없었다. 나이에 따라 자신의 아름다움도 조금씩 변화해 왔고, 해마다 아름다움의 품격이 달라졌다. 긴은 나이가 들었다고 해서 화려한 물건을 몸에 걸

---

25 세 줄로 된 일본의 전통 현악기.

치는 미련한 짓은 하지 않았다. 쉰을 넘긴 분별 있는 여성이 빈약한 가슴에 목걸이를 걸치거나, 유모지湯もじ[26] 로 입을 법한 빨간 격자무늬 스커트를 입거나, 흰 공단으로 된 헐렁한 블라우스를 입고, 챙이 넓은 모자로 이마 주름을 가리려는 묘한 잔재주가 긴은 싫었다. 그렇다고 해서 기모노 안쪽 깃을 통해 선홍색을 보여주는 매춘부 같은 추잡한 취향도 싫어했다.

긴은 양장은 지금까지 한 번도 입은 일이 없다. 깔끔한 흰색 지리멘ちりめん[27] 옷깃에 무늬를 맞춰 배열한 가고시마산 남색 견직물 겹옷藍大島絣の袷에, 오비帯[28] 는 하카타博多산 연한 크림색의 흰 줄무늬. 하늘색 오비아게帯揚げ[29] 는 반드시 가슴팍에서 보이지 않도록. 풍만한 가슴 모양을 만들고, 허리는 가늘게, 배는 속 띠로 조일 수 있는 만큼 조이고, 엉덩이에는 솜을 넣은 고시부통腰布団[30] 을 대서 서양 여자 같은 세련된 옷맵시를 직접 궁리해 냈다. 머리카락은 옛날부터 갈색이기에 흰 얼굴에는 그 머리카락이 쉰을 넘긴 여자의 머리카락이라고는 생각되지 않았다. 체구가 커서 기모노 옷자락을 짧게 입은 덕인지 옷자락은 깔끔했다. 남자를 만나기 전에는 반드시 이리 전문가답게 수수하게 꾸미고 거울 앞에서 차가운 술을 5잔 정도 단숨에 들이킨다. 그런 다음은 칫솔로 이를 닦아 술

26 옛날 여성이 목욕할 때 몸에 두르던 천.

27 꼬임 있는 실로 직조해 주름이 진 직물.

28 기모노 허리에 두르는 띠.

29 기모노 오비가 흘러내리지 않게 등에 있는 매듭에서 앞으로 돌려 매는 좁은 천

30 노인 · 환자의 보온용으로 허리에 두르는 작은 포대기.

냄새를 죽여 두는 것도 빠뜨리지 않는다. 극히 소량의 술은 어떠한 화장품을 쓴 것보다도 긴의 육체에는 효과가 있었다. 살짝 취기가 오르면 눈가가 붉게 물들고 커다란 눈이 촉촉해진다. 푸르스름하게 화장을 하고, 글리세린으로 갠 크림으로 진정시킨 얼굴의 윤기가 되살아난 듯 무척 맑아진다. 립스틱만큼은 고급스러운 진한 색으로 짙게 발라 둔다. 붉은 것이라고는 입술뿐이다. 긴은 손톱을 물들이는 것도 평생 해 본 적이 없다. 노년이 된 이후의 손은 더욱 더 그렇고, 그런 화장은 탐욕스럽고 빈약하고 우스꽝스럽다. 밀크로션으로 꼼꼼히 손등을 두드려 두기만 할 뿐, 손톱은 신경질적으로 짧게 잘라 나사 천 조각으로 닦아 둔다. 나가주반長襦袢[31]의 소맷부리로 슬쩍 보이는 색채는 모두 옅은 색을 선호해서 하늘색과 분홍색으로 염색한 것을 몸에 걸쳤다. 향수는 달콤한 향을 어깨와 두툼한 팔뚝에 발라 둔다. 귓불 같은 곳에는 실수로도 바르지 않는다. 긴은 여자임을 잊고 싶지 않다. 세간의 노파처럼 지저분해지느니 죽는 편이 낫다. ―보통 사람과는 다른, 활짝 만개한, 장미라 생각했지, 내 마음이었구나. 긴은 유명한 여자[32]가 불렀다는 이 단가短歌를 좋아했다. 남자가 없는 생활은 생각만 해도 소름이 끼친다. 이타야板谷가 가져온 장미의 옅은 분홍색 꽃잎을 보고 있자니, 그 꽃의 호화로움에 긴은 옛날을 상상한다. 먼 옛날의 풍속과 자신의

31 기모노용 속옷.

32 요사노 아키코(与謝野晶子)의 단가 : 人の身あるまじきまでたわわなる, 薔薇と思えどわが心地する.

취미와 쾌락이 조금씩 변화해 온 것도 긴에게는 즐거움이었다. 홀로 잠들 때, 긴은 한밤중에 잠이 깨면 처녀 때부터의 남자 수를 손꼽아보았다. 그 사람과 그 사람, 그리고 그 사람, 아아, 그 사람도 있었지……그런데 그 사람은 저 사람보다도 먼저 만났었나……아니면 나중이었나……긴은 마치 숫자 세기 노래처럼 남자의 추억에 가슴이 메어져 왔다. 기억나는 남자의 이별 방식에 따라서는 눈물이 날 듯한 사람도 있었다. 긴은 한 사람 한 사람의 남자에 대해서는 좋게 만나던 시절만을 생각하길 좋아했다. 이전에 읽은 적 있는 이세모노가타리[33] 풍으로 '옛날에 남자가 있었다'라는 추억을 가득 마음에 담고 있는 탓인지 긴은 홀로 잠자리 속에서 꾸벅꾸벅 옛 남자를 생각하는 게 즐거움이었다. —다나베田部의 전화는 긴에게는 뜻밖이었고, 고급 포도주라도 만난 기분이었다. 다나베는 추억에 이끌려 올 뿐이다. 옛 흔적이 조금은 남아 있을까 하는 감상으로 사랑이 불탄 자리를 음미하러 오는 그런 것이다. 풀이 무성한 기왓장 더미에 서서 그저 아아, 하고 한숨만을 쉬게 해서는 안 된다. 나이와 환경에 조금도 부족함이 있어서는 안 된다. 조신한 표정이 무엇보다 중요하며, 분위기는 둘이서 온전히 몰두할 수 있게끔 띄워야 한다. 내 여자는 여전히 아름다운 여자였다는 뒷맛의 여운을 잊지 못하게 해야 한다. 긴은 막힘없이 몸치장을 마치고, 거울 앞에 서서 무대에 설 자신의 모습을 확인한다. 만사 빠

33 헤이안 시대의 아리와라노 나리히라(在原業平)로 추정되는 남자의 사랑과 풍류를 엮은 가집(歌集).

트린 건 없는지……. 거실로 나가니 벌써 저녁상이 차려져 있다. 싱거운 된장국과 염장 다시마에 보리밥을 하녀와 마주 앉아 먹고는 달걀을 깨서 노른자를 꿀꺽 삼켰다. 긴은 남자가 찾아와도 옛날부터 자신이 식사를 내오는 일은 거의 없었다. 자질구레하게 밥상을 차려서 직접 만들었다며 죽 늘어놓고서, 남자에게 사랑스러운 여자로 기억되고 싶은 마음은 눈곱만큼도 없었다. 가정적인 여자라는 것에 긴은 아무런 관심도 없다. 결혼 따위 생각조차 하지 않는 남자에게 가정적인 여자랍시고 아양 떨 까닭이 없는 것이다. 이러한 긴을 찾아오는 남자는 긴을 위해 여러 가지 선물을 가져왔다. 긴에게 그건 당연한 일이었다. 긴은 돈 없는 남자를 절대로 상대하지 않았다. 돈 없는 남자만큼 매력 없는 것도 없다. 사랑하는 남자가 솔질도 하지 않은 양복을 입거나, 내의 단추가 떨어진 걸 태연히 입고 있으면 갑자기 싫어진다. 사랑하는 그 자체가 긴에게는 하나하나 예술품을 만들어내는 것 같았다. 긴은 처녀 때 아카사카赤坂의 만류万竜[34] 와 닮았다는 말을 들었다. 유부녀가 된 만류를 한 번 본 적이 있는데, 홀딱 반할 만큼 아름다운 여자였다. 긴은 그 완벽한 아름다움에 감동해 버렸다. 여자가 언제까지고 아름다움을 유지하는 것은 돈 없이는 불가능한 일임을 깨달았다. 긴이 게이샤芸者가 된 건 열아홉일 때였다. 특별한 예능도 익히지 못했으나 단지 예뻐서 게이샤가 될 수 있었다. 그 시절, 프랑스 사람으로 동양 관광을 온 상당히 나이 많은 신사의 연회석에 불려 나가서 긴은 신

34 1894~1973. 메이지 말 일본의 미인으로서 당시 인기가 많았던 예기.

사로부터 일본의 마르그리트 고티에[35] 라며 사랑받게 되었고, 긴 스스로도 춘희처럼 굴기도 했다. 육체적으로는 의외로 지루한 사람이었지만, 긴에게는 왠지 잊기 힘든 사람이었다. 미셸 씨는 이미 프랑스 북쪽 어딘가에서 죽었을 나이다. 프랑스로 돌아간 미셸에게서 오팔과 자그마한 다이아몬드를 여기저기 박은 팔찌를 선물 받았는데, 그것만큼은 전쟁 중에도 처분하지 않았다. —긴과 관계한 남자들은 다들 나름대로 높은 사람이 되었지만, 전쟁 후에는 그 남자들 대부분 소식도 알 수 없게 되어 버렸다. 아이자와相沢 긴은 상당한 재산을 쟁여 두었을 것이라는 풍문도 있었지만 긴은 이제껏 요정을 할까, 요릿집을 할까 따위는 한 번도 생각해 본 적이 없었다. 가진 것이라고는 불타지 않은 자신의 집과 아타미熱海의 별장 한 채뿐으로, 남들이 말하는 만큼의 돈은 없었다. 별장은 이복여동생 명의로 되어 있던 것을 전쟁 후 기회를 봐서 처분해 버렸다. 완전히 무위도식하는 생활이었고, 하녀 기누きぬ는 이복여동생의 소개로 들였는데 말을 하지 못하는 여자다. 긴은 살림도 의외로 검소했다. 영화나 연극을 보고 싶은 마음도 없었고, 아무 목적도 없이 어슬렁어슬렁 외출하는 것이 싫었다. 햇볕에 드러난 자신의 노화가 남 눈에 띄는 것이 싫었다. 밝은 태양 아래에서는 늙은 여자의 비참함이 가차 없이 드러난다. 아무리 돈을 들인 복식服

35 알렉상드르 뒤마(Alexandre Dumas, 1824-1895)의 작품 「춘희」의 주인공 마르그리트(Margite). 화류계 여성으로 부르주아 청년 아르망을 사랑하여 그에게 헌신하지만 결국 사랑을 이루지 못하고, 연인이 멀리 떠난 사이 홀로 죽음을 맞이한다.

飾도 햇볕 앞에서는 아무 도움이 되지 않는다. 그늘의 꽃으로 사는 것도 만족스러웠고, 긴은 취미로 소설책을 읽는 걸 좋아했다. 양녀를 들여서 노후의 즐거움으로 삼는 건 어떠냐는 말을 들었지만 긴은 노후라는 개념이 불쾌했고, 오늘날까지 고독하게 살아온 것도 긴에게는 하나의 이유가 있었다. ―긴은 부모가 없었다. 아키타秋田의 혼조本庄 부근 고사가와小砂川 태생이란 것만 기억에 남아 있고, 다섯 살 무렵 도쿄에 입양되어 아이자와라는 성을 얻고 아이자와 집안의 딸로 자랐다. 아이자와 구지로相沢九次郎라는 이가 양부였는데, 토목 사업으로 다이렌大連에 건너갔고, 긴이 소학교 때부터 양부는 다이렌에 간 채 소식이 없다. 양어머니 리쓰りつ는 상당히 이재에 밝은 사람으로 주식을 하거나 셋집을 지어서 당시 우시고메牛込의 와라다나藁店에 살았었는데, 와라다나의 아이자와라고 하면 우시고메에서도 상당한 부자로 알려져 있었다. 그 시절 가구라자카神楽坂의 다쓰이辰井라는 오래된 버선가게가 있었는데 거기에 마치코町子라는 예쁜 처녀가 있었다. 그 버선가게는 닌교초人形町의 묘가야みょうが屋와 마찬가지로 역사 있는 집으로 다쓰이의 버선이라고 하면 야마노테山の手의 저택가에서도 꽤 신용을 얻고 있었다. 감색 포렴을 친 넓은 가게 앞쪽에 재봉틀을 놓고, 반 갈라 부풀려 묶은 머리를 한 마치코가 검은 공단 옷을 입고 재봉틀을 밟는 모습은 와세다早稲田 학생들에게도 소문이 났는지, 학생들이 버선을 맞추러 와서는 팁을 두고 가더라는 풍문도 있었다. 마치코보다 대여섯 살 어린 긴도 동네에서는 아름다운 소녀로 유명했다. 가구라자카에는 아름다운 처녀가 두 사람 있다고 사람들이 소문을 냈

다. —긴이 열아홉일 무렵, 아이자와의 집도 고뱌쿠合百의 도리고에鳥越라는 남자가 드나들면서는 가세가 어쩐지 기울기 시작했고, 양어머니 리쓰는 심한 주사가 생겨 오래도록 암담한 생활이 이어졌는데, 긴은 무심코 했던 농담으로 인해 도리고에에게 능욕을 당하고 말았다. 긴은 그때, 될 대로 되라는 심정으로 집을 뛰쳐나와 아카사카의 스즈모토鈴本라 하는 집에서 게이샤가 되었다. 다쓰이의 마치코는 마침 그 무렵 처음 생긴 비행기에 미혼 여성이 입는 기모노를 입고 탔다가 스자키洲崎 벌판에 추락했단 사실이 신문 기사가 되어 꽤 유명해졌다. 긴은 긴야斤也라는 이름으로 게이샤가 되었는데, 금세 야담 잡지에 사진이 실리는가 싶더니 결국 당시 유행하던 그림엽서로 만들어졌다.

지금 생각해 보면 이러한 일도 모두 먼 과거의 일이 되어 버렸지만, 긴은 자신이 현재 쉰을 넘긴 여자라고는 아무래도 수긍할 수 없었다. 오래 살았다고 생각할 때도 있지만, 마찬가지로 짧은 청춘이었다고 생각할 때도 있다. 양어머니가 죽은 뒤, 얼마 없는 재산은 긴이 입양된 후에 태어난 스미코(すみ子)라는 이복여동생에게 깨끗이 물려 주어, 긴은 양부모 집안에 대해 아무런 책임도 없는 몸이 되었다.

긴이 다나베를 알게 된 건 스미코 부부가 도쓰카戸塚에서 학생 상대로 전문 하숙을 치던 무렵으로, 긴은 3년 정도 만나던 남자와 헤어지고 스미코의 하숙집에 방 한 칸을 빌려 편히 지내고 있었다. 태평양전쟁이 시작되었을 즈음이었다. 긴은 스미코의 거실을 오가던 학생인 다나베를 알게 되었고, 부모 자식 정도로 나이 차가 나던 다나베와 어느새 몰래 만나는 사이가 되었다. 쉰 살의 긴은 모르는 사람의 눈에는 서른 일고여덟 정도로 보일 만큼 젊었고, 짙은 눈썹이 빛났다. 대학을 졸업한 다나베는 바로 육군 소위로 출정했으나, 다나베의 부대는 한동안 히로시마広島에 주둔했다. 긴은 다나베를 찾아 두 번 정도 히로시마에 갔다.

히로시마에 도착하자마자 여관으로 군복차림의 다나베가 찾아왔다. 가죽 내 나는 다나베의 체취에 긴은 질색하면서도 이틀 밤을 다나베와 히로시마의 여관에서 보냈다. 오래 걸려 먼 지방을 찾아오느라 녹초가 된 긴은 다나베의 왕성한 체력에 농락당해 그때는 죽을 것 같았다고 사람들에게 고백했다. 두 번 정도 다나베를 찾아 히로시마에 다녀온 이후, 다나베로부터 몇 번 전보가 와도 긴은 히로시마로 가지 않았다. 1942년에 다나베는 미얀마로 갔고, 종전 이듬해 5월에 소집해제 되었다. 바로 상경해서 다나베는 누마부쿠로沼袋에 있는 긴의 집을 찾아왔지만, 형편없이 늙어 앞니가 빠진 다나베의 모습을 본 긴은 옛꿈조차 사라져 실망해 버렸다. 다나베는 히로시마 태생이었으나, 큰형이 국회의원인가가 되어서 형의 도움으로 자동차 회사를 차리고 도쿄에서 일 년도 지나지 않아 몰라보게 멋진 신사가 되어 긴 앞에 나타나, 조만간 아내를 얻을 거라고 이야기했다. 이후 또 일 년 남짓, 긴은 다나베를 만날 일도 없었다. ―긴은 공습이 심했던 시절, 헐값에 지금 사는 누마부쿠로의 전화가 가설된 집을 사서 도쓰카에서 누마부쿠로로 피난을 왔다. 도쓰카와는 엎드리면 코 닿을 만큼 가까웠지만 누마부쿠로 긴의 집은 남고 도쓰카의 스미코 집은 불탔다. 스미코 가족이 긴의 집으로 도망쳐 왔지만 긴은 종전과 동시에 스미코 가족을 내쫓아 버렸다. 하지만 쫓겨난 스미코도 도쓰카의 불타버린 집터에 재빨리 집을 지었기에 오히려 지금은 긴에게 고마워하는 상황이었다. 지금 생각하면 종전 직후라서 저렴한 가격으로 집을 지을 수 있었다.

긴도 아타미의 별장을 팔았다. 손에 삼십만 엔 가까운 돈이 들어오자 그 돈으로 낡은 집을 사서 손질을 해 3, 4배로 팔았다. 긴은 돈에 허둥대지 않았다. 금전이라는 것은 허둥대지 않으면 쑥쑥 눈덩이처럼 불어나 이문을 남긴다는 것을 오랜 세월의 배움으로 깨달았다. 고리보다는 저렴한 이자로 확실한 담보를 잡고 남에게도 빌려주었다. 전쟁 이후, 은행을 그다지 신용하지 않게 된 긴은 가능한 한 돈을 밖으로 돌렸다. 농가에서 하듯 집에 쌓아 두는 아둔한 짓도 하지 않았다. 심부름꾼으로는 스미코의 남편 히로요시浩義를 부렸다. 몇 할 사례를 하면 사람은 속 시원하게 일해 준다는 것도 긴은 알고 있었다. 하녀와 둘이 사는데 방 네 칸이나 되는 집은 적적해 보였지만 긴은 조금도 외롭지 않았고, 외출을 싫어하다 보니 둘이 사는 게 불편하다고 생각되지 않았다. 도둑을 조심하려고 개를 키우기보다는 문단속을 철저히 하는 편을 믿어서 어느 집보다도 긴의 집은 문단속을 잘했다. 하녀는 말을 하지 못하니 어떤 남자가 찾아와도 다른 사람에게 말할 염려는 없다. 그런데도 긴은 이따금 비참하게 죽을 것 같은 자신의 운명을 가끔 공상할 때가 있었다. 숨을 죽이고 쥐죽은 듯 조용해진 집을 불안하게 생각하지 않는 것도 아니다. 긴은 아침부터 밤까지 라디오를 틀어두는 일을 잊

지 않았다. 긴은 그 당시 지바千葉의 마쓰토松戸에서 화단을 조성하는 남자를 알고 지냈다. 아타미의 별장을 산 사람의 남동생으로 전쟁 중에는 하노이에 무역 상사를 차렸었지만, 종전 후 철수해서 형의 자본으로 마쓰토에서 꽃 재배를 시작했다. 나이는 아직 마흔 언저리였지만 머리가 번들하니 벗겨져서 나이가 들어 보였다. 이타야 세이지板谷清次라고 했다. 두세 차례 집 문제로 긴을 찾아왔었는데, 이타야는 어느 틈엔가 일주일에 한 번 긴을 찾아오게 되었다. 이타야가 오기 시작하고부터는 긴의 집은 아름다운 꽃 선물로 풍성했다. —오늘도 카스타니안이라는 노란색 장미가 도코노마床の間[36] 의 화병에 푹 꽂혀있었다. 은행 이파리, 살짝 흘러넘치니 마음이 가고, 장미가 핀 화원은 서리에 젖었구나.(銀杏の葉, すこし零れてなつかしき, 薔薇の園生の霜じめり.), 였던가. 노란 장미는 원숙한 여자의 아름다움을 떠올리게 했다. 누군가의 단가短歌에 있었던 서리에 젖은 아침의 장미 향이 콕 하고 긴의 가슴에 추억을 소환한다. 다나베로부터 전화가 걸려오자 이타야보다도 긴은 젊은 다나베에게 끌리고 있음을 깨닫는다. 히로시마에서는 괴로웠지만, 그 시절 다나베는 군인이었고, 그 거칠었던 젊음도 이제 와 생각하면 무리도 아니었다고 동정이 가는 밉지 않은 추억이었다. 과격한 추억일수록 시간이 흐르면 어쩐지 그리워지는 법이다. —다나베가 찾아온 건 5시를 상당히 지나고 나서였는데, 커다란 꾸러미를 들고 왔다. 꾸러미 속에서 위스키와 햄과 치즈 등을 꺼내 놓고 거실화

36 일본 다다미방 정면에 바닥을 한 층 높여 장식용 물건을 두기 위해 만들어 놓은 곳.

로 앞에 털썩 앉았다. 이미 예전의 청년다운 모습은 흔적도 없다. 회색 격자무늬 신사복에 짙은 그린 색 바지를 입은 모습이 너무나도 요즘 시대의 기계를 다루는 사람 같은 느낌이었다. "여전히 아름답네." "그래요, 고마워요, 그렇지만 이제 틀렸죠." "아니, 우리 집사람보다 요염해." "부인은 젊죠?" "젊지만 촌사람이야." 긴은 다나베의 은제 담배 케이스에서 한 개비를 꺼내자 다나베가 불을 붙여 주었다. 하녀가 위스키 잔과 아까 그 햄과 치즈를 담은 접시를 가져왔다. "괜찮은 아가씨로군……." 다나베가 히죽 웃으며 말했다. "네, 그렇지만 말을 하지 못해요." 그렇군, 이라는 표정으로 다나베는 물끄러미 하녀의 모습을 바라보고 있었다. 온화한 눈초리로 하녀는 정중하게 다나베에게 머리를 숙였다. 긴은 문득 신경도 쓰지 않던 하녀의 젊음이 눈에 거슬렸다. "원만하시죠?" 다나베는 후 연기를 뿜으며 아, 우리 집 말이냐는 얼굴로 "이제 다음 달 애가 태어나."라고 답했다. 아, 그렇구나 하고 긴은 위스키병을 들고 다나베에게 잔을 권했다. 다나베는 맛있다는 듯 꿀꺽 잔을 비우고 자신도 긴의 잔에 위스키를 따라 주었다. "괜찮은 생활이로군." "어머, 어째서요?" "바깥은 폭풍이 휘몰아치고 있는데, 당신만은 항상 그대로야……신기한 사람이지. 어차피 당신에게는 괜찮은 기둥서방이 있겠지만, 여자는 좋겠어." "그거 비꼬는 건가요? 전 딱히 다나베 씨에게 그런 말을 들을 정도로 당신에게 신세를 진 적은 없는데요?" "화난 거요? 그게 아니야. 그게 아니라고. 당신은 행복한 사람이라는 말이었어. 남자의 일이라는 게 힘들다 보니 그만 그렇게 말을 했어. 요즘 세상은 우습게 봐서는 살아갈 수 없지. 먹느냐 먹히느냐지. 나는 매일 노름을 해서 살아가는 그런 놈이니까." "그렇지만 경기는 좋잖아요?" "좋지 않지……위험한 줄타기, 이명이 들릴 정도로 괴로운 돈을 쓰고 있다고." 긴은 잠자코 위스키를 맛보았다. 벽 옆에서 귀뚜라미가 우는 소리가 이상스레 음울했다. 다나베는 두 잔째 위스키를 마시자 거칠게 긴의 손을 화로 너머로 잡았다. 반지를 끼지 않은 손이 명주 손수건처럼 맥없이 부드럽다. 긴은 손끝에 들어간 힘을 지그시 빼고 숨을 죽이고 있었다. 힘이 빠진 손은 한없이 차고 통통하니 부드럽다. 다나베의 취한 눈에는 옛날의 이런저런 일이 소용돌이 쳐 마음이 미어졌다. 예전 그대로 아름다운 여자가 앉아 있다. 이상한 기분이 들었다. 끊임없이 흐르는 세월 속에 조금씩 경험이 쌓여 간다. 그 흐름 속에 비약도 있고, 타락도 있다. 그러나 옛 여인은 아무런 변화 없이 뻔뻔하게 저기 앉아 있다. 다나베는 가만히 긴의 눈을 바라보았다. 눈을 둘러싼 잔주름도 옛날 그대로다. 윤곽도 무너지지 않았다. 이 여자가 생활하는 상태를 알고 싶었다. 이 여자에게는 사회적인 반사反射가 아무 반응도 하지 않은지도 모른다. 장롱을 진열해 놓고 화로를 만들어 두고, 호화롭게 장미꽃 다발도 장식해 두고서 생긋 웃으며 자기 앞에 앉아 있다. 이미 벌써 쉰은 넘겼을 텐데 향기가 나기만 하는 여자다움이다. 다나베는 긴의 진짜 나이를 몰랐다. 아파트에 사는 다나베는 갓 스물다섯이 된 아내의 흐트러지고 피곤한 모습을 떠올린다. 긴은 화로 서랍에서 가느다란 은제 담뱃대를 꺼내서 조그마해진 궐련을 끼워 불을 붙였다. 다나베가 가끔 무릎을 부들부들 떠는 게 긴은 마음에 걸렸다. 금전적으로 곤

란한 일이라도 있을지 모른다고 긴은 가만히 다나베의 표정을 살폈다. 히로시마에 갔던 때와 같은 한결같은 마음은 이미 긴의 마음에서 희미하니 사라졌다. 두 사람의 긴 공백이 긴에게는 현실에서 만나 보니 앞뒤가 맞지 않는다는 기분이 들었다. 그런 뒤죽박죽인 마음이 긴에게는 답답하고 쓸쓸했다. 아무래도 옛날처럼 마음이 불타오르지 않는 것이다. 이 남자의 육체를 잘 알고 있기에 자신은 이제 이 남자의 모든 것에 매력을 잃을지도 모른다고 생각했다. 분위기는 잡혔다손 쳐도 정작 중요한 마음이 타오르지 않는다는 사실에 긴은 초조함을 느낀다. "누구 당신 소개로 사십만 정도 빌려줄 사람 없나?" "어머나, 돈 말인가요? 사십만이라니 큰돈이잖아요?" "음, 지금 아무래도 그 정도 필요해. 짚이는 데 없어?" "없어요, 우선 이리 수입 없이 사는 제게 그런 상의를 한들 무리잖아요……." "그런가, 그러면 이자를 쳐 주지, 어때?" "안 돼요! 제게 그런 말씀 하신들 무리에요." 긴은 갑자기 한기가 드는 느낌이었다. 이타야와의 평온한 관계가 그리워졌다. 긴은 실망스러운 기분으로 부글부글 끓고 있는 아라레あられ[37]의 무쇠 주전자를 들고 차를 끓였다. "이십만 정도라도 어떻게 안 될까? 은혜는 고맙게 생각할 터이니……." "이상한 사람이군요? 제게 돈 얘기를 하신들 저는 돈이 없다는 걸 알고 계시잖아요……. 제가 오히려 원한다고요. 제가 보고 싶어서 오신 게 아니라 돈 얘기로 절 찾아온 건가요?" "아니, 당신을 만나려고 왔지, 그거야 만나고 싶어서지만, 당

37 무쇠 주전자 전문 브랜드.

신에게라면 무엇이든 상의할 수 있다고 생각했기에 왔어." "형님과 상의하시면 되잖아요." "형님에게는 말 못 할 돈이야." 긴은 대답도 하지 않고 문득 자신의 젊음도 이제 앞으로 1, 2년뿐이라고 생각한다. 옛날에 강렬했던 두 사람의 사랑이 지금 와서 보니 서로에게 아무런 영향도 주지 못했음에 생각이 미쳤다. 그것은 사랑이 아니라 강렬히 이끌린 암컷과 수컷의 관계뿐이었을지도 모른다. 바람에 떠도는 낙엽처럼 약한 남녀 사이였을 뿐, 여기 앉아 있는 자신과 다나베는 그냥 아무것도 아닌 지인 사이가 되었을 뿐이다. 긴의 가슴에 차가운 무언가가 흘러내렸다. 다나베는 생각났다는 듯 싱긋 웃으며 "자고 가도 되나?"하고 작은 목소리로 차를 마시는 긴에게 물었다. 긴은 깜짝 놀란 눈을 하고 "안 돼요. 저를 놀리지 마세요."하며 일부러 눈꼬리에 주름을 만들며 웃었다. 아름다운 하얀 의치가 빛난다. "너무 냉혹하고 무정하군. 이제 일절 돈 이야기는 안 해. 잠깐 옛날 긴 씨에게 응석을 부려 봤어. 하지만 — 여긴 별세상이야. 당신은 나쁜 운에 강한 사람이야. 어떠한 일이 있어도 지치지 않는 건 대단해. 요즘 젊은 여자는 정말이지 비참하니까 말이지. 당신, 춤은 안 추나?" 긴은 흥하고 코웃음 쳤다. 젊은 여자가 어떻다는 거야……. 내 알 바 아니야. "춤 같은 건 몰라요. 당신은 추나요?" "조금은." "그래요, 좋은 분이 있으시죠? 그래서 돈이 필요하신 거죠?" "바보 같으니. 여자한테 갖다 바칠 정도로 벌이가 엄청나지 않아." "어머, 그래도 그런 몸가짐은 신사답지 못하죠. 어지간한 일이 아니면 할 수 없는 재주죠." "이건 허세지. 호주머니는 쪼들린다고. 칠전팔기 정신도 시국이 어수선해서 말이야…….” 긴은 후후후 입을 다물고 웃으며 다나베의 탐스러운 검은 머리카락을 넋을 잃고 바라보았다. 아직 충분히 이마를 덮고 있다. 사각모를 쓰던 학생 시절의 신선함은 잃었지만 볼께가 이미 중년의 매력이 감돌았고, 품위 있는 표정은 없지만 늠름한 무언가가 있다. 맹수가 멀리서 냄새를 맡는 것과 같은 관찰 방식으로 긴은 다나베에게도 차를 끓여 주었다. “있잖아요, 조만간 화폐가치를 절하한다는 거 사실인가요?” 긴은 농담 삼아 물었다. “걱정할 정도로 갖고 있어?” “어머! 바로 그렇게 하니까 당신이 변했단 거에요. 그런 소리를 사람들이 하니까요.” “글쎄, 그런 무리한 짓은 지금의 일본이 하기 어렵지. 돈이 없는 사람은 일단 그런 걱정은 없어.” “그러네요…….” 긴은 부랴부랴 위스키병을 다나베의 잔에 따랐다. “아아, 하코네箱根나 어디 조용한 동네에 가고 싶네. 이삼일 그런 곳에서 푹 자보고 싶어.” “지쳤어요.” “응, 돈 걱정으로.” “그렇지만 돈 걱정이라니 당신다워서 괜찮지 않아요? 외려 여자 걱정이 아닌 만큼…….” 다나베는 긴이 시치미떼고 있는 모습이 밉살스러웠다. 비싼 옛 물건을 보고 있는 것 같아 우스꽝스럽기도 했다. 함께 하룻밤을 보낸다면 베풀어 줄지도 모른다고 다나베는 긴의 턱 언저리를 바라보았다. 또렷한 턱선이 강한 의지를 보여 준다. 아까 봤던 말 못 하는 하녀의 싱싱한 젊음이 묘하게 눈에 아른거렸다. 아름다운 여자는 아니지만, 젊다는 점이 여자 보는 눈이 높아진 다나베에게는 신선하게 느껴졌다. 오히려 이 만남이 처음이라면 이런 답답함도 없으려니 하고 다나베는 아까보다도 피곤해 보이는 긴의 얼굴에서 노화를 느낀다. 긴은 무언가를 눈치챘는지 벌떡 일어나 옆방으로 가서 경대 앞에 서서 호르몬 주사기를 들고는 팔에 푹 찔렀다. 살을 탈지면으로 세게 문지르며 거울 속을 들여다보고 퍼프로 콧잔등을 눌렀다. 술렁이는 마음도 없는 남녀가 이렇게 시시한 만남을 갖고 있다는 사실에 긴은 분해져서 갑자기 나타난 악한과도 같은 예상치 못한 눈물이 눈에 어렸다. 이타야였다면 무릎에 엎드려 울 수도 있다. 어리광도 부릴 수 있다. 화로 앞에 있는 다나베가 좋은지 싫은지 조금도 알 수 없었다. 돌아갔으면 싶기도 하고, 조금만 더 무언가를 상대방의 마음에 남기고 싶은 초조함도 있다. 다나베의 눈은 자신과 헤어진 이후, 수많은 여자를 보아 왔다. 측간에 갔다가 돌아와 하녀방을 잠깐 들여다보니, 기누는 신문지로 본을 떠서 양재 공부를 열심히 하고 있었다. 커다란 엉덩이를 다다미에 찰싹 붙이고 웅크리고 앉아 가위질하고 있다. 단단히 묶은 머리카락의 목덜미가 요염하고도 흰, 반할 정도로 풍만한 몸매였다. 긴은 그대로 화로 앞으로 돌아왔다. 다나베는 잠들어 있었다. 긴은 찻장 위 라디오를 켰다. 예기치 못한 큰 소리로 제9번이 흘러나왔다. 다나베는 벌떡 일어났다. 그리고 다시 위스키 잔을 입에 댄다. "당신과 시바마타柴又의 가와진川甚에 간 적 있었지. 호되게 비가 내려서 밥 없는 장어를 먹은 일이 있었어." "네, 그런 적 있었죠. 그 무렵은 이미 먹는 게 무척 불편할 때였죠. 당신이 군에 가기 전에요, 도코노마에 붉은 웅달 나리꽃을 꽂아 뒀는데 둘이서 꽃병을 쓰러뜨린 거 기억해요?" "그런 적 있었지……." 긴의 얼굴이 갑자기 볼록하니 젊디젊은 표정으로 변했다. "언제 또 갈까?" "네, 그러게요, 근데 이제 전 귀찮아요……이제 거기도 아무거나 먹을 수 있게 되었겠죠?" 긴은 아까 울었던 감정이 사라지지 않도록 가만히 옛 추억을 더듬어 보려 노력했다. 그런데도 다나베와는 다른 남자의 얼굴이 마음에 떠오른다. 다나베와 시바마타에 다녀온 다음, 종전 직후에 야마자키山崎라는 남자와 한 번 시바마타에 간 기억이 있다. 야마자키는 바로 얼마 전 위 수술로 죽고 말았다. 늦여름 무더운 날 에도가와江戸川 강가 가와하나川甚의 어스레한 방의 풍경이 떠오른다. 덜컹, 덜컹 물을 길어 올리는 자동펌프 소리가 귀에 들려왔다. 쓰르라미가 울어대고 창가의 높은 에도가와 제방 위를 식료품을 구하러 가는 자동차가 경쟁하듯 은빛 바퀴를 빛내며 달리고 있었다. 야마자키와는 두 번째 밀회였건만 여자가 처음인 야마자키의 젊음이 긴의 마음속에서 신성하게 느껴졌다. 음식도 풍부했고, 전쟁 뒤의 맥빠진 세상이 의외로 진공상태 속에 있는 듯 고요했다. 돌아오는 길은 밤이었고, 신코이와新小岩까지 넓은 군용도로를 버스로 돌아온 걸 기억한다. "그 후로 재밌는 사람을 만났어?" "저요?" "응……." "재밌는 사람이라니 당신 말고는 아무도 없어요." "거짓말쟁이!" "어머, 어째서죠? 그렇지 않나요? 이런 저를 누가 상대해 준다고요……." "믿을 수 없어." "그래요……하지만 저, 이제부터 꽃피울 생각이에요, 사는 보람 삼아서요." "아직 꽤 오래 살 텐데." "네, 오래 살아서 쪼글쪼글 늙어빠질 때까지……." "바람은 계속 피울 거고?" "참, 당신이라는 사람은 옛날 순수했던 구석이 조금도 남아 있질 않네요. 어쩌다 이렇게 싫은 소리를 하는 사람이 된 거죠? 옛날 당신은 말끔했었는데." 다나베는 긴의 은제 담뱃대를 들고 피워 보았다. 담배의 쓴 댓진이 혀로 확 올라왔다. 다나베는 손수건을 꺼내 퉤하고 댓진을 뱉었다. "청소를 안 해서 막혔어요." 긴은 웃으며 담뱃대를 빼앗아 휴지 위에 조금씩 세게 털었다. 다나베는 긴의 생활을 이상하게 생각한다. 세상의 잔혹함이 무엇 하나 흔적을 남기지 않았다는 점이다. 이삼십만의 돈은 어떻게든 융통할 수 있을 만한 살림살이다. 다나베는 긴의 육체에 대해서는 아무 미련도 없었지만, 이 살림 속에 숨겨진 여자의 풍요로운 생활에 매달려 졸라대고 싶었다. 전쟁에서 돌아와 그저 혈기만으로 장사를 해 봤지만, 형에게 빌린 자본은 반년도 지나지 않아 몽땅 다 써 버렸고, 아내 이외의 여자와도 관계가 있어서 그 여자에게도 결국 아이가 생겼다. 옛날 긴을 떠올리곤 혹시나 하는 마음으로 긴을 찾아왔지만, 긴은 옛날처럼 한결같은 마음은 사라지고 무척 분별력이 있었다. 다나베와의 오랜만의 만남에도 전혀 타오르지 않았다. 자세를 흐트러뜨리지 않는 분명한 표정이 다나베가 쉽사리 다가갈 수 없게 했다. 다시 한 번 다나베는 긴의 손을 세게 쥐어 보았다. 긴은 당하는 대로 있을 뿐이었다. 화로를 넘어오지도 않고 한 손으로 담뱃대의 댓진을 털고 있다.

오랜 세월이 흘렀다는 사실이 복잡한 감정을 서로의 마음속에 접어 넣어 버렸다. 옛날의 그 그리움은 이제 두 번 다시 돌아오지 않을 만큼 두 사람 다 나란히 나이가 들었다. 둘은 잠자코 현재를 비교하고 있다. 환멸의 바퀴 속에 빠져 버렸다. 두 사람은 복잡하고 피곤한 방식으로 만나고 있다. 소설적인 우연은 이 현실에 조금도 존재하지 않는다. 소설 쪽이 훨씬 달콤할지도 모른다. 미묘한 인생의 진실. 두 사람은 서로를 여기에서 거절하기 위해 만난 것에 지나지 않는다. 다나베는 긴을 죽여 버리는 것도 상상했다. 하지만 이런 여자라도 죽이면 죄가 된다고 생각하니 묘한 기분이 들었다. 아무도 관심 두지 않는 여자를 한두 명쯤 죽인들 그게 어쨌다고 싶다가도 그걸로 죄인이 되고 마는 결과를 생각하면 바보 같아지는 것이다. 고작 벌레와 다를 바 없는 늙은 여자가 아닌가 싶지만, 이 여자는 어떤 일에도 동요하지 않고 여기에 살아 있다. 두 개의 장롱 속에는 분명 오십 년에 걸쳐 장만한 기모노가 빽빽하게 들어 있을 것이다. 옛날에 미셸이라는 프랑스 사람이 보내 준 팔찌를 본 적이 있는데, 그런 보석종류도 틀림없이 갖고 있을 것이다. 이 집도 그녀의 집이 확실하다. 말 못 하는 하녀를 둔 여자 한 명쯤 죽인들 큰일은 아니란 상상을 끊임없이 하면서도 다나베는 이 여자에게 빠져서 전쟁이 한창이던 중에도 밀회를 지속해 온 학생 시절의 추억이 숨 막히도록 생생했다. 취기가 돈 탓인지 눈앞에 있는 긴의 모습이 자신의 피부 속을 묘하게 흥분시킨다. 손을 대고 싶지도 않은 주제에 긴과의 옛일이 무게감을 지닌 채 가슴에 그림자를 만든다.

긴은 일어나 벽장 속에서 다나베의 학생 시절 사진을 한 장 꺼내 왔다. "허, 묘한 물건을 가지고 있군." "네, 스미코 집에 있더라고요. 얻어 왔어요, 이거, 절 만나기 전이죠. 이때 당신은 귀공자 같아요. 감색 무늬 천 괜찮지 않아요? 가져 가세요. 사모님 보여 드리면 되겠어요. 말쑥하네요. 추잡한 말을 할 사람으로는 보이지 않아요." "이런 시절도 있었나?" "네에, 그럼요. 이대로 쑥쑥 자라 줬다면 다나베 씨는 대단한 사람이 되었겠죠?" "그건 당신 탓이지, 오랜 전쟁도 있었고." "어머, 그런 건 억지죠. 그런 건 원인이 될 수 없어요. 당신은 너무 세속적으로 변했어요." "허……세속적으로 말이지. 그게 인간이야." "하지만 오랜 세월, 이 사진을 들고 다닌 제 순정도 대단하지 않나요?" "어느 정도는 추억이었겠지. 내게는 안 줬잖아?" "제 사진요?" "응." "사진은 무서워요. 그렇지만 옛날 제 게이샤 시절 사진, 전쟁터로 보내 드렸잖아요?" "어딘가에 떨어뜨렸지……." "그것 보세요. 제가 훨씬 순수하죠."

화롯불 요새는 좀처럼 무너질 것 같지 않았다. 다나베는 이제 완전히 취해 버렸다. 긴 앞에 놓인 잔은 처음 한 잔을 따른 채였는데, 아직 반 이상이나 남아 있다. 다나베는 차가운 차를 단숨에 마시고 자신의 사진을 관심 없다는 듯 나무판자 위에 놓아 두었다. "전차, 괜찮나요?" "안 돌아가. 이대로 술 취한 사람을 내쫓을 건가?" "네, 그럼요, 확 내쫓을 거예요. 여기는 여자 집이고, 이웃이 시끄러우니까요." "이웃? 허, 그런 걸 당신이 신경 쓸 줄은 몰랐네." "신경 씁니다." "바깥양반이 오시나?" "정말! 불쾌하게 다나베 씨, 저, 소름이 끼치네요. 그리 말하는 당신 정말 싫군요!" "괜찮아, 돈을 마련하지 못하면 이삼일 못 돌아가. 여기 얹혀 살까……." 긴은 양손으로 턱을 괴고 물끄러미 눈을 크게 뜨고서 다나베의 새하얀 입술을 보았다. 백 년의 사랑도 식는다. 잠자코 눈앞에 있는 남자를 음미한다. 옛날 같은 마음의 정취는 이미 서로 사라져 버렸다. 청년기에 있었던 남자의 수치심이 조금도 없는 것이다. 금일봉을 주고 돌아가게 하고 싶을 정도다. 그러나 긴은 눈앞에 칠칠찮게 취해 있는 남자에게 한 푼의 돈도 주기 싫었다. 풋풋한 남자에게 주는 편이 낫다. 자존심 없는 남자만큼 싫은 것은 없다. 자신에게 흠뻑 빠진 남자의 풋풋함을 긴은 몇 번이고 경험했다. 긴은 그러한 남자의 풋풋함에 끌렸고, 고상한 것이라고도 생각했다. 이상적인 상대를 고르는 일 외에 그녀의 관심은 없었다. 긴은 마음속으로 다나베를 한심한 남자라고 생각했다. 전사하지도 않고 돌아온 강한 운에 긴은 운명을 느꼈다. 히로시마까지 다나베를 좇아간 그 시절의 고생만으로 이미 이 남자와는 막을 내렸어야 했다고 생각했다. "뭘 빤히 남의 얼굴을 보고 있어?" "어머나, 당신도 아까부터 절 뚫어지게 쳐다보며 뭔가 혼자 신나지 않았어요?" "아니, 언제 만나도 아름다운 여자라고 넋을 잃고 봤지……." "그래요, 저도 그래요. 다나베 씨는 근사해졌다고 생각해서……." "역설이네." 다나베는 살인을 상상하고 있었다고 입으로 나오려는 걸 꾹 참고 역설이라고 둘러댔다. "당신은 이제부터 남자로서 한창이니 즐겁겠어요." "당신도 아직이지 않아?" "저요? 저는 이제 틀렸죠. 이대로 시들다가 2, 3년 지나면 시골에 가서 살 거예요." "쪼글쪼글해질 때까지 장수해서 바람피울 거라더니 거짓말이야?" "어머나, 전 그런 말 안 해요. 전 추억으로 사는 여자인걸요. 단지 그뿐이죠. 좋은 친구로 남아요." "피하는군. 여학생 같은 소리 하지 마. 그래, 추억 같은 건 아무래도 상관없어." "그런가요……그렇지만 시바마타에 간 이야기는 당신이 꺼냈어요." 다나베는 또 무릎을 조급하게 달달 떨었다. 돈이 필요하다. 돈. 어떻게든 해서 다만 5만 엔이라도 긴에게 빌리고 싶다. "정말

융통이 안 될까? 가게를 담보로 잡아도 안 돼?" "어머, 아직 돈 얘기예요? 그런 거 제게 말씀하셔도 소용없어요. 저, 한 푼도 없어요. 그런 부자도 모르고, 있을 것 같지만 없는 게 돈이잖아요. 저, 당신에게 빌리고 싶을 정도라고요……." "그거야 잘 풀리면 당신에게 갖고 올게. 당신은 잊을 수 없는 사람인 걸……." "아, 이제 그만 됐어요, 그런 빈말은……돈 이야기 안 할 거라 했잖아요?" 갑자기 주위에 축축한 가을 밤바람이 불어오는 듯했고, 다나베는 화로의 부젓가락을 쥐었다. 일순, 무시무시한 분노가 눈썹 주변으로 몰려왔다. 수수께끼처럼 유혹하는 한 그림자를 향해 다나베는 부젓가락을 세게 쥐었다. 번개 같은 고동 소리에 가슴이 뛴다. 이 고동에 자극받았다. 긴은 어쩐지 불안한 눈으로 다나베의 손을 쳐다보았다. 언젠가 이런 장면이 자신의 주위에 있었던 것처럼 오버랩되었다. "당신, 취했어요, 자고 가도 돼요." 다나베는 자고 가도 좋다는 말을 듣고 갑자기 부젓가락을 쥔 손을 놓았다. 몹시 취한 모습으로 다나베는 비틀거리며 측간으로 갔다. 긴은 다나베의 뒷모습에 예감을 느끼고는 마음속으로 흥, 하고 경멸했다. 전쟁으로 인해 모든 인간의 마음 환경이 싹 변한 것이다. 긴은 찻장에서 필로폰 가루를 꺼내 재빨리 들이켰다. 위스키는 아직 3분의 1은 남아 있다. 이걸 모두 마시게 해서 곯아떨어지게 만들어, 내일 내쫓아 줄 것이다. 긴 자신만은 자고 있을 수 없었다. 잘 피운 화로의 푸른 불빛 위로 다나베의 젊은 시절 사진을 태웠다. 자욱하게 연기가 피어오른다. 타는 냄새가 주위에 꽉 찼다. 하녀 기누가 슬쩍 열린 맹장지 틈으로 들여다보았다. 긴은 웃으며 손짓으로 손님방에 이불을 깔라고 말했다. 종이 타는 냄새를 없애기 위해 긴은 얇게 썬 치즈 한 조각을 불에 태웠다. "와, 뭘 태우는 거야." 측간에서 돌아온 다나베는 하녀의 풍만한 가슴에 손을 올리고 맹장지 사이로 들여다보았다. "치즈를 구워 먹으면 어떤 맛일까 궁금해서 부젓가락으로 집다가 불에 빠뜨리고 말았어요." 하얀 연기 속에 똑바로 검은 연기가 피어올랐다. 전구의 둥근 유리 갓이 구름 속에 뜬 달처럼 보였다. 기름 타는 냄새가 코를 찌른다. 긴은 연기에 숨이 막혀 사방의 장지문과 맹장지를 거칠게 열어젖혔다.

(『별책 문예춘추文芸春秋』 1948년 11월)

수선화

담배를 입에 문 채 다마에たまえ의 머리맡에 섰으니, 잡지에서 눈을 떼고 "어땠어?"라고 이쪽에서 물어 보아야만 한다. 저쪽에서 먼저 엄마, 오늘은 이러이러했어라고 말해 올 상냥한 사쿠오作男가 아니다. "어땠어?"라 물어도 능글맞게 웃으며 방석을 발끝으로 끌어당겨 "임자가 불효한 부모子不孝라 망했어."라고 빨간 혀를 내밀더니 그대로 담배 연기로 고리를 만들어 뱉고 있다.

"임자가 불효한 부모라니 무슨 소리야? 엄마를 붙들고선 임자라고 부르면 되겠니. 쓰다津田 씨를 처음 만난 거니?" "만났지. 임자한테도 안부 전하라고 하더라." 다마에는 일어나 앉아 사쿠오의 얼굴을 잠시 바라보았다. "불효부모란 게 뭐니?" "세상에는 불효자식이란 말이 있잖아……그 반대인 거지. 엄마가 자식에게 불효한단 소리야……" 다마에는 제 자식이지만 밉살스러운 말투에 가슴이 펄펄 끓어오른다. "엄마는 너 따위한테 자식에게 불효하는 사람이라 불릴 이유가 없어. 일찍이 아빠와 헤어지고 널 지금까지 엄마 혼자 힘으로 키워 왔잖아, 너만큼 아빠를 닮아서 나를 괴롭히는 사람도 없어. 이제 스물둘이나 먹었으니 어떻게든 해서 직업을 갖고 제대로 살아도 좋잖아. 언제나 실패로 끝나는 건 네 태도가 좋지 못해서지. 가미야마神山 씨도 말씀하셨지만, 취직을 부탁하러 와서 거만하게 담배를 피우고 있으면 단번에 가망이 없어진다니까……"

"참나, 그럼 취직이란 건 태도만 좋으면 된다는 거네. 바보도 팔푼이도 태도만 제대로 갖춘다면 된다는 거야?" 사쿠오는 일부러 관자놀이 쪽을 길게 깎은 스페인 투우사 같은 머리를 하고 있다. 아직 완전히 어른스러워졌다고는 말하기 어렵지만, 코 밑 부드러운 솜털이 자라난 모양새가 얼마 전까지 소학교를 다녔던 아이라고는 도무지 믿어지지 않는다. 어쩐지 다른 남자가 머리맡에 앉아 있는 듯한 기분이 든다. "어째서 겸손해질 수 없는 거니. 네게 호의를 가져 줄 사람은 한 사람도 없잖아." "그런데 그거야, 그런 식으로 엄마가 키웠으니까 어쩔 수가 없지. 이상적인 아들로 키웠으니 불평하면 안 되지……" 다마에는 눈에 가득 눈물을 글썽이며 책상다리를 하고 벽에 기대 있는 밉살맞도록 느긋하기 짝이 없는 아들을 보고 있었다. "부모 하나 자식 하나인데 어째서 나는 너와 항상 이런 식으로 말싸움을 해야 하는 거니. 쓰다 씨는 뭐라고 하시던?" "아무 말도 안 했어. 그냥 나는 아무짝에도 쓸모없으니 시험을 쳐 보라고 해서 쳐 봤을 뿐이야." "그래서, 자신은 있니?" "없지. 한심한 문제뿐이라 답을 쓸 마음이 들지 않더라고……" 사쿠오는 잠깐 심약한 웃음을 엷게 띠더니, 더러워진 재떨이에 피우고 남은 담배를 쑤셔 넣었다. "적어도 시험이라도 전부 붙으면 좋으련만……" 다마에는 머리가 나쁜 아들의 생김새가 앞으로의 긴 인생에서는 평생 출세라고는 할 수 없는 인간이 될 게 분명하다고 울적한 마음으로 "태도도 좋지 않고, 시험도 전혀 아니라면 아무리 쓰다 씨라고 해도 도와줄 방법이 없겠구나?" "뭐, 그런 거지……" 다마에는 이제 말을 하는 것도 싫어졌다. 오래전 이 아이를 버리고 싶다고 생각한 적이 있었는데, 그때 정말 과감히 어디 줘버렸다면 지금 이렇게 곤란할 일도 없었을 것이다. "어떤 시험이 나왔니?" "어떠냐니, 아예 관심이 없는 것들이지. 프랑스는 어떻게 위기를 해결할 것인가, 트루먼은 몇 살인가, 나, 그런 거 한 번도 생각해 본 적도 없어." 다마에는 몹시 불쾌한 마음으로 구깃구깃한 타월지 잠옷 위에 역시 지저분한 메이센銘仙지[38] 한텐半纏[39]을 걸치고 비틀비틀 일어섰다. 화장실로 가서 주전자에 물을 담아 오자 사쿠오가 다마에의 핸드백 속을 뒤적거리고 있는 참이었다. "뭘 찾는 거니?" "돈이 조금 필요해." "아무리 뒤져 봐도 없어. 너는 정말 몹쓸 사람이구나, 더 이상 엄마를 힘들게 하지 말아 주렴. 어째서 너는 그렇게 엄마를 괴롭히고 싶은 거니. 어쩔 생각인 거야?" 사쿠오는 핸드백에서 손톱 줄을 발견하자 그 줄로 자신의 손톱을 거칠게 문지르며 "농담하는 거지……아무도 엄마를 괴롭히진 않아. 오늘 밤 사쿠라이桜井네에 가기로 약속했는데 완전 다 큰 남자가 전차 삯만 들고 갈 순 없으니까……" 다마에는 이미 입을 다물고 있었다. 주전자를 전기풍로에 올려 두고 기둥에 달린 거울 앞에 서서 자신의 얼굴을 지그시 응시했다. 어느덧 노년이 소

38 날실에 정련 염색한 견사 또는 견방사.

39 옷고름 없이 짧은 겉옷. 방한복으로 입음.

리 없이 다가와 있었다. 마흔세 살이라는 나이가 다마에는 왠지 억울한 것이다. 한심하게 나이를 먹어 버린 것 같은 기분이 든다. 아이를 위해 사느라 정신없이 나이든 건 아니지만, 이 아이만 없었더라면 지금쯤은 의외로 행복한 삶을 살고 있었을지도 모른다. 이제 와 아무리 바둥거려 본들 이제 다시 여자의 행복이 찾아올 기대는 없다. 덥수룩하고 윤기 없는 머리칼을 빗질해 정돈한다. 이마 쪽 머리털이 많이 줄어들었다. 젊은 시절 저지른 이런저런 난행乱行 탓일지도 모른다고 다마에는 윤기를 내는 머릿기름을 바르고 앞머리를 풍성하게 이마 쪽으로 내려보았다. 여윈 광대가 뾰족한 얼굴이 다소 젊게 보인다. 다시 과감히 수술이라도 하는 기분으로 그 머리카락을 뒤로 빗어 본다. 이상하게도 훌쩍 나이 들어 보인다. 주전자의 물이 끓었기에 세면기에 뜨거운 물을 부어서 스팀타월을 만들고 얼굴을 타월로 덮었다. 뜨거운 타월 아래에서 눈꺼풀이 실룩거린다. "엄마, 어디 나갈 거야?" "아, 잠깐 돈 구하러 나갈 거야." "갈 곳은 있고?" "없지만 어쩔 수 없잖아……" 다마에는 타월을 치우고 거울을 들여다보았다. 피부가 불그레해진 얼굴이 생생해졌다. 항상 이런 피부색이면 좋겠지만, 석유 내 나는 콜드크림을 흠뻑 얼굴 전체에 덕지덕지 바른다. 번들번들 빛나는 얼굴에 굵고 거친 손가락이 눈가를 여러 차례 마사지한다. 이윽고 화장이 끝난 얼굴에 다시금 앞머리를 풍성하게 덮고, 잔주름 진 눈꺼풀에 연지를 바르고 멀리서 거울을 보았다. 얼룩덜룩한 세면기 탓에 더러워진 미지근한 물이 다마에는 궁상맞아 싫었다. 벌써 5일 동안 목욕을 하지 않은 탓인지, 화장한 얼굴도 의외로 말쑥하지 않다. 거칠게 딱딱해진 입술에 바른 연지도 전혀 잘 먹질 않아서 아랫입술이 윗입술보다 나온 입술은 빛깔이 좋지 않은 참치 횟감이라도 보고 있는 듯하다. "있잖아, 너, 엄마는 말이야, 이제, 네가 의지할 구석이라고는 없을 정도로 아무런 힘도 없으니까, 너는 이제 엄마랑 헤어져서 사쿠라이 씨네라도 가서 같이 살게 해 달라고 할 생각은 없니? 정말 엄마는 지쳤어, 너와 엄마는 말이야, 이미 전생에 원수지간이어서 이 세상에서도 함께 살고 있는 것일 테니까, 이쯤 해서 너도 어엿한 남자로 다 컸으니 엄마를 해방시켜 줄 마음은 없는 거니! 네가 뭘 하든 엄마는 불평하지 않을 테고, 엄마도 뭘 하든 트집잡히고 싶지 않아, 다만, 네 몸이 약한 게 엄마는 신경이 쓰이지만, 네가 병에 걸리면 그건 그때 또 엄마가 어떻게든 할 게, 응? 너 혼자 어떻게든 자립해서 살아주지 않을래? 그편이 널 위한 일이라고 생각하는데……" "엄마는 내가 거추장스럽구나……딱히 따로따로 살 일은 없고, 괜찮다면 다시 옛날처럼 누나라고 불러 줄게……" 다마에는 입술에 마구 립스틱을 발라대며 거울 속에서 하얀 이를 씩 드러내서 바라보고 있다. 대답도 하지 않는다. "나, 싫다고……" 다마에는 심보 나쁜 번쩍이는 눈으로 거울 속 자신의 얼굴을 바라보며 "그렇지만 엄마는 이제 너와 한 방에 있을 만큼 끈기가 없어. 싸우면서 살기에는 이제 엄마는 젊지도 않고, 이봐, 너도 읽었던 『여자의 일생』은 아니지만, 엄마는 너한테 죽을 것 같으니까." "농담 아니야. 엄마는 자만심이 강하다고. 엄마를 죽이는 아들이 어디 있어. 나는 엄마 따위 발톱 때만큼도 생각하지 않아……그냥 엄마 배만 빌린 예수 그리스도지……" "저런, 그러니……그렇다면 너도 날개라도 달고 멋대로 마리아로부터 날아오르면 되겠네. 딱히 엄마는 언제까지고 다 큰 너를 돌봐줘야 한단 법은 없으니까." 다마에는 꽤 낡은 초록색 재킷에 검은 바지를 입었다. 다리가 엄청나게 가늘다. 털양말을 신고 전기풍로 앞에 비스듬히 앉아 냄비를 둘러싼 불에 지저분해진 손을 쬐어가며 손톱을 마구잡이로 칠하고 있다. 사쿠오는 방심한 듯 다마에의 손을 보고 있다. 악마의 손이라고밖에 생각할 수 없다. 일찍이 이 엄마의 입에서 상냥한 말이 나온 적이 없단 미움 비슷한 마음이 철저하게 엄마를 괴롭히고 싶단 반항심이 되어 불끈 솟구친다. "지저분한 손이구먼, 이제 엄마도 늙었어." "쓸데없는 참견이야. 누가 이렇게 지저분한 손으로 만들었는데. 일하고 들어와서 장작을 해서 네게 밥을 먹인 손이야." "그래……그걸로 그렇게 더러워질까 몰라……" 손톱에 연지를 다 발라 에나멜로 반짝반짝해진 손을 넝마 조각으로 문지르고, 더러워진 미지근한 물 속에 다시 양손을 담갔다. 거품이 잘 나지 않는 비누로 손을 잘 씻어 본다. 그리고 타월로 손을 닦고 다시 다마에는 자신의 손을 멀리 떼어 본다. "있지, 농담이 아니야. 너는 어디로든 가 줘. 아주 엄마는 너에게 지쳤거든." 사쿠오는 잠시 눈을 감고 머리를 가볍게 벽에 툭툭 부딪쳤다. 다마에는 외투를 어깨부터 걸치고 주전자에 남은 물을 컵에 따라 배급받은 황설탕을 섞어 마셨다. "엄마는 나를 한 번이라도 애정을 갖고 생각해 본 적 없지?" 문득 컵을 쥔 손을 입술에서 떼었다. 다마에는 아들의 얼굴을 보았다. 무척 지친 얼굴이다. 헤어진 남편의 젊은 시절 얼굴과 어딘가 닮았다. "그거야, 엄마도 널 사랑한 적 있었지. 하지만 생활에 쫓기다 보면 너한테만 매달려 있을 수 없는 때도 있는 거야. 그거야 엄마 배 아파 낳은 자식인 걸, 사쿠는 역시 사랑스럽다고 생각해. 그렇지만 이제 우리 둘은 헤어질 때가 온 거야. 엄마는 그렇게 생각해……. 엄마의 사쿠는, 사쿠가 어린 소년이었을 때뿐이었어. 이미 사쿠는 다 컸고, 사쿠도 엄마를 다른 사람 같은 눈으로 보는 어른의 눈이 되었잖아……. 엄마도 사쿠도 이런 식의 부모 자식이었어. 엄마는 이제 이대로 파묻혀 살고 싶은 마음도 없고 아직 충분히 일할 수 있어. 엄마는 네 심술로 망가져 버린다고. 사쿠는 엄마에게 무척 부담스럽고……" 사쿠오는 해진 외투 주머니에서 담배 케이스를 꺼내 다마에에게 권했다. 다마에는 담배를 한 개비 집어 입술에 물었다. 사쿠오도 한 개비 물고 성냥을 당겨 다마에의 담배에도 불을 붙여 주었다. "좋아. 그럼 에이코栄子한테 갈 수밖에 없는데 괜찮겠어?" 에이코란 소리를 듣고 다마에는 "아, 그럴 수밖에 없는 거니? 그렇다면 그래야지. 엄마가 먹여 살려 주지 않는다니 너는 에이코한테 먹여 살리라는 거지? 여자한테만 의지하지 말고 왜 한 사람 몫을 해내지 못하는 걸까. 에이코가 너한테 푹 빠져 있다고 해도 그 여자는 가망이 없고, 일단 너와는 나이 차도 많이 나잖아……엄마는 다른 사람에게 듣고 창피했어."

다마에는 타이완台湾 타이페이台北 태생으로, 아버지는 철도 쪽에서 근무해 관리자 딸로서 엄격한 교육을 받았으나, 아모이[40]의 신학교를 나와 타이페이의 다마에 지인의 집에서 한 달 정도 머물렀던 이베 나오키伊部直樹와 알게 되며 이베와 야반도주 비슷하게 두 사람은 도쿄東京로 나왔다. 다마에는 열아홉 살로 여학교를 졸업한 이듬해 봄이었다. 조시가야雜司が谷의 오이마쓰초老松町에 두 사람은 집세 15엔짜리 아담한 집을 얻고 그곳에서 다마에는 사쿠오를 낳았다. 이베는 미국으로 가길 원했으나, 집이 가난해 그러한 미국행도 뜻대로 되지 않았고, 종교잡지 편집 같은 걸 도와서 일가一家를 건사하는 형편이었는데 다마에의 여학교 친구인 오카와 다쓰코大川多津子가 음악학교에 들어가고자 시험공부를 위해 상경했다. 다마에의 이층을 빌린 동안 이베는 어느덧 다쓰코와 다마에의 눈을 피하는 사이가 되었다. 두 달 지났을 무렵 다마에는 심상치 않은 둘의 사이를 알게 되고, 반쯤 미쳐서 온순한 다쓰코를 매일 괴롭혔다. 다쓰코는 온순한 여자였다. 이베와의 관계가 끝나고 나서는 나날이 기운이 없어졌고, 음악학교 지망도 어느 틈엔가 좌절되고 말아 이도 저도 아닌 생활에 마음이 영락해졌다. 한집에 사는 것을 견디지 못했는지 다쓰코는 혼고本鄕의 도자카動坂에 방 세 칸짜리 작은 집을 찾아 이사를 나갔다. 도자카라곤 해도 다바타田端의 지장보살地藏様 근처로, 이 부근은 시타마치下町[41]로 통근을 하는 도매상 관련 직장인이 많은 곳이었다. 다마에가 집을 비웠을 때

40 샤먼, 중국 푸젠성 남부에 있는 지급시로 국제적으로는 아모이로 알려져 있음.

41 상인이나 장인들이 많이 사는 서민 지역.

이사를 했으나, 어느 틈엔가 다마에는 도자카의 집도 찾아내어서는 쳐들어가 다쓰코의 머리카락을 질질 끌고 돌아다니는 소동을 일으켜서 다쓰코는 도자카로 옮긴 지 반년도 채 지나지 않아 그 집에서 가스 자살을 해 버렸다. 이베는 바로 직장을 그만두고 표연히 아모이로 떠나가고, 아모이에서 말레이시아로 가서, 콸라룸푸르라고 하는 곳으로 갔다고 풍문으로 들었다. 그건 1927년 무렵이었다. 다마에는 이베를 증오하고, 죽은 다쓰코를 언제까지고 증오했다. 다마에는 눈과 코 주변에 주근깨가 있었던 다쓰코의 하얀 얼굴을 떠올릴 때마다, 가스 고무관을 입에 문 죽음의 모습이 마음에서 영원히 잊히질 않았다. 다마에는 사쿠오의 눈가에도 희미한 주근깨가 있는 걸 보고, 왠지 다쓰코에 대한 증오가 사쿠오에게 씐 것처럼 싫었다. ―다마에는 이베의 지인에게 부탁해 종교잡지 편집일을 돕기도 했는데, 모자 둘이서 하녀를 둔 생활은 편하지 않았다. 타이페이의 친정과도 절연한 상태였기에 다마에는 여러 남자를 줄타기하듯 위험한 생활을 하고 있었다. ―아이에서 소년이 되어 철이 든 사쿠오의 눈에는 엄마의 생활이 이해되지 않았고, 결벽한 소년에게는 불쾌한 일이었다. 다마에는 중학생인 사쿠오에게 누나라고 부르게 했다. 하녀도 두지 않고 둘이 살게 되고부터는 사쿠오는 늘 외박하는 엄마를 저주했다. 두 사람은 오랫동안 서로 독설을 퍼부으며 살았다. 사쿠오는 가정생활에 실망한 이후, 학교처럼 집단적인, 인간 무리 속으로 들어가기에는 너무나도 소심해져서 학업에도 소홀해, 중학교를 겨우 나와서도 B 학교에 적을 두고 빈둥빈둥 다마에에게 얹혀 살았다. 전쟁 중에도 몸이 약해 노동 동원에 차출되지 않고, 잘도 그런 규칙에서 잘 빠져나와 다마에와 함께 이리저리 주거지를 옮겨 다녔다. 종전 후, 고엔지高円寺의 지인 집에 방 한 칸을 빌려 다마에는 사쿠오와 둘이 살았는데, 다마에는 신문의 모집 광고를 보고 이케부쿠로池袋의 러브호텔에서 하녀장長 비슷한 일을 찾아내어 다녔다. 호텔을 찾은 암거래 상인들 틈에도 껴서 외제 약 매매에 손을 대 조금씩 돈도 모았었지만, 모처럼 한숨 돌릴 정도의 돈이 모이면 사쿠오가 들고 나가서는 그 돈을 다 써 버리는 상황이라 다마에와 사쿠오 사이는 나날이 험악해졌고, 다마에는 때때로 사쿠오를 죽여 버리고 싶다고 생각하게 되었다. 이베는 살았는지 죽었는지 이미 이십 년 넘게 아무 소식도 없다.
—사쿠오는 최근 여자가 생겼다. 댄서이자 남편이 있는 여자란 소리를 사쿠오는 뻔뻔스럽게도 다마에에게 주책없이 늘어 놓았다. 다마에는 어느 날 우연히 일찍 집에 돌아와 사쿠오와 누워 있는 여자를 발견하고는 먼 옛날 다쓰코에게 그랬던 것처럼 누워 있는 아들 여자의 머리카락을 움켜쥐고 거친 말로 마구 고함쳤다. 여자는 서슬 퍼런 다마에에게 겁을 먹고 두 번 다시 찾아오지 않았지만, 남편과도 헤어지고 사쿠오에게 동거하자 조른다며, 사쿠오는 다마에를 짓궂게 괴롭히듯이 말하는 것이다. 사쿠오는 딱히 연애감정으로 그 여자를 좋아하는 건 아니었다. 단지 먹여 살려 줄 편리한 여자로 그녀를 고른 것에 지나지 않는다. 사쿠오는 별난 엄마가 키워서 진실한 연애라는 것을 알지 못했다. 오래전부터 노인처럼 귀찮아하는 기질이 있어, 무엇이든 여자 쪽에서 먼저 말해 주길 기다리는 게으름뱅이 근성을 기르고 있었다.

"엄마가 나와 헤어지고 싶으면 헤어져도 좋아. 하지만 오늘부터 당장은 안 돼. —나도 에이코와 상의해야 하고, 간단하지 않아." 다마에는 사쿠오와 헤어진다면 모든 일이 나 홀로 자유로워질 것이라는 속셈이었다. 도미타富田와 굳이 비싼 숙박비를 내가며 밀회할 필요도 없다. 이 방을 조금이라도 마음 편한 곳으로 바꿔 보고 싶은 것이다. 툇마루에서 쓸어낸 쓰레기가 좁은 마당에 산처럼 쌓여 있다. 도둑고양이가 와서 종종 쓰레기 속을 뒤져 어지럽혔다. 좁은 마당 앞 화백나무 울타리도 마른 채로 둬서, 한 번은 부서진 울타리로 좀도둑이 들어와 다마에의 단 한 켤레뿐인 신발을 갖고 도망친 일도 있다. 너무 칠칠치 못해서 집주인네 부엌은 사용을 금지당했다. 다마에는 최근 이삼일 감기로 누워 있었는데, 나이 탓인지 실제로 뭔가를 할 기운도 없이 누워 있었다. 이제 곧 정초이지만, 이곳만은 아무런 기색도 느낄 수 없었고 다마에는 떡 하나 사서 축하할 마음도 들지 않았다.

외출할 생각으로 다마에는 준비를 하긴 했지만, 어제 내린 비로 인한 진창길을 나막신을 신고 나가려니 주눅이 들었다. "사쿠는 정말 일할 마음이 없는 거니?" 사쿠오는 어깨를 흔들고 작게 휘파람을 불더니 "일하고 싶지 않아. 다 싫어. 이렇게 사는 것도 지루해. 하지만 역시 엄마나 에이코가 곁에 이따금 있어 주지 않으면 외로워. 싸움 상대라도 없는 것보단 나아." 그리 말하고 피식 웃었다. "뭔가 불법 장사라도 할 마음이라면 도미타 씨에게 부탁해 줄 테니 장사라도 해 볼래?" 사쿠오는 잠시 어깨와 무릎을 흔들고 있더니 "사쿠라이의 형 소개로 시부야渋谷에서 사쿠라이와 만년필을 팔아 봤는데 전혀 팔리질 않으니 시시해졌어. 장사에 재주가 없으니 도무지 팔리지 않더라. 에이코에게 부탁했더니 여섯 자루나 팔아 줬는데, 역시 얼굴 예쁜 여자가 팔아야 잘 팔리더라고." 다마에는 자기 여자를 예쁘다고 생각하는 사쿠오를 뻔뻔하게 잘도 그런 소리를 늘어 놓는다고 이상하게 생각했다. "어머나, 에이코가 예쁘다니. 그런 뚱뚱한 여자 어디가 좋아? 부푼 물집처럼 생겼잖아?" "내 눈에는 미인으로 보이니 됐어. 피부도 곱고, 아랫배가 매끈매끈하니 무척 아름다운 피부거든." "너는 처음 여자를 알아서 그렇게 생각하는 거야." "근데 엄마도 젊을 때 그다지 예쁘지는 않았는데……." 다마에는 어이가 없어서 툇마루의 덧문을 열었다. 하늘이 활짝 개었다. 검은 밭에서 수증기가 날아오르고 있는 듯 포근하니 따스했다. 다마에가 널어 둔 처마 끝 붉은 속옷이 벗긴 감 껍질처럼 배배 꼬여서 매달려 있었다. 며칠이고 널어 둔 탓인지 조금 때 타 보였다.

해 질 녘이 되어 다마에와 사쿠오는 밖으로 나섰다. 다마에는 사쿠오와는 반대인 기치죠지吉祥寺로 갔다. 넓은 군용도로로 나와 공원 쪽으로 질러서 유키雪의 집으로 갔다. 바로 지배인을 시켜 도미타의 집으로 전화를 걸었지만, 도미타는 이삼일 전부터 출장으로 1월 3일 경에나 돌아온다는 답을 들었다. 해 질 무렵 꼭 다시 한 번 유키의 집에서 만나기로 되어 있었는데 이상하다고 생각해, 가야바초茅場町의 사무소로 직접 전화를 해 보았다. 도미타 씨는 줄곧 감기로 사오일 간 쉬었다고 여사무원이 대답했다. 어느 쪽을 믿

어야 할지 몰랐지만, 다마에는 해 질 녘이 되어 이런 생각이 들자 견딜 수 없이 초조해졌다. 시모렌쟈쿠下連雀의 도미타 집 근처로 가서 어두워질 때까지 길모퉁이 담벼락에 서서 문에서 나오는 사람을 지켜보고 있었다. 젊은 일바지 차림의 하녀가 나오기에 다마에는 회사에서 보낸 심부름꾼 같은 말투로 "도미타 씨에게 회사에서 보내서 왔습니다만, 댁에 계신지요?"라고 물어 보았다. "어머, 나리는 여행 중이십니다. 회사 일로 1월 2일경 돌아오신다고 하는데……." "이런, 곤란하게 되었네요, 저는 회사에서 급한 용무로 찾아왔습니다만, 그럼, 회사 용무로 인한 출장과는 다른 것이려나요?" "정말 그러네요. 이상하네요. 잠깐 주인마님께 여쭤 보고 올 테니까요……." 하녀가 문 쪽으로 되돌아갔다. 다마에는 냉큼 발길을 돌려 어두운 개울가의 물비린내 나는 길을 서둘러 걸어 역으로 갔다. 고엔지에 내려서 마음이 변했다. 문득 생각이 미쳐 가미야마 씨 댁에 들리니 가미야마는 갓 목욕을 마친 반질반질한 얼굴로 식탁에 앉아 있었다. 가미야마는 청어 알 절임으로 한잔하다가 "이야, 사모님, 한 잔 어떠세요?"라며 잔을 권했다. 가미야마의 아내도 조금 전 미용실에서 퍼머를 하고 왔다며 올려 묶은 목덜미를 서늘하게 드러내고 있었다. "언제 와도 여긴 즐거워 보여서 부럽군요. 아쓰코篤子 씨 행복하겠어요." 가미야마의 아내인 아쓰코는 다마에와 타이페이의 여학교 동급생으로, 다마에와는 종전 후 같이 고엔지에 살던 사이로 친해졌다. 가미야마는 마루노우치丸の内의 경제잡지사에 다녀서 사쿠오를 어떻게든 돌봐 주고자 했지만, 유례없는 뻔뻔한 태도에 깜짝 놀란 다음부터는 사쿠오 군을 돌봐

드리겠다고는 한 번도 말하지 않았다. 아쓰코는 오래전 동급생 오카와 다쓰코가 다마에 때문에 가스 자살을 했다는 사실을 알고서는 기가 센 다마에와 무난한 정도로 교류해 왔으나 눈앞에서 영락해 가는 친구를 보고 있자니 매정해질 수도 없는 일이었다. 아쓰코는 황후 폐하를 닮아, 집안 사람들은 황후님이라는 별명으로 불렀다. 다마에도 가미야마가 내미는 잔을 받아 두 세잔 마셨다. "다마에 씨도 아직 늙기엔 이른데 왜 일찍 결혼하지 않은 겁니까?" "아이가 있으니까요." "아이가 있어도 개의치 않잖습니까?" "아니요, 우리 사쿠는 심술이 무척 고약하니까. 제가 그걸 항상 경계하다가 다 망쳐 버려요." "그런 바보 같은 말이 있나……자식으로서 엄마의 행복을 바라는 건 당연한 겁니다." "네, 그렇지만 우리 집은 달라요. 성격이 이상하지요." 다마에는 어둡고 차가운 내 집으로 돌아갈 마음이 들지 않았다. 누워서 공상하는 시간만큼은 일단은 기운 나는 일을 생각하지만 정작 현실이 되어 보면 어디에도 즐거운 일은 없었다. 즐거운 듯 남자와 걷고 있는 젊은 여자의 발랄한 모습을 볼 때마다 다마에는 마치 동년배 여자에게 느끼는 질투를 느꼈다. 아무리 해 본들 이제 자신에게는 그러한 젊음은 없는 것이다. 어째서 이런 식으로 빨리 나이를 먹고 보잘 것 없어져 버렸는지, 그 실상은 자신도 알 수 없다. 다만 사쿠오를 위해 자신의 인생을 망친 것에 분노를 느낀다. 인간의 생각이라는 것은 이런저런 일을 생각하고는 있지만, 결국은 어느 사람이나 모두 욕망의 길을 걸어가는 것에 지나지 않는다. 가미야마 집의 왁자지껄한 식탁 앞에 앉아 있어도, 운이 좋으면 가미야마 부부가 호의를 베풀어 저녁밥을 대접해 주길 바라는 마음이 다마에에게는 있었다. 여기서 저녁을 먹고 돌아간다면, 집에 가서 자면 된다. 그건 그렇다 하더라도 막상 만나지 못하게 되자 도미타가 심하게 오늘 밤은 그리웠다. 이제 두 사람 사이도 끝인지 모른다. 언젠가, 도미타가 당신 몸도 몹시 앙상해졌군, 이라 한 적이 있었다. 처진 팔의 피부는 세게 꼬집어도 이전처럼 재빨리 제자리로 돌아오지 않고, 잠깐 집혀 있던 피부가 낡은 고무처럼 주름이 졌다. 몸을 어떻게든 단련해야겠다고 생각하지만 금방 생활에 매달려 하루하루가 귀찮아지고, 다마에는 사쿠오와 언쟁만 하다 날이 저물어 갔다. 저녁을 대접받고 가미야마의 집을 나선 건 9시경이었다. 염치없이 대접을 받은 탓인지 가미야마 부부는 현관에 배웅하러 나오지 않았다. 인가人家가 끊긴 삼나무 숲이 짧게 이어진 넓은 길을 다마에는 천천히 걸었다. 서리 찬 바람이 세차게 불고 맑은 하늘에 작은 별이 수없이 반짝반짝 빛나고 있었다. 키 큰 남자가 총총걸음으로 다마에의 뒤에서 따라오고 있다. 다마에는 다소 희망을 품었다. 불러 세워질 가능성을 자만하며 공상하고 있었다. 이런저런 생각에 잠긴 모습으로 천천히 걸었다. 우체국 앞까지 오자 뒤에서 따라오던 남자는 훌쩍 다마에의 곁을 지나 잠깐 전봇대 불빛에 비친 다마에의 얼굴을 보고는 그대로 총총걸음으로 멀어져 갔다. 젊은 남자였다. 다마에는 어쩐지 배신당한 듯한 기분이 들었다.

집으로 돌아가 뒷문에서 유리창을 여니 전기풍로가 어둠 속 외눈박이 도깨비처럼 빛나고 있었다. 사쿠오가 이불 속에 기어들어가 있는 눈치다. "사쿠니?" "응" "왜 돌아왔어?" "에이코가 오늘은 안 된다고 그러네." 등불의 스위치를 켜자 사쿠오가 울어서 부은 눈을 하고 있었다. "위험하게, 뭔가 주전자 같은 거라도 올려 두면 좋잖아." "엄마, 담배 없어?" "없어. 일도 하지 않는 주제에 담배 피울 주제가 아니잖아." 추워서 다마에도 늘 깔아 놓는 얇은 이부자리에 외투를 벗고 그대로 파고들었다. "올 때 사쿠라이네에 들렀더니 나보고 홋카이도北海道에 가자고 그러더라. 탄광 사무소에서 일할 자리가 났다고, 사택도 있고, 배급도 괜찮다고 하던데." "그럼 솔깃한 이야기 아니니? 가면 되잖아. 학력은 괜찮고?" "대충 아무렇게나 써 두면 괜찮겠지……." "그런 곳에 가서 좀 몸을 단련시켜 오면 좋잖아. 장소는 어디야?" "비호로美幌" "그래, 이제부터 추워지는데 폐가 안 좋은 건 잠깐 참아낼 수 있으려나." "엄마는 내가 그런 곳에 가면 기쁘겠지? 귀찮은 놈 내쫓을 수 있으니……." "그럼 그럼, 모두 사쿠 생각대로라고 생각하면 틀림없어……엄마는 잔인한 여자니까, 네가 없으면 개운할 뿐이겠지." 다마에는 안쪽에서 마작 소리가 와르르 나는 걸 듣고서 부아가 치밀었다. "비호로로 가는 건 죽으러 가는 거야……." "그럴 일은 없어. 오히려 도쿄에서 사는 것보다 나을지도 모르고, 괜찮은 일 있으면 엄마도 불러 줘……엄마도 아주 도쿄가 싫어졌거든." 소방차 사이렌이 우우우……소리를 내며 밭 건너편 땅을 울리고 지나갔다. "있잖아, 사쿠야." "뭐?" "엄마, 무척 외로워. 엄마의 이런 외로움 사쿠는 모르겠지만……엄마, 오늘 너무 불쾌한 기분이 들었어. 엄마는 억척스러워서 꽤 손해 보고 살았지만 어쩐지 살아 있는 게 싫어졌어……이제 점점 지저분해질 테고 옛날처럼 기운

이 없어. 사쿠는 남자니까 남자 마음은 이해하겠지만, 남자는 무정하더구나." "절감한 거야?" "그래, 뼈저리게 느꼈어. 남자와 여자는 그냥 젊은 시절뿐일까? 그런 거니? 아빠도 널 버리고 가고 싶은 곳에 가 버렸잖아. 여자한테 잘 반하고, 무책임하고, 엄마는 정말 인간이란 게 애처로워졌어." "돈이 있으면 돼. 신은 인간에게 편리한 걸 발명하게 해 줬어. 문제는 돈만 있으면 뭐든지 해결이 되는 거야. 에이코도 돈만 있으면 지금 당장이라도 남편이랑 헤어질 거라고 말했어." 다마에는 손톱에 연지를 바른 손가락을 부채모양으로 펼쳐서 가만히 응시했다. 조금 더러워진 잔주름 진 손이 남자에게는 보여줄 수 없는 꼴이다. "사쿠는 사실은 좋은 사람인지 나쁜 사람인지 알 수가 없네." "나는 나쁜 사람이야." "그렇지도 않아. 고작 스물둘인 걸. 나쁜 경험도 그다지 겪진 않았지만, 돈 많은 집 처녀라도 꼬셔 볼 수 있을지도……." "흐응, 나는 처녀 싫어해." "그거야 가져 본 적이 없으니 그렇게 생각하는 거야." "엄마는 악당이야……." "그렇지" 다마에는 나쁜 일이라면 무슨 일이든 지금은 상관없을 것 같았다. 이제 십 년 지나면 이런 기력도 없어져 버린다. 위선의 도덕이라는 것에 아직 모두가 미혹된 듯한 기분이 든다. 위선 속에서 지배와 권력과 부의 호사를 얻고자 인간은 사자분신獅子奮迅의 기세로 있다. 그 인간들의 생활력 속에는 김이 오르는 듯한 화락和楽함이 있다. 웃음이 있다. 그러나 다마에 모자에게는 지금은 무엇 하나 희망은 없었다. 부모와 자식 간의 유대관계조차도……. "갈 마음이 있는 거니?" 사쿠오는 대답도 하지 않았다. 말없이 천장을 보고 있었다. 다마에는 사쿠오와 함께 자던 시절이 언제까지였던가 생각해 본다. 여섯 살 즈음부터 사쿠오의 피부에 닿은 적은 없었다. 사쿠오는 늘 혼자서 얌전하게 잤다. 평범한 행복도 모르지만, 평범한 예의도 몰랐다. 사쿠오를 유원지 어딘가에 데려간 일도 한 번도 없다. 그런데도 조숙해서 열예닐곱 살 무렵부터 혼자서 몸을 즐기고 있음을 다마에는 알고 있었다. 인간이 아무것도 즐거운 일이 없으면 자연히 그런 식으로 빠져들게 되는 것이려니, 하고 다마에는 모르는 척을 했다. 오늘밤도 어디선가 식사를 했는지조차 다마에는 사쿠오에게 묻지 않았다.

이틀 정도 지나 사쿠오는 진짜 홋카이도행 준비를 했다. 에이코에게서 3천엔 위자료 비슷한 것을 받아 왔다. "언제 출발하니?" "삼십일 밤 기차. 사쿠라이랑 둘이서 갈 거야. 이제 돌아오지 않아." "그래, 둘 다 건강 하렴……." 다마에는 처음으로 눈물이 쏟아졌다. 딱히 만류하고 싶은 눈물은 아니었지만, 본능적으로 눈물이 쏟아졌음을 다마에는 진실로 느꼈다. ―출발일 밤, 저녁의 왁자지껄한 긴자銀座 거리를 걸어 보았다. "여자가 엄청 예쁘네." "홋카이도도 미인은 많아." "도시 여자는 역시 좋아. 이걸로 다들 남자가 생기겠지." 다마에와 사쿠오는 어깨를 나란히 하고 걸으며 친구처럼 이야기를 나누며 걷고 있었다. "이제, 눈 때문에 춥겠지?" "글쎄, 가 봐야 알지……그런데도 석탄 때는 스토브를 쬘 테니 호기豪気롭지." "나는 대만에서 태어나서 추운 곳이라곤 도쿄밖에 모르지만, 눈이 많이 내린 곳이라면 잠깐은 로맨틱하니 괜찮지 않니……." "로맨틱하다고. 살게 되면 그렇게도 안 될 걸……

이제부터 엄마는 어떻게 할 거야?" "점점 나이를 먹어 가겠지. 이제 옛날처럼은 안 되지. 추운 겨울 동안 엄마는 가끔 천식에 시달리다, 그러다 턱하고 죽을지도 모르지." 사쿠오는 담뱃가게에서 히카리光를 두 갑 사서, 하나를 다마에 손에 쥐여 주었다. "이제 엄마도 남자는 안 생기겠지." "그렇지. 이제 안 돼, 어떤 조짐도 보이지 않아. 아직 시간 있니?" 사쿠오는 양품점 안의 시계를 확인했다. "아직 괜찮아, 두 시간은 있어." "나, 배웅 안 할 거다?" "아, 그러는 편이 나아. 에이코가 배웅하러 올 테니, 그게 낫지." "에이코와는 작별 인사 나눴니?" "응, 오늘 아침에 갔었어. 저 부근 코롬방 빵집에서 기다리기로 했어." 다마에는 나막신을 신은 발로 멈추어 섰다. 에이코를 볼 생각은 들지 않는다. 갑자기 다양한 감정이 마음속에 스쳤다. "있잖아, 만약에 엄마가 무슨 일이 생겨도 돌아오지 않아도 돼……엄마 일이니까, 갑자기 화가 나서 죽고 싶어질 때가 있을지도 몰라. 그래도 사쿠는 오지 않아도 돼." 사쿠오는 턱으로 끄덕였다. 먼지 쌓이고 좀먹은 베레모를 쓴 모습이 다마에에게는 내 자식이지만 빈약해 보였다.

비록 유부녀이긴 하지만, 도쿄에 이별할 여자가 있다니 그래도 사쿠오는 다행이지 않은가, 다마에는 사쿠오의 손을 잡았다. 사쿠오는 뜻밖에도 힘없이 손을 잡더니 금방 다마에의 손을 놓았다. "당분간 못 만나지만 잘 지내렴. 엄마는 편지 쓰기 싫어하니까 편지 안 할 거야." 가로수길의 커피 향이 풍기는 다방 앞에서 사쿠오는 그대로 보자기에 싼 꾸러미를 들고 서둘러 어두운 쪽으로 사라져갔다. 다마에는 한두 번 돌아보았으나 밤안개로 금세 사쿠오의 뒷모습을 놓쳤다. —이제 온전히 나 혼자다, 다마에는 어깨를 펴고 깊게 숨을 쉬었다. 저녁 길 안쪽까지 사람이 많이 다녀서 푸른 빛 아래에 은색 연어가 매달린 가게와 검은 비로드 천을 양손에 늘어뜨린 마네킹이 물결처럼 다마에의 눈에 공허하게 보였다. 옛날부터 저녁의 길거리는 조금도 변하지 않은 듯한 기분이 든다. 다마에는 이렇다 할 일도 없이 이 세찬 거리의 어딘가에서 숨을 거두는 자신을 생각하고 있었다. 그것만이 자신의 마지막 청춘인 양 생각되었다. 바람이 불어서, 등불이 꺼져가는 연상聯想이 다마에의 눈앞에 떠오른다. 선달 밤의 거리에 일본식 머리 모양을 한 여자와 두어 아이들이 떠들썩하니 하네쓰키羽根突き[42] 를 하고 있었다. 처마 등 불빛에 하얀 깃털이 사라졌다가 빛났다. —욘초메四丁目 길로 나와서 사람이 새까맣게 모여 있는 모리나가森永 앞에서 다마에는 점원이 목이 쉬어가며 "네, 그 옛날 그리운 모리나가 벨벳입니다. 하나 어떠십니까?"라고 하는 소리를 들으며 인파 속에서 반짝이는 셀로판 꾸러미를 슬쩍 주머니에 넣었다. 몹시 쾌감을 느꼈다. 도자기 가게에서는 다마에는 사람들 틈에 뒤섞여 구타니九谷의 귀여운 간장병을 한 개 훔쳤다. 아무에게도 들키지 않은 것보다도 주머니의 무게감이 기분 좋았다. 가면을 쓰고 걷고 있는 듯한 기분이 들었다. 문득 살아 있는 것도 즐겁게 느껴지기 시작했다. 아들과 헤어지고 자유로워진 기분 속에 다마에는 갑자기 젊어진 느낌

42 모감주에 새의 깃을 꽂아 만든 제기 비슷한 것을 탁구채 같은 것으로 서로 치는 놀이. 배드민턴과 유사함.

이 들어 스키야바시数寄屋橋의 어스레한 길로 나오자 다마에는 셀로판 포장에서 벨벳 한 알을 꺼내 입에 넣었다. 광고등에서 달콤한 유행가 멜로디가 흘러나온다. 『아사히신문朝日新聞』의 전광판 뉴스에서는 의회 해산 소식이 반짝반짝 하늘을 빛내며 바쁘게 우측으로 지나갔다.

(『소설 신초小說新潮』 1949년 2월)

백로

양녀 사치코さち子가 편지를 보내 와서는 아무래도 결혼하고 싶은 남자가 있는데, 이에 대해서는 지금까지의 은혜는 은혜대로 조만간 반드시 갚을 날이 올 터이니 모쪼록 허락해 달라는 것이었다. 그 남자와는 예전부터 알던 사이인 듯하고 게다가 상대방에게는 딸린 식구가 있는 모양으로, 어떠한 희생을 치르더라도 상관없으니 일단 가게를 그만두고, 남자의 지인이 있는 오다와라에 적당히 작은 방이 있어서 우선은 그곳에서 가정을 일구고 싶다는 것이, 사치코가 보낸 편지의 내용이었다.

도미(とみ)는 그 편지를 받고서 깜짝 놀람과 동시에 어쩐지 속은 기분에 유쾌하지 못했다. 갓 열여덟 된, 소위 아직 세상 물정 모르는 여자에게 어떤 희생을 치르더라도 함께 가정을 일구자 말하는 남자에 대해, 도미는 석연치 않은 마음을 가졌다. 어차피 고아라서 평범한 아가씨보다야 조숙하다고는 해도 딱히 그리 예쁘지도 않고, 몸집이 작고 말라서 도미는 가끔 농담처럼 너는 꼬치고기 말린 것 같다며 놀리곤 했다. 그런 수수하고 별쓸모없는 여자를 붙들고는 어떤 희생이라도 치른다는 건 묘한 일이라고, 도미는 편지를 받고 4일째 되던 날, 고비키초木挽町 사치코의 가게에 갔다. 마

침 사치코는 목욕탕에서 돌아온 참으로, 뒷문에서 막 목욕을 한 새빨간 얼굴로 나왔는데 편지를 보냈단 사실을 까맣게 잊고 있는 듯, 도쿄東京극장 강변까지 이런저런 잡담을 하며 도미를 따라왔다.

"뭔가 그 편지 있잖아, 너, 진지하게 생각하고 결정한 거니? 여하튼 갑작스럽기도 하고, 엄만 깜짝 놀랐다니까. —그, 남편 될 사람은 몇 살 정도니?"

사치코는 히죽대며 웃고 있었다. 나란히 걸으면 도미가 훨씬 키가 커서, 과연 옛날 화려한 염문을 퍼뜨렸을 만큼 멋진 몸매와 자세가 젊은 사치코와는 하늘과 땅만큼 차이가 났다. 지금이야 눈썹도 희미하고, 머리숱도 줄어들어 볼품없는 여자가 되어 버렸지만, 도미의 과거를 아는 사람은 그 시절 도미의 싱그러웠던, 마치 유메지夢二[43] 그림을 닮은 미인 같았던 아름다운 자태를 기억하고 있을 것이다.

"너, 아직 일러……한창 즐길 수 있는 몸이지 않니. 오다와라 구석에서 가정을 가져서 애라도 생겨 봐, 차마 눈 뜨고 볼 수가 없지. 그쪽은 돈은 있고?"

"그러게, 별로 없어……그렇지만 나랑 어떻게든 같이 살고 싶다잖아……."

"바보구나, 너는……그거야, 남자라는 건 좋아할 때는 함께 있고 싶다고 하지. 좋아한다고 해서 일일이 하나가 되면 몸이 남아나

---

43 다케히사 유메지(竹久夢二, 1884~1934). 일본의 화가, 독특한 미의식으로 그린 '유메지식 미인도'로 유명.

질 않아……무슨 일 하니?"

"기계 브로커라고 했어. 딱히 자기 사무실 같은 걸 갖고 있진 않지만, 무척 열심이니까 나도 어쩐지 미안하다는 생각이 들어서……."

"정말, 뭐야? 같이 어디 갔었니?"

"어머! 이상한 엄마야……."

"아니, 웃을 일이 아니야. 엄마에게만은 정직하게 말해 줘. — 은혜는 은혜대로 갚겠다고 썼잖아, 엄마는 사치코에게 의지하지 않을 거야. 스스로 일할 자신은 있으니까……뭐랄까, 함께 사는 건 언제든지 함께 살 수 있으니까, 스무 살까지는 혼자서 열심히 일하고, 그러고 나서 눈이 좀 높아지면 상대를 찾아도 늦지 않아. 좋아한다고 생각해도 그런 마음은 금방 싫증 나서 푹 빠졌던 게 이상하게 느껴질 정도라니까……."

"어머, 나, 푹 빠져 있지 않아. 상대방이 빠져 있지. 그래서 딱하단 생각이 들어서 당분간 같이 살아 볼까 생각했을 뿐이야……."

"그 사람, 안주인이 있구나?"

사치코는 잠자코 웃었다. 어때, 내 눈은 정확하지, 라고 자랑스러운 기분으로 도미는 모직 코트 자락의 후크를 딱하고 채웠다. 사치코는 무척 요염한 눈으로 북적이는 긴자銀座의 인파를 우두커니 바라보고 있다.

"단팥죽 가게라도 들어가자."

"엄마, 단 거 안 먹잖아. 나, 그다지 먹고 싶지는 않아."

"하지만 담배 한 모금 피우고 싶어. 이케부쿠로池袋 구석에서부터 어지간히 허리가 시렸단 말이야."

두 사람은 전찻길을 건너서 판잣집치고는 의욕 넘치는 찻집에 들어가 내부와의 경계선처럼 걸린 포렴 옆 의자에 삐걱대며 앉았다. 도미는 나막신을 벗고 비틀거리며 의자에 앉았다. 삼나무 탁자에는 유채꽃과 스위트피가 꽃병에 꽂혀 있다.

껍질째 으깨 끓인 단팥죽을 두 개 주문하고 도미는 히카리 담배를 꺼내 한 모금 피웠다. 후, 하고 맛있게 연기를 콧구멍에서 뿜으며 차분히 사치코를 응시했다. 이런 수수한 아가씨의 어디가 좋다는 거야……. 가만히 보고 있자니 남자와 함께 살게 되면 금방 버려질 것 같은 어두운 음기가 느껴졌다. 그런데도 목덜미에 붉은 반점 모양의 키스 마크가 두 개나 있는 걸 보고 이건 이미 상당히 깊은 관계임을 알아채고 도미는 젊은 시절이 떠올라 히죽 웃고 말았다.

"있잖니, 진짜 정신 차려. 너는 바보처럼 어수룩하니까 말이야……그 남자, 몇 살이니?"

"글쎄, 몇 살일까, 서른 정도려나……."

"딴청이네, 너는……한 번 엄마가 만나 보면 안 될까?"

때마침 그때 단팥죽이 나왔다. 도미는 달콤한 음식에는 도무지 관심이 없었기에, 자기 앞에 놓인 단팥죽 그릇을 사치코 쪽으로 밀어주었다.

"원한다면 한 번 엄마한테 데려 와. 언제든 상관없으니, 여유롭게 만나 보고 싶네."

"그래, 그것보다 나, 오늘 밤 오랜만에 이케부쿠로池袋에 가 볼까……."

"근데 바쁘지 않니? 엄마는 기쁘지만 말이야……."

"그럼 오늘 밤 가게 문 닫고 나서 내가 갈게. 이것저것 물어 보고 싶은 것도 있고, 여기서는 좀 말하기 힘드네……."

사치코가 가게를 닫고 나서 온다고 하니, 도미는 그것도 괜찮다고 생각했다. 사치코는 재빨리 직접 단팥죽 값을 치르고 도미와 함께 밖으로 나왔다. 산짓켄보리三十間堀 강의 고인 물 위로 하얀 달이 떠 있다.

도미는 욘초메四丁目의 지하철 부근에서 사치코와 헤어지고 지하도로 내려갔지만, 문득 생각이 바뀌어서 다시 지하도 밖으로 나와 신주쿠新宿행 도덴都電[44]을 탔다. 어차피 사치코는 밤늦게나 올 터이니, 그 사이에 신주쿠로 가서 오싱お信네에 들르자고 생각했다. ―오싱은 도미가 예전에, 벌써 십이삼 년 전 아카사카赤坂의 산라쿠테이三楽亭에서 일했던 시절의 동료로, 종전 후 처음으로 도미는 야마노테센山の手線 전철 속에서 우연히 마주치고는 갑자기 옛날 정겨웠던 마음으로 돌아가 교류하기 시작한 사이이다. 신주쿠의 가스토리요코초カストリ横町[45] 판잣집 거리에서 술집을 차리고 지금은 부부가 착실하니 바쁘게 일하고 있다.

44 도쿄도(東京都)가 운영하는 노면 전차.

45 쌀이나 감자로 빚은 질 나쁜 막소주를 파는 술집이 모인 거리.

신주쿠에서 내려 팡팡パンパン[46] 여자가 나온다는 주라쿠ジュラク[47] 옆을 지나서 길 하나 건너면 마치 닭장을 늘어놓은 것 같은 술집이 삼백 집도 넘게 줄줄이 늘어서 있다. 때가 일렀는지 팡팡은 드문드문 서 있었다. 도미는 근처 단골 요시노吉野라는 헌 옷 가게에 들러서는 코트를 입은 채 구걸하며 얼마 정도에 사줄지 요시노의 젊은 주인에게 물어 보았다.

"아주머니, 또 술 드실 거죠?"

"그래, 쭉 하고 한잔 걸치고 싶네. 좋은 가격에 사 줘."

"이제 날도 따뜻하고, 가을까지 더워서 말이죠."

"흠잡지 말고 사 둬……."

어깨가 색이 바랬다, 만듦새가 촌스럽다, 실컷 에누리해서 천삼백 엔으로 가격이 정해졌다. 결단력 있게 도미는 재빨리 오래된 캐시미어 코트를 벗어 계산대 위에 올리고는 지폐를 세어 보지도 않고 오비에 끼우고 가게를 나왔다. 무미건조하다. 마음이 오징어 먹물처럼 검게 그을어졌다. —자신이 살아 온 길이 기나긴 한평생 같기도 하고, 또한 참으로 짧은 것처럼도 느껴졌다. 마음껏 남자를 알았고, 이제 넌더리가 나지만 남자가 쫓아다니던 시절의 그, 사냥이라도 하는 듯한 모험이 도미에게는 귀 아래가 짜릿할 정도로 그리웠다. 사치코 나이 때는 이미 남자를 알았었던가……남자가 쫓아다니는 것이 목이 졸려 죽을 듯 기분이 좋아서, 꽤 잔인한 처사

---

46 2차대전 후 일본에서 미군을 상대하던 매춘부.

47 サロン聚落, 당시 매매춘업소.

로 몇 명의 남자를 버려 왔으니, 나쁜 짓을 한 벌일지도……. 도미는 위가 타들어갈 만큼 술을 마시고 싶어졌다. 술 탓에 남자 문제도 꽤 실수했지만, 시간이 흘러가는 대로, 자신이 짊어진 운명이라 생각하니 혼자 사는 게 마음 편하다고 빨리 단념할 수 있었다.

뛰어들어가듯 오싱의 가게에 가니 아직 초저녁이라 손님도 없고, 오싱은 새하얗게 화장을 하고 풍로 아래쪽을 부채질하고 있었다.

"어, 어서 와."

"남편은?"

"다리 다친 게 겨우 좋아져서 도쿠라戸倉에 갔어."

"온천이라, 멋쟁이네……바람피우러 간 건 아니고?"

"그런 남자라면 볼품 있었겠지."

"한 잔 줘. 뜨겁게 해서."

"여전하네. 회사는 어때?"

"응, 4~5일 쉬었어. 재미도 없고, 울적하면 쉬어 버리니까 허덕이고 있지."

"그래도 팔자 좋네. 너란 사람은 욕심이 없으니까……."

머위 꽃대 무침이 조그마한 초절임 종지에 담겨 나왔다. 뭐냐고 묻자, 먹어 보라고 해서 젓가락 끝으로 귀이개로 퍼낸 것만큼 맛을 본다.

"봄이네……."

"나리무네成宗 주변에는 이미 머위 꽃대가 났더라. 우리 할머니가 뜯어서 줬는데, 있지, 제철이고 정겹지 않아?"

"다이코 히데요시太閤秀吉[48]의 엄마가 말이야, 히메지姬路인가 어딘가의 성城안에서 머위 꽃대를 뜯어서 사무라이들에게도 나눠 줬다는 곳이 있었는데, 할머니가 머위 꽃대를 찾아 준다니 괜찮네. 그래도 이걸로 비싸게 받을 거지?"

"얄미운 도미 씨구만. 모처럼 좋은 이야기를 한들 나머지가 별로야."

뜨거운 잔술을 쭉 반쯤 비우고 도미는 카운터에 양 팔꿈치를 짚고 그 위에 턱을 올리고는 눈을 번쩍 떴다.

"오늘 딸애에게 다녀왔어."

"어머, 딸이라니, 너 애 없지 않니?"

"응, 여동생 애야. 여동생 부부가 시타마치 공습 때 죽었거든, 공장으로 보내진 걸 내가 데려와서 부모 대신 고비키초에서 일하게 했어. —애야, 아직 애라고 안심하고 있었더니 이미 좋은 남자 찾아서 같이 살고 싶다고 편지를 보내 왔길래 깜짝 놀라서 가 봤지."

"아아, 사치코 씨라고 했었지? 도미 조카라면 바람기가 있었겠지, 틀림없이 예쁘겠네?"

"그게 예쁘지 않아. 너 본 적이 없나……쓸쓸한 표정에 아무리 봐도 남자 눈에 띌 만한 아가씨가 아닌데……피는 속일 수가 없나 봐."

---

48 정무 최고위직인 칸파쿠(關白)를 자식에게 물려준 사람에 대한 경칭. 도요토미 히데요시(豐臣秀吉)를 뜻함.

두 사람을 동행한 여자가 아줌마, 안녕하세요 라고 구부정하게 지나갔다. 불빛을 비쳐 보고는 오싱도 인사를 했다.

"어머, 팡팡이야?"

"아니, 여장남자야. 남자라고. 잠시 예쁜 여자로 변장한 거지……."

"그래……전쟁 끝 세상은 질서고 체계고 없이 엉망이네. 신주쿠에도 여장남자가 나오게 된 거야?"

"이게 민주주의지."

"민주주의……혀 깨물어 버리고 싶은 말 하지 말아 줄래. ―하지만 어려운 세상이 되어 버린 거지? 내게도 선거권이 있다니, 오래 살고 볼 일이야……너무 짜증스러워서 나, 공산당이라는 곳에 가입했어."

"어머, 그랬어. 나는 이시다 이치마쓰石田一松라는 사람 좋아하는데, 구区가 달라서 망했지 뭐야. 아무래도 좋아. 세금 적게 내는 편한 세상으로 만들어야 해. ―한 잔 더 어때?"

"오늘 밤은 외상 안 할 테니까 괜찮아. 돈 있어……."

"오, 무서운데. ―선거 얘기로 생각났는데, 옛날에 산라쿠에 오던 야마다山田 씨와 후지야마藤山 씨, 다들 추방당해서 지금 뭘 하고 있을까?"

"어차피 저마다 물 밑바닥의 진흙 속을 둔갑술이라도 써서 잘 살고 있을 거야. 그런 인간들은 수하에 사람이 충분히 있으니 몰래 도망가는 짓도 하질 않지……."

어딘가에서 라디오의 피아노 소리가 울려 퍼졌다. 잔을 입술에서 떼고 도미는 허공을 바라보는 듯한 눈빛으로 찌직 잡음 섞인 피아노를 푹 빠져서 듣고 있다.

"사이토斎藤 씨가 떠올랐어?"

"그래……."

"도미도 의외로 순정파야."

"그렇지도 않지만……육체관계가 있었던 사람은 역시 잊을 수가 없어. 죽고 없어서 칭찬하는 건 아니지만, 그 사람뿐이야. 나를 이상한 말로 꼬드기지 않고 항상 친절했던 건……하지만 생각할 때마다 그 사람, 동반 자살했단 걸 생각하면 억울해. ㅡ여자를 좋아해서 동반 자살한 게 아니라고 생각하거든……마음이 약해서 그렇게 되고 만 거지."

"지금 살아 있다면 피아노 쪽에서는 꽤 잘나가는 선생님이 되지 않았을까?"

"그때도 사이토 씨의 피아노는 유명했었어. 품격 있게 친다고. 혀를 깨물 정도로 어려운 서양 곡만 연주했지만……."

도미는 두 잔째 잔도 단숨에 비우고, 자칫 우울해질 수 있는 기분을 북돋우려고 피아노 음색에 귀를 막으려는 듯 고개를 저었다.

십이삼 년도 전에 동반 자살한 남자의 얼굴이 떠오른다. 그 시절 자신은 미인이라 어떤 남자라도 넙죽 엎드리게 만들려고 분발했던 탓인지 스르르 사이토가 죽어 버리자 도미는 맥을 추지 못했다. 게다가 게이샤와 함께 죽었다는 사실이 도미의 자존심에 상처를 입혔다. 이를테면 첫사랑 남자였다고 해도 좋을 만큼 도미는 사이토에게만은 진지한 마음을 갖고 있었지만, 이제 와 생각해 보면 그 실연의 상처가 자신을 이런 여자로 만들어 버린 것이라고 도미는 생각하고 있었다. 소가 위에서 되돌린 여물을 재미 삼아 되새김하듯, 도미도 옛날 사이토의 추억을 되돌려 그 그리움을 아무리 괴로울 때도 위안 삼아 곱씹었다.

여섯 살 정도의 누더기를 입은 사내아이가 카운터 위로 고개를 내밀었다.

"아줌마, 돈 좀 주세요."

도미는 깜짝 놀라 아이의 얼굴을 보았다. 낮은 코의 교활해 보이는 얼굴을 한 아이였다. 도미는 오비 사이에서 백 엔 지폐를 한 장 꺼내서 카운터 위에 두었다.

"너, 몇 살이니?"

"여덟 살이요."

"너 혼자야?"

"네……."

"이거, 가져 가렴."

오싱이 깜짝 놀라서 테이블 위 백 엔 지폐를 잡았지만, 아이의 손이 더 빨라서 아이는 큰 소리로 상큐 베리 마치라고 말하더니 뛰어가 버렸다.

"너무 많이 줬잖아, 이 사람, 취해서는……."

"인간은 어차피 죽는 걸, 얼마 준 들 대단한 일은 아니야. 조그만 몸으로, 엄마 젖이 필요한 나이인데, 불쌍하지 않아?"

"아와阿波의 도쿠시마주로베徳島十郎兵衛[49] 이야기 같네. 저런 애는 저런 애대로 충분히 행복하고 속 편히 살고 있어. 욕심이 없을 리가 없어."

세 잔째 마시자 그렇게 자신만만했던 도미도 숲속 우물에라도 빠진 것처럼 적적한 기분이 들어 잠자코 입을 다물고 있었다. 박봉의 샐러리맨으로 보이는 사람이 둘, 가게 앞에 서서 여러 가게를 둘러보고 있었지만, 마음을 정하지 못한 듯한 모양새로 오싱 가게의 긴 의자에 나란히 앉았다.

가게가 무척 좁아서 계속 방해하는 것도 미안한 마음에 도미는 천천히 일어나 오비에서 돈을 꺼내 계산을 마치고 밖으로 나왔다. 목덜미에 부는 바람이 몹시 미지근했다. 도미는 아타미熱海에라도 가서 삼류 여관의 호객꾼 일이라도 할까 생각했다. 회사의 사환 아줌마 같은 일을 한들 어쩔 도리가 없고, 낭비가 심한 도미에게 사천 엔가량의 급료는 매달 열흘도 가지 않았다.

회사 변소 청소를 하는 도미를 젊은 사원들은 이 사람이 그 옛날 절세미인이라 불리던 여자라고는 누구도 생각하지 않을 것이고, 일단 변소 청소를 하는 아주머니가 어떻게 생겼는지도 기억하지 못할 것이다. 그 정도로 도미의 얼굴은 변모했다. 숱한 시련을 겪고, 알코올 중독이라 해도 좋을 만큼 술을 마셔대는 황폐한 생활

49 딸을 부모에게 맡기고 다른 지방에서 도둑질을 일삼던 주로베가 자신을 만나러 찾아온 딸을 몰라보고, 아내가 딸을 가엾게 여겨 내어 준 돈을 뺏고 딸의 목을 졸라 죽인 이야기. 조루리(浄瑠璃).

이 아름다웠던 얼굴을 남김없이 변모시킨 것이다. 산라쿠에서 잔심부름을 하던 시절, 여러 사람에게 게이샤로 나가는 건 어떠냐는 권유를 받을 정도의 미모로, 둥글게 틀어 올린 귀밑머리를 풀어헤치고는 취해서 비틀비틀 요리를 나르는 모습이 매력적이었다. 하늘빛 댕기를 감고 검은 공단 옷깃에 붉은 모슬린 어깨띠를 한 도미의 요염함은 스물네다섯 명의 하녀 무리 중에서도 발군이었다.

이제 도미는 이미 몇 년이고 거울을 본 적이 없다. 저절로 세월이 흘러, 자연히 나이를 먹게 되는 것이라 단념하고 있었다. 서른여덟이라는 나이는 여자에게 그렇게 비관적인 나이도 아니고, 도미는 자신의 용모에 대해 지금은 아무런 불편도 느끼지 않았다.

도미가 이발소 2층을 빌려 사는 집으로 돌아온 건 9시를 상당히 지나서였다. 이불은 깔아 둔 채다. 귀찮은 일을 싫어하는 도미는 쥐구멍만 한 다다미 3조[50] 짜리 방이 자신의 세상이다. 식사는 외식권으로 조달하고 있어서 부엌세간도 필요로 하지 않은 채로, 여전히 갖출 마음도 없다. 가까스로 하오리羽織[51]를 벗고 오비를 풀고는 나가주반長襦袢 하나만 입고 이불 속으로 파고들어 게으르게 이불 속에서 버선을 벗었다.

아래층에서는 또 화투판이 시작되었다. 동네 사람들로 보이는 들어 본 적 있는 목소리가 난다. ―사치코가 찾아온 건 이미 12시

50 5평.

51 기모노 위에 입는 짧은 겉옷.

가까운 시각이었던가. 도미는 술의 취기가 돌아 꾸벅꾸벅 기분 좋게 잠들어 있었다. 소리가 나서 눈을 뜨자 사치코가 베갯머리의 전기풍로에 물을 끓이고 있었다.

"어머, 언제 왔니?"

"아까 왔지. ―엄마가 잘 자고 있어서 그 사람이 데려다 주긴 했는데 다시 오겠다고 하고 돌아가 버렸어……전차 시간도 빠듯하고, 쉬는 날 여유롭게 찾아뵙겠다고 전해 달래……."

"뭐야……깨워도 상관없는데, 여기 올라왔었어?"

"아니, 밑에서 돌아갔어."

사치코는 맥주병에 술을 가져 왔다고 말하고 도미의 머리맡에 신문지를 펴고 찻잔과 죽순 껍질로 싼 꾸러미를 놓았다. 죽순 껍질 꾸러미에는 생선 초밥이 열 개 정도 들어 있었다. 밤이라 간단한 선물을 살 수가 없어서 대신 그 사람이 엄마에게 천 엔 용돈으로 건넸다며 얇은 휴지에 싼 돈도 찻잔 곁에 놓아 두었다.

"서방이 술은 좀 하니?"

"별로 마시지 않아."

도미는 베개에 턱을 괴고 다랑어가 든 초밥을 한 입 가득 넣었다. 그러고 나서 사치코가 찻잔에 따라 준 차가운 술을 차 대신 꿀꺽 삼키고는 비로소 또렷이 잠이 깬 듯 일어나 앉아, 하오리를 가냘픈 어깨에 걸치고 담배를 물었다.

"엄마, 여전히 지저분하게 하고 살고 있네? 내일 대청소해야겠어……."

공복인 탓인지 아랫배까지 훅 뜨거운 것이 찌르르하니 기분이 좋아졌다. 사치코는 낯선 꽃무늬 비로드를 입고 있다. 인견이 유별나게 반짝이는 비로드였는데 지금 사려면 상당히 비쌀 것이 분명하다.

"그거, 그 사람이 사줬니?"

"응……."

도미는 소매를 쥐고 감촉을 느꼈다. 차갑고 매끈매끈하다.

"싸구려 물건이네. 기성품이지만 겉보기엔 조금 괜찮지? 대단한 눈속임이야……."

코트의 꽃무늬가 반복적으로 작게 들어가서 사치코의 수수한 얼굴도 한층 돋보인다. 물이 끓어서 작은 방 안이 따스해졌다. 도미는 기분 좋게 취기가 올랐다. 이 취기만이 도미의 구원이었다. ―모든 망각이 이 한순간의 마비 속에 있었다. 기나긴 과거도 많은 산과 고개를 넘어온 추억이 이어졌지만, 이제 그런 괴로웠던 이제까지의 일도 편안히 잊어버릴 수가 있어서 마치 어제 갓 태어난 인생처럼 느껴진다. 항상 술을 마실 때마다 나는 끝났어, 이제 아무런 일도 일어나지 않을 거야, 라고 단념하고 될 대로 되라는 식으로 하고 싶은 대로 살면 된다고, 도미는 그렇게 마음속으로 생각한다. 그러면서도 살아왔다고 하는 것은 그리운 일이었다. 산다는 것은 매력이 있는 일이었다. 미묘한 곡절이 인생 여기저기 아로새겨져 있고, 마음을 술렁이며 어지럽히는 왠지 모를 그늘이 지금까지 살아온 넓은 바닷속으로 희미하게 안내해, 긴 항해를 마친 권태가 남았다. 가끔 의지할 곳 없는 이 망막한 바닷속 의식 없는 취기가 그녀 일생의 반을 점하고 있었단 사실도 지금은 황홀할 정도로 그리웠다. 기억나는 모든 것이 지금은 모조리 안개로 둘러싸여 있다. 마치 달빛에 젖은 듯한 쓸쓸함이 도미의 마음속에서 소용돌이쳤다.

사치코가 남자에게 신세를 지고, 오다와라에서 가정을 일구겠다는 것도 옛날 자신과 같은 일을 되풀이하는 듯한 마음에 따분한 생각이 들었다. 인간의 행위라는 건 결국은 대를 이어 같은 행동을 하는 것으로 생각했다. 신이 만일 정말 이 세상에 존재한다면 인간의 이러한 변천을 보고 상당히 긴 세월 재밌다고 생각했겠지. 도미는 사치코의 윤기 나는 얼굴을 보며 그런 생각을 하고 있었다.

"자고 갈 거니?"

"응, 물론이지. 오늘 밤은 그럴 생각으로 나, 가게에도 확실하게 말하고 왔는데……."

"있잖니? 그, 서방이라는 사람은 제대로 된 사람이니? 부인도 있지 않니……너를 오다와라에 살게 해서 어떻게 할 마음이라니…….나는 찬물 끼얹으려는 건 아니지만, 도무지 탐탁지 않은 기분이 들어. —정말 여자라는 건 이런 사소한 일로 엇나가기 쉬우니까. 여자는 처음 시작을 계기로 평생을 잘못되고 마는 거니까. —아니, 안 된다고 하는 게 아니야. 뭘 하든 삿짱 마음이지, 물론 내가 아무 말이나 할 수 있는 처지는 아니지만 그래도 가정을 갖는 건 이르지 않니?"

사치코는 코트를 벗고 잠자코 있었다. 도미는 찻잔에 맥주병의 술을 자작해 단숨에 마셨다. 유혹이라는 것이 벌써 이리 젊은 여자에게 싹트기 시작했다는 사실이 도미에게는 이해가 가지 않았다.

얼마 전까지 아이였고, 이런 일을 생각도 하지 않았던 아가씨가 이제 어엿한 인생을 갖게 되었다. 도미는 몽롱한 눈으로 사치코를 올려보았다.

"언젠가 한 번은 이모에게 일어난 일을 너에게도 이야기해 줘야겠다고 생각했었어……. 젊었을 때는 한눈팔지 않고 주위 일은 아무것도 보이지 않지. 나도 삿짱 정도일 때는 그랬었어. 평생 나이 들 거라고는 생각해 본 적도 없지. 세상이 재밌고 즐거워서 너무 좋았어……. 그게 있잖아, 어느 사이엔가 마음이 들떠 있던 사이에 이렇게 나이가 들어 버려서, 어찌할 도리가 없어져 버리는 거야, 어느덧 가망이 없어져 버렸지."

여자로서의 첫 시작에 뺨을 맞았던 억울함이 이제 와 도미의 가슴 속에 원한이 되어 나타난다. 노란 석양이 따갑게 내리쬐는 빛 속에서 사람은 손쉽게 산화해 버린다……. 그 석양 속에는 이미 인생의 어디로도 돌아갈 수 없는 인간들이 서로 북적대며 서쪽으로 흘러가고 있었다. 제각기 부지불식간에 추악하고 난처한 표정으로 변해 석양 건너편의 어둠 속에 빠져 아무런 흔적도 없이 사라지는 것이다. 신은 무료함에 시달릴 일이 없다. 어떠한 인간에게든 결과를 내주고는 쉬고 싶다. 결론이 존재하므로 인간 세계는 새롭고 새로이 변화해 가고 있다. 다만 같은 일을 반복하고 있다고 하는 어리석음을 알고 있는 건 신뿐이겠지만.

도미는 눈을 크게 떴다.

쏴, 파도 소리가 귀에 들렸다. 수평선에 번개가 치고 있다. 심하게 몸이 흔들려 떨어져 가는 나락을 느낀다. 번개 건너편에서 거대한 쌍두마차에 탄 그 남자가 망토 깃을 훌쩍 날리더니 껄껄 웃음소리를 내며 말에 채찍질하고 있었다. 자아, 너를 맞이하러 왔지. 얼른 타. 타고 나와 함께 가는 거야, 라고 그 남자가 속삭인다. 아아, 또 왔구나. 죽인 남자가 다시 데리러 왔다. 도미는 지긋이 어둠을 응시한다. 죽인 남자는 웃고는 속삭인다. 그건 내 잘못이 아니야. 물을 밟을 순 없다고 도미는 물가에 단단히 달라붙었다. 척수로 차가운 민달팽이가 들어와 돌아다니는 느낌이 났다. 식은땀을 흘리며 도미는 악하고 비명을 지른다. 그러면서도 양심의 가책은 전혀 없다. 다만 오로지 도미는 그곳에서 도망치고 싶을 뿐이다. 나는 당신에게 반했었어. 정말로 흠뻑 빠졌기에 당신은 내가 죽어가는 것을 못 본 체하고 말았지……. 그리고 그 살인을 아무도 모른다. 그리고 지금은 차별 없이 도미에게도 만년晩年이 찾아온 것이다. 도미는 느닷없이 오열했다. 온갖 감동이 발효해 오는 것이다. 전인미답 속 혹독한 풍파에 시달리는 듯한 고독한 외로움이 도미를 덮쳐온다. 이윽고 쌍두마차는 작아져서 다가왔다. 별처럼 작아져서 도미의 눈앞에 나풀나풀 벌레처럼 날았다.

"남자를 한 사람 죽인 일은 내 평생을 이렇게 만들어 버렸어. 나는 말이야, 그때부터 어떠한 애정 관계 속으로도 들어갈 마음이 사라져서 자연히 그런 습관이 붙어서 살아온 탓인지 남자를 속이는 건 잘해도, 내게는 나의 말랑한, 넋을 잃을 만한 나라는 게 사라져 버렸어……내가 사라지니 내 몸만이 남자를 닥치는 대로 만들어 갔지……. 만나는 남자가 우스울 정도로 호의를 갖고 다가오지. 여자가 예쁘게 태어났다는 건 하나의 무기를 가진 것과 같아. 그거야말로 여러 남자가 내게 호의를 보여 준 이유야……. 나는 술에 취해 그런 남자들에게 올라타서 땅바닥을 기어 다니게 만들었지. 아무리 억지를 부려도 찾아왔었어."

도미는 문득 주위를 둘러보았다.

불쾌한 현실이 몽롱한 눈에 보인다.

도미는 열다섯이 되던 해 어머니를 잃었다. 아버지는 장식을 세공하던 주정뱅이로 소위 장인 기질이 있는 사람이었는데, 돈이 있을 때는 늘 술에 절어 있었다. 주광에 가까운 술꾼이었고, 도미와 사치코의 엄마 기쿠는 둘뿐인 자매였는데, 기쿠가 아직 여덟 살이라 엄마를 대신해 집안을 꾸려 나가는 건 도미였다. 도미는 1906년 병오년丙午[52]에 태어나, 흔히 말하는 시집가기 힘든 태생이었다. 그러나 희고 갸름한 얼굴의 뛰어난 미인이라 아무리 외양을 신경 쓰지 않은 차림새를 하고 있더라도 도미는 누구나 뒤돌아보았다. 도미는 어린 마음에도 충분히 자신이 아름답다는 사실을 잘 알고 있었기에, 낯을 가리지 않는 영리함을 갖추고 그 무렵부터 사람들에게 그러한 호의에 응석을 부리는 기술도 터득했다. 아버지도 도미의 미모를 이용해서, 술을 사러 보내는 것도 도미여야만 했다. 술집 지배인에게 도미가 반짝이는 눈빛을 보내면 예상 밖이라 할 만큼 많은 양의 술을 내주었고, 생선 가게도 쌀집도 모두 도

52 이 해에 난 여자는 남편의 수명을 줄인다는 미신이 있음.

미 마음 내키는 대로였다. 웃을 때 드러나는 새하얀 이도 아름다웠고, 긴 속눈썹이 시원한 눈매는 보는 사람의 마음에 불을 지를 정도로 운치 있게 요염했다. 도미의 아버지 류지隆次는 말하자면 설탕 단지를 끼고 있는 것과 같았다. 여동생 기쿠는 아버지를 닮아서 아름답지는 않았지만 온순한 아이로 도미보다도 아버지를 좋아했다. 도미는 자신을 이용하려는 아버지의 교활함을 꿰뚫어 보고 있었고, 그 교활함이 신물나게 싫었던 것도 확실했다. 여동생 기쿠는 무엇 하나 두드러지는 구석이 없는, 전혀 자리를 차지하지 않는 수수한 아이였다. 예쁘지 않았지만 얌전했다. 발소리를 내는 일도 없는 유순함이 아버지 마음에 들었고, 아버지의 마음속에서는 오히려 설탕 단지는 도미가 아니라 기쿠이며, 공기처럼 소리 내지 않는 기쿠를 사랑했다고 한다. ―도미가 태어났을 때, 아버지는 여자애라는 말에 실망해서 최소한 돈이라도 되면 좋겠다고 아무렇게나 '도미富'라 이름 지었다. 장인의 딸에게 어려운 이름을 붙일 필요가 없다는 것이 아버지의 지론이었다. 하지만 아버지는 마음속으로 도미가 태어났을 때도, 기쿠가 태어났을 때도 실은 사내아이를 바라고 자신의 류지라는 이름에서 한 글자를 따서 류키치隆吉라 부르리라 정해 놓았다. ―도미는 어린 시절은 그다지 예쁘다고는 할 수 없었지만, 고등소학교를 나올 무렵부터 부쩍 미모가 빛을 발하기 시작했다. 아버지인 류지가 마음속으로 그럭저럭 횡재했다고 생각한 것은 이 무렵부터였을 것이다. 어머니가 죽은 후 도미의 집안은 극빈에 가까운 살림으로, 어느 도매상 영감이 도미의 미모를 주목하고는 류지에게 뭔가 생각이 있으면 힘이 되어 줄 수 있다고 넌지시 물어 본 일도 있었다. 류지는 언짢게 생각하지는 않았지만, 충분히 딸을 다 키우고 나면 더 좋은 집안으로 시집보낼 수도 있지 않겠냐는 마음에 승낙하지 않고 태연히 술에 취해서는 게으름을 피워댔다. 도미는 가끔 일터에 앉아있는 류지를 보면 날씨는 괜찮으려나, 하고 부랴부랴 부지런히 서둘러 풀무에서 바람을 나오게 하는 일을 도왔다. 노랗게 먼지를 뒤집어쓴 가게 유리창 너머로 류지의 벗겨진 머리가 고립된 성에 지는 달처럼 빛나며 작업대 앞에 웅크리고 있는 날은, 일 년 중에 좀처럼 없는 일이라고 해도 좋을 정도였다. ―바탕쇠 브로커가 이따금 찾아오곤 하는데, 류지가 가게에서 일하고 있는 날에는 뭔가 기적이라도 본 것처럼 희한한 일이네, 라고 하며 들어온다. 이 바탕쇠 브로커 가운데 한 사람, 세키関라는 젊은 남자가 있었다. 아오모리青森 출신이라는 건 알려져 있었으나 신원은 그다지 확실하지 않은 남자로 왼쪽 손목에 복숭아 모양 문신이 있다. 폭이 좁은 허리띠 차림에 언제나 깃 쪽에 클립이 달린 만년필을 꽂고 있었다. 버드나무로 만든 도시락처럼 생긴 작은 가죽가방을 보자기에 싸서 그것을 항상 손목에 걸고 있었다. 세키는 도미의 미모에 마음이 끌려 이틀이 멀다고 시타야이나리초下谷稲荷町에서부터 걸어서 네기시根岸의 도미 집까지 찾아오는 것이다. ―세키는 가는 눈매에 번뜩임이 느껴지는 묘한 숨결을 드러낸 표정으로 도미를 쫓아다녔다. 실제로 류지가 잠깐 자리를 비울 때라도 생기면 일부러 도미가 연마하고 있는 작업대 쪽으로 와서 도미의 귓가에 거친 숨소리를 들려주는 뻔뻔스러운 구석이 있었다.

도미는 이 세키라는 남자가 정말 싫었다. 뭔가 꿍꿍이가 있는 듯한 세키의 눈매에 방심할 수 없는 무엇을 느꼈다. 이 무렵, 전쟁으로 경기가 좋아 바탕쇠 가치가 엄청나게 올랐다며 세키는 백금으로 이백 가깝게 벌었다는 소문이 있었으나, 세키는 그러한 좋은 경기는 내색하지 않고 도미를 찾아와 점심을 알리는 소리를 듣고는, 근처 야부추藪忠에서 소바를 네 개 사와서 도미 가족에게 대접하는 정도가 세키의 최선이었다. 예전에는 어디 2층을 빌려 고작 크롬으로 비녀를 만들었더라는 이야기를 들었는데, 그렇게 소소한 장인에서 벼락부자가 된 만큼 세키는 금전에 대해서는 인색한 편이었다. 오늘도 가게 작업장에서 류지가 선물할 반지를 풀무로 담금질하고 있으니 세키가 또 훌쩍 찾아와서는 3문匁[53]은 될 법한 금비녀를 꺼내 직접 연장터에 주저앉아 송곳으로 금비녀를 조각하기 시작했다.

"엄청 좋은 거잖아……어느 가게 물건이야?"

"음, 모某처의 미인 것이지요."

"미인이 아니고서야 이리 아름다운 물건을 머리에 올릴 수가 없지."

류지는 그 금비녀를 들여다보고는 담배를 한 모금하면서 세키의 손놀림을 보고 있었다. 도안은 고잔기리五三桐[54]로 당시 유행하

---

53 1문이 3.75g.

54 문양에 들어간 꽃잎 수가 3-5-3으로 배열된 것.

던 길이가 짧은 네 치寸[55] 짜리 비녀였지만 몸통이 두꺼워서 제법 그윽하니 품격있는 비녀였다. 연마기로 반지를 연마하던 도미도 세키의 손놀림을 들여다보았다. 세키는 자기 곁을 들여다보는 도미의 어깨를 짚고서는

"어때? 이거 잘 어울릴까? 아저씨, 나는 말이죠, 이거 도미 씨에게 줄 생각으로 만들었는데, 어떻게 생각해요?"

라고 말했다.

"그렇게 호사스러운 건 보모 같은 여자에겐 안 어울리지……."

"뭐예요. 나는 인색하게 구는 건 싫어하는 성격이고, 아저씨에게도 신세를 졌으니, 이건 도미 씨에게 줄 생각으로 오랫동안 만들었다고요……진심이라니까."

푸른 불이 붙은 풀무가 요란하게 굉장한 소리를 내고 있다. 류지는 목련 나무로 만든 작업대 위 바이스에 은 막대기를 물리면서 세키를 방심할 수 없는 녀석이라고 생각했다. 어깨에 손이 얹힌 도미는 킥킥 웃으며 세키의 손을 떨쳐 버리려고 했지만, 문양이 도드라지게 조각된 비녀는 이미 도미의 부풀려 묶은 머리에 꽂혀 있었다. 도미는 냉큼 비녀를 뽑아 쇠줄과 실톱이 어질러진 작업대 위에 두었다. 세키는 묘한 얼굴로 시키시마敷島 담뱃갑을 꺼내 류지에게 권하며 길게 코로 연기를 뿜더니 결심한 듯 말을 꺼냈다.

"어때요, 아저씨, 단도직입적으로 내게 도미 씨 주지 않을래요……."

---

55 한 치가 3cm, 네 치는 12cm.

"달라니, 뭐로?"

"아내로 맞이하고 싶어요……."

"도미는 아직 애라고……너한테 못 보내지. 일단 양자로 받아들이지. 그런들 아직 먼 이야기지만……."

"그래요, 양자라도 좋아요. 그럼 내가 이 가게를 확장해 보이죠. 나도 단단한 철사 굽히기부터 도금, 연마까지 애송이 시절부터 차근차근 밟아 올라왔다고요. 가와다쓰川辰 집안 정도는 이을 수 있어요……. 지금 정도의 야심으로는 끝나지 않을 거예요."

"그거야 좋지만, 도미는 아직 철부지라 어찌 도리가 없어……아직 그럴 마음은 없어 보여……."

도미는 부엌에 틀어박혀 벽을 통해 들려오는 두 사람의 이야기를 듣고 있었다. 세키에 대해 아무런 관심이 없는 것도 아니었지만, 참으로 그 눈초리가 무섭다고 느꼈다. 류지가 없을 때를 노려서는 손을 잡거나 귓가에 도미 씨 좋아한다며 거친 숨소리로 이야기를 하는 게 징그러웠지만, 그런 불쾌함에 조금씩 익숙해지자 그런 일이 이상하게 도미의 마음 한구석에 남았다. 마음이 정돈되지 않은 틈에 이미 비로드처럼 매끈매끈한 꼬임에 넘어가고 싶은 마음이 무르익고 있다. 세키가 작업장에 앉아있는 게 답답하긴 했지만, 어쩐지 자기를 좋아해 준다는 호의를 생생하게 드러내는 그 자체에 도미는 문득 유혹당하는 듯한 느낌을 받았다. ―세키가 돌아가고 나서도 그 일을 계속 생각했다. 저녁 식사와 함께 한잔 걸치며 류지는 세키가 두고 간 금비녀를 천 꾸러미에서 꺼내 바라보고 있다. 문양을 도드라지게 조각한 시원한 솜씨는 그리 나쁜 작품이 아니었다. 하쿠보탄白牧丹 언저리의 쇼윈도에 장식해 두면 틀림없이 이 정도의 금세공이라면 상당한 가격이 붙여질 물건이다. —도미는 아직 꽃으로 치면 꽃봉오리 정도의 나이였지만, 의외로 마땅찮은 사내가 생기기 전에 도미를 흠모하는 세키에게 시집보내는 것도 괜찮겠다는 생각도 든다. 세키가 두고 간 시키시마 담뱃갑에서 한 개비 담배를 뽑아 한 대 피우며

"세키가 이런 걸 두고 갔는데, 진심일까?"

"전 싫어요, 그 사람 징그러워서 싫어요."

"스물일곱이라고 하니 한창때 남자이지만, 도무지 알 수 없는 사람이야. 그래도 너만 좋다면야 가와다쓰 집안을 잇는 것도 괜찮아……."

"정말 이상한 사람이에요, 기쿠도 세키오빠는 섬뜩해서 싫다고 했어요."

세키가 드나들고 반년 지나 도미는 열여섯 살을 맞았다. 늦은 봄의 어느 날, 류지가 귀금속 조합 모임에서 이타코시潮来로 1박 여행을 떠나 집을 비운 사이, 도미는 세키로 인해 여자가 되고 말았다. 일 년 정도 질질 관계를 끌어갔지만 제1차 세계대전 후 좋았던 경기도 다이쇼大正[56] 말기에 들어서며 조금씩 불경기의 징후를 나타내기 시작해, 귀금속 쪽도 호황이던 활기는 사라지고 있었다. 세키는 그 무렵 경마에 빠져들기 시작했다. 언젠가는 고용주의 돈에도 손을 대더니 도미가 열일곱이 되던 해 봄, 세키는 단골집과 조

56 1912~1926.

합의 돈도 다 써 버리고는 결국 재판을 받게 되어 징역 3년을 받게 되었다. 세키의 고용주인 우오타니 사키치魚谷佐吉는 귀금속 조합의 이사를 맡고 있어서 사방에 손을 뻗쳐 세키의 목숨을 애걸하러 분주히 돌아다녔지만, 여기저기 들려오는 정보가 모두 세키에게 그다지 좋지 않은 이야기뿐으로 3년의 징역은 아무래도 복역할 수밖에 없을 것 같았다. —류지는 세키와 도미 두 사람의 관계를 짐작하고는 있었지만, 어차피 조만간 양자 결연식이나 열어 주면 된다고 대수롭지 않게 여기고는, 하루하루를 달래기 위해 술에 빠져 지내고 있었다. 마침내 세키가 징역을 받아야 한다고 결정되자 류지는 이따금 심한 주사를 부리고, 도미에게 칼을 휘두르게 되었다. 짐승 같은 짓이나 하고 말이야, 라고 소리 지르는 건 언제나 있는 일로, 결국은 보기에도 역겹다며 도미에게 칼을 빼 들고는 미친 사람처럼 날뛰었다. 도미는 아주 집에 있는 게 싫어져서 가까운 지인의 도움을 받아 아카사카의 산라쿠테이에서 연회 하녀로 입주하게 되었다. 산라쿠테이에 살아도 도미는 당분간 아버지에게 알리지 말아 달라고 소개해 준 사람에게 신신당부해 두었다.

아카사카의 산라쿠테이는 히에日枝 신사 근처로 다 합해 천 평도 넘는 저택에 이백 평 남짓한 순純 일본풍 건물이 있어 춘하추동 유명인사가 모이는 요정으로 유명했으며, 이곳에서 삼십 명 가까운 연회 하녀가 일하고 있었다. 도미는 여기서 약 3개월 정도 견습 생활을 거쳤는데, 너무도 얼굴이 예뻐서 조금 일찍 연회에 접대하러 나가게 되었다. 삼십 명 가까운 하녀 가운데 도미의 미모는 발군이었고, 조금씩 일에 익숙해지면서 외모도 갈고닦았다. 그 시절 연회 하녀는 머리를 둥글게 묶어 올리는 게 관습이었는데 아직 열일곱 살이었던 도미의 둥근 머리 모양은 앳되고 싱그러운 모습이었다. 산라쿠테이의 도미는 눈 깜작할 새 유명해져서 도미 자신도 이런 소문에는 슬며시 마음이 들떴다. 옅은 분홍색 댕기를 매고 자그마하게 부풀린 귀밑머리와 뒷머리를 바짝 묶어서는 오구라야小倉屋의 붉은 구슬이 달린 비녀를 꽂은 모습은 외려 사랑스러웠다. 콧날이 오뚝하고, 눈썹도 눈도 시원스러웠으며, 그중에서도 연지를 바르지 않은 통통한 작은 입술이 사람들의 눈길을 끌었다. 그 무렵 유행하던 보라색 격자무늬 모슬린 겹옷에 검은 공단 깃을 달고, 붉은 어깨띠를 걸치고 작은 세로줄이 들어간 앞치마를 입고 손님을 안내하는 도미의 모습은 『우키요』라는 잡지의 권두화卷頭畵로 실리기도 했다. 삼십 명의 하녀 가운데는 신참인 도미의 평판이 높아지는 것을 시기해서 심하게 괴롭히는 사람도 있었지만, 도미는 오기 있는 장인의 딸이었기에 이런 동료에게 질 법한 여자가 아니었다. 연회석에 나가 잔을 받으면 도미는 거부하는 기색도 없이 술을 마셨다. 유전이라면 유전일 수도 있겠지만, 도미는 세키의 징역 3년이 상당히 가슴에 사무쳐 이러한 근심을 잊기 위해서 술에 의지하기도 했다. 조금씩 술도 세졌고, 반년쯤 지나 아버지가 갑자기 찾아오게 된 후부터 도미는 일부러 술독에 빠진 듯 술을 마시게 되었다. 류지는 완전히 나이가 들어 알코올 중독 비슷한 증세를 보이더니 결국엔 지팡이를 짚고 도미에게 돈을 요구하러 오게 되었다. 류지가 오지 않고, 소학교 6학년이 된 기쿠가 대신 심부름꾼으로 돈을 받으러 올 때도 있었다.

도미는 류지에 대한 반항심만으로 사는 기분이었다. 동료들의 나쁜 심보를 마주하게 되면 도미는 취한 김에 어깨 위에 짊어지고 있던 배달용 상자를 마치 모래라도 집어던져 버리듯 휙 내던지고 방으로 도망쳤다. ―정월이 지난 어느 날 이런 일이 있었다. 아침부터 눈이 내리는 날이었는데, 의외로 손님으로 북적거려서 뭘 할 틈도 없을 정도로 바쁜 날이었다. 도미는 담당 손님마다 술을 권해서 상당히 취기가 올라 있었는데, 옛날부터 알았던 마쓰에松江라는 하녀가 손님에게 맥주 따르는 방식이 나쁘다며 마치 역참의 하녀 같다고 손님 앞에서 핀잔을 들었다. 도미는 취한 김에 마쓰에의 무릎에 맥주를 쫙 뿌리고는 재빨리 하녀방에 틀어박혔다. 공교롭게도 하녀방에는 도미와 가장 사이가 나쁜 쓰유코露子라고 하는, 이 역시 산라쿠에서 일한 지 2년이 되는 동료가 뜻밖에도 도미가 늘 사용하는 이불을 덮어쓰고 방 한구석에서 자고 있었다. 아침부터 두통이 있다고 했었으니 어지간히 몸이 좋지 않아 몰래 하녀방에서 자고 있었는지도 모른다. 취한 도미는 울컥 화가 나서 쓰유코가 덮고 있던 이불을 냅다 벗기고는 그 이불을 질질 좁은 마당의 눈 속에 버선발로 들고 나갔다. 이불이 벗겨져 어리둥절한 쓰유코를 개의치 않고 도미는 비틀거리는 다리로 벽장 속 자신의 선반에서 휘발유병을 꺼내와 마당의 이불에 마구 뿌리고서는 성냥으로 불을 붙였다. 쉬지 않고 내리는 눈 속에서 아련한 불길이 올랐다. 흰 양탄자毛氈 위에 여신이 내려선 듯, 눈부신 풍경이었다. 도미는 툇마루에 걸터앉아 그 아름다운 불길을 감동적인 눈으로 바라보고 있었다. 불길은 금세 옅은 노란빛의 섬뜩한 연기를 내기 시작했다. 연기의 행방에 정신을 빼겨 도미는 취한 눈으로 멍하니 바라보고 있다. 붙들 곳 없는 공허함이 연기 속으로 녹아 들어간다. 옥중에 있는 세키의 모습이 무척 옛날 일이라는 식으로밖에 떠오르지 않는다. 그런데도 지금은 세키에 대해 감동할 일이 아무것도 없었다. 쓰유코는 깜짝 놀라 큰 소리로 사람을 불렀다. 바로 젊은 조리장 나카타中田가 뛰어와서는, 버선발로 측간에 매달아 둔 손 씻는 물의 덮개를 열고 물을 끼얹었다. 찜솥처럼 생긴 손숫물 그릇으로 뒷마당의 잉어를 키우고 있는 연못에서 물을 퍼와 이불에 끼얹고 있다. 설거지 담당들도 마당 출입구에서 나와 나카타를 도왔다. 산라쿠의 안주인은 마침 교토京都 여행 중이었고, 주인은 감기로 집에 누워 있어서 크게 혼나지도 않았지만, 지배인 가마이시鎌石는 도미를 불러 잔소리를 했다. —그런 일이 있었기에 다른 하녀들도 도미를 미친 사람 취급하며 한 수 위로 여기게 되었다. 그렇다고 치더라도 주방의 남자들이 의외로 잠자코 있는 이유는 도미의 미모 탓이라며 하녀 사이에서는 험담을 늘어놓기도 했다. —이렇게 무절제한 생활을 하는 사이에 몇 명인가 도미에게 푹 빠진 손님도 있었지만, 도미의 주사에 가까운 주정을 보면 대부분은 질려서 손을 빼고 만다. —도미는 2월 들어 재미있는 연회를 하나 맡게 되었다. 파리에서 돌아온 피아니스트 사이토 야스시斎藤寧의 환영회가 산라쿠테이에서 열리는데, 모이는 사람은 8명 남짓, 야스시와 무척 사이가 좋은 친구들만 참석하는 술자리로, 야스시를 격려하는 모임이기도 했다. 도미는 중앙에 앉은 자신을 사람이라고도 생각하지 않는 야스시의 으스대는 모양새가 마음에 들지 않았다. 야스시를 제외한 사람들은 도미의 잔을 바라고는 비위를 맞춰 주었지만 야스시는 도미에게 눈길도 주지 않고 조용히 시치미떼고 술을 마시고 있다. 도미는 문득 난관에 봉착한 기분이었다.

그 연회를 계기로 사이토 야스시는 가끔 2, 3명 친구와 산라쿠테이를 찾았다. 시골집에 머무르는 듯한 풍경의 별채 동백나무실을 좋아해서 다다미 8조 크기의 방안 화로에 갈고리를 매달아 두고 술을 마신 후에 여기서 다 함께 죽을 끓여 먹는 일이 관례가 되었다. 마당에는 대나무가 심어져 있고, 동백 두 그루가 대나무 사이에서 자라고 있다.

5월 중순쯤이었던가, 기분 좋은 석양 속에 사이토 야스시가 동백나무 사이로 혼자 찾아왔다. 이때도 도미 담당이었다. 도코노마에는 일찍 핀 수국이 광주리에 장식되어 있고, 은어를 그린 수묵화가 걸려 있어서 어쩐지 상쾌한 저녁이었다. 땅벌레地虫가 울음소리를 내고, 울창하게 우거진 대숲도 잎이 변할 무렵이라 댓잎의 낙엽이 기세 좋게 떨어지고 있었다. 군데군데 지면에서 막 싹을 틔워 초록색으로 빛나는 올해의 대나무가 쑥쑥 자라나고 있었다.

"있다가 세 명 정도 더 온다오."

"그러신가요……사와노沢野 씨 인가요?"

"그렇소."

옻칠한 큰 탁자에 차와 양갱을 내고 도미는 재떨이에 향을 하나 피웠다.

"당신은 몇 살이오?"

"어머, 저 말인가요? 병오년생 열여덟입니다."

"저런, 스물 정도로 생각했는데……."

"좀 들어 보이지요?"

"당신은 누구 좋은 사람이 있소?"

"설마……."

농담처럼 받아들이기는 했지만, 마음속에서 감옥에 간 남편이 있었다고는 말할 수 없었다. 쉬는 날이 있냐고, 쉬는 날에 놀러 오지 않겠냐고 묻는 말이 도미는 그다지 싫지도 않았다. 큰 키에 말쑥한 남자로 살짝 독특한 슬픈 얼굴을 하고 있었는데, 도미는 사실 야스시가 싫지는 않았다. 처음에 싫어했던 남자를 기필코 좋아하게 되는 건 무슨 운명인지 도미는 이상했다. 야스시는 명함 뒤에 지도를 그려 주었다.

공휴일에 도미가 사이토 야스시를 찾아간 것은 남자의 마음에 이끌렸기 때문이다. 공교롭게도 비가 내렸지만, 도미는 세이죠成城의 사이토 집을 방문했다. 집안일을 돕는 할멈과 남동생, 이렇게 셋이 사는데 넓은 응접실에는 까만 그랜드피아노가 한 대 떡하니 놓여 있었다. 야스시는 남색의 느슨한 실내복을 입고 있었다. 도미의 방문을 진심으로 기뻐하며 직접 홍차를 우리고 그 홍차에 베네딕트를 두세 방울 떨어뜨려 도미에게 권했다. 비는 점점 세차게 내려 밤이 되자 번개가 유리창에 비쳤다. 푹푹 찌는 방 탓인지 도미는 위스키의 취기가 여느 때와 같은 방심한 상태를 불러와 기분이 좋아졌다. 야스시가 스탠드 등불을 피아노에 가까이 대더니 팔랑팔랑 악보를 넘겨 피아노를 치기 시작했다.

부드러운 가죽 소파에 기대 위스키를 홀짝홀짝 맛보며 도미는 꿈결처럼 피아노를 넋을 잃고 듣고 있다. 그리 큰 집은 아니지만, 기분 좋은 집이다. 무슨 곡인지는 조금도 알 수 없었으나 도미는 멍하니 그 곡에 빠져 듣고 있었다. 조금 구부정한 뒷모습, 때때로 세게 고개를 가로젓는 습관 등이 도미에게는 뭐라 할 수 없이 매력적이었다. 남자와 여자가 처음 만나는 일은 딱히 이치에 맞아야만 하는 것은 아니다. 정말 이렇게 사소한 매력이 있는 어떤 버릇이 무심코 상대방의 마음을 뒤흔드는 경우가 있다. 벽에 울리는 피아노 음색의 강약이 마치 깊은 우물 속에 빠져드는 듯한 맑은 무언가를 마음에 호소해 왔다. 음색 곳곳에 대담해지는 순간이 있었다. 피아노 연주가 끝나자 야스시는 할멈에게 얼음 조각을 가져오게 해 차가운 물을 마셨다.

"당신은 술이 무척 세군요?"

"좋아하는 건 아니지만, 바로 다들 권하니까요, 자포자기하는 심정으로 마시는 거예요."

"무슨 그런. 자포자기로 술을 마시면 안 된다오."

"그렇지만 사이토 씨도 많이 드시지 않으시나요?"

"음, 그건 그렇소……술이라도 마시지 않으면 살아갈 수 없는 때도 있지. ―내가 좋은 글귀를 읽어 드릴까요? 당신은 분명 이해할 거요."

"어려운 거죠? 저, 어려운 글귀 너무 싫어해요. 노래라고는 여보세요, 거북아, 거북이 씨 정도가 제가 가장 잘 이해하는 노래인걸요……그런 글귀인가요?"

여보세요, 거북아, 거북이 씨를 제일 잘 안다는 말을 듣고, 사이토는 질린 듯 찌푸린 눈초리로 도미를 보았다. 사이토는 이윽고 작은 책을 집어 들고 읽기 시작했다.

좋은 사람과 평생 평온하게 살았다고
평생 이 세상의 부귀영화를 다했다고
어차피 여행 나선 몸인 걸
모두 일장춘몽이지, 평생 무엇을 보았던들

이 영원한 여로를 사람은 다만 지나갈 뿐
돌아와 수수께끼를 밝혀 줄 사람은 없네.
조심해 이 여인숙에 물건을 두고 가면 안 돼
나서면 끝이야, 두 번 다시 다시 돌아올 수 없어

"어때, 괜찮지 않소? 덧없는 세상이란 이런 거라는 글귀라오."

"가도마쓰門松[57]는 저승으로 가는 이정표라는 노래 같네요. 서양 사람도 생각하는 건 일본인과 마찬가지인 부분이 있네요."

잘 이해가 되지 않았지만, 도미는 쓸쓸한 글귀라고 생각했다. 그리고 그 쓸쓸한 문구를 절절히 읽어 준 사이토 마음속의 수수께끼를 도미는 조금 이해하기 힘들었다. 그렇지만 자신과 류지와의 사이는 만나면 넌 죽었어야 했다, 너 같은 녀석은 때려죽여 버리겠다 같은 말의 연속으로, 도미는 가리는 것 없이 천박한 야생적인

57 새해 문 앞에 세워 두는 소나무 장식.

육친과의 관계에 대해 마음속 깊은 곳까지 염세적으로 변하고 말았다. 그 탓인지 이 글귀는 마음에 와 닿는 부분도 있었다.

그날 밤, 도미는 폭풍을 구실삼아 사이토의 집에 묵었다. 사이토의 남동생은 친구들과 후지고코富士五湖 호수 구경을 가 집에 없었다. 사이토의 침대 곁에서 잤는데 사이토 방 책장 위에 낯선 코티COTY의 가루분과 길든 커다란 퍼프가 놓여 있는 모습을 보곤 도미는 여자가 있나 보다, 하고 마음에 담아 두었다. 물어 볼 일은 아닌 듯해서 도미는 그 일에 대해서는 사이토와 관계를 지속하게 되고 나서도 입을 다물었다. 도미는 사이토에게 깊고도 격한 애정을 갖게 되었다. 세키 때와는 달랐다. 자기 쪽에서 타오르는 격렬한 애정을, 도미는 이게 사랑이라고 믿었다. 하지만 사이토에게는 이미 외교관 부인과의 연애문제도 있었고, 아카사카의 게이샤인 교코京子라는 여자와의 곡절도 있다는 말을 듣게 되자, 도미는 자신은 이런 여자들 사이에 서면 어떠한 위치에 있는지 도무지 이해할 수 없었다. 생각해 본 적도 없는 남자를 향한 질투로 도미는 밤에도 변변히 잠을 이룰 수 없었다. 그 무렵 신信이라고 하는 동료와 도미는 친하게 지냈다. 작은 체구에 땅딸막한 신信은 가나자와金沢에서 올라와 약 반년 가까이 견습으로 일하고 있었다. 도미는 신의 사람 좋고 느긋한 성질을 좋게 생각했다. 누가 봐도 촌사람다운 겸소한 인품이 억척스러운 도미의 마음에 들었음이 분명하다. 나이도 도미보다 다섯 살이나 위였지만 어린 도미를 조금도 깔보지 않고 진심으로 도미의 가정과 도미의 연애를 동정했다.

"있잖아, 사이토 씨는 수수께끼 같은 남자야. 대체 무슨 생각을 하고 있는지 알 수가 없어. 분명 여자가 있는 게 분명한데 본 적은 없어. 그 집에서는 말이야. —부자가 아니라면 피아노 연주 정도로는 먹고 살 수도 없는데……. 뭐 하는 사람일까. 무슨 이야기냐면, 같이 죽어 줄까 하느냐는 거지. 그 사람에게는 죽은 귀신死神이 붙어 있어. —옛날에 그 사람이 아버지 부임지인지 뭔가로 타이완에 살던 시절에 남의 부인과 철도에서 동반 자살을 시도한 적이 있대……여자는 죽었고 자기만 살았다고 하는데, 나, 그 사람에게는 그 부인의 원령 같은 게 붙어 있는 것 같아. 있지, 그렇지 않아? 무척 외로움을 타고, 아버지는 대단한 관리였었지만 죽었고, 어머니는 벳푸別府 막내딸 집에서 지낸대. 그렇게 죽고 싶은 사람이 있을까 몰라……. 어째서 그렇게 죽고 싶은지 물어 보면 무척 어려운 이야기를 하는 거야. —사이토 씨는 밤이 무섭대. 그래서 결혼해서 북적이고 살자고 하면 그런 일은 내키지 않는다네. 남남 같지도 않을 정도로 서로 반해 있는데 마음속을 보여 주지 않는 남자라니 나는 이해가 안 가. 머리로 뭔가를 생각하면서 날 안고 있으니 나만 경주에 진 사람처럼 기진맥진한다니까……."

도미는 자리에 누워 나직하게 신에게 이런 이야기를 한다. 더워서 잠들기 어려운 하녀방 구석의 모기장 속에서 도미는 사이토와의 관계에 대한 푸념을 신에게 늘어놓는 게 위안이었다.

"왜 죽고 싶은 걸까? 상당한 신분이지, 아무거나 마음대로 할 수 있는 신분인데 장남이라 재산도 있고, 너무 만족스러워서 쓸쓸하다는 게 나는 모르겠어. 사이토 씨는 말이야, 진정한 남자와 여자의 애정이라는 걸 모르는 게 아닐까 생각하지만 말이야. 피아노를 연주해도 마음가짐이 음치이지 뭐야. 별것도 아닌 걸 먹고 두드러기가 나는 사람이 있잖아, 그런 거 아닐까 몰라……어딘가 잘못된 부분이 하나 있는 거야. 내가 목숨을 걸고 반해 있어도 문득 마음이 변해서 멍하니 있을 때가 있는 걸, 이상한 남자야. 다시 한 번 프랑스에 가고 싶다며 나를 데려간다고 하는데, 나는 장인의 딸이라 그 사람 자유자재로 어떻게 할 수 없는 사람이야……. 나도 점점 이상해지는 것 같다니까……. 둘이서 동반 자살하자고 두 번 정도 약을 먹었는데 사실은 죽을 마음이 없어서 그 약 먹지 않았어. 사이토 씨도 쫄고 그런 걸, 아무리 꼭 손을 잡은들 마음이 없더라고. 그때는 나 힘이 싹 빠질 정도로 아주 그런 음침한 일이 싫어졌는걸……."

일 년 정도 도미와 사이토의 관계는 이어졌지만, 도미가 열아홉이 된 가을, 사이토는 아카사카의 고토시小寿라는 게이샤와 하코네箱根 산속에서 동반 자살을 하고 말았다. 피아니스트와 게이샤의 죽음이라는 기사가 신문을 화려하게 장식했다. 그 기사가 나왔을 무렵, 우연히 3년의 형을 마친 세키가 나왔다. 도미는 세키와 이전처럼 사이를 되돌릴 마음은 없었다. 사이토의 죽음이 더 큰 충격이었고, 억척스러운 도미에게는 사이토의 동반 자살 사건은 억울한 일이었다. 하코네 산속에서 동반 자살을 하는 장면이 도미 눈에 보이는 것 같았다. 어느 틈에 그런 여자가 생겼는지도 몰랐지만, 신문에 따르면 사이토와 고토시의 관계는 반년 정도 된 듯하다. 어느 신문에는 도미의 사진도 포함하여 사이토를 둘러싼 세 여자의 사진도 실려 있었다. 도미는 이 세상이 정말 싫어졌고, 매일 산라쿠테이 주변을 어슬렁거리는 세키의 집요함에도 질색하고 말아, 만주滿州행 게이샤 모집에 응모해 아무에게도 말하지 않고 만주로 건너갔다. 가불한 돈은 어음으로 네기시의 집에 보내고, 도미는 게이샤를 돌봐 주는 남자를 데리고 대여섯 명의 여자들과 모지門司에서 조선으로 건너가 안동安東에서 펑톈奉天으로 갔다. 십 년을 만주에서 산 것이다. ─한 때, 가와다쓰 도미는 만주에서 미쳐 버렸다는 소문도 있었지만, 도미는 십 년의 만주 생활이 의외로 즐거웠다. 그날 죽었다고 생각하면 아무리 괴로운 일도 아무렇지 않다고 각오하고 간 만큼 도미의 미모는 금세 그 지방에서 유명해졌고, 작은 일본 신문에 도미는 사진까지 실려 소개되었다. 도미는 명함에 한자를 '도미富'에서 '도미登美'로 바꿔서 새겼다. 어떤 남자에게도 넘어가지 않는다고 해, 도미는 남자를 싫어한다는 평판을 얻었다. 도미는 죽은 야스지의 옛 모습을 잊을 수가 없었다. 죽을 만한 원인이 조금도 없는데 어쩌다 그만 죽어 버리는 인간이 도미는 신비한 것처럼 느껴졌다. 나이가 들면서 도미는 야스지의 그 당시 마음속 외로움을 조금씩 알게 된 듯한 느낌이 들었다.

1931년, 만주사변을 맞은 후부터 엄청나게 많은 일본 군대가 만주 전체에 창궐하기 시작했다. 도미는 조금씩 연회석 손님의 질이 변해 가자 어쩐지 불안함을 느꼈다. 여느 요리점들도 조금씩 확장하더니 순식간에 엄청난 가게 규모로 변모했다. 조금씩 역사가 바뀌기 시작했다. 도미는 만주사변이 끝나고 바로 창춘長春의 신징新京에 있는 가게로 옮겨 갔다. 신징으로 옮기고 나자마자 도미는 심한 감기에 걸려 피를 토하기도 했다. 밤마다 식은땀이 나는 게 폐가 나빠져 그런가 하고 도미는 암울한 기분이 들고 말았다. —신징은 그 무렵, 속속 멋진 시가지로 변해 가고 있었지만, 강이 없는 거리로 평평한 평야에 하룻밤에 만들어진 듯한 거대한 건물이 마치 사막의 도시를 보는 듯했다. 도미는 이곳에서 완전 사람이 변한 세키를 우연히 만난 것이다.

세키는 토목회사 오나카구미大仲組의 사무원이 되어 일류 게이샤가 된 도미를 찾아왔다. 국민복[58] 비슷한 옷을 입고 코밑에도 턱에도 수염을 기르고 있었다. 도미는 대낮에 자기를 만나고 싶다는 남자가 누구일까 생각했다. 여름이라 아스팔트 반사反射로 더운 2층 객실에서 도미는 내지內地에서 출장 지도를 나온 기요모토清元[59]의 선생님에게 야맘바山姥[60]를 배우고 있었다. 삼베로 된 홑옷에 하카타博多산 흰 줄무늬 허리띠를 맨 우메쓰구梅次라고 하는 젊은 선생님으로 도미와는 사랑하는 사이였다. 우메쓰구는 여자에 관해서는 아무튼 평판이 좋은 남자였지만 도미는 그런 건 아무래도 상관없었다. 흔한 바람일 뿐이라고 군인을 상대로 살풍경한 생활을 하고 있던 도미에게는 일본 옷차림의 우메쓰구와의 불륜은 가벼운 심심풀이 같은 것이었다. 게다가 네기시에 산다고 하니 도미는 우메쓰구가 정겹기도 했다.

네기시의 가와다쓰와 아는 사람이라는 말에 끌려 도미가 아래

---

58 제2차 세계대전 중 일본에 널리 보급된 군복 비슷한 남자의 복장.

59 샤미센 음악의 하나.

60 기요모토 노래 중 하나.

층으로 유카타浴衣를 걸치고 내려가자 베란다 격자 창가에 빈약한 양장 차림의 남자가 서 있었다. "어이"라고 말을 걸어와도 처음에는 세키라고는 알아볼 수 없을 정도로 얼굴 모습이 달라졌다.

"어머……."

도미가 깜짝 놀란 얼굴에 세키가 웃으며 겐지다나源氏店[61]풍의 작은 목소리로

"오랜만이야."라고 했다.

"아주 멋진 여자가 되었군……."

"뭐하러 온 거예요?"

"뭐하러? 널 만나러 왔지. 대단한 인사구나……."

"이제 와 당신 같은 사람 만날 일도 없잖아요……."

"그렇지도 않아, 아버님의 전언도 있고, 기쿠가 간호부가 된 것도 알려 주라고 부탁을 받아서……."

"그래요, 하지만 기쿠는 얼마 전에 편지가 와서 저, 간호부가 된 거 알고 있어요."

중국 하녀가 차가운 보리차를 날라 왔다. 세키는 태연자약하게 베란다의 라일락 화분 쪽 도기 의자에 걸터앉아서 단숨에 찬 보리차를 마셨다. 도미는 그런 친밀한 태도를 보이는 남자를 보는 것도 싫었다. 하찮은 남자에게 처음 몸을 주고 말았다고 분한 마음이 들었다. 좋은 소리를 내는 샤미센이 대륙의 건조한 공기에 무척 깨끗한 소리를 내며 흘렀다.

---

61 가부키(歌舞伎) 상연 작품의 하나.

"어이, 백 엔 정도 없나……."

"이런, 저는 만주 구석까지 게이샤로 와 있는 걸요. 돈 같은 게 있을 리가 없잖아요. 뭔가 잘못 알고 있는 거 아닌가요?"

"만주에 왔다고 그리 기세등등하게 말할 것 없잖아……나도 잘 풀리면 널 연회석에 부를 정도는 된다고. 전과자가 되고 나서는 마누라도 없고, 그날그날 사는 거지……당신이 만주에 있다고 아버님께 듣고서는 애간장이 타도록 그리워져서 오나카구미大仲組 사무원 따위로 찌부러져 나이 먹고서도 여기까지 찾아온 거야……백 엔이 안 된다면 오십 엔도 괜찮아."

"당신 여전히 경마와 노름으로 세월을 보내는 군요……."

"응, 뭐, 그렇지. 어디든 전과가 있으면 쓰질 않더라고. 평생 주목받지 못하는 것도 원래는 당신 때문이었으니까……."

"흥, 농담도 작작 하세요. 저는 당신에게 아무 것도 받은 게 없어요."

도미는 귀찮아서 계산대에서 오십 엔을 빌려 중국인 하녀에게 가져다주라고 했다. 도미는 그대로 베란다로는 가지 않고 넓은 사다리 계단을 통해 2층으로 올라갔다.

그 후로 두세 번 세키는 도미를 찾아왔다. 항상 집에 없는 척을 하다가 가을에 도미는 하얼빈으로 자리를 옮겨 푸쟈덴傅家甸의 포목상 아들인 우吳라는 남자와 사랑에 빠졌다. ─메이지明治 대학을 졸업하고 오래도록 일본에 있어서 일본어를 잘했고, 집은 거상이라고 부를 만큼 대단한 집안이었기에 도미를 몰래 게이샤 적에서 빼내려는 이야기도 있었지만, 도미의 단골 군인들이 찾아와 헌병대를 이용해 도미를 협박했다. 도미는 우가 낙적시켜 주자 달랑 입은 채로 자무쓰시佳木斯市 깊숙한 곳에 있는 바오칭宝清이라는 곳으로 도망쳐서 얼어붙을 듯 추운 적적한 마을에서 한겨울을 보냈다. 남의 눈을 피해 우의 이전 고용주의 집에 숨어 있었는데, 그 무렵 도미에게 열을 올리던 시메志馬라는 수비대 소좌少佐[62]의 수배로, 바오칭에 있는 도미의 은신처에 헌병 한 사람이 찾아왔다.

땅딸막한 헌병은 도미와 우를 앞에 두고 말투는 온순했지만, 눈빛은 무척 험악한 인상이었다. 도미는 반항적인 태도를 보였다.

"아무리 말씀하신들 저는 돌아가지 않아요. 제 몸은 이미 우에게 팔렸어요. 아무에게도 거리낄 게 없어요. 이상하지 않아요? 인종이 다르다고 연애가 다를 건 없어요. 시메 씨가 얼마나 대단한 사람인지는 모르겠지만, 쓸데없는 참견이라고 전해 주세요."

헌병은 연극을 하듯 주머니에서 권총을 꺼내 탁상에 놓았다. 대장의 명령이라 도미를 데려가지 않을 수 없으니 이걸로 자신을 쏘라는 것이다. 도미도 우도 놀랐지만, 도미는 갑자기 화가 나기 시작했다. 너무 심한 억지에, 도미는 눈에 보이지 않는 누군가에게 마치 소처럼 울고 싶을 정도로 분노했다.

작은 창 너머로 미장이 남자가 멍하니 서 있는 모습이 보인다. 도미는 이끌린 듯 훅하고 탁상 위 권총에 손을 대려고 했으나 우가 아앗하고 소리를 냈다. 그 자리에서 우가 권총을 잡았을 때는 귀를 찢는 소리가 나더니 우는 피투성이가 되어 의자에서 털썩 굴러떨

---

62 구일본군 계급의 하나로 소령.

어졌다. 헌병은 또 하나의 소형 권총을 쥐고 있었다. 도미는 헌병의 웃는 얼굴을 보고는 비틀비틀 높은 탁자 아래로 기겁해서 주저앉았다.

아무 일도 없었던 것처럼 도미는 하얼빈으로 돌아왔다. 전혀 아무 일도 없었던 것처럼……모든 일이 연기처럼 조용히 사라져 갔다. 도미는 시메의 여자가 되었고, 바오칭에 왔던 헌병은 하이라얼에 좋은 자리를 얻어 영전하였다. 도미는 수척해졌고, 때때로 정신적 고통을 견디지 못해 술독에 빠져, 끝없는 마음의 상처를 두려워하는 날이 계속되었다.

깨어 있을 때도 잠이 들었을 때도 무시무시한 피투성이 우의 환영에 가위눌렸다. 눈빛, 신음소리, 후룩 국물을 들이켜는 듯한 죽음 직전의 호흡. 그런 것이 밤이나 낮이나 어딘가에 어둠만 있으면 통통한 지렁이 같이 눈앞에 어른거린다. 아아 나는 죽는다, 이대로 죽어 버린다. 도미는 두려움의 발작으로 손발이 용수철처럼 떨렸다. 흉포한 증오가 푸른 불꽃이 되어 눈앞에 어른거린다. 피투성이 지렁이의 줄무늬가 비로 변해 눈 속으로 들이친다. 누에가 뽕잎을 갈가먹는 듯한 소리를 내고 영혼을 피폐하게 만들어 갔다. 도미는 얼어붙은 대지에 우두커니 서 있던 미장이 남자의 웃는 소리를 들었다. 그 순간 반짝반짝 아찔했던 무지갯빛. 고래처럼 술을 뿜으며 도미는 괴로워하며 방안을 뒹굴었다. 고통이 마치 그네처럼 잠시 쉬었다가 끊임없이 몰아쳐 온다. 그렇게 암울한 나날이었다.

1937년 봄, 도미는 병을 얻어 내지로 돌아왔다. 네기시의 집은 차마 볼 수 없을 만큼 보잘것없어졌고, 가게 앞 일터는 잡동사니 적치장이 되었으며, 류지는 중풍으로 안방에 누워 있었다. 기쿠는 파출 간호부가 되어 일했다. 도미는 오랜만에 우메쓰구를 찾아가 보았지만, 우메쓰구는 이미 두 번째 부인을 맞아 도미에게는 무뚝뚝하니 매정했다.

도미는 언제까지고 빈둥대고 있을 수는 없어서 다시 어딘가에서 게이샤라도 할까 생각했다. 시메는 도미가 내지로 돌아올 때는 이미 베이징北京으로 이동했다.

오랜만에 보는 기쿠는 많이 자라 있었다. 벌써 열아홉이었다. 류지를 쏙 닮아, 예쁘지는 않았지만 탄탄하게 살이 찌고 하얀 피부로 청결해 보이는 것이 과연 일하는 여성으로 보여 믿음직스러웠다. 말투는 차분해서 돌아가신 어머니와 어딘지 닮았다. 도미는 기쿠가 자란 모습을 보자 만주로 떠날 무렵, 사랑에 환멸을 느껴 자포자기했던 자신이 떠올라 기쿠가 바지런하고 굳건한 모습이 가련하기도 했다. 사이토의 추억도 지금은 모조리 바래 사라져 버리고 아아 그런 일도 있었지 정도의 생각에 지나지 않았다.

"언니, 세키 씨가 작년에 돌아온 거 알고 있어?"

기쿠가 돌아와 오랜만에 만난 언니에게 꺼낸 말은 세키의 소식이었다. 듣기로는 고탄다五反田 쪽에서 치과 기공사가 되었다며, 가끔 찾아온다고 했다. 아무튼, 먹고 사는 데는 지장이 없어 보였지만 여전히 경마에 빠져 있는 듯해서 여태 부인도 얻지 못한 채 홀로 살고 있다고 한다. 도미는 세키를 만나고 싶지 않았다. ―류지는 류지대로 최근 몇 년 일을 쉬어서 작업대 위 한쪽에 모아 둔 선물도 녹이 슬어 있었고, 연마기에도 하얗게 먼지가 쌓여 있었다.

도미는 갑자기 만주에 다시 한번 돈을 벌러 갈까 생각했다. 한 번 대륙 땅을 밟은 자에게는 그리고 십 년이나 만주에서 살아 온 자에게는 물도 공기도 만주가 더 익숙하게 여겨졌다.

아사쿠사浅草의 마쓰바초松葉町에 만주에서 일하던 시절의 언니 게이샤로 지요코千代子라는 여자가 착실해져서 이발소 안주인이 되었다. 도미는 이틀 휴일이 생긴 기쿠를 데리고 꽃구경도 겸해 우에노上野에서 아사쿠사에 참배하고 지요코를 오랜만에 방문하려고 생각했다. ―우에노의 산은 엄청난 나들이 인파로 북적였다. 기쿠는 양장을 하고 있었다. 가슴에는 분홍색 이탈리아 조가비의 은테 브로치를 하고 있다. 중고등학교 여학생 머리에 맨 리본 무늬가 도미의 오래된 기억을 소환했다. 아아, 그 시절 무늬네, 도미는 흐뭇한 마음이 들어 그런 걸 찾아내 브로치로 만든 기쿠가 귀엽게 느껴졌다.

"아버지가 만들어 주셨니?"

"응, 뭐 말이야?"

"그 가슴에 달린 브로치."

"아아, 이거, 그러게, 찻장 속에 굴러다니길래 아버지에게 부탁해서 만들어 달라고 했어. 무척 하이칼라지. 조개껍데기라니……."

"그러게, 내가 네 나이 정도였을 때, 사이토 씨라고 피아노 연주하던 남자에게 받은 거야. 전에는 금테를 두르고, 체인이 달려 있었어."

"그래……그럼 언니 물건이네?"

"응……."

"나는 또 누가 손님이 맡겨 두고는 그대로 찾아가지 않은 거로 생각했어."

"테두리 금세공은 팔았지. 그렇지만 의외로 잘 만들어서 꽤 잘 어울려."

"피아노 연주하는 사람이라면 동반 자살한 사람이지?"

"그래, 기억나니?"

"한 번 분명히 교외에 있는 그 사람 집에 언니가 나를 데려간 적이 있어."

"그래……."

"세상이 넓은 것 같아도 실은 좁더라고. 나, 쓰다都田 씨라는 사람 집에 아이가 아파서 일주일 동안 가 있었는데, 그 집에 커다란 피아노가 있는 거야. 사모님이 손님이랑 이야기할 때 여러 번 사이토라는 이름이 나오더라……. 그때는 몰랐는데, 그 집이 사이토 씨 집이고 사모님은 사이토 씨 여동생이더라고……사이토 씨는 남동생도 한 명 있는데, 그 사람은 화가이고 지금 프랑스에 가 있대……."

"참……그러네, 세상은 참 좁구나……그래, 사모님은 몇 살 정도 되었니?"

"언니 정도야, 스물일곱 여덟일 걸……."

꽃이 8할 정도 핀, 온화한 날씨였다. 도미는 산라쿠테이에서 일하던 시절의 꽃구경 행사를 떠올렸지만, 금방 머릿속에 납으로라도 찌르는 듯한 아픔이 찾아왔다. 도미는 빨간 양탄자를 깐 찻집에 들어가 잠시 쉬고 싶었다. 등나무 덩굴이 있는 찻집으로 들어서자 털투성이 쥐색 꽃송이를 드리운 등나무 덩굴이 휘장처럼 무겁게 얼굴 위를 덮어 왔다.

머릿속이 욱신욱신 경종처럼 울려 왔다. 이상하게 찌르르 매미소리도 들려 온다. 기쿠는 소다수의 빨대를 입술에 문 채 고개를 크게 흔들고 있는 언니를 의아하게 보고 있었다. 눈이 게슴츠레했다. 입술 주위에 미소가 감돌고 있지만, 눈에는 생기가 없었다. 기쿠는 도미의 얼굴을 가만히 바라보았다. 불안한 마음이 든다. 맥박을 재어 봤지만 큰 변화는 없었다. 기쿠는 찻집 주인아주머니에게 도미를 부탁하고 대로변까지 약을 사러 달려갔다. 단단히 뭉친 응어리와 같은 불안이 느껴진다. 혹시나 하고 생각했었지만, 응급상황이라고 기쿠는 약국에서 두통약을 사왔다.

약을 먹이고 기쿠는 도미를 인력거에 태워 네기시로 돌아왔다. 해질녘이 되어 어느 정도 기분이 회복된 모습이었지만, 때때로 갖가지 환각이 보이는 듯 잠자리가 떼로 몰려온다는 둥, 누가 입구에서 있다는 둥, 단내가 난다며 불이 난 건 아니냐는 둥, 이상한 말만 하고 있었다.

기쿠는 며칠 지나서 과감히 도미를 알고 지내는 의사에게 데려가 싫어하는 도미를 껴안다시피 하고 진찰을 받았다. 꽤 나이가 있는 상당히 사람 응대가 능숙한 의사였다. —도미는 그때부터 매일 기쿠를 따라 살바르산[63] 주사를 맞으러 다녔다. 집에서는 삼백초三白草가 좋다기에 도미는 약국에서 말린 삼백초를 사 와서 차 대신 타서 마셨다. 장마철 무렵에는 어느 정도 기분도 풀리고 환각도 사라졌지만, 이전과 같은 끈기는 없고 묘한 변덕에 진득하지 못한 여자가 되고 말았다. 수입도 기쿠가 나가서 일해 벌어 오는 것뿐이라 도미는 가진 걸 조금씩 돈으로 바꾸어 생활에 부족한 부분을 메워야만 했다.

일 년이나 도미는 빈둥대고 있었던 걸까.

결국, 기쿠가 도미를 보살피는 것밖에는 방법이 없었다. 십 년이나 만주에서 억척스레 생활해 온 언니에게 기쿠는 조금도 싫은 얼굴을 하지 않고 언니를 돌보는 게 즐거워 보였다. 기쿠는 무슨 일이든 쉽게 감격하는 정의감 넘치는 여자로, 몸이 불편한 류지를 돌보는 것도 바지런히 잘했다. 주름투성이, 찌푸린 얼굴로 괴로운 듯 숨을 쉬는 류지는 지금 당장이라도 죽을 것처럼 골골하면서도 좀처럼 죽지 않았다.

세키는 한 번 찾아왔으나 때마침 도미가 병원에 가느라 집에 없어서 도미가 돌아온 것도 모른 채, 7월 7일에 상하이上海로 떠난다며 기쿠에게 작별 인사를 하고 갔다. 기쿠는 도미가 돌아오자마자 세키의 상하이행 이야기를 꺼냈지만, 도미는 아무런 감흥도 없는 모습으로 잠자코 있었다.

---

63 매독약.

중일전쟁이 시작되었다.

1937년 7월 7일, 마침 세키가 상하이로 출발한 날이다. 이날 귀금속 조합 이사를 맡고 있던 우오타니魚谷가 우연히 류지의 병문안을 와서 도미와 인사를 나누었다. 우오타니도 많이 늙었지만, 괜찮은 여자가 되어 온 세련된 도미의 변화에 놀라 눈이 휘둥그레졌다. 산라쿠테이 시절에도 가끔 조합 모임을 하기도 하고, 단골손님을 부르는 등 도미의 미모는 알고 있었지만, 늙은 남자의 눈에 만주에서 돌아온 도미에게는 흩트러지기 시작한 꽃과 같이 아련한 요염함이 있었다.

류지의 딸이 만주에서 돌아와서 미쳐 버렸다는 말을 듣긴 했지만 만나 보니 그런 기색은 추호도 없었다.

"어르신, 어디 괜찮은 일자리 없을까요?"

도미는 얼음물을 우오타니에게 권하고 유카타 가슴팍에 부채질하며 말을 걸었다. 우오타니는 알파카로 된 눈부신 겉옷을 벗고 와이셔츠 팔뚝을 걷어 올리며,

"그것보다도 너는 어때, 시집갈 마음은 없니?"

"네, 시집가는 것도 좋지만 그러면 저는 행복해지더라도 아무튼 이런 집안이라 당분간은 안 될 거예요. 어지간히 집을 돌봐 줄 사람이 아니고서야. 기쿠에게도 지금까지 실컷 폐를 끼쳤고, 아버지도 오래 사시지는 못 할 테니까, 뭐, 시집을 가는 것도 무리가 아닐까 생각해요, 그렇다고 해서 이런 집에 데릴사위로 들어올 사람이 있는 것도 아니고, 실은 저, 있잖아요, 기쿠의 상대로 데릴사위를 들여, 가와다쓰 집안의 대를 잇는다면 이상적이라고 생각하지

만요…….”

“하여간에 나한테 맡겨 두렴, 손해 보게 하지는 않을 테니.”

푸르스름한 알루미늄 숟가락을 핥으며 우오타니는 약 한 시간이나 가게 앞에서 이야기하고 돌아갔다. 칠석날로 조릿대 잎에 색종이를 묶은 것이 시내의 집집마다 나와 있다. 기쿠는 파출부 일을 나가고 집에 없었다. 도미는 부엌에서 오이무침을 만들면서 우오타니가 시집가는 건 어떤지 말을 꺼냈던 일을 생각하고 있었다. 문득 생각에 잠겨 있던 순간 칼에 왼쪽 중지를 스쳤다. 피가 뿜어 나왔다. 도미는 우가 쓰러졌을 때의 그 처참한 모습을 눈에 떠올렸다. 불안한 마음이 들었다. 그때, 어째서 그런 일이 일어났는지, 아직도 그 권총 소리가 귀에 울릴 때가 있다. 미묘한 순간이었다. 헌병의 책략을 간파하기에는 너무도 우는 정직하고 순진한 청년이었다. 눈이 녹은 바오칭 거리를 나와 진창길을 자동차를 타고 자그마한 후안環이라는 동네에서 일본인 여관에 강제로 묵었다. 도미는 이름도 모르는 헌병에게 그날 밤 몸을 빼앗겼다.

귓가를 스치는 모깃소리가 부웅부웅 하고 바오칭 가도를 달려가는 자동차의 소리처럼 느껴졌다. 숨 막힐 듯한 더위로 류지의 잠자리 곁 요강이 코를 찌르는 냄새를 풍겼다. ―넓은 산과 들에 작약이 싹 틀 무렵 만주의 전원 풍경이 영화 필름처럼 떠오른다. 얼어 붙은 거무스름한 눈 속을 꿩이 날아다니던 바오칭의 적막한 거리가 그리워 견딜 수 없었다. 도미는 다시 한번 만주로 가고 싶었다. 도미 머릿속에는 사이토와 우의 얼굴이 뒤죽박죽 떠올랐다.

8월 하순 무렵부터 류지의 상태가 조금씩 약해지더니 9월이 오는 것을 보지 못하고 31일 저녁 류지는 죽었다. 아침부터 쓰르라미가 조급하게 울어대던 날로, 기쿠도 지바千葉로 일을 나가 집에 없었다. 우오타니는 얼른 가게 사람들을 데려와 도와주었다.

첫날 아침, 기쿠도 파출 일에서 돌아왔다.

모인 사람도 적었지만, 밝은 장례식으로 납골 항아리 하나가 된 류지는 지금까지의 존재가 마치 아무 일도 없었다는 듯 쓸쓸한 결말이었다.

도미는 9월 말에 기쿠와 헤어져 다시 홀로 만주로 건너갔다. 이번에는 하이라얼의 미도리美登里라는 집에 전차금前借金[64] 4천 엔을 받고 고용되었다. 우오타니가 돌봐 주겠다고 상의도 해 왔지만, 도미는 이제 만주의 흙이 될 생각으로 전차금도 대부분 기쿠에게 주고 여행길에 올랐다. —9월의 하이라얼은 이미 초겨울의 조짐을 보였다. 도미는 하이라얼에 도착한 다음 날부터 장교의 연회석에 나갔는데, 도미는 여기서 뜻밖에도 우를 죽인 헌병을 만났다. 헌병은 변발한 모습으로 완전 오지의 만주사람처럼 바뀌어 있었다.

"이야, 오랜만이네. 묘한 곳에서 다 만나네……."

"그러네요. 일전에는 정말 감사했습니다……."

도미는 그리 말하고 비꼬는 듯한 미소를 띠며 헌병에게 인사를 했다.

만주인 차림을 하고 뒤룩뒤룩 시골뜨기처럼 껴입은 헌병이 무

---

64 가불한 돈.

슨 일을 하는지는 알 수 없었지만, 도미는 어차피 변변찮은 일이려니 생각했다. 세월이 흐른 탓인지 뜻밖에도 증오하던 녀석을 현실에서 마주해도 마음이 증오로 불타오르는 일도 없었고, 도미는 다만 불길한 남자를 만났다고 생각할 뿐이었다. 주위 사람들에게 은밀하게 불리는 이름은 쓰네常라는 듯했다. 그날 밤늦게 도미는 쓰네가 묵고 있는 일본인 호텔에 자동차를 타고 갔다. 도미는 상당히 취해 있었다. 호텔 현관에 장식해 둔 박제된 흰 승냥이를 보고 비명을 지르기도 했다. 도미는 그날 밤, 쓰네의 잠자리에서 지독한 각혈을 하고 말았다.

다음 날 아침, 쓰네는 중태에 빠진 도미를 그곳에 버려둔 채 어딘가로 가 버렸다. 도미는 들것에 실려 미도리로 옮겨졌고 두 달 정도 몸져 누웠는데, 도미가 겨우 일어나게 되었을 무렵에는 하이라얼 거리는 날마다 소금가마에서 나는 연기와도 같은 눈보라의 계절로 변해 있었다.

기쿠는 우오타니의 부인이 죽은 뒤, 후처로 들어가게 되었다고 편지를 보내 왔다. 예전처럼 괜찮은 생활은 아니었지만, 그래도 셋집에 사는 것도 아니고 전처가 남긴 사치코라는 마음씨 고운 아이가 하나 있어서 세 가족이 잘 살고 있다는 편지로, 기쿠와 딸이 찍힌 사진이 한 장 들어 있었다.

도미가 하이라얼을 출발점으로 이리저리 전전하며 돌아다니다 무단장牧丹江 북쪽에 있는 쑤이펀허라는 곳에 정착한 건 태평양전쟁이 격렬해진 1943년의 일이었다. 도미는 옛 모습을 전혀 찾아볼 수 없을 만큼 초췌해져서는 이곳에서 서른일곱 살 정월을 맞이

했다. —도미는 큰맘 먹고 내지로 돌아갈 마음이 들어, 어느 연회의 장교를 역까지 배웅하고는 열차 일등 침대칸에 탄 것을 기회로 낮게 올린 머리 위로 모포를 푹 뒤집어쓰고 검은색 슈바[65]를 껴입은 펠트 장화 차림으로, 달랑 몸뚱아리 하나로 무단장으로 나왔다. 그리고 그 젊은 장교의 주선으로 다이렌大連으로 나와 2월에 내지로 돌아왔다.

도미는 기차에서 내려 시나가와 전차 플랫폼에서 우연히 먼 옛날 산라쿠테이에서 일하던 시절의 신을 만났다. 소개疎開[66] 짐을 등에 가득 짊어진 신에게 도미가 말을 걸었을 때 신은 한동안 도미가 누구인지도 모르는 듯 의아한 얼굴이었다.

"나야, 산라쿠테이에서 같이 일했던 도미야."

"어머! 도미니……너무 많이 변해서……그래, 희한하지, 어디에 있어?"

"지금 만주에서 돌아왔어."

"어머, 이런, 만주? 만주에 갔었구나……그래서 어디 가는 거야?"

"여동생네, —너, 그 차림새는 뭐야?"

"소개야. 어쩐지 전쟁도 위험해질 것 같다고 해서 이제부터 신슈信州로 가는 거야. —이미 옛날 도쿄와 달라서 표 한 장 사는 것

---

65 방한용 모피 외투.

66 적의 공습이나 화재 등에 따른 피해를 최소화하기 위해 도시에 집중된 주민이나 건물을 지방으로 분산시키는 것을 말함.

도 뼈를 깎을 각오로 해야 해……. 나도 그때부터 이래저래 이야기할 게 많아. 뭐, 단번에 이야기할 수 없으니 내킬 때 찾아와. 신슈에서는 이틀 뒤에 돌아오니까."

신이 명함을 건넸다.

"이거 네 남편이니?"

"그래……지금, 요코하마横浜의 아키가이秋貝라는 조선소에서 못치기로 일하는데, 일이라고는 하는데 꼭 죄수 같아. 뭐, 무슨 일이든 어쩔 수 없는 거지……정말, 지겨워졌지 뭐야, 도대체 어떻게 되려는 걸까? 큰 소리로 말할 수는 없지만……이런 일 하며 사는 거 질렸어, 정말……."

"어때? 나, 변했어? 완전 할머니가 되어 버렸어?"

"그러게, 옛날 도미라고는 알아차리지 못했어, ―아무리 그래도 그렇지, 신경 쓰지 않는 것도 정도가 있지 않아?"

도미는 검은색 슈바를 모지에서 팔아 치운 채, 코트도 입지 않고서 이 추운 날씨에 도라지 색 지리멘 예복을 입고 머리카락은 뒤로 둘둘 말고 있었는데, 그것조차 긴 기차 여행의 혼잡함 속에서 먼지가 묻어 하얗게 되었다. 버선은 지저분하고 일바지도 입지 않은 옷자락은 이상하게 깔끔하지 못해 누가 봐도 지방을 유랑하는 연예인처럼 흩트러진 모습이라 이목을 끌었다. 지닌 건 보따리가 두 개. 어깨에 맨 가방도 없었다. 얼굴은 옅은 갈색으로 술독이 올라 왕년의 미인이라 불렸던 산라쿠테이의 도미의 모습은 어디에도 남지 않았다. 신은 그지없이 슬픈 마음에 도미의 변한 모습을 바라보고 있었다.

도미가 겨우 아사쿠사의 마쓰바초 우오타니의 집을 찾아 도착하니 우오타니는 근로봉사로 네리마練馬 비행장 작업에 동원되어 나갔고, 기쿠는 근처 출정 병사를 배웅하러 우에노역에 가 있어서 집에 없었다. 사진으로 본 적 있는 딸처럼 보이는 아이가 나왔다. 뜻밖에도 기쿠를 닮았다. 도미는 조심스럽게 가게의 금고 옆 의자에 걸터앉아 기다렸는데, 그리워서 돌아온 내지가 옛 모습과 완전히 바뀌어서 깜짝 놀라고 말았다. 돌아오지 말 걸 그랬다고 생각했다.

두 시간 남짓 기다렸더니 기쿠가 일바지 차림으로 돌아왔다. 기쿠도 훌쩍 나이를 먹어 그 시절의 생생한 모습은 사라져 버렸다. 우오타니도 근래에는 계속 귀금속 쪽도 폐업한 것과 마찬가지였다.

도미는 만주가 훨씬 살기 좋다고 생각해, 왜 그때 화가 치밀어 올라 내지로 돌아오게 되었는지 이해할 수 없었다. 내지는 식량도 부족해서 한 푼 없이 돌아온 몸이라 우오타니의 집에 있기에도 도미에게는 괴로운 일이었다. 우오타니는 머리가 죄다 벗어져서 폭삭 늙어 버렸다. —어느 날 기쿠가 별생각 없이 묻지도 않았는데 해 준 말에 따르면 기쿠는 열여덟이 되던 해 우오타니와 관계해 사치코를 낳았고, 오이소大磯의 지인에게 사치코를 맡겼다고 했다. 도미는 어머 그런 일이 있었냐고 하며 류지가 죽었을 때 돌봐주겠다던 우오타니의 얼굴을 떠올렸다. 남자의 바람기에 대해 몸소 잘 알고 있었지만, 그 당시 이미 기쿠에게 아이를 낳게 하고서는 모르는 척 했던 우오타니의 뻔뻔함이 지금은 오히려 이상하게도 생각되었다. 사치코는 전처의 자식이 아니라 기쿠의 친딸임이 밝혀지자 도미는 기쿠를 닮았다고 보자마자 생각한 자신의 정확한 안목이 대단하다며 쓴웃음을 지었다. 연륜이 깊어지면서 여러 일이 조금씩 변화해 가는 것에 도미는 긴 인생임을 절절히 느낀다.

"그래도 있잖아, 그때는 힘들었어도 아이 낳기 잘하지 않았니?"

"나는 말이야, 죽어 버리고 싶었지만 애가 귀여워서 살아왔어. 언니도 세키 씨와의 사이에 애라도 낳아 두었으면 좋았을 텐데……."

"그런 남자하고 아이라도 낳는 날에는 큰일이지……. 세키라고 하니, 그 사람, 어쩌고 산다니?"

"만주에서 돌아와서 군대 갔다는 이야기도 들었어. 아카바네赤羽의 공병대라 그랬던 것 같은데……."

"군대? 너무 나이 든 병사구나."

"요새는 군대도 남자이기만 하면 사소한 건 따지지 않고 데려간대."

도미는 우오타니의 집에 신세를 지며 닥치는 대로 암거래 물건을 사들여서는 행상을 돌았다.

생선일 때도 있었고, 귤이나 작업화, 지쿠와[67] 어묵까지 팔았다. 조금씩 몸도 튼튼해졌다.

1945년 3월 9일, 시타마치에 대공습이 있었다. 그날 밤, 도미는

---

67 자른 대나무 모양을 한 원통형 어묵.

신슈의 고모로小諸로 피난 간 신의 집에 묵고 있었다. 쌀을 살 겸해서 도미는 우오타니의 소개를 받아 자동차 타이어를 고모로에 가져갔다. 도쿄가 공습을 받았다는 것도 몰랐다. 라디오도 없었고, 신문도 보고 있지 않아서 도쿄의 시타마치가 전멸했다는 이야기를 들은 건 10일 저녁 무렵이었다.

도미는 11일 아침, 도쿄에 볼일을 보러 가는 신과 둘이서 짊어질 수 있을 만큼의 쌀과 사과를 들고 혼잡하고 북적거리는 기차에 올랐다. 차 안에는 도쿄 전체가 불타버렸다는 유언비어도 퍼져 있었다. 도미는 불안한 마음이 들었지만, 일찍 피난을 떠난 신은 선견지명을 자만하는 듯한 얼굴이었다. —예상대로 도미가 가까스로 도쿄로 돌아오니 마쓰바초의 집은 불타버렸다. 트럭에 시체를 쌓아 올리는 인부가 곡괭이로 타 버린 시체를 정리하는 모습도 보았다. 아직 불이 타고 있는 곳도 있다. 고마가타바시駒形橋 쪽으로 사람들에게 밀려 가니 교각에 내걸린 여자의 불 타버린 시체가 처참했다. 스미다가와隅田川 강 건너편은 아직 자욱하니 노란색 연기가 피어올라, 이렇게 굴뚝이 잔뜩 있었나 싶을 정도로 묘지 같은 굴뚝의 숲이었다. 도미는 살아가는 것에 대한 환멸이 막막한 것이긴 해도 온몸으로 스며들었다. 짐은 신이 들린 아카바네 집에 맡겨두고 와서 몸은 가벼웠지만 별 도리없이 걸었다. 사방의 악취가 참을 수 없이 코를 찌른다. 도미는 다시 마쓰바초로 돌아와 보았다. 동네 주민으로 보이는 네다섯 사람이 자기 집의 불탄 자리를 파내고 있었다. 딱히 아는 사람은 아니었지만, 도미가 물어 보니 이 부근 사람들은 다들 스미다가와 쪽으로 도망쳤다고 한다. 거의 전멸에 가까울 정도는 아닌지 물어 보았다. 저마다 친척을 의지해 간 사람도 있으니 누가 살았고 누가 죽었는지는 모른다고 했다.

갖가지 추억이, 그 추억의 한해 한해가 어제와 마찬가지로 흘러가 버렸다. 도미는 조금씩 포기에 익숙해져 흘러가는 대로 살던 습관이 몸에 배고 말았다. 어떠한 갈망도 없다. 세속적인 욕망도 그녀의 마음을 붙들지 못했다.

"삿짱, 너는 아무 걱정도 하지 말고, 나 같은 건 전혀 걱정하지 말고, 행복해져야 해……."

도미는 이렇게 말을 하기는 했지만, 마음속으로는 사치코가 자신을 두고 가는 것이 죽음의 늪에 쓸쓸히 세워진 듯한 기분이었다. 이제 남자도 생길 턱이 없다. 여생을 빌딩 변소 청소로 보내는 시시한 인간으로 영락해 버린 이유는 인생의 처음 시작을 그르쳐서 그것이 지금까지 화가 된 것이라고, 사치코에게 이야기해 주고 싶었다. ―도미는 때때로 마치 소처럼 위장에서 추억을 되돌려 그 추억 하나하나를 잘근잘근 씹는 일이 즐거움이었다. 사이토도 좋아했지만, 그 남자는 다른 여자와 동반 자살하고 말았다. 우도 좋아했지만, 그 사람은 나의 될 대로 되란 성격의 희생양이 되었다. 많은 남자의 얼굴이 떠올랐지만, 도미는 어떤 남자도 지금은 휴짓조각처럼 느껴졌다. 그런데도 5, 6년 전까지는 홀로 잠드는 일이라고 없던 자신이 그립기도 하다. 얼마 전까지는 항상 딱 붙어 있던 다른 육체가 존재했지만, 지금은 이미 그것도 먼 과거의 일이 되었고, 도미는 무자비한 바람을 쐰 듯 쓸쓸한 고독의 강으로 흘러가고 있다.

"삿쨩. 이제부터가 한창이란 게 부러워. ……사람이란 건 다양한 일로 날을 보내는 거야. 죽은 사람만 손해 보는 거야. 살아야 해, 하품이 날 때가 좋은 거야. 그리고 그 서방이라는 사람도 좋지만, 글쎄, 내 생각에는 오래가진 않을 거 같아……."

뭉개진 상처 위에 다시 상처를 입는 인생에도 도미는 익숙해져, 도미는 다시 맥주병의 술을 컵에 따랐다. 손이 부들부들 떨리고 있었다. 사치코는 도미의 이런저런 추억 이야기를 듣고도 조금도 감동하지 않았다. 옛날 아직 자기가 태어나기 전 도미의 연애 이야기는 아무래도 상관이 없었다. 사치코는 이 이모의 손에서 얼른 해방되고 싶은 것이었다. 오다와라에 작은 집을 얻어 남자와 마주 보고 살아간다는 상상이 사치코를 들뜨게 만든다. 내일은 정오에 긴자의 PX 앞에서 만나 둘이서 백화점에 경대를 보러 갈 약속이 있었다.

(『문예계간文芸季刊』 1949년 4월)

쇠고기

—오늘 내 눈을 위로하는 저 새싹이
내일은 내 위에 돋아 다른 사람이 보게 되리라.—
(루바이야트 중에서)

갑자기 마키에滿喜江로부터 열쇠를 내어 달라고 전화가 걸려 왔다. 지금 짐을 챙겨서 가려고 한다기에 사사키佐々木는 깜짝 놀라 무슨 일이냐고 물었다. "무슨 일이랄 것도 아니지만, 매켄지 씨 집에서 나와 버렸어요. 아무리 생각해도 제가 감당할 수 있는 것 같지 않아요……지금 심부름꾼을 보낼 테니 그 사람에게 열쇠를 건네 주세요. 자세한 건 사사키 씨가 돌아오시면 이야기할 게요……." 그렇다는 말에 사사키는 아무튼 기쁘기도 했고, 그러한 사건에 관심이 없는 것도 아니어서 마키에의 심부름꾼이 오기를 은근히 기다리고 있었다. 저녁때 심부름꾼이 왔다. 안내처로 가 보니 행상이라도 온 것 같은 일바지 차림의 늙은 여자가 금테를 두른 마키에의 자그마한 명함을 들고 서 있었다. 사사키는 명함을 받아 들고, 주머니에서 열쇠를 꺼내 그 여자에게 건넸다. 때마침 야근하는 날이었는데, 사사키는 회사 식당에서 도시락을 다 먹고는 동료인 오카자키와 야근을 바꾸었다. 우한武漢 함락 다음 날이어서 거리는 어딘지 모르게 웅성거렸고, 사기 충만한 활기가 어디에나 가득 차 넘쳤다. 회사를 나와 도쿄東京역에 도착하자 역 앞 지하공사 중인 빨간 램프 부근에서 출정 병사를 배웅하는 무리가 몇 팀인가 만세를 삼창하고 있었다. 사사키는 마치 남의 일인 양 이런 구경거리에 아무런 관심도 없었고, 쇼센省線[68] 플랫폼으로 나와서 마키에의 화려한 이사를 공상하니, 마음 어딘가에 근질근질 좀이 쑤시는 듯한 기쁨이 솟아올랐다.

요쓰야四谷에서 내려 고지마치麴町 소방서 건물 옆을 돌자 어디서라 할 것 없이 연어를 굽는 냄새가 났다. 아파트 창문을 보니 분명 자신의 창에 등불이 비치고 있었고, 팽팽한 커튼 봉에 대형 타올 비슷한 게 걸려 있다. 사사키는 서둘러 금박글자가 써진 아파트 문을 밀고 2층으로 올라갔다. 언제나 이렇게 이른 시간에 돌아온 일이 없기에 사사키는 오히려 신선한 상쾌함을 느끼며 자신의 방 앞으로 갔다. 귀를 기울이자 취사장에서 물소리가 난다. 반짝이는 손잡이를 돌리자 좁은 콘크리트 바닥 위에 갈색 스웨이드 하이힐이 한 켤레 벗어져 있고, 방 안에 멋진 쇠 장식이 달린 커다란 트렁크가 하나 반입되어 있었다. "마키이!" 사사키가 들뜬 목소리로 불렀다. 취사장 커튼 쪽에서 "알로―(여보세요)[69]"라는 소리가 나고 핑크빛 팬티 한 장만 입은 마키에가 늘씬한 알몸으로 나

68 민영화 전 철도성이 운영하던 철도선 이름.

69 allô(프랑스어).

왔다. 의외의 장소에서 의외의 것을 보는 듯한 기분이 들어, 사사키는 잠시 그곳에 서 있었다. "저, 도망쳐 왔어요. 당신 사정도 아무것도 물어 보지 않고 미안해요……." 마키에는 조금도 딱해 보이지 않는 얼굴로 맨살에 굵은 세로줄 무늬 플란넬 실내복을 걸치더니 붉은 가죽 케이스에서 덩굴 모양이 박힌 은색 거울을 꺼내 화장을 시작했다. "도망쳐 왔다니, 바로 여기로 온 거야?" "아뇨, 닷辰짱 집에 열흘 정도 전부터 있었어요. ―닷짱이랑 싸우고는 사사키 씨가 생각나서 온 거죠……." "닷짱은 어디 사는데?" "오다큐小田急의 가키오柿生라는 곳인데 요즘 그 사람도 일을 안 하고 있고, 또, 요코하마横浜로 돌아갈 거라고 말했어요……." "매켄지 씨네서 뭐 실수라도 한 거야?" "실수는 안 했지만, 저, 그런 생활에 무척 지쳐 버렸어요. ―무릎을 드러내 놓고 오차즈케[70]를 먹고 싶은 기분이라고요……이해가 가요?" 사사키는 마키에의 트렁크에 걸터앉아 사쿠라桜[71]를 한 개비 꺼내 입에 물었다. 그리고 마키에에게도 권하자 마키에는 얼른 큰 핸드백에서 주홍색 키리아지KYRIAZI[72] 담뱃갑을 꺼내 사사키가 물고 있는 담배를 바꿔 주었다. "이것도 매켄지 씨 건가?" "내가 좋아하는 담배라고요. ―있잖아요, 마침 배가 고파졌는데 뭔가 사 와 줘요. ―빵에 듬뿍 버터와 치즈를 곁들이고, 립톤 홍차면 되겠네요." 사사키는 메모지를

---

70 밥에 다시 우린 국물을 부은 일본 음식.

71 담배 브랜드명.

72 터키산 담배.

찢어 빵 한 근, 유키지루시雪印 버터 반 파운드, 크래프트 치즈 반 파운드, 가이신도開新堂의 파이와 슈크림을 섞어서 반 다스라고 쓰고, 관리인 하녀에게 이 물건들을 사다 달라고 부탁했다. 마키에는 사사키의 침대에 드러누워 잠시 담배 연기를 보고 있었는데, 마음속으로는—이런저런 일을 생각하고 있는 듯, 자세한 일을 전부 말하겠다고 말하면서 의외로 완고하게 입을 다물고 있었다. 크림으로 닦아냈을 뿐인 얼굴이 취한 것처럼 반짝였다. 큰 입술에 분홍 모란색牡丹色 연지를 발라 화려한 실내복과 잘 어울렸다. "당분간 여기 있어도 돼요?" "그래, 괜찮아." "저, 자취 같은 건 못하는데 이 아파트에 식당 없을까요?" "맛이 있지는 않아도 식당은 있어. 근처에 고기를 먹을 수 있는 미카와야三河屋도 있고, 장어가 맛있는 건 오래된 가게인데 사누키야さぬき屋라고 있어. 당신 마음대로 살면 돼." "어머, 저는 지금 무척 가난해요. 반지와 팔찌를 팔아서 당분간 임시방편으로 삼을 생각이에요. 그다지 사치를 부릴 순 없어요……." 듣고 보니, 의외로 마키에가 가진 물건이 간단해 보였다. 잠시 후, 주문한 음식이 도착해서 사사키는 취사장에서 가스에 법랑 주전자를 올리고 빵을 잘랐다. 마키에는 침대에 누운 채, 취사장의 사사키에게 말을 걸고 있다. "저요, 역시 가난뱅이의 자식인가 봐요. 사치하는 게 의외로 시시하단 걸 깨달았어요. 아직 마키이는 젊어서 그런가 보다 생각했는데 그것도 아니더라고요. —있잖아요, 그쪽 일로 원만하게 안 맞는 것도 있고, 기진맥진 지쳐서는, 사사키 씨처럼 잘 맞지 않더라고요, 정말이에요……. 지나침은 미치지 못함과 같다잖아요. 마키이는 끝나면 잠들어 버

리는 걸요. —그거야, 저도 이상화된 부분은 어느 정도 있었겠지만, 잘 설명하기 힘든데 조금도 호흡이 맞지 않는다는 게 별로였어요……. 모처럼인데 트레 졸리너무 예뻐[73] 로는 잘 안 돼요, 몽 셰리 마키이내 사랑 마키이[74] 도 그다지 핀트가 맞지 않고요, 잠든 몸을 떡처럼 주물럭거린들 어쩔 도리가 없잖아요……. 가끔은 얼음물을 마시는데, 졸리면 그것도 소용없어요. 외출도 거의 안 하고, 편하게 생활한다고 한들 아무것도 안 된다는 걸 알았어요. —유리구슬 반지인지 뭔지를 끼고 꼬깃꼬깃한 십 엔 지폐를 소중히 간직하던 시절이 마키이는 활기가 있었어요. —다시 한번 메종 비오레로 돌아갈까도 생각했지만, 나오고 나니 재밌는 일도 해 보는 것도 좋을 것 같아서 닷짱한테 갔었지만……닷짱네는 식구가 일곱이라, 암담한 생활이잖아요? 제 물건, 조용히 가지고 나가서는 팔아 버렸다니까요, 참을 수가 있어야죠……." "지금 여기도 당신 마음에는 들지 않게 될 거야……여기도 암담한 곳이라니까……." "네, 그래도 사사키 씨는 좋은 사람이고요, 제가 그 일도 제대로 가르쳐 줬잖아요, 그립네요. —당분간 있어도 괜찮은 거죠? 마키이는 지금 무척 외로워서 견딜 수가 없는걸요. 열흘이나 혼자 있으니 역시 사람 몸이 그립고, 저, 망가진 것 같아요, 몸이 이미 그런 식으로 되고 만 거죠. —뒷일은 조금도 생각하지 않아요. 사사키 씨가 부인이라도 있으면, 저 다시 혼모쿠本牧로 돌아갈 생각이었어요…….

73 Tres jolie(프랑스어).

74 mon chéri(프랑스어).

왜, 당신과 항상 눈을 뜨면 창문 아래에서 자그락 자그락 모시조개를 캐는 소리가 났었잖아요? 그 소리가 그리워서 참을 수가 없었어요. ―첫날 밤, 번개가 치고, 엄청난 폭풍있었던 거 기억해요?" "기억하지." "그래요……기억하는군요. 그런 게 마키이는 기뻐요. ―당신, 그 시절 아무것도 몰랐더랬죠……. 맹했잖아요? 돈 안 들이고 노는 멋진 방법을 알려 줄게요 라고 했더니 당신 떨면서 내게 지갑을 내밀었잖아요……." 사사키는 말랑한 빵을 서툴게 썰어서 홍차를 준비해 마키에 곁으로 가져갔다. "메르씨, 무슈고마워요……. 사사키 씨는 영원히 닳아 빠진 사람이 되는 일은 없을 거예요. 저, 여기 일찍 올 걸 그랬어요……." "바로 와 주었더라면 더 기뻤겠지……." "그래요, 정말 그렇게 생각해 주는 거예요?" 빵에 버터와 치즈를 끼워 주자 마키에는 가냘픈 손가락으로 집어 연지 바른 입술을 밀어 올리듯 해서 한입 가득 먹었다. 마키에는 베개에 한쪽 팔꿈치를 짚고 빵을 먹으며 사사키의 얼굴을 보았다. 둘 사이에는 1년 이상의 세월이 있었던 탓인지 사사키의 풍모가 조금 변화해서 이미 그 시절과 같은 순진한 구석은 없다. 마키에는 문득 진지한 눈으로 지긋이 사사키의 얼굴을 응시한다. 이 사람도 변했다고 생각했다. 매켄지의 하얀 분을 바른 듯한 피부를 보아 온 눈에는 기름으로 번들거리는 턱의 조금 더러워진 피부색조차 살풍경해 보인다. 고작 1년 남짓한 사이에 젊은 남자의 풍모가 이렇게나 변할 일인가……. 그럼 5, 6년 지나면 어떻게 변할지 마키에는 사사키의 얼굴에 슬쩍 세월의 연륜을 그려 본다. "있잖아요, 마키이는 꾀죄죄해졌나요?" "무척 아름다워. 예전에도 예뻤지만, 지금은 더 굉장한 미인이지…….” “진심인지 모르겠네…… 그때부터 1년 지났어요.” “사치스러운 생활을 해서 그런지 몸매도 탄탄하고, 피부도 매끈매끈하네.” “정말요…….” 베개에서 팔꿈치를 떼고 마키에는 자신의 팔을 바라보았다. 오팔을 엮은 팔찌가 손목에서 흘러내려 빛났다. 사사키는 뜨거운 홍차를 불면서 마키에의 불그레한 팔을 바라보았다. 실내복 자락 사이로 멋진 다리를 모포 위로 뻗고 있다. “그 뒤로 사사키 씨도 좋은 사람 만났어요?” 웃으며 마키에가 물었다. “만나기는 만났지. 그렇지만 헤어졌어. 아무래도 잘 맞질 않아서…….” “누가 잘못했어요?” “글쎄, 둘 다 똑같았지…….” “친절하게 대하지 않은 거 아닌가요? 여자는요, 그게 문제예요. 사사키 씨에게는 한밑천 드는데, 이상하네요…….” 손에 묻은 버터를 핥으며 마키에가 불쑥 말했다. ―사사키는 반년 정도 전에 헤어진 후사코房子의 여윈 몸을 떠올렸다. 니가타新潟 고센五泉 출신인 여자로 간다神田의 양품점 점원이었는데 사사키가 첫눈에 반해 자신의 하숙집으로 데려왔지만, 첫날부터 그야말로 잘 풀리지 않아서 2개월 만에 두 사람의 생활은 끝이 나고 말아 사사키는 이 야요이弥生 아파트로 이사했다. 니가타로 돌아가 관공서에서 일하고 있다는 풍문을 들은 것을 끝으로 둘 사이에는 헤어진 이후 소식은 없었다.

마키에는 빵을 먹을 수 있는 만큼 먹자 다시 담배에 불을 붙여 입으로 연기를 뻐끔 내뿜으며 어쩐지 후회 비슷한 기분을 맛보고 있었다. 두 번 다시 옛사람을 만나는 실수는 하지 않으리라 생각했다. 남색 신사복에 흰 와이셔츠, 빨간 줄 넥타이 복장을 한 사사키의 옛 모습에 반했던 걸지도 모른다고 생각했다. 잘 손질된 목덜미의 푸르스름한 부분도 좋았다. 지금, 눈앞에 보이는 사사키는 솔질도 하지 않은 낡은 헤링본 양복에 낡은 견직 넥타이를 하고 있다. 목덜미도 터무니없이 지저분하다. 희미하게 코밑에 자란 수염도 기름진 느낌이었다. 생활의 때가 낀 남자에게는 마키에는 아무런 매력도 느끼지 못하는 것이다. 고작 1년만에 이다지도 남자는 변해 버리는 것인지 신기했다. 외관은 멀끔한 서양식 아파트로, 판자 위에 돗자리가 깔려 있고 병원 입원실에 가면 볼 수 있는 그 작은 흰색 철제 침대가 있을 뿐이다. 매켄지의 주택을 늘 보아 오던 마키에의 눈에는 중학교 기숙사에라도 있는 듯한 기분이 들었다. 이런 아파트도 장소가 괜찮으니 의외로 비쌀지 모른다. ―늦은 밤 두 사람은 부자유스러운 모습으로 침대에 들었다. 도둑고양이라도 안고 자는 기분에 마키에는 슬퍼졌다. 오랫동안 이불도 말리지 않은 탓인지 비린내가 난다. 마키에는 큰 목욕타월을 집어 이불깃에 대었다. 그, 특수한 우유 비린내, 거대한 몸의 늙은 매켄지의 모습이 갑자기 눈에 떠오른다. 어째서 정착하지 못했을까……. 그러면서도 조금도 예전 생활로 돌아갈 마음은 없었다. 가끔 쇼센省線 철도 소리가 바람 세기 정도에 따라 가깝게 들려 아파트 내부도 조용해졌다. 등불에 보라색 보자기를 걸치고 두 사람은 얼굴을 서로 마주했다. 마키에는 눈을 감았다. 체념해 버린 채 당신에게 맡긴다는 듯한 모습이었다. 사사키는 옛 기억을 소환하겠다는 각오로 조용히 마키에의 귀에 입술을 갖다 대었다. 하지만 마키에는 그런 순서는 아무래도 좋았다. 얼른 소임을 다하고 푹 자고 싶은 욕망뿐이다. 귀에 뜨거운 숨결이 닿고, 머리카락에 거친 손가락이 휘감겼지만 아무런 반응도 나타나지 않는다. 마음이 얼어붙어 있었다. 그뒤로 조금도 진보하지 않은 남자의 행동이 낡아 보인다.

일주일 정도 마키에는 아파트에 틀어박힌 채 무질서한 생활을 하고 있었으나, 머지않아 마키에는 이따금 화장하고 외출하게 되었고, 사사키가 없는 틈에 인도사람을 집으로 데려오게 되었다. 아파트에서도 소문이 떠돌았고, 사사키도 그러한 풍문을 듣고 불쾌하기는 했지만, 딱히 한 푼도 부담한 적이 없는 처지라 마키에에게 불평하는 듯한 말을 할 수도 없었다. —마키에는 어느 틈에 팔찌도 반지도 판 듯했다. 때때로 마키에의 고향인 지바千葉에서 마키에의 남동생이 찾아와서는 돈을 받아 돌아간다는 이야기도 사사키는 관리인 하녀를 통해 들었다. —한 달 사이에 마키에는 값나가는 물건은 남김없이 팔아 버리고 말았다. 인도사람과의 사이도 끝이 났는데 마키에는 12월에 접어든 어느 날, 입은 옷 그대로 나가 버린 후 사사키의 아파트로는 돌아오지 않았다. 4, 5일은 그래도 돌아올지 모른다고 사사키는 은근히 기다렸다. 크리스마스가 다가와도 돌아오지 않았다. 긴자銀座의 양장점과 근처 서양세탁소에서 사사키의 아파트에 돈을 받으러 와서 사사키는 마키에의 외상을 알게 되었고 보너스를 몽땅 그 돈으로 쓰고 말았다.

사사키가 처음 마키에를 만난 것은 갓 R 신문사의 기자가 되었을 때로, 요코하마 지국에서 근무하던 시절이었다. 혼모쿠의 유흥은 아직 모른다는 사사키를 안내해 동료는 나섰다. 유력한 어떤 사람의 소개가 있어서 메종 비오레라는 저택으로 가서 여기서 가장 인기 있는 마키이와 사사키는 만났다. 기사라즈木更津 근처의 어촌 출신이라는 마키이는 체격도 좋고 빵과 같은 연갈색 피부가 사사키의 눈을 빼앗았다. 마키이와 하룻밤 함께 하는 것은 비오레 마담의 특별 조처이기도 했고, 동정이라는 사사키의 출발을 축하하는 세상 물정 밝은 동료의 배려이기도 했을 것이다.

사사키는 마키이를 알고부터 거의 매일같이 혼모쿠에 갔고, 마키이의 애완동물처럼 되어 있었다. 마키이가 스물하나, 사사키가 스물여섯 살이었다. ―사사키는 집이 오후네大船에 있었는데 그 무렵은 부모에게 신세를 지고 있어 자기 수입은 자기만 써도 된다는 가뿐한 마음에 상당히 무리하게 빚까지 져 가면서 비오레로 호기롭게 다녔다.

마키이를 만난 지 일 년 정도 되었을 때였던가, 매켄지라고 하는 오래전부터 일본에 있는 부유한 무역상이 마키이에게 첫눈에 반해 낙적落籍을 시켰다. 매켄지 씨는 프랑스 태생의 에스토니아 사람이다. 매켄지 집에는 메종 비오레에서도 두 명 정도 일찍이 낙적되어 간 여자가 있었지만, 어느 여자도 3개월을 버티지 못하고 가출했다는 소문이 있었기에 억척스러운 마키이는 기껏해야 한 달도 온전히 못 버틸 것이라고 웨이터 사이에서는 그런 풍문이 돌고 있었다. ―사사키는 마키이가 없어지자 뚝 하고 혼모쿠에 발길을 끊었는데, 때마침 도쿄의 본사로 발령 나 재판소를 도는 일을 맡게 되었다. ―마키이라 불리던 마키에는 아무튼 혼모쿠의 여자에서 돈 있는 집 사모님이 된 것이다. 자신의 첫 여자가 자신의 손도 닿지 않을 법한 호사스러운 생활로 들어간 일이 사사키는 씁쓸하기도 했지만, 또한, 은근히 그런 여자를 잠깐이라도 마음대로 할 수 있었다는 사실에 우쭐하기도 했다. 헤어지고 보니 그리운 추억뿐이었고, 딴 세상으로 사라져 간 여자인 만큼 그 아름다운 추억은 사사키의 마음을 따스하게 해 주었다. —오후네의 본가도 아버지가 돌아가시고, 형 부부가 집안을 이었기에 사사키는 도쿄에서 하숙하게 되었고, 여기저기 하숙을 전전했다. 사사키는 묘한 계획을 세우고 있어서 어느 기간에는 철저하게 금전을 절약해 저렴한 하숙에 살았고, 그래서 약간의 저축이 생기면 고지마치 부근의 조그만 아파트를 찾아서 거기서 또 일정 기간 사치스럽게 사는 것이 사사키가 생각하는 이상적인 삶이었다.

마침 마키에가 찾아온 건 그 사치스러운 기간의 아파트에 사는 시기였다.

마키에가 없어지고부터 사사키는 맥이 빠진 듯 허전한 날들이 이어졌다. 정월을 넘겨도 결국 마키에는 아파트로 돌아오지는 않았다. 사사키는 슬슬 사치할 돈이 바닥나려고 했기에 교외의 저렴한 하숙을 찾아, 이사를 하려고 생각하고 있었다. 전차와 버스에서 닮은 여자를 만나면 사사키는 자신의 눈을 의심하면서도 그 닮은 여자의 곁으로 사람들을 헤집고 가 보곤 했다. 아니라는 것을 알고 있으면서도 실망한 마음으로 그 닮은 여자를 절실히 정면에서 바라보았다. 짐을 내버려 둔 채로 아무런 소식도 보내오지 않는 마키에의 박정함을 이해할 수 없었다. 지바의 기사라즈까지는 알지만 정확한 건 알 까닭이 없었다. 같은 혼모쿠의 여자 동료인 닷짱의 집도 단지 오다와라의 가키오라고만 할 뿐, 사사키는 주소와 번지를 물어 보지 않았다. 사사키 같은 남자는 하루살이처럼 덧없는 여자의 마음을 조금도 이해할 수 없었다. 딱따구리처럼 아무 데나 구멍을 파고 그곳에 물건을 둔 채, 방랑하는 욕심 없는 여자의 마음이 사사키는 부럽기도 했다. 그, 튼튼한 몸 하나만 있으면 그 여자는 그날부터 먹고 살 힘이 있는 것이다. 자기 물건이 어떻게 되든 아무 미련도 없는 마키에의 시원시원한 마음을 사사키는 이해할 수 없기도 했고 매력적으로 느끼기도 했다. —봄이 될 때까지 사사키는 야요이 아파트에서 꾹 참고 마키에를 기다렸지만 결국 돈이 없어 사사키는 조시가야雜司が谷의 기시모鬼子母신사 근처 학생하숙으로 이사했다. —우한이 함락되고 중일전쟁도 대충 끝날 것이라 기대하고 있었으나, 전쟁은 충칭重慶으로까지 확대되어 장蔣[75] 정권을 상대하지 말라는 고시告示까지 나니 누구의 마음에도 일말의 불가해함이 쌓여 있었다. 사사키는 가끔 싼 여자를 사서 그때그때를 넘겨 왔지만, 결혼하고 싶은 마음은 들지 않았다. 하숙도 방세만 내면 되는 것으로 하고, 식사는 밖에서 되는대로 때우며 살았다. 기시모의 하숙으로 옮기고 4월을 맞이한 어느 날, 돌연, 마키에가 보낸 엽서가 야요이 아파트에서 회송되어 왔다.

—오랜만에 소식 올립니다. 이런저런 이야기도 많습니다만, 제 짐을 다음과 같은 때에 표기한 장소로 보내 주시면 감사하겠습

75 장제스(蔣介石, 장개석).

니다. 라는 내용이었다. 서툰 글씨로 갈겨쓴 글이었다. 혼조 이시와라초 기무라 모처本所石原町木村某方라는 주소를 보고 사사키는 묘한 곳에 있다고 생각했다. 혼모쿠 어딘가에 있지 않을까 생각했는데, 혼조 이시와라초라니 의외의 장소였다. ㅡ윙윙 땅벌레地虫가 울 무렵 우에노의 벚꽃도 고가네이小金井의 벚꽃도 예상외로 일찍 개화해 지금이 딱 구경하기 좋다는 신문의 꽃소식이 전쟁의 화려한 기사 속 한구석에 작게 실려 있었다. 사사키는 그렇게 화창한 벚꽃 안개가 핀 일요일에 마키에의 트렁크를 어깨에 짊어지고 에도가와江戸川로 나와 겨우 1엔 택시를 찾아 혼조 이시와라초의 마키에가 신세 지고 있는 집을 찾아갔다. 이시와라초의 시영전차 정류소 근처에서 1엔 택시를 세우고 빨간 벽돌 은행 모퉁이를 돌아서 술집과 헌 옷 가게가 있는 골목길을 돌아, 묻고 물어서 겨우 연립주택의 기무라 모 씨의 집을 찾아낼 수 있었다. 유리가 깨진 격자문에는 안쪽에 노랗게 변한 신문지가 붙어 있었다. 뚝 하고 끈이 끊어진 발이 망가진 채 창에 늘어져 있고, 손수레 같은 유모차가 창가에 나와 있었다. 격자문을 열자 언젠가 회사로 명함을 가져온 여자가 더러워진 앞치마를 하고 나왔다. 어디로 외출하는 모습으로 보였는데 어깨에는 대일본국방부인회라고 빨간 글자가 쓰인 지저분한 어깨띠를 걸고 있었다. 사사키의 모습을 보고 여자는 서둘러 2층으로 뛰어 올라가 동동거리며 정리를 하는 것 같더니, 2층에서 큰 소리로 "나리, 어서, 2층으로 올라오시라고 합니다."라 불렀다. 트렁크를 마루 끝에 두고 사사키가 신발을 벗고 2층으로 올라가자 2층 창문이 열려 있었는데, 처마 끝에는 본 적 있는 기워진 분홍색 팬티와 조금 더러워진 인견 흰색 슈미즈가 널려 있었다. 여자는 얼른 사다리 모양 계단을 내려왔다. 근처에 공장이라도 있는지 휘발유 냄새가 났다. 사사키는 방안을 둘러보았다. 새카만 쇠붙이가 붙은 낡은 장롱이 있고, 귀퉁이가 부서진 대나무 고리짝이 벽에 밀어 붙어져 있었다. 벽장은 부서져 안에 바른 신문지가 비어져 나와 있었다. 다다미는 노랗게 변색되어 광택도 없다. 잠시 후 사다리계단을 올라오는 기척이 났다. 벽과 사다리계단을 부스럭대며 쓰다듬는 듯한 소리가 났는데 그 발소리는 순조롭게 2층으로는 도통 올라오지 않는다. 사사키는 어린애라도 기어 올라오는 건가 생각했다. 이윽고 2층에 도착한 발소리 쪽으로 사사키가 무심히 눈길을 주자 색이 바랜 플란넬 기모노를 입은 큰 체구의 마키에가 손으로 벽을 쓰다듬으며 천천히 방 안으로 들어왔다. 사사키는 흠칫 놀라 마키에의 모습에 눈이 휘둥그레졌다. 차마 볼 수 없이 초라해진 모습이었다. 마른 편은 아니었지만, 너무도 앙상한 모습으로 변해 다른 사람이 아닐까 라고까지 생각했다. "마키이, 왜 그래?" 사사키는 일어서서 에둘러 말한다는 것도 잊고 어안이 벙벙해져서 말했다. "어서 오세요. 먼 길, 일부러 오시게 해서 죄송합니다……." "어떻게 된 일이야? 도대체……." "네, 저, 눈이 나빠졌어요. 마치 눈앞이 김이 서린 것처럼 답답하지 않겠어요……." 사사키 앞에 앉은 마키에는 눈이 답답해서인지 얼굴을 텅 빈 창 밝은 쪽으로 향했다. 성병性病으로 인한 일종의 눈병인 듯, 어쩌고염炎이라는 어려운 이름을 마키에가 말해 줬지만, 사사키는 너무 심한 변화에 당황해서 무엇부터 물어 봐야 좋을지 알 수 없었다. ㅡ

마키에니까 행복하게 살고 있을 것이라 믿고 있었다. 어떤 곳에 있어도 그 아름답고 젊은 육체만 있다면 마키에가 행복하지 않을 일은 없을 것이라고, 오히려 행복할 게 분명한 마키에의 생활이 사사키는 샘도 나고 부럽기조차 했다.

"사사키 씨 집을 나와서 일이 많았어요. 저, 일부러 나쁜 짓만 했어요……2월부터 갑자기 눈이 나빠지더니 이렇게 되어 버렸죠, 아는 사람이 있는 이곳에 와서 의사에게 다녔어요. 낫긴 낫는다는데 왼쪽 눈의 시력이 약해질 거라고 의사 선생님이 그러더군요……." "전혀 몰랐어. —인도사람이랑 함께 지냈어?" "아, 다이아몬드 반지 준 사람이요? 정말 잠깐 같이 지냈지만, 그 사람과는 싸우고 헤어졌어요. 저, 게이샤가 되어서 고탄다五反田에서 일했었어요……. —뭐랄까요, 그, 마음속에 바람이 부는 것 같았어요. 외로워서 매일 술도 마셨고, 아무하고나 잤고, 자포자기했었거든요. —사사키 씨 집에 있던 때는 그나마 다행이었지만, 그래도 저, 제멋대로인 인간이라 가고 싶은 곳으로 가고 만 거죠……." 마키에는 아무런 표정도 없이 밝은 쪽을 보고 있다. 그 옆 얼굴에 옛날 요염했던 모습이 조금은 남아 있었다. 사사키는 혼모쿠 시절의 마키이와 매켄지 씨 집으로 갔던 시절 호사스러운 물건을 몸에 두르고 있던 마키이의 모습을 떠올리고, 현재 눈앞에 있는 마키이의 애처로운 모습에는 도무지 납득 할 수 없는 부분이 있었다. 위로할 방법도 없었지만, 마키에는 또 조금도 슬퍼 보이지 않는 모습으로, 옛날부터 이렇게 살아왔다는 듯한 당연하다는 표정으로 "짐을 가져다 주셨네요. 아주머니가 엽서를 보냈다더라고요……. 저,

이제, 그다지 물건 같은 거 필요가 없고, 갖고 싶지도 않았는데 아주머니가 아쉽지 않냐고 엽서를 보냈어요……. 사사키 씨에게 이런 곳으로 오게 할 거라고는 생각도 하지 못했어요." "음, 그건 괜찮은데, 돈은 필요하지?" 마키에는 공허한 눈을 사사키 쪽으로 돌려 눈부시다는 듯 긴 속눈썹을 깜빡거리며 "돈 필요 없어요. 저, 나으면 다시 일할 생각이에요……." 사사키는 놀라고 말았다. 아직, 이 이상 일할 생각이었냐고 "일하다니, 어디……."라고 물었다. "요시와라吉原지요." 사사키는 잠자코 마키에의 눈을 보았다. 그렇게 심하지는 않았지만 눈 속 흰자가 붉고 탁했다. 요시와라지요, 라니 마치 그 근처에 심부름이라도 가는 듯한 무심한 말투가 사사키의 가슴을 죄었는데, 몰라보게 변해 버린 마키에의 모습을 보고는 사사키는 박정한 것 같지만 이전 마키이에게 느꼈던 감정도 사라지고 말았다. 옛날의 마키이가 아니다. ―마키에가 사사키의 아파트에 처음 머문 밤, 일 년 만에 보는 사사키의 변화에 실망한 듯한 차가움을 사사키도 지금 다시 마키에에게 느끼고 있었다. 약간은 보살펴 줘야 한다고 생각하면서도 사사키는 얼른 그곳을 벗어나고 싶은 마음이 들었다. 더러워진 면 플란넬 기모노를 입고, 파마도 하지 않은 머리를 둘둘 말아 목덜미 부근에 묶어 둔 탓인지 병자처럼 보였다. 이 여자와 옛날, 혼모쿠의 호텔에서 재미있고 우스운 밤을 보냈다는 사실이 믿어지지 않는다. 왜 매켄지 씨 집에 정착할 마음이 들지 않았는지 이상했고, 내게 와서도 조금도 정착하지 못하고 도망을 친 여심이 사사키는 아무래도 이해하기 어려웠다. 마키에가 뜻밖에도 태연하게 있으니 사사키도 애매하게 자신의 생각을 얼버무렸다. "왜 요시와라로 가는 거야?" "예, 하지만 여기 아저씨와 아줌마께 무척 폐를 끼치고 있거든요……저, 다 나으면 요시와라로 간다는 약속으로 여기 있을 수 있는 거라서요……." 사사키는 정말 잠깐 눈시울이 촉촉해졌으나, 바로 지갑을 꺼내 이십 엔 남짓의 지폐를 마키에의 손에 쥐여 주었다. "여름에 가니까, 그 주변을 지나실 때 들려 주세요. 에이로栄楼라는 곳이랍니다." 십 엔짜리 지폐 두 장을 넷으로 접어 마키에는 헐겁게 묶은 기모노 속 띠 사이에 끼워 넣었다. 사사키는 요시와라라고 듣자 마음속 깊은 곳이 불쾌한 기분이었다. 여하튼 혼모쿠의 제비꽃 마키이라고 하면, 대단한 인기를 끌었던 여자가 그런 곳까지 조금씩 미끄러져 내려가는 생활이 사사키는 울적하게 느껴졌다. 사사키는 혼모쿠를 고급스러운 곳으로, 요시와라를 질 나쁜 곳으로 단정짓고 있었고, 여행을 가도 일본여관에 묵기보다는 호텔이라는 이름이 붙은 곳에 묵어 침대에서 자는 취향을 갖고 있었다. 혼조 이시와라초의 쓰레기 같은 연립주택으로 밀려날 만큼 몰락해 눈병을 앓고 있는 마키에를 보고, 사사키는 이제 이것이 마키에와의 마지막 만남이라 생각했다.

사사키는 6월이 되자마자 사회부로 이동해, 다시 고지마치의 도조東條 사진관 근처 우콘右近 호텔이라는 곳으로 이사했다. 전쟁이 언제 끝날지도 모르는 삭막한 세상으로 변모해 조금씩 물자통제도 엄격해지기 시작했다. 사사키는 찢어진 양말과 낡은 팬티를 신문지로 싸서는 배수로 안에 버리는 습관이 있었으나, 이런 물건도 손쉽게 구할 수 없는 시대가 되어 사사키는 대체할 물건 없이 궁하게 살고 있었다. 우콘 호텔에서는 호텔 주부主婦에게 부탁해 식사 포함으로 지내게 되어 예전처럼 사치는 할 수 없어도 식사 때문에 아득바득할 일도 없어 좀 나은 생활을 하고 있었다. 그 무렵, 사사키는 마키에에 대한 일은 완전히 염두에 없고, 꿈을 꾸는 일도 없고 기억나는 일도 없었다. 비교적 자유롭고 활기찬 생활을 즐기고 있었다. 사내에서도 출정이 띄엄띄엄 이어지고 있어서, 출정을 피해 전장으로 특파되기를 지원하는 사람도 늘어났다. 사사키도 주위 분위기를 보니 출정 소집을 통보하는 빨간 딱지가 올 때까지 가만히 있을 수 없을 것 같아서 사사키 또한 우회적으로 선배에게 의뢰하고 다녔다. 안정감이 없는 어수선한 그날그날이었지만 사사키는 제법 독신 생활을 그럭저럭 즐기고 있었고, 술도 마시고 여자도 샀다. ―푹푹 찌는 날이었다. 두세 명의 동료와 함께 사사키는 아사쿠사에 가서 오페라관에서 술과 군대 어쩌고 하는 희극을 보고 무용수를 품평하며 갓빠바시合羽橋 부근 단골 술집에서 술을 마셨다. 이제 슬슬 방공연습이 과격해지기 시작했을 무렵으로, 그날 밤도 갓빠바시 일대 민가는 등불을 암막으로 가리고 있었다. 가끔 불빛이 새어 나오는 집 앞에서는 경비원이 메가폰으로 입에 담지 못할 욕을 퍼부었다. 그렇지만 달밤이라 넓은 아스팔트 길은 강처럼 하얗게 빛나고 있었다. 사사키는 술에 취해 작은 소리로 군가 따위를 흥얼거렸는데, 비틀비틀 옥외로 가 소방 수조 곁에서 크게 다리를 벌렸다. 멋진 달밤이었다. 집 옥상들이 젖어 있었다. 아스팔트의 열기를 밤바람이 부채질해 미지근하게 뺨으로 불어 온다.

기분 좋게 밤바람을 맞으며 볼일을 보고 있자니 사사키는 문득 마키에가 생각났다. 뭐라고 했더라……아마낫토甘納豆[76] 에이타로栄太楼[77] 비슷한 거였는데, 아아, 에이로였지, 하고 문득 마키에를 찾아갈 마음이 들어 사사키는 뒷문으로 어린 하녀에게 가방과 파나마모자를 건네 받은 후, 동료에게는 말하지 않고 요시와라 쪽으로 달밤의 길을 슬슬 걸어갔다. 생각지도 않은 골목 어귀에서 양동이를 손에 든 여자가 두세 명 웃으며 뛰어나왔다가 들어가는 모습과 마주쳤다. ―사사키는 요시와라라는 곳이 처음이었다. 중앙에 벚나무 가로수가 있는 고풍스러운 기루妓楼[78]가 있을까 사사키는 공상했다. 바람을 쐴 겸 걷고 있는 남자에게 사사키는 능글맞게 웃으며 요시와라가 어디 있는지 물어 보았다.

―요시와라에 와 보니 여기도 방공연습 중인지 깜깜했다. 이따금 문을 열고 출입하며 값을 물어 보는 손님이 있을 때마다 푸른 빛이 도로로 흘렀다. 사사키는 어느 큰 기루 앞에서 조방꾸니[79]처럼 생긴 남자에게 에이로라는 곳은 어디쯤 있는지 물어 보았다. 늙은 조방꾸니는 알지 못했다. 사사키는 지나가던 하녀로 보이는 여자에게 정중하게 물어 보았다. 그 여자는 "저도 그 근처로 가니 함께 가드리겠습니다."라고 싹싹하게 앞장서서 안내해 주었다. 등

76 콩을 조려 설탕에 버무린 과자.

77 아마낫토 가게의 상호.

78 창기(娼妓)를 두고 영업하는 집, 기녀방.

79 오입판에서 남녀 사이의 일을 주선하는 호객행위나 잔심부름 따위를 하는 사람.

불이 완전히 꺼진 탓인지 고풍스러운 조카마치城下町[80]라도 걷는 듯 보이는, 빽빽하게 이어진 기와지붕이 반짝반짝 달빛에 반사된 조용한 거리였다. 혼자였다면 헤매고 말 법한 골목골목을 빠져 나와 "여기가 에이로입니다."라고 여자가 알려 준 곳은 사사키가 상상했던 것처럼 큰 기루가 아니었다. 마키에이니 일류 가게에 있을 것이라고만 생각했던 사사키에게 2층짜리 자그마한 에이로는 업어치기 한 판을 먹은 것처럼 뜻밖이었다.

가벼운 유리문을 밀고 안으로 들어서자 체크무늬 천장에는 검은 천을 감아 둔 전등이 달려 있었고, 5장 남짓 커다란 사진이 벽에 죽 늘어서 있었다. 조방꾸니 대신 뚜쟁이 할멈이 자라처럼 등을 굽히고 부채로 다리에 붙은 모기를 잡고 있었다. "어서 오세요, 나리, 좋은 기생 있습니다요. 찾아온 아이라도 있으십니까……." 사진을 둘러보는 사사키에게 빠른 속도의 시골 사투리로 말을 걸었다. 사사키는 마키에의 기명妓名을 물어 보는 걸 깜빡해서 5장의 사진을 언제까지고 가만히 응시하고 있었다. "처음 오셨나요?" "응" "오늘은 방공연습으로 말입니다, 한가한 애들이 많습니더, 나리……." 사사키는 대답도 하지 않고 사진을 바라보았으나 어느 사진이 마키에의 얼굴인지 전혀 알 수 없었다. "얼마 전에 온 기생 중에 마키에라는 애 없었나?" "아아, 그래요, 그래요……분명 그 기생일 겁니다." 할멈이 가슴께를 부채질하며 "다마유玉勇라고 하지요. 아직 온 지 얼마 안 되어서 사진도 없습니다……." 사사

80 성곽을 중심으로 주변에 상공업자들이 모여 형성된 도읍.

키는 이런 집의 시스템을 아무것도 몰랐지만, 알고 있다는 듯 1엔짜리 지폐를 할멈의 손에 쥐여 주었다. 사사키는 2층으로 안내되었다. 과연 초라한 기루다. 기루라기보다는 변두리 국숫집 2층 같은 느낌이었다. 그런데도 방석만큼은 착석감이 좋은 하늘색 삼베로 만들어진 방석을 내어 주었다. 방 수도 얼마 안 되었고 바로 옆방조차 맹장지 한 겹일 뿐이었다. 옆방에서는 이미 묵고 가는 손님이 있는 것처럼 보여서 모기장을 치는 고리 소리가 지릭지릭 났다. 뇌물이 통했는지 아까의 할멈이 모기향과 차가운 차를 들고 왔다. "이제 다마유가 금방 올 겁니다요." 사사키는 할멈의 사투리를 어디 사투리인가 하고 생각하고 있다. 방구석에 이동식 도코노마용 널빤지가 있고, 퐁퐁달리아가 시든 듯 꽃바구니에 장식되어 있었다. 일반 가정집을 개조한 것으로 보여, 벽에는 하늘색 벽지가 자리를 가리지 않고 발라져 있고 천장만 그을려서 검은 색이었다. 여기에도 창에는 번쩍이는 암막 커튼이 쳐 있고, 불빛도 어둡게 해 두었다. 뭔가 작은 소리로 말하더니 복도에 발소리가 멈췄다. 숨이 막힐 정도로 더운 날이어서 사사키는 회색 폴라 상의를 벗었다. 홱 장지를 여니 화려한 모슬린 홑옷을 입고 흰색과 분홍색이 섞인 장식 허리띠를 크게 펼쳐 앞으로 늘어뜨린 여자가 들어왔다. 마키에였다. 아직 어느 정도 눈이 나쁜지 잠시 사사키를 알아보지 못했지만, "어이, 나야."라고 사사키가 말을 걸자 마키에는 "어머, 당신이군요."라고 말하고는 털썩 아무렇게나 앉았다. "오늘 밤은 푹푹 찌네요." 잘도 찾아와 주었다는 말도 없이 푹푹 찐다는 소리를 들으니 사사키는 묘한 기분이 들었다. "한참 찾았어." "그래요, 낮에는 대중목욕탕 모퉁이를 돌면 바로 보이지만요."라고 오랫동안 격조하였음을 사과하지도 않고 대수롭지 않다는 식의 말투였다. "눈은 이제 괜찮은 거야?" "네 많이 좋아졌어요……요즘 저는요, 어깨에 침을 맞고 있는데……침을 맞은 덕분인지 무척 눈이 가벼워져서 오른쪽 눈은 잘 보이게 되었어요." "마키이도 재미있는 곳에 오고 말았네?" "그런가요……홀가분하고 좋아요. 당신, 지금 어디에 있어요? 역시 거기?" "거기라니 요쓰야 아파트는 옛날에 옮겼지. 벌써 세 집이나 바뀌었다고." 마키에는 잠자코 도코노마의 퐁퐁달리아 곁에서 오동나무 무늬의 성긴 부채를 가져 와서 하나를 사사키 앞에 두었다. 자신도 부채로 소맷자락 속으로 바람을 부치며 "자고 가요."라고 작은 소리로 말했다.

아침. —사사키가 잠에서 깬 건 꽤 해가 높이 뜨고 나서의 일이었다. 시끌시끌 머리맡에서 사람 소리가 나기에 모기장에서 머리를 내밀어 머리맡 미닫이창을 통해 길을 엿보았다. 너무나도 푹푹 쪄서 어젯밤은 이 미닫이창을 열어 두고 잤다. 태양이 쨍쨍 내리쬐는 길에 국민복을 입은 남자와 하얀 앞치마에 국방부인회의 어깨끈을 맨 여자들이 제각기 작은 일장기 깃발을 들고 뒷모습을 보이며 늘어서 있다. 재봉틀이 놓인 양복점인 듯한 가게 앞에 작은 몸집의 머리를 빡빡 민 남자가 일장기를 어깨끈으로 만들고 맥주 상자 위에 올라서 있었다. 햇빛에 반사되는 쪽을 향해 뭔가를 말하고 있는 얼굴이 무척 창백해 보인다. 그 남자의 뒤에 아내와 자식과 형제로 보이는 사람들이 황송한 얼굴로 고개를 떨구고 있었다. —

맥주 상자 위에 올라선 남자는 말했다. "멸사봉공을 위해 분골쇄신할 각오입니다. 여러분도 이런 무더위에 불초한 다미야 다이고로民谷大五郎를 위해 동네 여러분께서 다들 모여 주셔서 진심으로 감사드릴 뿐입니다." 꾸벅 인사를 마치자 술에 취한 뚱뚱한 남자가 줄에서 앞으로 나와 사사키가 엿보고 있는 미닫이창 쪽으로 얼굴을 돌렸다. 사사키는 오싹해져서 바로 목을 움츠리고 땀 냄새 나는 이불로 파고들었다. 마키에는 입을 벌리고 자고 있다. 유카타 소매가 올라가서 어깨가 드러났는데 뜻밖에도 어스레한 방 안에서는 껍질을 벗긴 양파처럼 매끈한 피부로 보였다. 이미 부스러기가 된 절초 속에 저렴한 새 담뱃대가 꽂혀 있었다. 입을 대는 부분을 유카타 소매로 꼼꼼히 닦은 후 사사키는 거기에 담배를 담아 두세 모금 피웠다. 몇 번이고 큰 목소리로 다미야 다이고로 군을 위한 연설이 들려오더니 이윽고 만세만세하는 소리가 울려 퍼졌다. "아아, 시끄러워서 견딜 수가 없네, 잘 수가 없잖아……." 마키에가 어깨를 박박 긁으면서 몸을 뒤척였다. ㅡ사사키에게는 마키에와 잔 일에 아무런 감동도 없었다. 다만 거기에 있다는 정도의 일이다. 기차 시간을 기다리는 듯한 공허한 시간이 지나갈 뿐이다. 이윽고 마키에도 엎드려서 담뱃대를 끌어당겼다. "오늘도 덥네요." "응" "저, 배고파요, 달콤한 호박이 먹고 싶어요……." "아직 호박 철이라기엔 이르지 않나?" "그런가요……." 사사키는 딱히 서두를 마음도 없었다. 그렇다고 해서 여기서 헛되이 시간을 보낼 마음도 없다. "혼모쿠에서 맞는 아침에는 조개 캐는 소리가 났었지……." "저, 시원한 우동 먹고 싶어요." 마키에의 현재는 옛일 따위는 아무래도 상관없겠지……. 담배 연기를 후하고 뿜으며 사사키의 얼굴을 보았다. 풀기 없이 눅눅한 모기장이 몹시 더워서 괴롭다. "언제까지고 이런 곳에 있으면 몸이 상하잖아……매켄지 씨 집에 어째서 마키이는 머물지 못했어?" "어째서라니요……아무래도 상관없어요. ㅡ있잖아요, 높은 곳에 둥실둥실 매달려 있으면 시원하려나요. 비행기 안은 시원할까요? 현기증 나지 않나요?" 사사키도 비행기는 탄 적이 없었다. 매일 매일 밤 시끄러운 비행기 소리를 듣다 보면 습관이 되어서 비행기 따위 생각조차 하지 않게 된다.

사사키는 그날로부터 두세 번, 에이로에 들러 마키에를 불렀지만 이제 진절머리가 나서 요시와라에 가는 일도 자연히 어느 순간 발길이 멀어졌다. ㅡ전쟁터로 특파되기를 바랐지만 도통 전쟁터로 보내질 조짐 없이 세월이 흘러, 이곳저곳 전전하며 이사를 거듭해 온 사이에 1941년을 맞아 태평양전쟁이 시작되기 전달인 11월에 사사키는 빨간 딱지를 받고 우쓰노미야宇都宮에서 조선으로 건너갔다. 이등병이었다.

부산에서 남쪽으로 가는 선단船団이 여럿 편성되어 사사키도 매일 적전敵前 상륙 훈련을 받았지만, 사사키는 죽으러 가는 듯한 그러한 훈련을 받는 일이 싫어서, 한번은 배운 꾀병을 써먹어 보았다. 군의관 앞에 서자 정말이지 가슴이 심하게 두근거리고 얼굴이 창백해져서 쓰러질 듯한 공포에 휩싸였는데, 젊은 군의관은 독일어로 뭐라고 말하더니 사사키를 잠시 병원으로 보냈다. 일주일이나 병원 생활을 하는 사이에 사사키의 부대는 광둥広東으로 출

발 해 버려, 사사키는 다른 부대로 편입되어 경성京城으로 갔고, 펑톈奉天으로, 무단장牧丹江으로 전전하며 장소를 바꿔 갔다. 태평양 전쟁은 조금씩 승전의 기색이 어그러지기 시작하더니 1945년 8월, 사사키는 무단장에서 북으로 들어간 포칭ポウチン이라는 곳에서 종전 소식을 듣고 바로 그날 밤 열 명 남짓의 병사와 함께 부대를 탈출해 남하하는 기차를 찾아내어 갈아타고 갈아타서, 엿새 만에 부산으로 돌아와 어렵사리 병원선을 탄 혼성混成 병사들과 함께 모지門司에 도착했다. 내지에 발을 디뎠을 때, 사사키는 꿈과 같이 느꼈다. 2개월 정도 오후네大船의 형의 집에 몸을 맡기고 사사키는 다시 R 신문사로 돌아갈 수 있었다. 당분간은 대기로 자기 자리가 있는 건 아니었지만 사사키는 그래도 한숨 놓을 수 있었다. 살아 돌아온 것에 딱히 감동도 없었지만, 그럼에도 사사키는 탈출 당시의 악몽에 시달렸다. 정말 한순간의 운명을 붙들었기 때문에.

사사키는 곧바로 아내를 얻었다. 그다지 아름다운 여자는 아니었지만, 시골에서 자라 몸은 튼튼했다. ―종전 후, 생각처럼 하숙집이 잘 없어서 사사키는 오후네의 형 소개로 센다기초千駄木町 채소 가게 2층을 단 3개월 만이라는 조건으로 빌렸는데, 센다이仙台에서 채소 가게 안주인을 도우러 온 여동생 미쓰美津를 만나, 억지로 아내로 맞아들였다. 스물여섯 살로 전쟁미망인이었지만, 자식이 없는 탓인지 밝은 성격으로 항상 생글생글 웃는 여자였다. 흰 피부에 포동포동하고, 유난히 허리가 굵은 여자라 건강해 보이는 점이 사사키의 마음에 들었다. 사사키의 호적에 비로소 처 미쓰의 이름이 기재되었다. 시골 청년학교에서 재봉을 가르쳤었기에 옷 수선 솜씨가 좋아 사사키는 항상 단정하게 수선된 깨끗한 양말을 신게 되어 농담조로 옛날에는 이런 찢어진 양말 같은 건 강에 던져 버렸다고 하면, "그래서 당신은 칠칠하지 못한 거예요. 지금 그런 게 남아 있었더라면 이렇게 궁색하지 않고 끝날 일인데, 안타까운 사람이네요."라고 미쓰는 진심으로 그런 방종함을 유감스러워했다.

채소 가게는 돈을 벌었는지, 일 년이 지나자 사사키 역 근처에 대지를 사서 이층집을 지었고, 이전의 봉당이 넓고 낡은 집은 사사키 부부가 빈집을 대신 돌보게 되고 말았다. 미쓰와 결혼한 이듬해 가을, 사내아이가 태어났다. 그 해는 종전 후 처음 맞는 풍년으로 아이 이름을 미노루稔[81] 라 붙였다. —어느 날, 사사키는 후나바시船橋에 볼일이 있어서 오차노미즈お茶の水까지 가서 후나바시행 전차를 플랫폼에서 기다리고 있었다. 플랫폼은 비교적 한산했다. 전차가 좀처럼 오지 않아 우두커니 히지리바시聖橋 다리 아래의 깊은 제방 언저리를 쳐다보고 있었다. 사사키 곁으로 어이구 하고 큰 배낭을 내려 놓은 여자가 있어서 사사키는 우연히 그 여자 쪽을 내려다보았다. 어딘가에서 본듯한 얼굴이었다. 여자도 무심코 사사키를 올려다보았다. 덜름한 신사복에 회색 헌팅캡을 쓴 사사키의 얼굴을 여자는 잠시 바라보고 있었다. 여자의 머리카락은 꽤 하얗게 세어서 기름기도 없이 쇠잔했다. 옅은 갈색의 건조한 얼굴에 자그마한 코가 있고, 코밑에 큰 사마귀처럼 생긴 점이 있었다. "아아,

81 곡식 익을 '임', 여기서는 수확.

마키에 씨네 아주머니 아니십니까?" "어머, 나리시군요……아까부터 어딘가에서 뵌 적 있는 얼굴인 것 같아 누구신가 하고 생각하고 있었습니다……." 여자는 일어서서 정중하게 허리를 살짝 굽혔다. "마키에 씨는 어떻게 지냅니까?" 방심한 사사키의 가슴에 그리움이 넘쳤다. "여태껏 말이지요, 하치오지八王子 쪽에 있었습니다만, 겨우 원래 있던 이시와라초에 판잣집을 지어서, 말이지요, 지금 거기서 다들 지냅니다……. 아무튼 3월 9일에 있었던 공습으로 말이지요, 그 주변 일대 불바다가 되었지요. 저도 남편을 잃었고, 마키에 씨는 요시와라에서 그 큰 화재를 당했는데, 나리, 갑자기 불을 보고는 정신이 이상해져 버려서, 아직도 왔다 갔다 하고 있습니다……." "저런, 미쳤단 말입니까?" "네, 뭐, 지금은 그럭저럭 괜찮아져서요, 이런 상태라면 일단 연말에는 일도 할 수 있지 않을까 생각하고 있습니다만, 나리, 한때는 손을 댈 수가 없었습니다. —좀 색다른 사람을 보면 얼른 따라가고 그럽니다. 나리, 정말 말도 안 되는 상황이었지요. —저희도 한 번은 마쓰토松戸에 사는 지인에게 피난하러 갔었는데, 기사라즈에도 마키에 씨가 돌아오지 않았다고 해서 요시와라가 불타버린 자리에 가 보고 그제야 에이로의 피난처를 알게 되었지요. 혼고本郷의 네즈根津에 에이로 안주인의 언니가 가정을 꾸리고 살고 있는데, 거기가 타지 않아서 미친 마키에 씨도 거기 데려간 거지요. 뭐, 나을 기미도 없으니 제가 일단 마쓰토로 그 사람을 데려갔는데, 거기도 좋지 않아서 하치오지의 남동생에게 데려갔습니다. 삼백초도 먹이고, 여기저기 신사 참배도 다녔더니 겨우 그럭저럭 이제 좀 좋아졌습니다."

"허, 것 참 힘들었겠네요……." "나리는 전쟁터에는……?" "그게 1941년 11월에 출정 나갔다가 종전되고 바로 돌아왔습니다……." "그래요, 역시 그랬군요……하지만, 그 뭡니까, 보아하니 다친 데도 없으시고 참 다행입니다. ―다른 사람 이야기로는 도쿄 쪽이 전쟁이 더 심했다고 합디다. 얼른 항복하지 않았더라면 원자 폭탄을 맞았을 것이라니, 뭐니 뭐니 해도 나리, 질 때는 빨리 져버리는 편이 상처가 적은 것 같더군요……." 사사키는 오랫동안 마키에를 생각한 일이 없었다. 완전히 잊고 있었다. 갑자기 마키에의 아주머니와 만나도 기억이 흐릿해지기 시작한 마키에의 마지막 모습을 떠올릴 수 없었다. 혼모쿠 시절의 눈부시고 화려한 마키이의 웃는 얼굴만이 생생하게 눈에 떠오를 뿐이다. 그때부터 전쟁이 격렬했던 무렵까지 요시와라에서 일했다니 측은했다. "마키에 씨는 몇 살이 되었습니까?" "글쎄요, 서른하나인가 둘일 겁니다……모두 불타버려 아무 의미도 없지만요. ―마키에 씨도 가여운 사람이라 기사라즈 집도 아버지는 주정뱅이에, 어머니도 다르고, 다섯이나 밑으로 어린 동생들이 있어서 늘 마키에 씨가 돈을 벌어야 했으니 그 사람도 고생이 많았습니다. 뭐 아무리 괴로워도 괴롭다고 한마디도 하지 않는 밝은 사람이라서요. 그 사람의 아버지는 목수였는데 요즘 시대였더라면 웬만큼 괜찮았겠지요. ―본인도 그런대로 괜찮아지면 일하고 싶다고 말은 하지만 요즘은 옛날이랑은 달라서 옛날 요시와라 같은 곳도 없다고 하니, 본인도 노점상에서 오뎅집이라도 하고 싶다고 합니다. 하지만 어쩔 도리가 없지요……. 그런다고 한들 요즘 어지간한 밑천으로는 장사도 못하지요…….” 요란하게 도쿄행 전차가 플랫폼으로 들어왔지만, 아주머니는 서둘러 올라탈 생각도 없이 우두커니 전차 문이 닫히는 걸 보고 있다.

“왜 그런 걸까요, 나리, 유곽에 있던 시절은요, 괜찮은 서방도 생겼었는데 본인이 오래 가질 못하는 겁니다. ―그딴 별난 얼굴이라는 둥……대폿집이나 댄스홀이라도 간다면 잘 어울리겠지만 이미 나이도 나이이고, 도무지, 치장할 생각도 사라져서 요즘은 남동생 아들을 돌봐 주고 있습니다. ―제 남동생은 지금 지붕 장인인데 글쎄 요즘은 그럭저럭 괜찮은데 말입니다. 이 아이도 역시 혼조의 저희 집 근처에 살면서 작은 집을 지었지요. 거기에 마키에 씨에게 가끔 도우러 보내곤 했는데, 아무래도 아픈 사람이라는 건 계절이 바뀔 때는 우울해지는 것인지 아무리 해도 안 되는 것입니다. 저도 언제까지고 돌봐줄 수는 없고……라고 생각하고 있습니다.” 사사키는 아이를 업고 어슬렁거리는 덩치 큰 마키에의 몰라보게 변한 모습을 상상하고 있었다. “아주머니와 마키에 씨는 어떻게 알게 된 사이입니까?” “네, 그게 죽은 남편이 중개업 비슷한 일을 했는데, 마키에 씨를 돌보게 된 것이지요…….” 아아, 그랬구나, 그런 곳을 누구 연줄로 찾아가게 되었는지, 고지마치 아파트를 조용히 도망치고 난 이후의 마키에의 행동이 이제서야 문득 사사키는 납득이 갔다. ―다시 요란하게 전차가 들어왔다. 이제 아키하바라秋葉原로 간다고 아주머니는 큰 배낭을 둘러메고 흔들어 올리더니 얼굴을 붉히며 힘주어, “아무리 시간이 흘러도 식료품을 구하러 다녀야 하네요……나리, 예전과 같은 곳에 있으니 부디 한

번 가까운 시일 내에 들러 주세요……마키에 씨도 기뻐할 겁니다. 정말 꼭 들러 주셔요……나리는 역시 이전의 그 신문사에 근무하시나요?" 전차 문이 두세 번 느슨히 열렸다 닫혔다 했다. 감자라도 들어 있는지 무척 낡아빠진 배낭이 울룩불룩했고, 묶어 둔 배낭의 입구로 우엉 줄기가 비어져 나와 있었다.

사사키는 아까부터 주머니 속에서 백 엔 지폐 세 장을 땀이 밸 정도로 꼭 쥐고 있었다. 조금이지만 마키이에게 전해 달라고 말할 생각으로 언제 내밀어야 할지 기회를 엿보고 있었는데, 전차가 요란하게 들어오는 것을 보고 사사키는 마음이 변했다. 가 버릴 사람이다. 모든 것이 어딘가로 먼 기억의 저편으로 사라져 간다……. 사사키는 떠난 전차를 그냥 바라보고만 있었다. 이제 뒤를 쫓을 수도 없다. 전차는 가 버렸다. 마키에에게 삼백 엔을 주지 않은 일에 대해서는 조금도 양심의 가책이 없었다. 사사키는 어째서일까 생각했다. 아주머니를 만났을 때는 만나러 가야겠다는 마음도 있었는데, 아주머니가 배낭을 짊어지고 전차를 타고 가버리니 사사키는 이제 마키에의 일 같은 건 아무래도 상관없었다.

가을바람이 시원하게 플랫폼으로 불어 왔다. 고여 있는 푸르스름한 물 위로 꼬리가 하얀 작은 새가 두 마리 어지럽게 날고 있었다. 좀처럼 전차는 오지 않았다. 물에 비친 모습이 안경을 닮은 히지리바시의 높은 다리 위를 진주군進駐軍 모자가 낮의 햇살을 맞으며 뛰는 듯 걷고 있다. 사사키는 땀이 밴 삼백 엔으로 쇠고기라도 사서 돌아가 오랜만에 영양을 섭취해야겠다고 생각했다.

(『별책 후세쓰風雪』 1949년 4월)

| 작가 소개 |

■ 하야시 후미코

하야시 후미코(林芙美子, 1903.12.31.-1951.6.28.)는 1903년 야마구치현山口県 모지시門司市에서 태어났다. 어머니는 가고시마鹿児島 온천장의 딸 하야시 후쿠ふく이며, 아버지는 어머니보다 열네 살 연하의 행상인 미야타 아사타로宮田麻太郎이다. 주위의 결혼 반대로 혼인신고는 하지 못하고 1907년 와카마쓰시若松市로 옮겨와서 사업은 번창했으나 아버지는 바람을 피웠고 동거는 파탄을 맞이하였다. 어머니는 1910년 자신보다 스무 살이나 연하인 지배인 사와이 기사부로沢井喜三郎와 집을 나와 여인숙에서 생활하며 규슈 탄광촌에서 행상을 하며 떠돌다 히로시마広島 오노미치尾道에 정착하는 불우한 유년시절을 보낸다. 그러나 고등여학교 시절부터 문학적 재능을 보이며 졸업 후 작가가 되고자 꿈을 품고 상경하여 많은 작품을 남긴다.

성인이 되어 상경을 한 후에는 식모, 행상인, 여급, 주식회사 사무원, 백화점 점원 등 다양한 직업과 남자들 사이를 전전하며 파란만장한 삶을 살았다. 그와 같은 어려운 상황 속에서도 작가로서 글을 쓰고 싶은 욕망은 그녀를 살아가게 하는 버팀목이 되었고, 1926년 스물셋에 데즈카 료쿠빈手塚緑敏과 결혼하여 생활의 안정을 찾으며 작가생활을 시작하여, 삶의 체험에서 얻은 강인한 생명력과 서민성으로 밝고 시정詩情 넘치는 독자적인 문학세계를 만들어 냈다. 그녀의 작가로서의 활동 시기는 다음과 같이 세 시기로 구분할 수 있다.

제1기는「방랑기」 출판 이후부터 1937년 중일전쟁 발발 이전까지의 작가로서의 청춘기, 성장기라 할 수 있다. 1930년에는『방랑기放浪記』가 베스트셀러가 되자, 그 인세로 그 해 가을 하얼빈, 창춘長春, 펑티엔奉川 푸순撫順, 진저우金州, 칭타오青島, 상하이上海, 난징南京, 항저우抗州, 쑤저우蘇州 등 중국 대륙을 여행하였다. 이후에도 국내 전국 각지로 강연여행을 다녔으며 조선, 시베리아 등을 여행했다. 이 시기 첫 대표작「풍금과 물고기가 있는 마을風琴と魚の町」(改造社, 1931),「청빈의 서清貧の書」(改造社, 1933)를 집필하였다. 1931년에는 또 인세로 대륙을 통해 기차로 파리, 런던 등 유럽여행을 하고 귀국길에서는 상하이에서 루쉰魯迅을 만나기도 한다. 그리고 한 때 공산당에게 자금 기부를 약속하고, 기관지를 배포하여 나카노中野 형무소에 9일간 구류되는 어려움에 처하기도 한다. 이후에는 생활파로부터 탈피하여「굴牡蠣」(改造社, 1935),「울보쟁이泣虫小僧」(改造社, 1935)를 발표하여 호평을 받고 영화화되기도 한다.

제2기는 중일전쟁 발발 시기에서 전시색이 강화되는 1940년

대 전반으로 이 시기에는 전쟁협력 작품을 집필한 시기이다. 중일 전쟁이 발발한 1937년 『매일신문』특파원으로 난징, 상하이에 파견되었다가 1938년 1월 귀국하였다. 1938년 9월 한커우漢口를 공략했을 때는 내각정보부에 의해 조직된 펜부대의 일원으로 상하이에 파견되었다. 이 때 파견된 여성작가는 22명중 요시야 노부코吉屋信子와 후미코 2명뿐이며, 그녀의 활약상에 대해 『아사히신문朝日新聞』은 '수훈 갑'으로 평가하였다. 이를 계기로 종군을 결심한 그녀는 마이니치신문사每日新聞社 트럭을 타고 한커우에 제일 먼저 도착하여 주목을 받고, 12월에 귀국하여 전국각지에서 종군 보고 강연을 하였다. 1940년에는 북만주, 조선에서 강연을 하였고, 1942년 10월에는 보도반원으로서 남방(인도, 자바, 보루네오)에 파견되어 1943년에 귀국하는 등 여류종군작가로서 활약하였다. 이와 같은 종군체험은 르포 「전선戰線」(朝日新聞社, 1938.12), 「북안부대北岸部隊」(中央公論社, 1939.1)와 「파도波濤」(朝日新聞社, 1939), 「어개魚介」(改造社, 1935) 등의 작품으로 결실을 맺는다.

제3기는 1944년부터 2년간의 소개 생활을 끝내고 전후 작품활동을 시작한 1946년부터 만년에 이르는 시기로, 이 때 그녀는 문학적 생애의 최정점을 맞이한다. 남편이 전선에 동원되어 3년 동안 노인과 네 아이를 기르며 견딘 농촌 여인을 덮친 비극을 그린 「눈보라吹雪」(1946.1), 출정했다 귀환한 군인의 시점에서 개인의 일상과 가족을 해체시킨 패전 후의 모습을 그린 「비雨」(1946.2)를 비롯하여, 「방목放牧」(1946.5), 「인간세계人間世界」(1946.7), 「기러기雁」(1946.10), 「윤락淪落」(1946.12), 「꿈 하나夢一夜」(1947.6), 「채송화松葉

牡丹」,「만국晩菊」(1948.11),「수선水仙」(1949.2),「백로白鷺」(1949.4),「쇠고기牛肉」(1949.4) 등, 전장에서 돌아온 복원병, 전쟁미망인, 게이샤와 게이샤와 다를 바 없는 여성들의 전후 어두운 시정을 그린 수작을 발표했다.「만국」으로 1949년 일본여류문학자상을 수상하고 작가로서 문학의 총결산인「뜬구름浮雲」을 발표함으로써 대성을 거두었다. 이후 새로운 작풍을 시도한「밥めし」을 연재하던 도중 1951년 심장마비로 47세의 삶을 마쳤다.

이와 같이 여류소설가로 사회 저변의 서민들의 생활을 주로 그린 그녀는, 문단에 등장할 무렵에는 '궁핍을 파는 아마추어 소설가', 그 다음에는 '겨우 반년 동안의 파리체재를 파는 어정뱅이 소설가', 그리고 아시아태평양전쟁기는 '군국주의를 북과 피리로 선전한 어용소설가' 등 늘 비판의 표적이 되었고, 전후에는 '보통의 일본인의 슬픔'을 그린 작가로 평가받고 있듯이 파란만장한 작가의 삶을 살았다고 할 수 있다. 그럼에도 불구하고, 그녀의 문학은 자유분방한 삶의 태도와 강인한 생활경험에서 출발하여 예술성 있는 객관문학으로 성장하는 성공을 거둠으로써 다른 여성 작가들 사이에서 이채를 발하며 오늘날까지 독자들 사이에 살아 있다.

| 작품 소개 |

본 시리즈의 제11권 『방랑기』가 위와 같은 하야시 후미코의 작가로서의 활동 시기 중 제1기에 해당하는 청춘기, 성장기의 대표작이었다고 한다면, 이번 제12권에서는 제2기의 1940년대 전반 전쟁협력 작품인 「북안부대」와 제3기 전후 문학적 생애의 최정점기의 작품 「만국」, 「수선」, 「백로」, 「쇠고기」를 소개한다.

주지하는 바와 같이, 1937년 7월 7일 노구교사건盧溝橋事件을 계기로 중일전쟁이 발발하고, 1938년 8월에 발표된 히노 아시헤이火野葦平의 『보리와 병사麦と兵隊』(1938년 조선총독부 통역 및 검열관 니시무라 신타로西村真太郎에 의해 『보리와 兵丁』이라는 한국어 제목으로 번역)는 공전의 히트를 기록한다. 이어 같은 해 9월 문학을 선전의 도구로 활용하고자 하는 군과 정보당국에 의해 기쿠치 간菊地寛 등을 중심으로 종군펜부대가 결성되었다. 이러한 상황에서, 하야시 후미코는 중일전쟁의 발발에 따라 1937년 『마이니치신문』 특파원으로 난징, 상하이에 파견되었다가 1938년 1월 귀국하였고, 1938년 9월 펜부대의 일원으로 상하이에 파견, 이것이 계기가 되어 마이니치신문사의 트럭 아시아호를 타고 한커우에 제일 먼저 도착하여 언론의 주목을 받았다. 또한 1942년에는 육군보도반원陸軍報道班員으로서 프랑스령 인도, 네덜란드령 인도에 정식 종군으로 파견

되었고, 1940년 북만주 시찰, 1941년 만주국경 위문 등 신문사, 잡지사와 특약을 맺고 보도 여행을 반복하여 많은 전선 르포를 남겼다. 이로써 그녀는 아시아태평양전쟁 중 가장 활발한 여성종군작가이자 언론보국이라는 장르에서 일인자로 평가를 받고 있다.

이와 같은 하야시 후미코의 종군체험은 위에서 언급한 바와 같이, 서간체 르포 「전선」(朝日新聞社, 1938.12), 일기체 르포 「북안부대」(中央公論社, 1939.1)와 소설 「파도」(朝日新聞社, 1939), 「어개」(改造社, 1935) 등의 작품으로 결실을 맺는다. 본권에 수록된 「북안부대」는 이와 같은 종군체험 르포의 대표작 중 하나로, 1939년 1월 『부인공론婦人公論』에 일괄 게재된 것으로, 9월 19일부터 10월 28일까지의 일기 형식을 취하고 있다. 따라서 보국이 임무인 종군기인 본 작품과 관련하여서는, 개인의 성공과 계급적 상승지향이라는 욕망에 의해 전략적, 계산적으로 국책에 동조하고 협력하였다고 하는, 작가의 시대 영합적 태도와 전쟁이나 국책에 대한 비판 정신이 결여되었다는 비판은 피할 수 없을 것이다. 그러나 자유분방한 시적 정신과 서정성 넘치는 여성작가로서 하야시 후미코의 전장 묘사는 적극적으로 국책에 협력을 하면서도, 의식적 무의식적으로 이중성, 균열, 역설 등을 드러낼 수밖에 없었다. 위험과 고난의 행군 가운데에서도 전장의 만추의 아름다움을 여행자의 시선으로 그린다든가, 여성으로서 생리적 어려움을 토로하고 병사에게 보호를 받아야 하는 약자로 인식하는 등 다양한 국면에서 여성으로서의 자기를 드러내며 젠더 배치를 전경화하기도 하고, 중국군과 일본군의 시체나 중국말과 일본말, 중국의 노인, 여자, 어린아이에 대한 자신의 이중적 감상에 대한 자의식 등을 드러내기도 있다. 또한 히노 아시헤이나 오오카 쇼헤이大岡昇平 등과 같이 전쟁의 당사자가 아닌 관찰자로서 전장을 그린 여성 종군작가로서의 특징도 도처에서 드러내고 있다. 이와 같이 여성종군작가로서 써야 할 내용을 쓰는 가운데, 의식적, 무의식적으로 이중적 태도와 모순, 균열, 역설 등을 드러내고 있다. 그렇기에 본 작품은, 일반적으로 문학적 공백기로 위치지어진 아시아태평양전쟁 시기의 여성문학 작품 혹은 여성작가의 몇 안 되는 종군기로서, 전시 혹은 전장에서의 개인과 집단, 국가와 민족, 남녀 젠더의 문제, 식민지주의 등의 다양한 문제를 내포한다. 즉 식민지주의와 민족주의를 강조하고 전의를 고취시켜야 하는 종군기의 집필에 여성성과 남성성이 전략적으로 어떻게 채택되어 강조되고 있는지, 콜로니얼한 부분과 동시에 콜로니얼리즘으로 회수되지 않는 사적인 부분이 어떻게 배치되는지, 주관과 감정을 중시하는 작자의 시적 정신이 내셔널리즘 정서로 어떻게 변용되는지, 개인 내부의 욕망이 외부로서의 사회적 영역과 어떤 식으로 관련이 되고 있는지 등, 다양한 문제를 이 작품을 통해 생각해 볼 수 있을 것이다. 더 나아가 하야시 후미코의 종군기를 둘러싼 이와 같은 논의는, 전쟁 수행을 위한 인적 자원과 물적 자원을 총동원하는 국가총동원법에 의해 동원되었던 당시의 일본 여성들, 전쟁의 직접적인 피해자였던 전장의 여성들, 어린이, 노인 등의 삶의 일단을 읽어내게 함으로써, 전쟁과 여성, 민족의 문제를 생각할 수 있게 해 줄 것이다.

「만국」, 「수선」, 「백로」, 「쇠고기」는 후미코가 마흔 중반, 작가로서의 성숙기에 쓴 중·단편들이다. 문학에 대한 갈망이 일시에 봇물처럼 터진 시기의 작품들이기도 하다. 이러한 일련의 작품은 패전 후 일본의 암시장을 비롯한 빈곤, 가난한 일상과 함께 여성의 불행한 삶을 들여다볼 수 있는 작품이다. 「만국」, 「수선」, 「백로」는 여성의 시점에서, 그리고 「쇠고기」는 남자의 시점에서 전직 게이샤나 게이샤와 다름없는 삶을 사는 중년 여성을 그리고 있다. 그 중에서도 「만국」은 전후를 살아가는 여성을 그린 걸작으로 꼽히는 소설로, 게이샤 출신 긴의 투철한 자기관리와 금전관리가 돋보인다. 「만국」은 1954년 나루세 미키오成瀨巳喜男 감독에 의해 영화화되었는데, 여기에는 주인공 긴의 이야기와 함께 「수선」과 「백로」의 이야기가 섞여 전개되고 있다. 즉 가난과 순결을 잃은 여성의 말로가 게이샤나 위안부로 전락하고 있음을 볼 수 있다. 후미코가 스스로 끼니를 걱정하고 월세를 낼 돈이 없는 가난한 탓에, 사창가에서 몸이라도 팔아야 하나를 고민했던 시절의 사색이 「만국」, 「수선」, 「백로」, 「쇠고기」의 작품에 고스란히 녹아 있다고 할 수 있다. 전쟁 중과는 달리 패전 후 후미코는 전쟁에 열광하는 사람들의 '허영심'을 발견하고, 즉흥적인 전쟁으로 매도하며 비판의 대열에 가세한다. 더 나아가 전쟁이 평화를 앗아간 것이 아니라, 일반 병사를 비롯한 '개인'의 일상을 빼앗았다고도 보았다. 이러한 감각은 패전 직후의 귀환병과 그 가족에서 남편 없이 살아가는, 온전한 결혼생활로부터 이탈한 여성에게로 전환되며, 여성들이 여러 남자를 줄타기하듯 살아가는 모습을 그려내고 있다.

후미코가 전중戰中에 여성종군작가로서 전쟁을 부추기는 치어리더로서의 전쟁협력적인 작품을 남긴 작가였다는 점을 염두에 두더라도, 전전戰前의 『방랑기』, 전중의 「북안부대」, 전후戰後의 「만국」을 비롯한 번역 작품에 일관되게 흐르는 '가난'과 '빈곤'이라는 주제는, 그녀의 인생과 오버랩되면서 후미코 문학의 전체상을 이해하는 큰 틀을 제공해 줄 것으로 생각된다.

| 작가 연보 |

1903년

1903년 12월 31일 후쿠오카福岡 현 규슈九州시 모지구 고모리에 555번지(門司市大字小森江555番地)에서 아버지 미야타 아사타로宮田麻太郎, 어머니 하야시 기쿠林キク의 딸로서 출생.

출생지는 야마구치山口 현 시모노세키下関 출생설(전집 연보)과 이노우에 사다쿠니(井上貞邦, 기타큐슈시 모지구의 외과의사)가 주장한 현재의 후쿠시마 기타큐슈시 모지구 고모리에 출생의 두 가지 설이 있다. 제적등본의 발견에 따라 고모리에 출생설이 정당성을 획득했다.

본적지는 어머니의 고향 가고시마鹿児島 현의 후루사토古里 온천.

아버지 아사타로의 호적에 후미코フミコ를 넣기를 거부하여 외숙부의 호적에 편입되어 하야시 후미코라는 이름이 됨.

1910년 7살

기쿠는 지배인 사와이 기사부로沢井喜三郎와 함께 후미코를 데리고 가출. 사와이는 포목 행상을 함.

4월, 나가사키의 가쓰야마소학교勝山小学校 입학, 사세보佐世保

구루메久留米, 시모노세키下関, 모지, 도바타戸畑, 오리오折尾 등 10곳 이상의 소학교를 전전.

책 대여점에서 책을 빌려 문학서를 섭렵. 소학교 고학년에는 도쿠도미 로카의 『불여귀不如帰』, 고스기 덴가이小杉天外의 『마풍연풍魔風恋風』 등을 읽음. 학교를 쉬면서 부업, 행상, 날품팔이를 하는 생활.

1918년　15살

3월, 오노미치시립쓰치도소학교尾道市立土堂小学校 졸업.

4월, 오노미치시립고등여학교(4년제) 입학. 학자금을 마련하기 위해 여공과 조츄女中 봉공, 도서관에서 국내외 문학서를 섭렵. 아키누마 요코秋沼陽子 라는 필명으로 시를 지방신문에 투고.

1922년　19살

오노미치시립고등여학교 졸업. 고등여학교 시절 연인 오카노 군이치岡野軍一를 의지하여 상경하여 동화를 쓰고, 목욕탕 잡일, 어머니를 대신하여 가게를 봄.

1923년　20살

대학을 졸업 후 취업한 오카노와의 결혼을 가족들의 완강한 반대로 좌절되어 커다란 충격을 받고 헤어짐. 이 무렵의 일기가 후에 『방랑기放浪記』임. 필명 후미코芙美子를 사용.

1924년 21살

단신 상경. 조츄, 여공, 여급 등을 전전. 시를 『일본시인日本詩人』, 『문예전선文芸戦線』 등에 기고. 우노 고지宇野浩二를 방문, 소설작법을 듣고 결정적인 영향을 받음. 히라바야시 다이코平林たい子와도 알게 됨.

1925년 22살

후미코의 시적 재능을 높이 산 시인 노무라 요시야野村吉哉와 동거. 신주쿠新宿 카페의 여급으로 일함.

1926년 23살

노무라 요시야와 헤어진 후미코는 혼고本郷의 술집 2층 셋집에서 히라바야시 다이코와 기숙. 「풍금과 물고기가 있는 마을風琴と魚の町」 집필.

12월, 화가 지망생 데즈카 료쿠빈手塚緑敏과 결혼.

1928년 25살

8월, 하세가와 시구레長谷川時雨가 주관하는 『여인예술女人芸術』에 시 「수수밭黍畑」 발표.

10월, 「봄이 왔다秋が来たんだ」에 「방랑기」라는 부제를 붙여 『여인예술』에 발표하여 호평을 받음.

1930년 27살

7월, 『방랑기』를 〈신예문학총서〉로 가이조사改造社에서 간행, 베스트셀러가 됨.

인세로 8월부터 2개월 동안 중국을 여행.

11월, 『속방랑기続放浪記』를 가이조샤에서 간행.

1931년 28살

11월, 조선, 시베리아를 경유해 서구여행. 주로 파리에서 체재하며 연극, 오페라, 음악회, 미술관을 돌며 독서, 집필에 전념. 「청빈의 글清貧の書」을 『가이조』에 발표. 우노 고지로부터 극찬.

1932년 29살

파리에서 런던에 걸쳐 1개월 정도 체재. 나폴리, 중국 등을 거쳐 6월 귀국.

1933년 30살

9월, 일본공산당중앙위원회 기관지 『아카하타アカハタ』를 구독하고 공산당에 자금 기부를 약속했다는 용의로 나카노경찰서中野警察署에 1주일간 유치됨.

1937년 34살

12월, 난징(南京) 함락에 즈음하여 마이니치신문사의 여성 특파원으로 중국에 파견.

1938년 35살

1월, 중국에서 귀국.

9월, 중국 한커우漢口 작전에 즈음하여 내각정보부에서 종군 작가(펜부대)의 일원으로 상하이에 파견되어 이후 단독 행동으로 육군병원을 시찰하고 이나바부대稲葉部隊에 종군. 도중 아사히신문사의 트럭을 타고 한커우에 들어감.

12월, 전쟁기 『전선戦線』을 아사히신문사朝日新聞社에서 간행.

1939년 36살

1월, 종군일기 『북안부대北岸部隊』를 중앙공론中央公論에서 간행.

「파도波濤」를 『아사히신문』(5월 완결)에 연재.

10월, 결정판 『방랑기』를 신초사新潮社에서 간행.

1940년 37살

1월, 「10년간十年間」을 『부인공론婦人公論』에 연재. 북중국 여행.

11월, 고바야시 히데오小林秀雄 등과 조선에 강연 여행.

1941년 38살

9월, 아사히신문사에서 전지위문으로서 사타 이네코佐多稲子 등과 함께 만주 각지를 시찰.

1942년 39살

10월, 보도반원으로 싱가포르, 인도차이나, 자바, 보르네오 등 남방南方에서 8개월 체재.

1943년 40살

5월, 남방에서 귀국.

1944년 41살

남편 료쿠빈의 고향에 가까운 나가노현 간바야시上林온천으로 소개疎開. 소개 중 「눈보라吹雪」 집필. 8월, 간바야시온천을 정리하고 귀경. 월말에 가쿠마角間온천으로 소개.

1945년 42살

10월, 소개지로부터 시모오치아이下落合 자택으로 돌아옴.

1946년 43살

1월, 「눈보라」를 『인간人間』(창간호)에 발표.
2월, 「비雨」를 『신초』에 발표.
12월, 『부초うき草』를 단초서방丹頂書房에서 간행.

1947년 44살

1월, 「문절망둑河沙魚」을 『인간』에 발표.
4월, 「방랑기(제3부)」를 『일본소설日本小説』에 연재.
8월, 「소용돌이치는 바다うず潮」를 『마이니치신문毎日新聞』에 연재.

1948년 45살

11월, 「만국晩菊」을 발표,

1949년 46살

「만국」으로 제3회 여류문학상 수상.

2월, 「뼈骨」를 『중앙공론』, 「수선화水仙」을 『소설신초小説新潮』에 발표.

4월, 「다운타운下町」를 『별책 소설신초』에 발표.

11월, 「뜬 구름浮雲」을 『후세쓰風雪』(1950년 8월까지)에, 그 이후는 『문학계文学界』(1950년 9월~1951년 4월)에 연재하여 완결.

1950년 47세

12월, 의사로부터 요양을 권유받았으나 과로 때문에 지병 심장판막증이 심해짐.

매월 1주일간 아타미시熱海市 모모야마장桃山荘에 집필을 위해 체재.

1951년 48세

4월, 「밥めし」을 『아사히신문』(6월까지) 연재.

6월, 28일 심장마비로 사망.

7월 1일, 자택에서 가와바타 야스나리川端康成 장의위원장 하에 고별식을 집행.

| 역자 소개 |

김효순金孝順

고려대학교 글로벌일본연구원 교수, 전 한국일본학회 산하 일본문학회 회장. 고려대학교와 쓰쿠바대학에서 아쿠타가와 류노스케 문학을 연구하였고, 현재는 식민지시기에 일본어로 번역된 조선의 문예물에 관심을 갖고 연구하고 있다. 주요 논문으로 「태평양전쟁 하에서 의지하는 신체와 모방하는 신체－최정희의 「야국초」와 하야시 후미코의 「파도」를 중심으로-」(『한일군사문화연구』제16집, 2013.10) 등이 있고, 역서에 『조선속 일본인의 에로경성조감도-여성직업편-』(도서출판 문, 2012), 『재조일본인 여급소설』(역락, 2015), 『재조일본인이 그린 개화기 조선의 풍경: 『한반도』문예물 번역집』(역락, 2016), 다니자키 준이치로의 『열쇠』(민음사, 2018), 편저서에 『동아시아의 일본어문학과 문화의 번역, 번역의 문화』(역락, 2018) 등이 있다.

| 역자 소개 |

오성숙吳聖淑

일본 쓰쿠바대筑波大 박사,

한국외국어대학교 일본연구소 학술연구교수.

쓰쿠바대학 박사학위 논문 『문학, 문화, 미디어가 생성한 〈매연사건〉 표상』은 문학, 문화, 미디어라는 범주에서 공시적, 통시적인 연구방법을 중심으로 문학 장르의 형성, 문화의 형성, 여학생, 신여성 담론의 형성 과정을 살펴보는 작업을 진행해왔다. 현재에도 그러한 흐름을 이어, 중일전쟁기와 아시아·태평양전쟁기의 제국과 식민지를 중심으로 '전쟁과 여성', '전쟁과 폭력', '문학과 전쟁책임'에 관심을 갖고 연구하고 있다. 주요 논문으로는 「8월 15일 패전과 여성, 여성문학자」(『한일군사문화연구』 제22집, 2016.10), 「요시야 노부코 문학의 전쟁책임－'전쟁미망인'을 둘러싼 담론을 중심으로－」(『일본연구』 제71호, 2017.3), 「제국주의와 성 －일본인

위안부의 표상－」(『일본언어문화』제42집, 2018.4), 「일본여성문학자의 〈문예위문〉과 전쟁책임」(『일어일문학연구』제105집, 2018.5), 「일본 근대여성문학 연구의 성과와 비전」(『일본연구』제78호, 2018.12) 등을 비롯하여, 공저 『일본근현대문학과 전쟁』(제이앤씨, 2016), 공역 『전쟁과 검열』(맑은생각, 2017)과 『일본 명단편선2 재난을 만나다』(지식을만드는지식, 2017) 등이 있다.

일본 근현대 여성문학 선집 12

하야시 후미코 林芙美子 2

초판 1쇄 발행일 2019년 3월 31일

지은이 하야시 후미코
옮긴이 김효순·오성숙
펴낸이 박영희
편집 박은지
디자인 박희경
표지디자인 원채현
마케팅 김유미
인쇄·제본 태광인쇄
펴낸곳 도서출판 어문학사
서울특별시 도봉구 해등로 357 나너울카운티 1층
대표전화: 02-998-0094/편집부1: 02-998-2267, 편집부2: 02-998-2269
홈페이지: www.amhbook.com
트위터: @with_amhbook
페이스북: https://www.facebook.com/amhbook
블로그: 네이버 http://blog.naver.com/amhbook
다음 http://blog.daum.net/amhbook
e-mail: am@amhbook.com
등록: 2004년 7월 26일 제2009-2호

ISBN 978-89-6184-915-9 04830
ISBN 978-89-6184-903-6(세트)
정가 17,000원

이 도서의 국립중앙도서관 출판예정도서목록(CIP)은 서지정보유통지원시스템 홈페이지(http://seoji.nl.go.kr)와 국가자료공동목록시스템(http://www.nl.go.kr/kolisnet)에서 이용하실 수 있습니다.
(CIP제어번호: CIP2019014838)